GERALD HAGEMANN

Mord bei Pooh Corner

Buch

Robert Marley, der erfolgreiche Kriminalschriftsteller aus Brighton, braucht nach einem schweren Schicksalsschlag dringend Erholung. Aus diesem Grund fährt er aufs Land, in der Hoffnung, für eine Weile nichts weiter zu sehen als Wald, Heide und glückliche Touristen. Es verschlägt ihn nach Hartfield, Sussex, einem Ort inmitten des Ashdown Forest. Hier, wo A. A. Milnes zauberhafte Kindergeschichten um den Bären Winnie-the-Pooh angesiedelt sind, sucht er nach Ruhe und Frieden. Doch kaum ist er dort, wird während einer Führung im Fluss bei Poohsticks Bridge die Leiche des siebenjährigen Ronnie Cobbler gefunden. Zwei Tage zuvor war er verschwunden – gemeinsam mit Kenneth Greggs, einem Farmer aus der Nachbarschaft. Jeder im Ort weiß, dass das Verhältnis zwischen Farmer Greggs und den Cobblers seit Jahren angespannt ist. Nun ist der Junge tot – vorsätzlich ertränkt, wie der Gerichtsmediziner feststellt – und von Greggs fehlt jede Spur. Robert Marleys Schwester Dorothy, Chief Inspector bei der Brighton Police, wird nach Hartfield geschickt, um vor Ort zu ermitteln. Als ihre und Roberts Recherchen allerdings Indizien ans Licht bringen, die auf einen Zusammenhang mit dem unaufgeklärten und fast 35 Jahre zurückliegenden Tod von Brian Jones hindeuten, dem Gründer der Rolling Stones, wird Dorothy schnell klar, dass der Fall komplizierter ist, als es zunächst den Anschein hatte ...

Autor

Gerald Hagemann, Jahrgang 1971, ist selbstständiger Goldschmiedemeister und fertigt Zauberrequisiten für namhafte Zauberkünstler an. Der Autor beschäftigt sich intensiv mit der britischen Kriminalgeschichte. Er ist Mitglied im »Cloak & Dagger Club«, einer Londoner Vereinigung, die sich mit der Untersuchung aller Aspekte der Jack-the-Ripper-Morde auseinandersetzt. Regelmäßig führt er deutsche Touristen auf den Spuren des berühmten Serienmörders durch London. Als Resultat seiner langjährigen Recherchen hat Hagemann zwei Sachbücher zum Thema veröffentlicht: »London von Scotland Yard bis Jack the Ripper« und »Tatort Großbritannien«. »Mord bei Pooh Corner« ist der zweite Roman mit Dorothy Marley und ihrem Bruder Robert.

Von Gerald Hagemann außerdem bei Goldmann lieferbar:

Dem Tod geweiht. Roman (46208)

Gerald Hagemann

Mord bei Pooh Corner

Roman

GOLDMANN

Die Eingangszitate wurden mit freundlicher Genehmigung
des Cecilie Dressler Verlags entnommen
aus: A. A. Milne: Pu der Bär. Übersetzt von Harry Rowohlt.
Cecilie Dressler Verlag, Hamburg 1989

FSC
Mix
Produktgruppe aus vorbildlich
bewirtschafteten Wäldern und
anderen kontrollierten Herkünften

Zert.-Nr. SGS-COC-1940
www.fsc.org
© 1996 Forest Stewardship Council

Verlagsgruppe Random House FSC-DEU-0100
Das für dieses Buch verwendete FSC-zertifizierte Papier
München Super liefert Mochenwangen.

1. Auflage
Originalausgabe August 2008

Umschlaggestaltung: Design Team München
Umschlagfoto: Wolf Huber, München
Redaktion: Eva Wagner
KS · Herstellung: Str.
Satz: deutsch-türkischer fotosatz, Berlin
Druck und Bindung: GGP Media GmbH, Pößneck
Printed in Germany
ISBN: 978-3-442-46583-5

www.goldmann-verlag.de

Diese Geschichte ist für Andrea –
und für Dirk C., Frank G. und Tom P.

Inhalt

Vorbemerkung

Hartfield und alle für diese Geschichte relevanten Schauplätze existieren tatsächlich. So sind Poohsticks Bridge, der Nord-Pol und all die übrigen »verzauberten Orte« ebenso real wie der *Pooh Corner Shop*, die Kirche *St. Mary's* oder das angrenzende *Anchor Inn* – und es lohnt sich, sie zu besuchen. Allein Cotchford Farm befindet sich in Privatbesitz und ist nicht zur Besichtigung freigegeben. Besonderen Dank schulde ich daher den heutigen Eigentümern, die mir freundlicherweise erlaubten, mich dort umzusehen.

Die Ereignisse, soweit sie Brian Jones und die Milne-Familie betreffen, haben sich weitestgehend so zugetragen, wie in diesem Roman erzählt. Alles Übrige geht auf das Konto des Autors. Denn selbstverständlich leben in Hartfield keine bösen Menschen. Auftretende Schurken und Heilige existieren samt und sonders ausschließlich in meiner Fantasie, und sollten sie Ähnlichkeiten mit lebenden Personen aufweisen, wäre das nicht nur äußerst bedauerlich, sondern auch rein zufällig.

G. H.

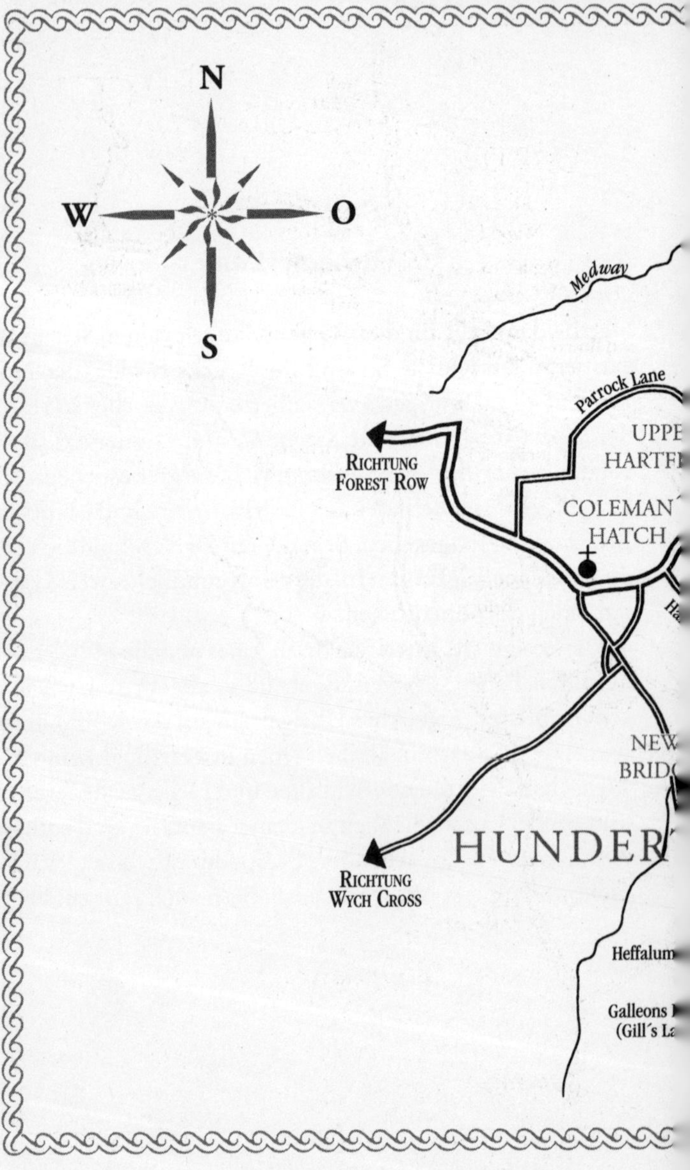
N
W
O
S
Medway
Parrock Lane
RICHTUNG
FOREST ROW
COLEMAN
HATCH
RICHTUNG
WYCH CROSS

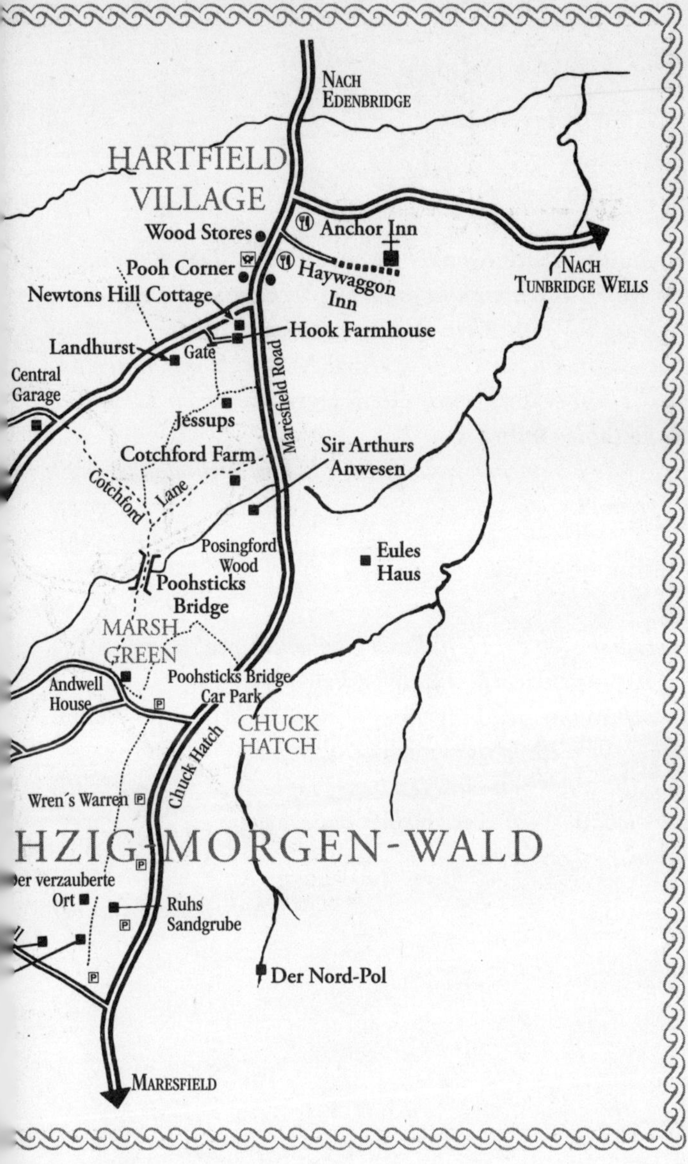

Nach Edenbridge
HARTFIELD VILLAGE
Wood Stores
Anchor Inn
Pooh Corner
Haywaggon Inn
Nach Tunbridge Wells
Newtons Hill Cottage
Hook Farmhouse
Landhurst
Gate
Central Garage
Maresfield Road
Jessups
Cotchford Farm
Sir Arthurs Anwesen
Cotchford Lane
Posingford Wood
Eules Haus
Poohsticks Bridge
MARSH GREEN
Andwell House
Poohsticks Bridge Car Park
CHUCK HATCH
Chuck Hatch
Wren´s Warren
HZIG-MORGEN-WALD
Der verzauberte Ort
Ruhs Sandgrube
Der Nord-Pol
Maresfield

»Das Beste«, sagte Kaninchen, »wäre dies. Das Beste wäre Klein Ruh zu stehlen und es zu verstecken, und wenn dann Känga sagt: ›Wo ist Klein Ruh?‹, sagen wir: ›Aha!‹«

»Aha!«, *sagte Pu zur Übung.* »Aha! Aha! … *Wir könnten natürlich«, fuhr er fort, »auch ›Aha!‹ sagen, wenn wir Klein Ruh nicht gestohlen hätten.«*

»Pu«, sagte Kaninchen freundlich, »du hast nicht den geringsten Verstand.«

A. A. Milne, *Pu der Bär*

»Heute habe ich ein Heffalump gesehen, Ferkel.«

»Was hat es gemacht?«, fragte Ferkel.

»Einfach so vor sich hingelumpt«, sagte Christopher Robin. »Ich glaube nicht, dass es mich *gesehen hat.«*

»Ich habe auch mal eins gesehen«, sagte Ferkel. »Jedenfalls glaube ich, dass ich eins gesehen habe«, sagte es. »Aber vielleicht war es gar keins.«

A. A. Milne, *Pu der Bär*

PROLOG

In welchem wir Christopher Robin vorgestellt werden und Brian sich verabschiedet

1

Cotchford Farm, Sommer 1929.

George Tasker stützte sich schnaufend auf den Stiel seines Besens und wischte sich mit dem Hemdsärmel den Schweiß von der Stirn. Wie an jedem Samstag, dem wöchentlichen Zahltag, war er damit beschäftigt, den Weg vor dem Haus zu kehren, obgleich es dort eigentlich gar nichts zu kehren gab. Denn George hatte frei, und der Weg war sauber. Doch so, wie Mr. Milnes Sohn einmal bei heiterstem Sonnenschein mit einem Schirm bewaffnet unter einem Baum auf- und abmarschiert war und ständig *»Tz, tz, es sieht nach Regen aus«* gemurmelt hatte (derweil ein recht schmutzig aussehender Bär von sehr geringem Verstand, hoch über ihm in der Luft an einem blauen Ballon hängend, versucht hatte, sich den Anschein einer kleinen schwarzen Wolke zu geben), so spazierte auch der alte George an jedem Zahltag die Auffahrt zum Haus hinauf und hinunter – nur, dass *er* einen Besen in der Hand hielt und es ihm nicht um Honig ging, sondern darum, seinen Arbeitgeber möglichst unauffällig an den ausstehenden Wochenlohn zu erinnern. Denn George war entsetzlich schüchtern (noch etwas, was er mit dem Sprössling der Familie gemein hatte), und daher hatte er dieses Ritual kultiviert. Niemals wäre es ihm in den Sinn gekommen, etwa an die Haustür zu klopfen oder die Milnes direkt auf seinen Lohn anzusprechen. Also rannte er (für den Fall, dass man ihn vergessen hatte) vor dem Haus auf und ab und machte mit seinem Besen gerade so viel Lärm, dass man zwar seine Gegenwart bemerkte, er Mr. Milne jedoch nicht beim Schreiben störte.

Selbstverständlich wurde George niemals vergessen. Für gewöhnlich erschien Mrs. Milne schon nach wenigen Minuten an der Seitentür zum Garten, um ihn zu begrüßen – die ersehnte Lohntüte bereits in der Hand.

George tat dann jedes Mal so, als sei er völlig überrascht, sie zu sehen. *(»Oh, guten Morgen, Madam. Was sagen Sie? Glück mit dem Wetter? Ja, Recht haben Sie, das ist wirkliches Glück. Ein herrlicher Tag, nicht wahr? Kaum eine Wolke. Wie? Natürlich, die Pflanzen könnten wohl mal ein bisschen Regen vertragen. Was? Nein, ach Gott ja – der Wochenlohn. Hätt' ich gar nicht mehr dran gedacht, Madam. Wirklich, zu großzügig. Ja, danke, Madam. Ihnen auch einen schönen Tag.«)* Und nachdem er das Geld entgegengenommen hatte, wedelte er meist noch eine Weile mit dem Besen herum – um bloß nicht den Eindruck zu erwecken, er sei allein wegen der Bezahlung hergekommen – und ging schließlich erleichtert und glücklich nach Hause.

Doch heute war irgendwie alles ganz anders.

Nun fegte er den Weg hinter dem Hauptgebäude schon seit fast zwanzig Minuten, ohne dass sich auch nur eine Menschenseele gerührt hätte. Nicht mal der kleine Christopher Robin war irgendwo zu sehen. Und der war definitiv ein Frühaufsteher. George ließ den Blick über das sanft zum Bachlauf hin abfallende Putting Green schweifen und suchte die Sträucher und die Wipfel der Bäume, die die weite Rasenfläche umstanden, nach dem Jungen ab. Nichts. Cotchford Farm und der gesamte Besitz lagen ebenso verschlafen da wie Tattoo, die Hauskatze, die schnurrend bei der Sonnenuhr döste. Vermutlich, dachte George, war Christopher Robin bereits in aller

Herrgottsfrühe aufgebrochen, um mit seiner geliebten Nanny Olive Rand und den berühmten Stofftieren in den Wäldern zu spielen.

Er sah wieder zum Haus hinüber. Die Fenster im oberen Stockwerk waren geöffnet und die Vorhänge nicht zugezogen; also konnte er ausschließen, dass die Milnes noch schliefen. Er zog seine Taschenuhr aus der Weste, um zu sehen, ob er vielleicht ein wenig zu früh dran war. Nein. Gleich elf. Er schüttelte sie heftig und hielt sie sich dann prüfend ans Ohr. Die Uhr schien in Ordnung zu sein. Seltsam. George krempelte die Ärmel auf und fuhr fort, den imaginären Staub von den Steinen zu fegen. Aber egal, wie oft und wie lange er dabei zum Haus hinüberschaute, die verheißungsvolle Seitentür blieb verschlossen. Das konnte nur eines bedeuten: Er war *vergessen* worden!

»Hallo, Tasker!« Daphne Milnes Kopf tauchte so plötzlich zwischen den Rosensträuchern auf, dass George zusammenfuhr. Sie winkte ihm mit der kleinen Schere in ihrer behandschuhten Hand zu.

»Oh, hallo.« Er winkte verlegen zurück. Den Besen vor sich herschiebend, ging er langsam auf sie zu und blieb vor dem Beet mit den Rosen stehen. Mrs. Milne trug ihr schwarzes Haar kurz und ließ es sich stets nach der neuesten Londoner Mode frisieren. Zurzeit war wohl die Mollusken-Saison, denn für George sah es so aus, als ob zwei große Schneckenhäuser an Mrs. Milnes Schläfen klebten. Was es auch war, er fand sie hinreißend wie immer.

»Sie sind sicher wegen des Geldes gekommen. Aber Sie sehen ja, wie beschäftigt ich bin. Für drei Uhr hat sich so eine Journalistin aus London angemeldet, und bis dahin muss ich hier alles auf Vordermann gebracht haben. Tut mir leid, Tasker, aber da müssen Sie heute Alan bemühen.« Sie fasste einen der so zahlreich emporgeschossenen blassgrünen Wassertriebe ins Auge und schnitt ihn mit einer entschlossenen Bewegung ab. »Er ist im Haus.«

»Meinen Sie denn, er hat Zeit für mich, Madam?« George trat verlegen von einem Bein aufs andere. Das war genau die Sorte Gespräch, die er mehr fürchtete als den Tod. Er spürte, wie ihm der Schweiß auf die Stirn trat und seine Ohren rot wurden. »Weil – sonst machen Sie das doch immer. Ihr Mann hat doch sicher auch zu tun. Und ich möchte ihn ja nicht stören, wenn er ...«

»Ach, so ein Unsinn, George. Sie stören doch nicht. Gehen Sie nur einfach ins Haus. Alan ist in seinem Arbeitszimmer.« Schnipp-schnapp, und ein weiterer Wassertrieb war ihrer Schere zum Opfer gefallen.

Eine Viertelstunde später stand George Tasker – glücklich, erleichtert und die Lohntüte nun wohlverwahrt in der Innentasche seiner Jacke – mit Alan Milne bei den üppig blühenden Rhododendronbüschen, die den Weg zur Haustür flankierten, und sprach über das schöne Wetter und darüber, dass die Blumen trotz allem mal wieder einen Tropfen Regen gebrauchen könnten, als er Christopher Robin in der Ferne bemerkte. Er sah auch sofort, dass irgendetwas nicht stimmte. Denn der Junge kam ganz langsam die steile, kiesbestreute Auffahrt herunter auf sie zu, das Kinn auf der Brust. Und er war – bis auf Känga, sein ramponiertes Stoffkänguru, das er mit beiden Armen an sich presste – allein; von Nanny Olive Rand keine Spur. George ließ schweigend seinen geschulterten Besen sinken, als Christopher Robin vor ihnen stehenblieb.

Traurig und die junge Stirn ärgerlich in Falten gelegt, sah er zu George und seinem Vater auf und hielt Känga in die Höhe. Dann sagte er sehr langsam und sehr, sehr ernst: »Es ist vermisst.«

Alan Milne nahm seine Pfeife aus dem Mund und fuhr sich

etwas verwirrt mit der linken Hand über sein lichter werdendes Haar. »Es?«, fragte er. »Was ist vermisst? Welche Art von Es meinst du?«

»Klein Roo!«, sagte Christopher Robin und deutete auf Kängas leeren Beutel. »Wir haben es zuletzt beim Picknick auf Mr. Bradshaws Apfelplantage gesehen und überall nach ihm gesucht. Nanny Olive sucht es noch immer. Aber es ist nirgends zu finden.« Er blinzelte und breitete die Arme aus. »Ich glaube fast ...« Er machte eine Pause, ehe er die Hände in die Hüften stemmte und sagte: »Ich glaube fast, es ist vielleicht gestohlen worden.«

»Gestohlen?«, sagte sein Vater. »Bist du sicher? Ich meine, wer soll es denn *gestohlen* haben?«

»Ich weiß es ja nicht so genau, ob es *gestohlen* ist«, hob Christopher Robin an, »aber dass es *vermisst* ist, weiß ich genau. Denn es ist nicht mehr da. Und wenn etwas nicht mehr da ist, dann ist es vermisst.«

»Wo du recht hast, hast du recht«, bemerkte George, um auch etwas Sinnvolles beizusteuern. Obgleich er eigentlich der Ansicht war, dass nie sonderlich viel Sinnvolles dabei herauskam, wenn Vater und Sohn Milne miteinander sprachen. Es klang fast jedes Mal so, als unterhielten sich auf sehr ernsthafte Weise zwei Kinder. Das mochte an den Büchern liegen, die Mr. Milne schrieb. Diese Theorie vertrat zumindest Olive Rand. *›Wenn er seine Geschichten schreibt, wird er selbst zum Kind‹*, hörte er sie oftmals sagen. *›Er ist eben diese Art von Schriftsteller. Schätze, er hat einfach zu viel Fantasie.‹* George neigte dazu, ihr zuzustimmen. Denn einmal hatte er mitbekommen, wie Mr. Milne seinem Sohn erklärt hatte, weshalb man Messer und Gabel beim Essen niemals so halten dürfe, dass sie zur Decke wiesen. Jemand, der zufällig auf dem Dach spazieren ginge, könne ja immerhin auf eine schwache Schindel treten, einbrechen und sich unter Umständen beim Sturz auf Messer und Gabel ernsthaft verletzen. Was für ein schrecklicher Unsinn aus dem Mund eines erwachsenen Mannes. Aber Christopher Robin sah es gleich ein und hielt Messer und Gabel fortan waagerecht.

»Zuerst«, meinte Alan Milne jetzt, »müsste man natürlich ausschließen, dass der Hund es wieder verschleppt hat, und dann eine Nachforschung organisieren.«

»Der Hund hat es nicht«, sagte Christopher Robin entschieden. »Wir müssen *sofort* eine Nachforschung organisieren.«

»Eine Nachforschung«, sagte sein Vater, »ist in Fällen von ›vermisst sein‹ immer noch das allerbeste.«

»Und in Fällen von ›vielleicht gestohlen sein‹ auch«, setzte Christopher Robin hinzu.

»Genau. Und wenn man lange genug nachgeforscht hätte und am Ende beinahe wüsste, wer es gestohlen haben könnte, muss man es zurückfordern.«

George, der das Gespräch zunehmend merkwürdiger fand, fragte schließlich: »Und wer könnte es gestohlen haben?«

»Nun, wenn wir den Hund ausschließen, kann ich es mir vielleicht fast denken«, sagte Alan Milne düster und klopfte sich ein paar Mal mit dem Mundstück seiner Pfeife gegen die Zähne. »Und bestimmt kann es sich Christopher Robin auch fast denken, wenn er es sich eine Weile gut überlegt hat.«

Christopher Robin überlegte tatsächlich eine Weile sehr angestrengt. »Meinst du«, sagte er dann im Flüsterton, »das *Heffalump* hat es gestohlen?«

Sein Vater nickte. »Ich jedenfalls würde es ihm durchaus zutrauen.«

George blickte die beiden ungläubig an und dachte, was er schon so oft gedacht hatte – nämlich, dass *diese* beiden Milnes wirklich ein bisschen seltsam waren. »Das Heffalump«, sagte er kopfschüttelnd. »Aha!« Und dann noch einmal: »Aha!«

2

Cotchford Farm, Sommer 1969.

Der junge Mann mit den kinnlangen Haaren, der im flachen Teil des beleuchteten Pools bis zur Brust im Wasser stand, hieß *Lewis* Brian; allerdings nannte ihn kaum jemand bei seinem ersten Vornamen. Er strich sich die nassen blonden Strähnen aus dem Gesicht und rieb sich die Augen. Sie waren vom vielen Tauchen im gechlorten Wasser gerötet. Und sicher hatten auch der Wodka und die Flasche Rotwein, die er im Laufe des Abends getrunken hatte, ein Gutteil dazu beigetragen.

Der Pool war beheizt, und als Wind aufkam und er in der kühlen Nachtluft zu frösteln begann, tauchte er mit den Schultern unter, um sich aufzuwärmen, sodass das Wasser sachte gegen sein Kinn schwappte. Brian war ein außerordentlich guter Schwimmer, war es schon immer gewesen. Selbst der Alkohol beeinträchtigte ihn kaum. Er holte ein paar Mal tief Luft, zog den Kopf unter die Wasseroberfläche und tauchte mit drei, vier kräftigen Schwimmzügen die gut sechs Meter bis zum jenseitigen Ende des Pools, wo das Wasser tiefer war und sich das Sprungbrett befand.

Sein Inhalator stand unweit des Bretts am Beckenrand. Er hatte kein sonderlich starkes Asthma, aber für den Fall einer Attacke nahm er das Spray stets überallhin mit. Anna bestand darauf. Einmal hatte sie erlebt, wie er einen leichten Anfall bekommen hatte, und war vor lauter Sorge um ihn schier in Panik geraten. Er selbst neigte dazu, solcherlei Dinge herunterzuspielen. *(»Anna, Süße, was soll der Stress? Alles halb so schlimm.«)* Ihm war natürlich völlig klar, dass er ihr nichts vormachen konnte.

Anna war ganz anders als all seine bisherigen Freundinnen – das hatte er ziemlich bald gemerkt. Sie schwebte nicht vor lauter Begeisterung, ihn überhaupt kennen zu dürfen, verzückt auf Wolke sieben. Anna war stets voll da. Sie sorgte sich, kümmerte sich, gab auf ihn acht. Nein, Anna war nicht die Sorte Freundin, die ihn allein seines Ruhmes wegen anhimmelte und sich einfach so beschwichtigen ließ – sie war ganz anders als Suki, mit der er vor Anna zusammen gewesen war und die er auch manchmal noch traf.

Suki war blond und niedlich, und sie hätte alles für ihn getan. Wenn Anna weit weg in London war, lud er sie manchmal zu sich ein und schlief mit ihr. Er bekam eine Erektion, während er an Suki dachte, an ihre vollen Lippen, die sich leidenschaftlich um den Schaft seines Penis schlossen und an ihm saugten. Feuchte Lippen, Saugen und Reiten – aus mehr bestand Suki nicht, das war das Problem. Es war nichts dahinter, nicht das geringste bisschen.

Anna dagegen war ganz anders. Was ihre körperlichen Reize betraf, so stand sie Suki in nichts nach (auch sie hatte irgendwann aufgehört, Unterwäsche zu tragen, um immer und überall für ihn bereit zu sein), aber Anna war jemand, der auch über den Sex hinaus Substanz besaß. Sie war die Frau, mit der er den Rest seines Lebens verbringen wollte. Und sie würde in der Tat die Frau sein, mit der er den Rest seines Lebens verbrachte.

Trotzdem dachte er noch oft an Anita. Viel zu oft. *Anita*. Keith hatte sie ihm genommen. Ausgerechnet dieses Arschloch. Ein verdammter Niemand wie Keith. Suki und Anna hatten ja keine Ahnung, wie sehr er noch immer an Anita hing.

Vom Haus her drang leise Musik zu ihm an den Pool und löschte das Zirpen der Grillen und das Rauschen der Büsche ringsum beinahe vollständig aus. Es hätte das vor ein oder zwei Wochen aufgenommene Lennon-Stück sein können, doch es klang mehr wie das Tape, das er vor einiger Zeit mit Jimi Hendrix eingespielt hatte. Irgendwer musste sich an seinen Aufnahmen zu schaffen gemacht haben. Es gab wenig, was er mehr hasste. Merkwürdigerweise war es ihm im Augenblick fast egal.

Er fühlte sich ein wenig schwindlig. *So viel habe ich doch gar nicht getrunken*, dachte er und versuchte, dieses Gefühl abzuschütteln.

Die letzten Stunden hatten sie zu viert verbracht. Jetzt war niemand in der Nähe. Dieser vorlaute und aufgeblasene Nichtsnutz Frank hatte die Schlampe mit den kleinen Titten, die er, ohne zu fragen, vor einigen Tagen hier angeschleppt hatte, ins Haus geschickt und war wenig später selbst hinterhergelaufen. Vermutlich nahm er sie jetzt gerade auf den Stufen zur Küche. Anna war ebenfalls verschwunden, als das Telefon geläutet hatte.

Nun war er ganz allein.

Er streckte sich im Wasser aus, ließ sich in Rückenlage treiben und sah zum Sternenhimmel auf, während er an den Vormittag dachte. Da hatte er noch allen Ernstes vorgehabt, der Sonnenuhr im Garten mit einer Spitzhacke zu Leibe zu rücken. Dabei liebte er das alte Ding über alles. Gerüchten zufolge verbargen sich dort A. A. Milnes handgeschriebene Originalmanuskripte von *Pooh dem Bären*. Er musste kichern. Denn wäre Anna nicht dazugekommen – und hätte ihn davon abgehalten –, er hätte die alte Sonnenuhr, besoffen, wie er war, ohne mit der Wimper zu zucken zerstört, nur um herauszufinden, ob Milne die Urschriften seiner erfolgreichsten Bücher dort tatsächlich eingemauert hatte. Träfe es zu, das Zeug wäre vermutlich ein Vermögen wert. Doch um Geld war es ihm dabei gar nicht gegangen. Was Milne und Pooh betraf, war er schon immer wie ein neugieriges, kleines Kind gewesen. *Die Originale!* Was wäre nach mehr als fünfzig Jahren wohl noch davon übrig? Nichts vermutlich.

Seine Gedanken kehrten zu Frank zurück. Er würde unbedingt etwas unternehmen müssen, denn der Mann nahm sich in letzter Zeit einfach zu viel heraus. Ursprünglich hatte er den Kerl – der ihm ausgerechnet von Keith empfohlen worden war – als Bauunternehmer engagiert, um einen Teil von Cotchford zu modernisieren. In letzter Zeit allerdings war das Verhältnis zwischen Auftraggeber und Unternehmer – gelinde gesagt – ein wenig ins Ungleichgewicht geraten. Nicht nur, dass Frank das Anwesen mittlerweile als eine Art zweites Zuhause betrachtete, wo er ein- und ausgehen konnte, wie es ihm gefiel, und wo er wie selbstverständlich die Wochenenden mit seiner Geliebten verbrachte; er hatte darüber hinaus auch begonnen, schlampig zu arbeiten. Anfangs waren es nur Kleinigkeiten gewesen. Brian hatte darüber hinweggesehen, da er Auseinandersetzungen hasste und sie mied, wo er konnte. Doch das Ereignis vom vergangenen Sonntag hatte das Fass schließlich zum überlaufen gebracht, denn um ein Haar wäre Anna in der Küche von einem herabfallenden Deckenbalken erschlagen worden. Brian war es völlig gleichgültig, ob Frank selbst es gewesen war, der den verdammten Balken eingesetzt hatte, oder ob seine Arbeiter die Schuld für diesen Unfall traf – Frank war ihr Boss, und somit war er auch dafür verantwortlich zu machen. Genau das hatte er ihm gesagt und in seiner Wut hinzugefügt, er würde dafür sorgen, dass Frank in seiner Branche nie wieder einen Fuß auf die Erde bekam.

Brian tauchte abermals unter, um den Kopf klar zu bekommen. Der Schein der rund um den Pool angeordneten Lampen tanzte auf dem blauen Wasser wie Irrlichter.

Großer Gott, wie er solche Auseinandersetzungen hasste. Schon am Abend hatte er seine heftigen Worte bereut. Jedem konnte doch schließlich mal ein Fehler unterlaufen, oder nicht? *(»Ach, komm, Frank, lass uns in aller Ruhe einen trinken. War nicht so gemeint.«)*

Er tauchte auf und erschrak. Irgendetwas war anders. Das Wasser war glatt und unbewegt, doch das Sprungbrett vibrierte. Und dann tauchte plötzlich ein Schatten am Grund des Pools an ihm vorbei. Er hielt ihn für Frank.

»Verdammt, hast du mich erschreckt, du Arsch.« Brian rieb sich das Chlorwasser aus den Augen, wirbelte herum, die ausgestreckten Arme knapp unter der Wasseroberfläche, und suchte den Pool ab. Der Schatten war verschwunden. Es war niemand zu sehen. Daher traf es ihn auch völlig unvorbereitet, als sich plötzlich die Hände um seine Fußgelenke legten und ihn mit einem kräftigen Ruck unter Wasser zerrten.

Das kann doch nicht wahr sein, dachte er. *Was soll denn das?*

Er schluckte Wasser, hustete, ohne einzuatmen und versuchte sich herumzudrehen, um zu sehen, wer ihn da unter Wasser zog, aber da packte ihn bereits eine starke Hand im Nacken und presste sein Gesicht gegen den gekachelten Boden des Pools.

MENSCH, HÖR DOCH AUF DAMIT! DAS IST KEIN SPASS MEHR!

Seine Wange schrammte über die rauen Kachelnähte, und er trat mit den Beinen. Als er in seiner Panik blindlings mit beiden Händen hinter sich griff, bekam er für einen kurzen Moment den Hals seines Angreifers zu fassen, doch er hatte nicht mehr genügend Kraft, um dort Halt zu finden.

O mein Gott …

Der Tod kam kalt und rasch. Er fragte nicht danach, ob noch ein Konzert in London anstand oder nicht. Er fragte nicht nach seinem Status oder danach, ob Anna schwanger war. Der Tod kam und nahm ihn. So einfach war das.

Als sein Gehirn auch das letzte Sauerstoffatom aufgebraucht hatte und den verzweifelten, aber tödlichen Befehl zum Luftholen gab, da befand er sich schon seit zwei Minuten unter Wasser. Nichts war, wie es sein sollte. Kein Film lief vor seinen Augen ab. Nicht eine Sekunde seines Lebens erlebte er noch einmal. Es war einfach vorbei. Von einer Sekunde zur anderen. Er war ein exzellenter Schwimmer gewesen – schon immer. Er hatte noch so viel zu tun … Nicht im Traum wäre es ihm eingefallen, dass er einmal auf diese Weise würde sterben müssen.

Und niemals hätte er gedacht, dass Ertrinken mit solchen Schmerzen verbunden wäre.

ERSTER TEIL

Winterschlaf

In welchem Marley sich überraschen lässt
und einen Honigtopf findet

1

»Ich kann es einfach nicht fassen, dass Sie ihn *umgebracht* haben! Theobald Hurdle – o mein Gott, Robert! Wie konnten Sie bloß? Der Mann hat Ihnen doch überhaupt nichts getan!« Mr. Jermy, auf dessen bleichen alten Wangen sich hektische rote Flecken bildeten, ließ mit dem linken Daumen die Seiten des schweren Blätterstapels rauschen, der, lose in eine rote Aktenmappe gesteckt, vor ihm auf dem blitzblank polierten Nussbaumschreibtisch lag, während sein Blick missbilligend auf Robert Marley ruhte. Der konnte zusehen, wie sich die Flecken bedrohlich rasch über den Hals des Mannes ausbreiteten und einen tiefroten, fast schon violetten Farbton annahmen. Bluthochdruck, kein Zweifel; Tendenz steigend. Gleich würde die Röte seine Ohren erreichen, und Jermy würde wie ein kochender Wasserkessel zu pfeifen anfangen. »Aber irgendwie habe ich es ja geahnt, dass es noch mal so weit kommen würde. Sie haben den armen Kerl doch schon vom ersten Tag an gehasst.«

»Ich habe ihn nicht *gehasst*, Jermy«, widersprach Marley. »Jedenfalls nicht richtig.« Was sollte das Palaver? Das mit Theos frühzeitigem Ableben war schließlich nicht allein seine Schuld gewesen. Marley hatte sich nicht vorgenommen, ihn umzubringen; es war eben mehr oder weniger einfach so passiert. Schicksal. Pech. Zur falschen Zeit am falschen Ort. »Und als *›armen Kerl‹* würde ich ihn auch nicht gerade bezeichnen.

Der Mann war ziemlich durchtrieben, wie Sie sich erinnern werden. Außerdem war er alkoholabhängig.«

»Unsinn! Er war auf dem besten Weg, davon loszukommen«, protestierte Jermy. »Mit Hilfe dieses Mädchens ... Wie hieß sie noch gleich?«

»Karen«, sagte Marley. »Die hätte das Ruder auch nicht mehr rumgerissen. Dafür war sie zu jung. Glauben Sie mir, Jermy, Theo Hurdle hätte die Sauferei nie im Leben gelassen. Seine Zeit war abgelaufen.«

»Sie wissen natürlich, dass Sie sich damit alles ruinieren, nicht wahr?« Jermy zupfte an seiner Krawatte herum und lockerte den Knoten. »Er ist der größte Sympathieträger in diesen Romanen. Die meisten Leserbriefe, die Sie bekommen, beziehen sich auf Hurdle oder sind sogar an ihn persönlich gerichtet. Das Publikum liebt ihn, gerade weil er all diese Schwächen hat.«

»Hatte«, korrigierte ihn Marley. »Vergessen Sie nicht – er ist tot.«

»Dann machen Sie ihn wieder lebendig.«

»Das kann ich nicht.«

»Natürlich können Sie.« Jermy wischte Marleys Einwand lachend und mit solcher Leichtigkeit beiseite, als würde er eine lästige Fliege verscheuchen. »Sie machen es genau wie in den alten Cliffhanger-Filmen: Er befindet sich in dieser schrecklich gefährlichen Situation am Ende des Romans. Ein Entrinnen scheint unmöglich.« Der Literaturagent sah aus wie Alfred Hitchcock, die rechte Hand mit gespreizten Fingern vorgestreckt. »Von mir aus machen Sie die Leser glauben, er sei tot. Aber wir beide wissen es besser, stimmt's? Und die Fortsetzung fängt genau dort an. Wunderbar. Während jedermann denkt, er sei hin, kann sich der gute alte Theo in Wahrheit geistesgegenwärtig retten und kommt davon.«

»Jermy –« Marleys Geduldsfaden begann sich langsam, aber sicher aufzudröseln. Denn *Geistesgegenwart* war nie eine von

Serien-Antiheld Theo Hurdles hervorstechendsten Charaktereigenschaften gewesen (außer man wollte den Kauf neuer Schnapsflaschen, ehe die alten gänzlich zur Neige gingen, als besonders geistesgegenwärtig bezeichnen), und er hatte sein Leben beschlossen, wie er es verbracht hatte: vollkommen betrunken, stockbesoffen und total abgefüllt. »Sie haben doch den Teil mit dem Schnellzug gelesen. Die Szene auf den Bahnschienen im Merstham-Tunnel. Selbst wenn ich wollte; ich kann Theo nicht wieder lebendig machen, Jermy. Am Ende des Romans sammeln sie ihn in einen *Korb*.«

»Ja.« Der Literaturagent hüstelte. »Die Details müssen Sie selbstverständlich noch etwas ändern.«

Marley seufzte.

Vor knapp sieben Jahren hatte er damit angefangen, über Hurdle zu schreiben; zu einer für ihn sehr schlechten Zeit. Damals hatte er in einem winzigen Kellerloch in Kemptown gehaust – ein Tagträumer inmitten unvollendeter Manuskripte, Unmengen leerer *Jack-Daniels*-Flaschen und sich stapelnder Rechnungen. Allein mit all seinen hochfliegenden Plänen und den ernüchternden Gedanken an den Tod seines Vaters, war er auf dem besten Wege gewesen, den Karren, der Leben heißt, so ziemlich nach allen Regeln der Kunst in den Dreck zu fahren. Doch dann hatte plötzlich eine Gestalt auf dem Papier Konturen angenommen, die es noch schlimmer getroffen hatte als ihn, jemand, den selbst er noch bemitleiden konnte: Inspector Theobald Hurdle, 52 Jahre alt, kinderlos, verwitwet. Mit dessen Hilfe hatte Marley sich den ganzen Dreck binnen dreier Monate von der Seele geschrieben und war mit seinem ersten veröffentlichten Roman unversehens auf eine Goldader gestoßen. Noch ehe er selbst richtig begriffen hatte, dass ein großer Verlag bereit gewesen war, seine kleine, düstere Geschichte über einen in Alkohol und Selbstmitleid versinkenden Police Inspector zu veröffentlichen, hatte sich *Irrende Wahrheit* in

Großbritannien und den USA mehr als 250.000 Mal verkauft, und das Publikum verlangte mehr über Hurdle zu lesen.

Zu jener Zeit hatte Marley sich seinem Helden noch verbunden gefühlt, aber mittlerweile – sieben Jahre und sechs Romane später – befürchtete er, fast zwangsläufig selbst zum Alkoholiker zu werden, wenn er auch nur noch ein weiteres Wort über diesen Mann verlor.

Er sagte: »Nein. Ich bin den alten Suffkopp wirklich leid. Ich möchte nicht in die Geschichte eingehen als der Schriftsteller, den seine eigene Romangestalt in den Säufertod getrieben hat.«

»Ich sage Ihnen was, Robert: Sie werden in die Geschichte eingehen als der Schriftsteller, der bald seine Rechnungen nicht mehr bezahlen kann, wenn Sie weiter so halsstarrig sind.« Jermy legte beide Arme auf den Blätterstapel und sah Marley väterlich an. »Der Verlag wird das Manuskript ablehnen. So einfach ist das.«

»Hören Sie: Das ist jetzt der sechste Inspector-Hurdle-Krimi, und mir sind mittlerweile die Gründe dafür ausgegangen, weshalb man ihn nicht aus dem Polizeidienst entfernt, so bescheuert, wie er sich immer wieder aufführt. Also lassen Sie uns Theo in aller Stille zu Grabe tragen, dann kann Miriam Beckett endlich die Hauptrolle übernehmen. Sie ist ein viel stärkerer Charakter. Die Leser mögen sie ohnehin schon und werden sie in der Hauptrolle akzeptieren. Und der Verlag auch. Nach Hurdle wird kein Hahn mehr krähen, wenn sie erst mal übernommen hat.«

Jermy ließ sich die Idee durch den Kopf gehen. Die krankhafte Röte war aus seinen Wangen verschwunden. »Miriam Beckett. Hm, hm. Also schön.« Er klappte den Aktenordner zu und wickelte ein Gummiband darum. »Ich werde sehen, wie es der Programmchef aufnimmt.«

»Großartig!« Marley fühlte sich gleich viel leichter, als er nun schwungvoll aufstand. Kein Wunder, jetzt, wo Hurdle, der Mühlstein, nicht mehr auf seinen Schultern lastete. »Sie schaffen das schon, Jermy. Sie sind der Beste.«

»Ach, Robert –« Er war schon halb zur Tür hinaus, als Jermy ihn zurückwinkte, ein paar Papiere in der Hand. »Ich habe hier etwas, das Sie sich einmal ansehen sollten.«

Er sah es sich an, und dann den Literaturagenten, der jetzt wieder völlig gelassen hinter seinem riesigen Schreibtisch thronte und plötzlich an eine sehr dicke und sehr zufriedene Katze erinnerte. Marley konnte sich ein Grinsen nicht verkneifen. *Jermy, du verdammter Schwarzmaler!* Von wegen, er würde bald seine Rechnungen nicht mehr bezahlen können! Es war ein Vorvertrag, in dem es um eine Option auf Filmrechte ging.

»Sieht ganz passabel aus«, meinte Jermy, während er nebenher so inbrünstig damit beschäftigt war, ein paar Fusseln von seinem Anzug zu zupfen, als wäre es das Wichtigste auf der Welt. »Ich denke, Sie sollten es unterschreiben, Robert.«

Bildete er sich das ein, oder war da eben ein leises Schnurren gewesen?

Es war bereits Mittagszeit, als Marley aus der U-Bahn-Station Chancery Lane trat und in Richtung Fleet Street ging.

Eigentlich mochte er London nicht besonders. Seit seiner Kindheit schon übte die Stadt eine seltsam deprimierende Wirkung auf ihn aus. Er wusste selbst nicht recht, warum, und das machte ihm fast ein wenig Angst.

Als Kind hatte er seinen Dad ein ums andere Mal nach London begleitet. *(»Warte hier, Bobby. Ich muss nur mal kurz telefonieren.«)* Und die Erinnerungen an ihren ersten Besuch im Tower, den sie mit einer Fahrt auf der Themse beschlossen hatten, oder die Nachmittage im Wachsfigurenkabinett Madame Tussaud's (wo Dad Liz Taylor tatsächlich einmal unter den

Rock geschaut hatte, nur um zu sehen, *wie* originalgetreu die Figuren wirklich waren), gehörten zu den liebsten und wichtigsten Erinnerungen seiner Jugend überhaupt. Trotz allem war da dieses unbestimmte Gefühl ...

Marley hatte durchaus versucht, der Stadt etwas Positives abzugewinnen, da er schon wegen seines Berufs recht häufig herkam, doch jenes unterschwellige Gefühl von Schwermut oder Niedergeschlagenheit – er konnte es nicht näher bestimmen, so sehr er sich auch anstrengte – ließ sich einfach nicht verdrängen. Da konnten die Leute Samuel Johnson zitieren, sooft und so viel sie wollten: Er hielt sich nicht für suizidgefährdet, nur weil ihm jedes Mal ein wenig wohler war, wenn er die Grenzen der Hauptstadt wieder verlassen hatte.

Fleet Street dagegen bildete eine Ausnahme. Diese Straße mochte er; nein, er liebte sie sogar – besonders ihre geschichtsträchtige Romantik, die bei ihm stets den Eindruck erweckte, im Zwielicht der schmalen verwinkelten Gassen und Courts noch immer den Geistern von Conan Doyle, Wilde oder Dickens begegnen zu können, den vorüberhuschenden Schatten seiner Idole. Er kam jedes Mal hierher, wenn er bei Jermy in London zutun hatte. Selbst wenn er dafür einen Umweg von fast dreißig Minuten in Kauf nehmen musste. Fleet Street! Allein der Klang des Straßennamens ließ ihn an fließende Druckerschwärze denken. Und wenngleich die letzten Verlage auch schon vor Jahren von hier fortgegangen waren, so blieb die schöpferische Kraft vergangener Tage doch noch bis in die Gegenwart hinein spürbar. Die Straße der Tinte. Die Straße der Fakten und der Fantasie – und tief unter dem Pflaster ein fast vergessener Fluss. Es gab kaum einen Romancier von Bedeutung, dessen Karriere nicht in ihrer unmittelbaren Umgebung begonnen hatte. Und wo könnte sich ein Autor mehr zuhause fühlen? Hier war so viel Literaturgeschichte geschrieben worden, dass es für die Ewigkeit ausreichen würde.

Nicht zum ersten Mal in seinem Leben wünschte Marley, die rußschwarzen Steine der Häuser und Kirchen ringsum wären dazu in der Lage, ihre Geschichte zu erzählen. *Die Menschen kommen und gehen*, dachte er, als er am Ende der Chancery Lane endlich die Einmündung zur Fleet Street erreichte und sich nach links wandte, *die Stadt aber bleibt.* Sie ist wie eine Kulisse, sie verändert sich kaum. Zumindest traf das auf diesen Teil Londons zu und – Gott sei's gedankt – auf die Pubs ganz besonders. Denn ein Stück weiter die Straße hinunter lag *Ye Olde Cheshire Cheese*, jene uralte Schänke, wo schon Mark Twain, Yeats und Dickens getrunken hatten, und auch Samuel Pepys, dem es, seinem Tagebuch zufolge, zur lieben Gewohnheit geworden war, quasi als erste Amtshandlung am Morgen, die Brüste seiner Mägde zu drücken.

Schließlich soll man jeden Tag mit einem Lächeln beginnen, dachte Marley. Er versäumte es niemals, dort ein oder zwei Bitter zu trinken, wenn er von seinem Agenten kam.

Während er in Richtung Ludgate Hill ging, musste er an all die Menschen denken, die hier nach Bekanntwerden von Mr. Sherlock Holmes' vermeintlichem Tod im Dezember 1893 einen Protestzug gebildet hatten. Mit Trauerflor an den Ärmeln waren sie die Fleet Street auf und ab marschiert und hatten lautstark seine Auferstehung verlangt. Eine Wirkung, die heutzutage wohl kaum noch ein Autor erzielen könnte.

Marley musste beinahe lachen, als ihm die Parallele zu seinem eigenen Protagonisten auffiel und er sich die schwankende Trauerprozession der Anonymen Alkoholiker vorstellte, die sich für Hurdle den Säufer ins Zeug legten. Allerdings verging ihm das Lachen gleich wieder.

Es war erst kurz nach eins am Mittag, aber zu Marleys unsäglicher Enttäuschung waren die Fenster des *Olde Cheshire Cheese* dunkel und schmutzverkrustet, und die Tür zur gemütlichen Schankstube verriegelt und verrammelt. Wie ein handgeschriebener Hinweis verkündete, war das verdammte Pub ›bis auf weiteres geschlossen‹; vermutlich zum ersten Mal in all den Jahrhunderten seines Bestehens. So weit war es also gekommen mit ihrem angeblich so traditionsbewussten Land, dass selbst eines der berühmtesten Pubs Londons einfach so mir nichts dir nichts zumachen konnte, ohne dass irgendjemand etwas dagegen unternahm. Blieb nur zu hoffen, dass sie nicht gleich Pleite gemacht hatten.

Er wandte sich wieder dem Gehweg zu. Der Wunsch, ein Bier zu trinken, hatte sich mittlerweile in Verlangen verwandelt. Auf der gegenüberliegenden Straßenseite lag die *Bell Tavern*, wo einst die Henker eingekehrt waren, nachdem sie im nahe gelegenen Gefängnis ihres Amtes gewaltet hatten. Doch dorthin wollte Marley nicht.

Du musst jetzt nicht sofort etwas haben, Marley. Du kannst noch ein paar Minuten warten, nicht wahr?

Klar konnte er das. Keine zweihundert Meter entfernt lag die Essex Street südlich von Temple Bar, und dort befand sich das *Edgar Wallace Pub*. Zu Wallaces Lebzeiten noch unter dem Namen *The Essex Head* bekannt, war die Schänke dem berühmten Kriminalschriftsteller an so manchem Abend zur Zufluchtsstätte geworden. Und das Pub selbst hatte nach seinem Tod ihm zu Ehren den Namen geändert. Marley fand, dass es, in Anbetracht der äußeren Umstände, für einen Krimiautor wie ihn kaum einen angemesseneren Ort geben konnte, um in Ruhe ein Bier zu trinken. Außerdem konnte er in weniger als fünf Minuten dort sein, wenn er sich etwas beeilte.

Am Eingang zur Bell Lane jedoch blieb er noch einmal kurz stehen. Der Name auf einem Holzschild, das mit Draht am schmiedeeisernen Zaun des Eckhauses festgemacht worden war, hatte seine Aufmerksamkeit erregt. Jedes Kind kannte diesen Namen. Marley hatte ihn zuerst von seinem Vater gehört – damals war er vielleicht fünf Jahre alt gewesen.

Sweeney Todd stand in großen, kunstvoll geschwungenen Buchstaben darauf, und es erzählte die Geschichte eines skrupellosen Mörders, der hier in Fleet Street gegen Ende des 18. Jahrhunderts sein Unwesen getrieben haben soll. Der Besitzer eines Friseursalons hatte sein Einkommen angeblich aufgebessert, indem er betuchten Kunden die Kehle durchschnitt und sie anschließend beraubte. Der Leichen entledigte er sich auf äußerst makabre Weise: Seine Geliebte betrieb in der Bell Lane eine Metzgerei, wo sie das Menschenfleisch – von Todd über alte, unterirdische Gänge zu ihr gebracht – zu Pasteten verarbeitete, die als die köstlichsten der ganzen Stadt gerühmt wurden.

Passenderweise warb das Schild für ein Restaurant, und der Schlusssatz war ganz nach Marleys Geschmack: *Unsere* Pasteten werden ausschließlich mit *Schweine*fleisch zubereitet.

Die Geschichte hatte allerdings einen entscheidenden Haken: Niemand wusste, ob es Todd wirklich gegeben hatte. Zwar existierten eine Handvoll Zeitungsberichte und ein paar zweifelhafte Gerichtsakten, aber die konnten genauso gut auf das Konto eines begabten Fleet-Street-Schreibers gehen. Merkwürdig genug, aber wie viel davon nun der Wahrheit entsprach, hatte man schlichtweg vergessen.

Und vielleicht war es das Schicksal dieser Straße, dass sie vergaß. Nicht nur die Nachrichten vergangener Tage und den genauen Verlauf jenes Stroms, der vor langer Zeit tatsächlich einmal dort sein Bett gegraben hatte, sondern auch die Menschen und ihre Taten, die Pubs mit ihren beim Bier zusammensitzenden Journalisten, und auch die Zeitungsverlage mitsamt ihren sensationslüsternen Geschichten – all die Schicksale; die beschriebenen wie die unerzählten. Weit unter der Oberfläche allerdings, dessen war Marley sich sicher, da brodelte es weiter. Genau wie jener Fluss, dem die Straße ihren Namen verdankte: The River Fleet – die verborgene Konstante; mochten ihn die meisten auch vergessen haben.

Das *Edgar Wallace* war um die Mittagsstunde nicht sonderlich gut besucht. Lediglich zwei Männer in dunklen Anzügen lehnten an der Bar. Beide hatten einen Hocker neben sich stehen, schienen aber keine Lust zu haben, darauf Platz zu nehmen. Es gab zwei Eingänge. Der, über den Marley die Schankstube betreten hatte, ging auf die Essex Street hinaus. Der andere lag der Theke gegenüber und führte zum Devereux Court. Marley bestellte ein Pint *Old Speckled Hen*, trug das Glas zu einem Tisch gleich bei der großen Eckvitrine, die all die Erinnerungsstücke enthielt, die Wallace seinem Lieblingslokal vermacht hatte, und nahm auf einem der wackeligen Holzschemel Platz.

Eine Weile saß er einfach nur da, beide Hände um sein Pintglas gelegt, und betrachtete das Portraitfoto des Autors. Wallace war in seiner bekanntesten Pose abgelichtet worden: im Profil am Schreibtisch sitzend und den verklärten Blick in ferne Verbrecherwelten gerichtet, die lange Zigarettenspitze im Mund. Marley bemerkte einen etwas spöttischen Zug in Wallaces Gesicht.

Die Musik im Hintergrund war nicht mehr als ein dumpfes, diffuses Pochen; sie klang fremd und doch vertraut, wie ein sich allmählich ankündigender Kopfschmerz.

Na, alter Junge, wie läuft's denn so?, schien das Foto zu sagen. *Fühlst dich wohl nicht besonders, wie? Siehst mir nämlich ganz wie einer aus, dem sie grad die Freundin umgebracht haben. Oder warst du's am Ende selbst?*

Marley versuchte, diese Gedanken zu ignorieren. Er wusste, dass sie nicht gesund waren. Er nahm einen kräftigen Schluck aus dem Bierglas und lehnte sich mit geschlossenen Augen gegen die Wand hinter sich. Er spürte sie angenehm kühl an seinen Schultern und an seinem Hinterkopf.

Wenn er an die vergangenen Monate dachte, war da nicht viel. Er hatte geschrieben. Er war geradezu aufgegangen in seiner

Geschichte, doch das lag daran, dass er alles, was er noch besaß, in diesen letzten Hurdle-Roman gelegt hatte. Nicht nur all sein Können, sondern auch all sein Leiden … Was ihm an seinem Leben wichtig erschienen war, war in diesen Roman geflossen; einiges vielleicht, damit es ihm nicht abhandenkam, anderes nur, damit er endlich vergaß: Da waren seine gesicherte Existenz in Brighton, seine Schwester Dorothy und die Eltern; sein bester Freund Richard, der noch am Leben wäre, hätte er, Marley, nur ein wenig besser Obacht gegeben. Und Angie.

(Du hättest es wissen müssen, alter Knabe. Aber du hast dir absichtlich die falschen Fragen gestellt, stimmt's, weil du es nämlich nicht wahrhaben wolltest.)

Ein Teil von ihm versuchte sich zu verteidigen, während sich gleichzeitig ein anderer Teil seines Gewissens fragte, was er anders gemacht *hätte*, wäre ihm je der Verdacht gekommen …

Angie.

Er hatte sie geliebt, mit einer Intensität, die er selbst nicht für möglich gehalten hatte. Aber dem Himmel sei Dank war es nicht mehr dieselbe Art von Liebe gewesen, *nachdem* er sein Manuskript fertiggestellt hatte. Erst dieser Roman hatte es ihm ermöglicht, mit alledem abzuschließen.

(Schreib es auf! Nachher fühlst du dich besser, Bobby.)

Nachher hatte er sich tatsächlich besser gefühlt. Doch der Weg dorthin war steinig gewesen. Mittlerweile war Juni, und es war noch keine zwei Monate her, seit er ihn bewältigt hatte.

Seit Angelas Tod war es Herbst geworden. Und Winter. Oktober, November, Dezember … Marley hatte diese Monate allein verbracht. Kaum einmal war er vor die Tür gegangen. Kaum einmal hatte er das *Jury's Out* besucht, wo er normalerweise jeden Nachmittag ein paar Stunden verbrachte, um ein bisschen Ablenkung von der Schreibarbeit zu bekommen. Er hatte sich zurückgezogen während dieser Zeit. Wie ein Bär, der Winterschlaf hält …

A day in the life of a fool –
A sad and a long, lonely day.
I walk the avenue –
and hope I'll run into
The welcome sight of you –
coming my way.

Während Frank Sinatra davon gesungen hatte, wie ein Tag im Leben eines Einfaltspinsels aussah, hatte Marley schweren Herzens das erlösende Wort *Ende* unter den letzten Satz seines Manuskripts geschrieben.

Dann hatte er sich zurückgelehnt und die Augen geschlossen.

I stop just across from your door –
But you're never home anymore …
So back to my room –
and there in the gloom
I cry tears of good-bye.

Marley, der Sinatra in den nicht seltenen Phasen tiefster schriftstellerischer Depression oder akutem Liebeskummer beinahe als besten Freund betrachtete und bei *Ol' Blue Eyes'* Tod wie ein Schlosshund geheult hatte, vermochte dessen Stimme nicht eine Sekunde länger zu ertragen. Er sprang von seinem Bürostuhl auf und zog mit einem kräftigen Ruck den Dreifach-Netzstecker aus der Wand.

Tabby, Marleys zahnlose Katze mit dem rotbraunen Fell, lag neben ihm auf dem Schreibtisch am Fenster und schnurrte glücklich.

And there in the gloom
I cry tears of good-bye …

Niemand kann dir zurückbringen, was du verloren hast, dachte er, derweil er auf dem Fußboden hockte, mit dem Rücken gegen die Wand gelehnt, und noch immer den Mehrfachstecker der Stereoanlage wie eine leblose dünne Schlange in Händen hielt. Ganz gleich, wie viele Abschiedstränen du weinst. *Sie ist tot.*

But you're never home anymore ...

Als er nach einer Ewigkeit aufstand und sich wieder in den Sessel vor seinem Schreibtisch setzte, blickte er auf den zu dunklem Nichts erstarrten Bildschirm seines Laptops.

»Shit!« Er schlug mit beiden Fäusten auf den Tisch, denn mit Sinatras Stimme war auch das Surren des Computers verstummt. Marley hatte den Stecker aus der Wand gerissen, ohne die letzten fünf Seiten seines Romans abzuspeichern.

Gott, es war alles so furchtbar ungerecht ...

... every day in the life of a fool ...

Allerdings war das der Wendepunkt gewesen. Als er die letzten Seiten aus der Erinnerung heraus noch einmal geschrieben hatte, war ihm plötzlich bewusst geworden, dass es nicht länger um Angie, sondern um die Geschichte ging. Diese letzten fünf Seiten hatte er nicht mehr geschrieben, um die Sache ins Reine zu bringen oder um zu verarbeiten oder zu verdrängen. Er hatte sie allein für sich geschrieben, aus lauter Vergnügen daran, eine wirklich gute Geschichte zu erzählen.

Als er an jenem Tag zum zweiten Mal das Wort ENDE unter den Text getippt hatte, da gab es Angie nicht mehr, und mit ihr war Hurdle gestorben.

In seinen Romanen würde nun Miss Beckett, Hurdles Assistentin, die Hauptrolle übernehmen. Und im wirklichen Leben? Wer wäre je imstande, diese Lücke zu füllen?

(Du sollst keine anderen Götter haben neben mir ... ha, ha.)

Er warf noch einmal einen Blick auf die Vitrine in der Ecke. Wallace sah noch genauso spöttisch aus wie vorher, ja fast zynisch und mit einem Mal ging Marley der ganze *Mörderkram* entsetzlich auf die Nerven. Er trank sein Bier aus, schob den Stuhl zurück und verließ das Pub, so schnell er konnte.

Was er brauchte, wären ein oder zwei Wochen Urlaub. Ein wenig ungestörte Zeit für sich, und er wäre wieder der Alte. Das hoffte er zumindest.

Er ging die Essex Street hinauf und bog nach links in den Strand ab. Am Aldwych stand er eine Weile unschlüssig da und überlegte, wohin er nun gehen sollte. Seinen Wagen hatte er außerhalb von London geparkt, und sein U-Bahn-Ticket war für 24 Stunden und sämtliche Zonen gültig. Er war drauf und dran, noch bei Pizza-Hut vorbeizuschauen, als er den Eingang zur Surrey Street passierte und sein Blick auf das kleine Reisebüro an der Ecke fiel.

»Wollen Sie ausspannen?«, fragte die junge Dame hinter dem Schalter. »Oder wollen Sie mal richtig was erleben?« Sie sah kaum auf, während sie, wie er vermutete, Daten und Reiseziele in ihren Computer tippte. »Wenn Sie richtig Action haben wollen, dann sollten Sie nach Liverpool fahren. Waren Sie schon mal da? Ist nämlich zur Zeit mächtig angesagt. Ein Trip nach Mallorca ist aber auch nicht schlecht.«

»Nein, nein. Ausspannen ist genau das Richtige«, sagte er, denn ihm war nicht sonderlich nach *richtigen Erlebnissen* zumute. Die hatte er in letzter Zeit zur Genüge gehabt. »Auch nicht ins Ausland. Das ist wirklich nichts für mich. Ich will nichts weiter, als zwei Wochen Ruhe: Schlafen, spazieren gehen, lesen.« Er bemühte sich um ein Lächeln. »Wie Sie schon sagten, ausspannen eben.«

»Und was halten Sie von Devon?«

Das erste, was ihm zu Devon einfiel, war Agatha Christie. Mord, Gift, Messer, Blut und Tod. Das war ganz und gar nicht das, was er wollte. »Ich glaube«, sagte Marley, »das ist nicht ganz das, was ich mir vorgestellt habe.«

Sie tippte weiter Zahlen und Orte in ihren Computer, während sie sich beiläufig eine Haarsträhne hinters Ohr strich, sah schließlich zu ihm auf und meinte: »Yorkshire? Was halten Sie davon? Ich könnte Ihnen eine kleine Pension im Saddleworth Moor empfehlen. Ist sogar ziemlich preiswert.«

Yorkshire. Große Güte. Und dann auch noch das *Saddleworth Moor*. Sofort tauchten die wenig erquicklichen Gesichter Ian Bradys und Myra Hindleys vor seinem geistigen Auge auf: Die Kindermörder von Hyde. Obwohl sie ihre Taten in den sechziger Jahren begangen hatten, waren die Leichen all ihrer Opfer noch immer nicht gefunden worden. Er schüttelte den Kopf. Nein, das wäre es wohl auch nicht. »Haben Sie nicht was –« Er rieb sich die Stirn. »Irgendwas Harmloseres?«

Die junge Dame sah ihn entgeistert an. Was war denn noch harmloser als Yorkshire? Nichts als äsende Schafe und die endlosen Weiten der Moore. *Vollkommen tote Hose*, besagte ihr Blick. »Was meinen Sie?«

»Na, irgendetwas –« Er stockte unsicher. »Nun – was vollkommen Unschuldiges vielleicht?«

Sie blickte ihn so verständnislos an, als habe er ein Fremdwort benutzt. »Was *Unschuldiges*, aha.« Ihre langen Wimpern (Marley bildete sich ein, er könne sogar den Lufthauch spüren, den sie beim Blinzeln verursachten), ihre vollen, von pinkfarbenem Lipgloss wie feucht glitzernden Lippen und das offenherzige, trägerlose Oberteil, das sie trug, wiesen sie als eine Frau aus, die mit dem Begriff Unschuld offenbar rein gar nichts anzufangen wusste.

Er sah sie mit dem schuldbewussten Blick eines Kunden an, der sich darüber im Klaren ist, dass er zu viel verlangt.

Sie beugte sich über den Tisch und stieß einen leisen Seufzer aus. Dann sagte sie: »Wissen Sie was, ich mache Ihnen einen Vorschlag.« Sie schaute ihm jetzt zum ersten Mal direkt in die Augen, und ihre Stimme hatte plötzlich einen ganz anderen, viel milderen Klang bekommen; leiser und viel weniger geschäftsmäßig. »Sie wollen was Harmloses, um irgendwas aus dem Kopf zu kriegen – *irgendwen*, hab ich Recht? Ich find schon was Passendes. Kein Problem, ehrlich. Geben Sie mir Ihre Adresse und freie Hand, was das Reiseziel anbelangt; ich garantiere Ihnen, ich werde Sie nicht enttäuschen. Ich besorge Ihnen das *Super-duper-Unschuldspaket*. Alles, was Sie tun müssen, ist, mir ein bisschen zu vertrauen. Die Unterlagen sende ich Ihnen zu.« Sie schenkte ihm ein Lächeln, den Kopf leicht zur Seite geneigt. »Nun, was halten Sie davon?«

Marley überlegte nicht lange. Er mochte die Art und Weise, wie ihre Augen funkelten – fast wie kleine Edelsteine. Die Vorstellung, sein Schicksal in die Hände einer völlig Fremden zu legen, gefiel ihm irgendwie. Er hatte Lust, das Risiko eines kompletten Fehlschlags einzugehen. Schließlich konnte es ihm nur guttun, wenn er nach all den Monaten des Sich-Verkriechens langsam wieder zu ein wenig mehr Spontaneität zurückfand. »Okay«, sagte er. »Und wie lange wird das dauern?«

»Lassen Sie mir ein, zwei Tage Zeit, um mir etwas zu überlegen. Und dann noch mal einen Tag, bis die Unterlagen bei Ihnen sind.« Sie zuckte kaum merklich mit den Schultern. Die dünnen Striche ihrer Augenbrauen wanderten fragend in die Höhe. »Wäre Ihnen das recht?«

»Wunderbar. Bestens.« Er lächelte ebenfalls und stand auf, glücklich und mit dem wohligen Gefühl der Vorfreude. Etwas, das er schon seit Ewigkeiten nicht mehr empfunden hatte. Es war warm und aufregend und breitete sich in seinem Bauch aus, wie ein doppelter *Jack Daniels*.

Als er hinaus auf die Straße trat und auf die schmutzig graue

Fassade der gegenüberliegenden Häuserreihe blickte, war jegliche Vorfreude wieder verflogen.

Marley fühlte sich genauso deprimiert wie vorher.

2

»Die haben ein Exempel statuieren wollen. So einfach ist das, Ian. Die wollten ihn tot wie'n Stein, als Warnung für andere, das sag ich dir. Schließlich war er ja nicht irgendwer. War ja berühmt, der Junge. Die *einen* haben ihn kaltgemacht, und die *anderen* haben die Sache dann vertuscht. Das war ganz klar 'ne Verschwörung.«

Im *Anchor Inn* ging es wieder mal heiß her. Wie jeden Abend, wenn genügend Alkohol im Spiel war, so entbrannte dieselbe alte Diskussion auch heute wieder aufs Neue. Wann immer sich dort ein kleines Grüppchen zusammenfand, um zu trinken oder ein Schwätzchen zu halten, kam man unweigerlich auf ein ganz bestimmtes Thema zu sprechen. Und dieses Thema waren die *Stones*. Nicht, wie man gemeinhin hätte vermuten können, wegen ihrer musikalischen Qualitäten, auch nicht der mit fortschreitendem Alter immer seltener werdenden Skandalgeschichten wegen, oder weil Keith Richards sich beim Stöbern in der eigenen Bibliothek mal wieder die Hüfte gebrochen hatte. Die Gentlemen, die hier in der Bar des *Anchor* zusammen saßen, interessierten sich nicht die Bohne für Musik. Ihr Interesse galt ausschließlich dem geheimnisumwitterten Todesfall, der den kleinen südenglischen Ort Hartfield seit dem 2. Juli 1969 mit den gealterten Rockstars verband. Denn seit jener schicksalhaften Sommernacht lautete die Frage: Wer hatte Brian Jones getötet, den Leadgitarristen und Gründer der Band? Dass er ermordet worden war, daran zweifelte hier im Pub kaum einer.

Der Mann, der gesprochen hatte, war Sir Arthur Hampton, der einzige Adlige, den Hartfield seit Generationen zu bieten hatte. Im Ort mutmaßte man, er habe den Ritterschlag erhalten, weil es ihm gelungen war, selbst die Queen Mum unter den Tisch – beziehungsweise das Queen-Anne-Tischchen – zu saufen. Jetzt beugte er sich über den Tresen, winkte Nora Thompson, die gerade damit beschäftigt war, Reverend Chubbs Glas mit Cider aufzufüllen, und rief ihr zu, sie möge sich ein wenig beeilen, seine Kehle befinde sich in einer akuten Notlage.

»Er soll Flusswasser in der Lunge gehabt haben«, meinte Jonathan Kettridge, der Fremdenführer. Er war ein großer, schlanker Mann um die fünfzig, mit grauen Locken und hellen Augen, die oft verschmitzt zwinkerten, wenn er sprach. Er saß neben Ian Kitley am äußersten Ende der Bar – am weitesten von der Eingangstür entfernt und den großen Kamin im Rücken. Er hatte sein Taschenmesser aufgeklappt und schälte einen Apfel. »Obwohl sie ihn in seinem Pool gefunden haben. Ist doch merkwürdig, nicht?«

»Ah, das sind doch alles bloß Gerüchte«, ließ sich Sir Arthur vom anderen Ende der Theke her vernehmen. Er beugte sich abermals vor, um Nora an sein noch immer ausstehendes Pint *Harveys Best Bitter* zu erinnern. »Ich persönlich glaub' nicht die Hälfte davon. Ich denke, der arme Kerl hatte ein mächtiges Drogenproblem. Hat sich wahrscheinlich mit dieser Drogenmafia eingelassen und das Zeug nicht bezahlt. Weiß man ja, was mit solchen Leuten geschieht: Wer nicht bezahlt, wird abgemurkst. Die restlichen *Stones* haben natürlich davon gewusst und es vertuscht. So einfach ist das.«

»Es war tatsächlich Wasser aus dem Fluss.« Reverend Paul Chubb saß rechts von Kettridge, ganz allein an einem kleinen Tisch beim Fenster, das auf die Church Street hinausblickte. Er hatte nicht laut gesprochen und auch kaum den Blick von seinem Glas gehoben, und dennoch wandten sich alle zu ihm um. »Ich war dabei, damals, als sie ihn aus dem Pool zogen. Ich werde diesen Tag wohl niemals vergessen. Er sah so jung aus. Gar nicht wie jemand, der schon so viel erreicht hat.«

»An seinen Schuhen soll noch brauner und roter Lehm geklebt haben«, sagte Ian Kitley, ein Geschäftsmann aus London, der sein Geld mit Immobilien verdiente. Er hatte das ehemalige Jones-Anwesen vor zehn, fünfzehn Jahren gekauft, kam selbst aber lediglich im Sommer für ein paar Wochen her. Die meiste Zeit des Jahres über verpachtete er den Besitz. »Und diese Sorte Lehm gibt es, soweit ich weiß, nur unten am Fluss bei der Brücke.«

»Vielleicht ist er früher am Tag dort gewesen«, sagte Gordon Cobbler, der zwischen Kitley und dem völlig weggetretenen William Crossman auf einem der samtrot bezogenen Barhocker saß.

»Ich war's bestimmt nicht«, knurrte Crossman, hob zum ersten Mal seit Stunden die Lider (er saß immer mit halbgeschlossenen Augen da, wenn er genug hatte) und kletterte umständlich von seinem Hocker herunter. »Ich muss pissen wie'n Bär.«

Sie sahen ihm zu, wie er davonwankte. Und als er durch die weiße Schwingtür verschwunden war, meinte der Reverend: »Da war kein Lehm. Er hatte keine Schuhe an, er trug nichts weiter als eine Badehose.«

»Oh, Tatsache?«, murmelte Kitley und widmete sich wieder seinem Bier. »Ich hätte schwören können, ich hab da so was gelesen.«

»Auch kann ich mir beim besten Willen kaum vorstellen, dass er irgendjemandem Geld geschuldet haben soll«, fuhr Chubb fort, als wäre er niemals unterbrochen worden. »Schon gar nicht der *Drogenmafia*.« Er schmunzelte. »Wenn Brian Jones eines in Hülle und Fülle besaß, dann war das Geld. Wir begegneten uns damals ein paar Mal. Und ich kann Ihnen eines sagen: Solange er noch mit den Jungs aus der Band zusammen war, wirkte er auf mich wie ein sehr trauriger junger Mann. Er hatte den Ruhm und die vielen Frauen, die ihn umschwärmten, aber er war nicht glücklich. Er war traurig, das konnte ich sehen. Er litt darunter, nicht zu wissen, wer ihn um seiner selbst willen mochte, und wer sich bloß wegen seines Ruhmes in seinem Dunstkreis bewegte.«

»Sie können mir erzählen, was Sie wollen, Reverend«, beharrte Sir Arthur. »Mafia oder nicht, ich bleib dabei: Die Drogen waren schuld. Der war doch viel öfter *stoned* im Bett, als mit den *Stones* im Studio.« Und er kicherte über sein eigenes kleines Wortspiel. »Deswegen haben die Jungs ihn am Ende auch rausgeschmissen.«

Chubb schüttelte missbilligend den Kopf, die Stirn in Falten gelegt. »Das sehe ich etwas anders, mein Lieber.«

»Falls es stimmt, was Sir Arthur sagt, klingt das für mich eher danach, als habe er sich selbst das Leben genommen«, warf Kettridge ein. »Dann muss er nicht zwangsläufig umgebracht worden sein.«

Der Reverend betonte jede Silbe, als er sagte: »*Tut-es-a-ber-nicht*. Es war nämlich Brian Jones, der sich von den *Rolling Stones* getrennt hat. Nicht umgekehrt.« Er nippte an seinem Cider und sah nachdenklich zu den schweren Deckenbalken auf. »Wenn Sie ihn gekannt hätten, Jonathan, würden Sie keinerlei Zweifel daran haben. Dieser junge Mann war ein Ausnahmetalent. Jagger & Co. brauchten ihn dringender, als er sie brauchte. Er hatte blendende Aussichten jenseits der Band. Er stand mit John Lennon in Kontakt und mit anderen einflussreichen Musikern.«

»Wow!« Ian Kitley war sichtlich beeindruckt. Er trank *Murphy's* und hatte mittlerweile Mühe, sein Glas gerade zu halten. »Alle Achtung, für einen Priester sind Sie verdammt gut informiert, was das Musik-Business angeht.«

Falls Chubb die Bemerkung gehört hatte, ignorierte er sie. »Jedenfalls hätte er niemals Selbstmord begangen. Er hatte eine wunderbare neue Freundin. Und er hatte Pläne für die Zukunft. Nach seinem Tod haben ihn sehr viele Leute auf eine Weise beschrieben, die ich nicht nachvollziehen konnte. Seine Freunde beschrieben ihn als labil. Die Bandmitglieder bescheinigten ihm ein unglaubliches Potenzial an Kreativität, meinten aber, er sei ein Drogenjunkie gewesen. Aber wer kannte ihn schon?«

»Apropos Drogenjunkie.« Nora strich mit einem Messer den sahnigen Schaum von Sir Arthurs Bitter glatt und schob ihm mit einem Augenzwinkern das Pintglas hin. »Wohl bekomm's.«

»Cheerio!« Der hob es an, knallte es einmal auf den Tresen und trank es dann in einem Zug halbleer. Das Glas wie einen Siegespokal in die Höhe gereckt, rief er aus: *»Und einen auf den Tod!«*

Kitley starrte ihn ungläubig an. »Sie trinken auf den Tod?«

»Na klar, warum denn nicht?« Sir Arthur trank schließlich auf alles, was nicht niet- und nagelfest war. »Das Einzige, auf das man sich wirklich verlassen kann, ist der Tod. Er mag ja ein ungeliebter Geselle sein; aber zumindest enttäuscht er einen nicht. Man weiß immer, woran man mit ihm ist.« Er grinste schelmisch über das ganze Gesicht.

Kitley schüttelte bloß verständnislos den Kopf, während der Reverend meinte, es sei – Ritterschlag hin oder her – mehr als ungehörig von Hampton, solch gottloses Zeug von sich zu geben.

Kenneth Greggs, ein Farmer aus Upper Hartfield, sprang, wenn auch mit schwerer Zunge, für Sir Arthur in die Bresche: »Na, Recht hat er. Du *musst* ihn verspotten, damit er dir keine Angst einjagt. Kannst ja eh tun, was du willst; früher oder später läuft er dir doch über'n Weg.« Er nippte müde an seinem

Bier. Er war ziemlich angetrunken, und Nora hatte bereits vor einiger Zeit den Verdacht geäußert, er habe mehr als genug für diesen Abend. »Jeden verdammten Sonntag ist Annie in die Kirche gerannt, hat unter der Woche alten Leuten den Hintern gewischt und nebenher in so einem Wohltätigkeitsladen gearbeitet. Den Tod hat's jedenfalls nicht davon abgehalten, sie zu holen. Meine Schwester war dreiundzwanzig, als sie starb.«

»Oh, Kenneth –«, sagte Gordon Cobbler. Er legte ihm die Hand auf die Schulter, die Lippen zusammengepresst, und seufzte. »Wie lange ist das jetzt her? Sieben Jahre?«

Greggs sah ihn so durchdringend an, als wolle er ihn mit seinen Blicken verbrennen. »Du musst grad reden«, sagte er. Und dann noch einmal lauter. »Du musst grad reden! *Ausgerechnet du!* Ich frage mich, was du gemacht hättest, wäre sie nicht gestorben.«

»Hör doch auf damit.«

»Ich fang' erst an, da kannst du einen drauf lassen.« Greggs stellte geräuschvoll sein Glas hin. »Wie hättest du ihr denn den anderen Jungen erklären wollen?«

»Komm, lass Ronnie aus dem Spiel.«

»Du Arschloch hast Susan geschwängert, obwohl du mit meiner Schwester verheiratet warst!«

»Kenneth, hör auf! Bitte!«

»Ja, das willst du nicht hören.«

»Hey!« Nora Thompson hatte ihren Platz hinter der Theke verlassen und sich zwischen die beiden Männer gestellt. »Leute, ihr könnt machen, was ihr wollt – aber draußen! Wer hier drinnen bleiben will, hat sich an die Regeln zu halten. Wer zu viel hat und sich nicht zu benehmen weiß, fliegt achtkantig raus! Ist das klar?«

Cobbler hob entschuldigend beide Hände. »Tut mir leid, Nora.«

»Kenneth?« Sie wartete.

Greggs, der für Nora schwärmte und fast alles für sie getan hätte, nickte nach einer ganzen Weile erst, nuschelte etwas von verlorener Beherrschung und dass es mit Sicherheit nicht wieder vorkäme. Dann klopfte er Cobbler halbherzig auf den Rücken und bestellte *Sussex Bitter* für sie beide. Die zwei Männer unterhielten sich halblaut, sodass kaum jemand etwas davon mitbekam.

Den übrigen Gästen des *Anchor Inn* war es gelungen, die beiden Streithähne zu ignorieren. Sie waren nach wie vor bei Brian Jones.

»Erinnert sich noch jemand von euch an diesen Kerl, der ihm das Haus renovierte?« Diese Frage hatte Reverend Chubb gestellt.

Sir Arthur kratzte sich am Kopf. »Warten Sie, ich glaube schon. Frank Soundso hieß der Bursche, nicht wahr? Seinen Nachnamen habe ich vergessen. Soviel ich weiß, hatte Jones ihn eingestellt, um das Gebäude wieder in Schuss zu bringen. Was ist mit dem?«

»Anna, Brian Jones' Freundin, war davon überzeugt, dass er nicht ganz *koscher* war«, sagte Chubb.

»Auch Mr. Jones selbst traute dem Mann nicht über den Weg«, meinte daraufhin Nora. Sie war unterdessen wieder hinter die Theke geschlüpft und zapfte die Biere für Cobbler und Greggs. Kenneth Greggs holte sie schließlich ab und bezahlte. Doch dass er noch imstande war, sich auf den Beinen zu halten, grenzte praktisch an ein Wunder. Er hatte wirklich genug. Nora entschied, dass er heute nichts mehr bekommen würde. »Hat er mir jedenfalls erzählt«, fügte sie hinzu.

»Na, mach mal halblang, Nora, Schätzchen.« Sir Arthur zog die buschigen Augenbrauen zusammen und wackelte mit dem Kopf. »Als ob du ihm je persönlich begegnet wärst.«

»Bin ich auch.«

»Na, wo denn? Bei Mollie unten im *Pooh Corner Shop* vielleicht?«

Nora spülte ein paar Gläser durch und sagte: »Klar war er hier. Nicht oft, aber ein paar Mal schon.«

»Was für'n Quatsch. Der hat doch nie auch nur einen Fuß über die Schwelle hier gesetzt, jede Wette. Jones war drüben im *Haywaggon* Stammgast.«

Und dabei blieb es.

Jedenfalls an diesem Abend.

3

Es war Reverend Chubb, dem es als Erstem auffiel, dass sich Kenneth Greggs und Gordon Cobbler (ganz entgegen ihren sonstigen Gewohnheiten) während der nächsten beiden Tage überhaupt nicht im *Anchor* blicken ließen.

Jonathan Kettridge, der zusammen mit Chubb an dessen Stammtisch in der Fensternische beim Kamin saß, vermutete, dass die beiden einfach deshalb nicht auftauchten, weil ihnen ihre Streiterei von neulich immer noch peinlich war.

Der Reverend nippte an seinem Cider und sagte: »Ich nehme an, der eine versucht dem anderen für eine Weile aus dem Weg zu gehen. Ist ja vielleicht auch besser so. Sie sehen sich ein paar Tage nicht, und danach ist die Sache vergessen.«

Kettridge blickte in die Tiefen seines Glases. Er selbst hielt sich nicht unbedingt für eine Klatschbase, auch wenn er sich eingestehen musste, dass ihn die kleinen Geschichtchen, die der Reverend abends beim Bier erzählte, niemals kaltließen. Er sah sich als einen Menschen, dem das Schicksal anderer wichtig war – als jemanden, der Anteil am Leben seiner Mitmenschen nahm. Und Chubb schien über alles, was im Ort geschah, erstaunlich gut informiert zu sein; vielleicht ein wenig zu gut, fand Kettridge manchmal. Einerseits hätte er seine Hand nicht dafür ins Feuer legen wollen, dass bei allem, was der Reverend so erzählte, jedes Detail stimmte, aber andererseits – wer zweifelte schon an den Worten eines Geistlichen? Und interessant waren die Geschichten allemal. »Sagen Sie mal, Reverend, dieser Streit neulich Abend – die Geschichte mit Greggs' Schwester: Das war ja lange vor meiner Zeit. Ich höre ihn immer wieder davon reden, aber ... Aber was hatte sie eigentlich? Woran ist sie denn gestorben?«

Chubb blies die Wangen auf. »Das war eine ganz schlimme Sache damals. Woran sie letztendlich gestorben ist, weiß ich nicht. Ehrlich gesagt, weiß das vermutlich kaum jemand. Sie hatte wohl so etwas wie Leukämie; obwohl einige vermuteten –« Er brach ab und nahm einen Schluck Cider.

»Obwohl einige *was* vermuteten?«

»Nun ja, Annie – so hieß Kenneths Schwester – war sehr beliebt im Ort. Und wenn jemand stirbt, den sehr viele gemocht haben, dann wird so manches geredet.« Er räusperte sich und senkte die Stimme, als er weitersprach. »Sie ist ganz plötzlich krank geworden. Von heute auf morgen. Sie wurde immer blasser, immer dünner. Gordon schickte sie zum Arzt. Und der stellte Blutarmut fest. Es hat kaum ein halbes Jahr gedauert, bis es zu Ende ging. Die Ärzte haben sie von Pontius zu Pilatus geschickt; nirgends konnte man etwas für sie tun. Sie starb schließlich in einem Krankenhaus in Brighton.«

»Gordon Cobbler war also mit Kenneth Greggs' Schwester zusammen.«

»Nicht nur zusammen«, sagte Chubb. »Die beiden waren verheiratet. Und sie hatten immerhin schon einen Sohn: Reginald, der damals ungefähr vier Jahre alt war. Sie kennen ihn ja. Ich denke, wenn sie einfach nur *zusammen* gewesen wären, hätte die Sache nicht solche Wellen geschlagen. Sie lebten schon einige Jahre zusammen, ehe sie schließlich heirateten. Sie waren erst zwei Jahre verheiratet. Dann wurde Annie krank.«

An diesem Abend war nicht viel los im Pub. Außer Kettridge und Chubb waren nur der alte Crossman und eine junge Touristin anwesend, die heute Morgen mit dem Taxi angekommen war und eines der beiden Fremdenzimmer bezogen hatte. Kettridge schätzte sie auf Ende zwanzig, allerhöchstens Anfang dreißig. Ihr Name war Claire Holloway, das hatte er zufällig mitbekommen, als er bei ihrer Ankunft im Pub vorbeigeschaut hatte, um einen Schwung Flugblätter für seinen neuesten Rundgang mit dem Titel *»Eine Expotition von Poohs verzaubertem Platz zur Stöckchenbrücke«* bei Nora abzugeben; und sie war – wollte man Sir Arthur Hamptons erster Einschätzung Glauben schenken – ein »verdammt heißer Feger«. Der hatte die junge Dame wie selbstverständlich bereits zur Mittagsstunde in Augenschein genommen, taxiert, eingestuft und etikettiert. Während Crossman lediglich mit körperlicher Anwesenheit glänzte – er war nach ein oder zwei Stunden an der Theke kaum mehr in der Lage, sich aufrecht zu halten –, hatte der »verdammt heiße Feger« gerade zu Abend gegessen, saß nun allein in der kleinen, zum Garten hin gelegenen Fensternische am Kamin und war mit einem Kreuzworträtsel beschäftigt. Kettridge bemerkte, dass sie bei den letzten Worten des Reverends plötzlich innegehalten, den Kugelschreiber niedergelegt und zu ihnen herübergeschaut hatte. Er nickte ihr höflich zu. Sie schenkte ihm ein kleines verschämtes Lächeln. Dann nahm sie den Kugelschreiber wieder auf.

Reverend Chubb sah zum Fenster hinaus auf die Church Street. Er hatte das Interesse der jungen Dame offenbar gar nicht bemerkt. Seine Stirn war gerunzelt, als würde er sich über etwas wundern. Kettridge versuchte festzustellen, wonach der Reverend wohl Ausschau hielt, sah aber nichts von Bedeutung. Draußen wurde es langsam dunkel. Als sich

Chubb jetzt wieder seinem Glas zuwandte, drehte er es hin und her und meinte: »Während Annies Krankheit kamen sich Gordon und Susan dann näher. Das war wohl unvermeidlich. Sie war ja Tag und Nacht dort, um Annie zu pflegen. Dummerweise wurde sie schwanger von ihm. Einerseits war es unter den gegebenen Umständen natürlich fast ein Segen, dass Annie starb, ehe Ronnie geboren wurde. Aber andererseits war es eben genau das, was die ganze Angelegenheit erst so brisant machte.« Chubb nahm einen Schluck Cider, stellte das Glas behutsam auf den Tisch. Er schüttelte kaum merklich den Kopf.

»Gordon betrog Kenneth Greggs' Schwester demnach mit seiner jetzigen Frau«, stellte Kettridge fest. »Kaum zu fassen.«

»Ganz recht. Und dass er den Jungen zeugte, das hat Kenneth ihm nie ganz verziehen – obwohl er sich nichts davon anmerken lässt, solange er *nüchtern* ist«, setzte der Reverend hinzu.

Es war fast dunkel, und irgendwo in der Ferne stieß ein einsamer Waldkauz seine ersten klagenden Laute aus. Jonathan Kettridge war noch ganz benommen von Reverend Chubbs Geschichte und insgeheim beinahe froh darüber, selbst niemanden an seiner Seite zu haben. Für das, was er tat, war er keiner Menschenseele Rechenschaft schuldig – schon gar keiner Frau. Er war mittlerweile über fünfzig, und die große Liebe seines Lebens war eben Pooh der Bär; damit hatte er sich abgefunden. Die einzige Frau, von der er gesagt hätte, er habe sie einmal geliebt, hieß Ellen. Er dachte noch oft an sie. Sie war nach zwölf gemeinsamen Jahren gegangen, als er ohne ihr Wissen ihren alten Wagen verhökert hatte (einen knallroten *Morgan-Vanguard* Baujahr 1954), um eine von Ernest Shepards kolorierten Originalzeichnungen zu kaufen.

Ellen, Love. Er hatte sie nie vergessen können.

Kettridge hatte gerade sein Gartentor erreicht und mühte sich etwas umständlich mit dem Sicherungshäkchen ab, als er den Jungen bemerkte. Im ersten Moment glaubte er, an Halluzinationen zu leiden. Gut, er hatte fünf oder sechs Pints seiner Lieblingsmarke getrunken und dazu nur ein paar Tüten Salz&Essig-Chips gegessen, aber er war doch immer noch bei Verstand. Oder etwa nicht?

Im Zwielicht des Sonnenuntergangs sah er die Silhouette eines kleinen Jungen mit kinnlangem Haar. Er trug kurze Hosen und lief fröhlich vor sich hin pfeifend den Weg von Upper Hartfield herunter auf ihn zu, wobei er wieder und wieder etwas in die Luft warf. Eines der Biere muss wohl schlecht gewesen sein, überlegte Kettridge, obgleich er sich gar nicht so betrunken fühlte. Wenn das vor ihm keine Fata Morgana war (und davon hatte er in diesen Breiten eigentlich noch nie zuvor gehört), dann musste das, was dort so ausgelassen von einem Bein aufs andere hüpfte, wahrhaftig der Geist Christopher Robin Milnes sein.

Als der vermeintliche Geist jedoch plötzlich stolperte (wobei ihm sein Spielzeug, ein Stofftier, aus den Händen glitt und in hohem Bogen davonflog), schlitternd auf dem mit Kies bestreuten Weg zum Stehen kam und höchst ungeisterhaft mit ihm zusammenprallte, da erkannte Kettridge Ronnie, den jüngeren der beiden Cobbler-Brüder.

Das Stofftier war über den Boden gekullert und an einem Maulwurfshügel dicht beim Gartentor liegengeblieben. Kettridge hob es auf. Er klopfte die Erde von dem schmuddligen kleinen Ding, während er es eingehend betrachtete, und gab es dem Jungen schließlich zurück.

»Wo kommst du denn so spät noch her?«, fragte er.

»Von Onkel Greggs«, sagte Ronnie. Das ramponierte Spielzeug wanderte spielerisch von einer Hand in die andere. Er zupfte einen winzigen Zweig von dessen Rücken und sagte: »Ich bin oft da. Er hat ganz tolle Sachen in seinem Stall – sogar 'nen richtigen Bagger.«

»Wofür, zum Geier, braucht denn der alte Greggs einen Bagger? Ich dachte, der hat Viehzeug.«

»Hat er auch. Aber manchmal baut er so Dinge. Zäune und so.«

Kettridge lachte. Er bezweifelte, dass ein Bagger beim Errichten von Zäunen etwas Unverzichtbares war. Und er fragte sich, weshalb Greggs den Jungen überhaupt bei sich spielen ließ, wenn er ihn doch unten im Pub mit schöner Regelmäßigkeit verteufelte? Schließlich war Ronnie nicht sein richtiger Neffe. Aber Greggs war wohl eben einfach ein komischer Kauz.

»Warum ist das so lustig?«

»Ist es gar nicht.«

»Aber Sie haben doch gelacht, Mr. Kettridge.«

»War nicht böse gemeint«, sagte er. »Wie heißt denn der Kleine da?«

Ronnie beäugte sein Spielzeug von oben bis unten, als habe er sich darüber noch gar keine Gedanken gemacht. »Keine Ahnung; Roscoe vielleicht. Oder Oscar. Obwohl ja Billy draufsteht. Aber ich finde, das ist ein blöder Name. Ich finde, er sieht aus wie ein Oscar.«

»Hm.« Das fand Kettridge nicht. Er schaute zu den hohen Baumwipfeln auf, hinter denen langsam die Sonne versank. Dann sagte er: »Du solltest dich wirklich beeilen, Ronnie. Deine Eltern werden sich bestimmt schon Sorgen machen. Außerdem ist es bald stockfinster, Junge.«

»Ich weiß.« Ronnie sah allerdings nicht so aus, als wäre er noch sonderlich erpicht darauf, den Weg durch den Wald allein zu gehen – dorthin, wo die Schatten von Minute zu Minute länger wurden und die vertrauten Geräusche immer fremdartiger und unheimlicher klangen. »Aber da ist es schon so dunkel, Mr. Kettridge.«

Tatsächlich war die Sonne unterdessen ganz hinter dem Hügelkamm verschwunden, den man Gill's Lap nannte. In der kurzen Zeit, die sie zusammengestanden hatten, war der Abend beinahe vollständig in die Nacht übergegangen. Nur ein schmaler goldener Schimmer hielt sich noch in der Ferne.

Kettridge war so sehr mit seinen eigenen Gedanken beschäftigt, dass er eine Weile brauchte, bis er verstand. »Du hast Angst, allein zu gehen, was? Du möchtest, dass ich dich begleite.«

Ronnie nickte heftig.

»Also schön.« Er legte dem Jungen die Hand auf die Schulter. »Bis zur Brücke komme ich mit.«

Sie gingen ein ganzes Stück zusammen – den Weg entlang, der zum Wald von Posingford führte und dann an den Koppeln vorbei zum Bachlauf –, redeten über dies und das. An der Brücke trennten sich ihre Wege. Kettridge sah Ronnie nach, als der dem Trampelpfad hinein in den schwärzer werdenden Laubwald folgte und hinter der Wegbiegung verschwand.

Später würde er sich an den kalten Schauer erinnern, der ihm in jenem Moment über den Rücken gelaufen war, als die Dunkelheit den Jungen verschluckte. Und daran, wie unglaublich ähnlich er Christopher Robin gesehen hatte.

Als Kettridge ihn zwei Tage später sah, war Ronnie Cobbler tot.

4

Seit seinem Ausflug nach London hatte sich Marleys Stimmung noch immer nicht sonderlich aufgehellt. Aber immerhin war er – was er während der letzten Monate kaum getan hatte – endlich mal wieder für einen Nachmittag ins *Jury's Out*, sein Stammpub, gegangen. Dort hielt er sich gewöhnlich fast täglich auf, um für ein, zwei Stunden der Einsamkeit des Schreibens zu entfliehen, Freunde zu treffen, Erdnüsse zu kauen, ein wenig zu trinken …

Das *Jury's* war einzigartig. Das Pub wurde von Albert Edward Hall, einem pensionierten Polizisten, geführt und in der Hauptsache von Beamten der Brighton Police frequentiert, die in der Wache gegenüber Dienst taten – und von den Anwälten und Richtern, die unter der Woche die Law Courts bevölkerten und Justitia in Lohn und Brot hielten. Nur an den Wochenenden konnte man relativ sicher sein, dass einem nicht mit jedem Augenpaar das Gesetz über die Schulter schaute, wenn man versuchte, in Ruhe ein Pint *Grenadier* oder einen Martini zu schlürfen. Eine weitere Besonderheit des Pubs waren die kleinen Schaukästen an den Wänden. Sie enthielten Giftampullen, historische Handschellen und mit den Jahrzehnten dunkel und gelb gewordene Fahndungsfotos; die Perücke eines schrecklich berühmten Richters, der einst in Brighton geboren worden war, Rangabzeichen sämtlicher Dienstgrade der Sussex Police und die Tatwaffe in einem besonders perfiden Mordfall: eine Taubenfeder.

Marley hatte sich hier immer sehr wohl gefühlt; schon als er noch ein Niemand gewesen war und als armer Schlucker in der Nachbarschaft gewohnt hatte. Um die paar Pfund für zwei, drei Pints *Badger Bitter* zu verdienen, hatte er so manches Mal frühmorgens Zeitungen ausgetragen.

Und eben jene zwei, drei Pints hatte er auch diesmal dort genossen, ehe er zu seiner Mutter nach Hangleton gefahren war.

»Du hast getrunken, Bobby«, sagte Agnes Marley, als sie ihren Sohn an der Haustür kurz begrüßte und dann durch den Flur direkt in die Küche bugsierte. »Ich mag das nicht – nicht schon am Nachmittag.«

»*Time Warner* sind an den Filmrechten für *Irrende Wahrheit* interessiert«, entgegnete Marley fröhlich. »Ich denke, das ist Grund genug, ein bisschen zu feiern. Oder etwa nicht?«

Schon während er das Buch geschrieben hatte, hatte er sich vorgestellt, wie es sich wohl auf der Leinwand machen würde. Es war keine schlechte Vorstellung gewesen. Denn Marley, der sich selbst gern als visuellen Schriftsteller bezeichnete, war keiner dieser Künstlertypen-Autoren, die stets in trauerschwarze Rollkragenpullover gekleidet herumliefen, das Haar zum Pferdeschwanz gebunden, oder weiche Schlapphüte trugen und vorgaben, in abstrakten Bildern zu denken, aber in Wahrheit genauso schrieben, wie ihre Fotos auf der hinteren Klappe des Schutzumschlags aussahen (die man gelegentlich auch als Waschzettel bezeichnet): in Pose geworfene Schemen, unwirklich und auf peinliche Weise allwissend. Diese Leute verkauften eher ein Image als einen Text. Und sie machten dem ›Waschzettel‹ alle Ehre, denn ihre Bücher lasen sich auch so. Er dagegen sah die Szenen, die er schrieb, wie Filmsequenzen vor sich.

Agnes Marley stand ungerührt in der Küche ihres Hauses am Lark Hill an der Spüle und ließ heißes Wasser in eine Teekanne laufen. Dann warf sie zwei runde Teebeutel hinein.

»Hast du gehört, Mama? Sie wollen es vielleicht verfilmen.«

»Natürlich habe ich es gehört, Junge«, sagte sie und wandte sich lächelnd zu ihm um. »Ich bin sehr stolz auf dich. Hast du an den Speck gedacht, um den ich dich gebeten hatte?«

»Ja, Mama. Hab ich.« Er hievte die Einkaufstüte von *Sainsbury's* auf den Küchentisch und nahm nacheinander die Lebensmittel heraus: Thunfisch, Weißbrot und haufenweise Gemüse; eine Dose gebackene Bohnen, die Fertigtorte für Dottys Jubiläumsparty und den Speck, den sie so gern aß. Komisch, dachte er, da bringst du es zu etwas, hast ein bisschen Erfolg, und der einzige Mensch, den es überhaupt nicht beeindruckt, ist deine eigene Mutter.

Agnes Marley hustete, trocknete sich die Hände in dem schmuddeligen Handtuch ab, das unter der Spüle hing, und kam zu ihm an den Tisch. Als sie die Teekanne hinstellte, sagte er: »Das klingt nicht gut, Mama. Du solltest damit mal zu einem Arzt gehen.«

»Was meinst du?« Wieder hustete sie.

»Dein Husten.« Er setzte sich. »Du rauchst zu viel.«

»Oh, ich weiß.« Sie lächelte ihn an. »Mach dir mal keine Sorgen, Bobby. Ich hab mir vorgenommen, damit aufzuhören.«

»Das sagst du nun schon, solange ich denken kann.«

»Na, und das ist ja nun wirklich noch nicht allzu lange her«, sagte sie lachend. Da war es wieder. Genauso hätte Dotty reagiert. Es verblüffte ihn immer wieder, wie ähnlich sich die beiden waren. Mutter und Tochter glichen sich so sehr, dass man sie für Zwillingsschwestern hätte halten können – rötlich blondes Haar und Augen wie kleine grüne Teiche. Nur war die eine sechsunddreißig – fast siebenunddreißig – und die andere Mitte fünfzig.

»Wenn Paps noch lebte –«

»Ja, wenn er sich nicht einfach hätte erschießen lassen, der arme, dumme Kerl, dann käme ich auch noch auf meine Kosten.« Sie schüttelte eine Zigarette aus der *Silk-Cut*-Schachtel, die auf dem Tisch neben Aschenbecher und Feuerzeug lag, betrachtete sie eine ganze Weile nachdenklich, so, als könne ihr die Zigarette die Lösungen für all die Rätsel und Ungerechtigkeiten dieser Welt geben, und steckte sie schließlich an. Nach dem ersten Zug meinte sie: »Würde euer Vater noch leben, dann hätte ich ein paar Probleme weniger.«

»Mama –« Er betrachtete sie besorgt. Sie war so dünn, dass ein Windhauch ausgereicht hätte, sie aus dem Zimmer zu wehen. Manchmal gewann er den Eindruck, sie lege es geradezu darauf an, Lungenkrebs zu bekommen, nur um wieder mit ihrem Mann vereint zu sein. »Was ist eigentlich mit Onkel Dan? Triffst du dich noch manchmal mit ihm?«

Er hatte die Frage gestellt, obwohl er ganz genau wusste, dass sie ihn äußerst selten sah. Onkel Dan Simpson – ein Polizist wie sein Vater und mittlerweile im Ruhestand – war ihnen in den Tagen und Wochen unmittelbar nach Dads Tod ein wichtiger Halt gewesen.

Seine Mutter stieß einen leisen Seufzer aus, die Augen zur Zimmerdecke verdreht. »Fang nicht wieder damit an, Bobby. Danny ist ein netter, alter Kerl, mehr nicht.«

»Tut mir leid. Ich dachte, du magst ihn.«

»Tue ich ja auch.« Sie drückte ihre Zigarette in den Ascher, rückte die Becher auf den Korkuntersetzern zurecht und schenkte ihnen Tee ein. »Sieh mal, Bobby, den Milchmann mag ich auch und den Postboten – muss ich deshalb gleich mit ihnen ausgehen?«

»Natürlich nicht.«

»Dotty und du, ihr denkt, ich bräuchte mal wieder einen Mann. Das ist mir klar. Ich sag' dir was: Ich habe einen guten Mann gehabt – einen wirklich guten. Und das reicht mir. Mehr will ich nicht. Abgesehen von eurem Vater, vermisse ich nichts, wirklich. Und Danny Simpson gehört definitiv nicht in meine Lebensplanung.«

Gespräche wie diese deprimierten Marley. Er spürte, dass er eine Grenze überschritten und einen Bereich angerührt hatte *(»Hör gut zu, Kleiner: Wenn Erwachsene sich unterhalten, hast du nicht dazwischenzureden, verstanden?«)*, in dem er ganz und gar nichts zu suchen hatte. »Ich hätte nicht davon anfangen sollen, Mama«, sagte er. »Es tut mir leid.«

»Ach, was.« Sie langte über den Tisch und berührte seine Wange. »Du meinst es ja nur gut.« Dann hielt sie ihm die Schachtel mit den Zigaretten hin, und dummerweise nahm er eine. Drei Wochen Abstinenz für die Katz.

Als er sie angezündet hatte, meinte er: »Eigentlich hatte ich vor, damit aufzuhören.«

»Jetzt versuch bloß nicht, mir die Schuld dafür in die Schuhe zu schieben. Du bist eben einfach nicht konsequent genug, Bobby. Wenn du aufhören willst, musst du aufhören.«

»Sagte der Teufel und kassierte die kreischende Sünderseele ein«, murmelte Marley. Er saß da, vollkommen entspannt in seinem Stuhl zurückgelehnt, und blies dicke blaue Rauchkringel in die Luft, die träge zur Decke aufstiegen. Gleichmütig sah er ihnen nach, bis sie irgendwo auf Höhe der Küchenlampe wie Morgennebel zerstoben, und schloss die Augen. Du liebe Güte! Er konnte sich kaum entsinnen, wann er das letzte Mal dermaßen entspannt gewesen war. Warum nur hatte er überhaupt in Erwägung gezogen, das Rauchen aufzugeben? Wie um alles in der Welt war er nur auf diesen völlig absurden Gedanken gekommen?

»Sag mal, schläfst du?«

»Hmm. Fast.« Marley öffnete die Augen wieder, zog ein letztes Mal an seiner Zigarette, ehe er sie ausdrückte, und nahm dann einen Schluck von seinem ungesüßten Tee.

»Hör zu, Bobby. Wir müssen uns über Dottys Feier unterhalten«, sagte seine Mutter. »Vor einigen Tagen rief jemand aus ihrer Abteilung an. Ich weiß nicht genau, was sie vorhaben, aber es ist auf alle Fälle streng geheim. Dotty soll nichts davon erfahren, verstehst du?«

»Nein.« Bislang hatte er angenommen, seine Schwester würde ihr 15-jähriges Dienstjubiläum im kleinen Kreis in ihrer Wohnung in 332c Vallance Gardens begießen – so viel jedenfalls hatte sie ihm darüber erzählt. »Was soll das heißen, es ist streng geheim?«

Nachdem ihm seine Mutter lang und breit erklärt hatte, dass die Feier nicht wie von Dorothy vorgesehen in ihrer Wohnung, sondern im *Jury's Out* stattfinden würde und sich die halbe Sussex Police um die Ausrichtung der Party kümmerte, sagte Marley: »Ich weiß noch gar nicht, ob ich überhaupt werde kommen können.«

Agnes Marley fiel um ein Haar der Teebecher aus der Hand. »Was soll das denn heißen?«

»Soll heißen, ich habe einen Urlaub gebucht.«

»Was? Ausgerechnet über Dottys Jubiläumsparty?«

»Keine Ahnung, ob es in diese Zeit fällt. Könnte allerdings sein.« Er zog die Schultern hoch und rieb sich mit Daumen und Zeigefinger die Stirn. »Es ist eine Art Überraschungspaket. Ehrlich gesagt, weiß ich nicht mal, wann es losgeht.«

Seine Mutter sah ihn kopfschüttelnd und ein wenig mitleidig an. Er kannte diesen Blick. »Du machst *immer* so komische Sachen, Junge. Hoffentlich hast du dich nur nicht übers Ohr hauen lassen, als du das gebucht hast. War es etwa sehr teuer?«

Ihm fiel ein, dass er sich danach gar nicht erkundigt hatte. Um unnötigen Fragen aus dem Weg zu gehen, sagte er einfach: »Nein, nein, Mama. Das glaube ich nicht.«

»Wenn du es nur glaubst«, sagte sie, »dann heißt das, dass du es nicht weißt. Ach, Bobby, du bist viel zu sorglos mit deinen Finanzen.«

Seine Mutter lud ihn schließlich zum Abendessen ein, und Marley blieb – was er äußerst selten tat.

Als sie später an der Tür zur Auffahrt zusammenstanden, sagte sie: »Das mit dem Urlaub ist natürlich ein ausgemachter Blödsinn, Bobby. Du wirst deine Schwester ja wohl nicht zu Tode betrüben wollen? Sie wäre schrecklich enttäuscht, wenn du nicht kämst. Klar kommst du. Und versprich mir, vorher zum Friseur zu gehen, Junge. Du siehst unmöglich aus mit den langen Zotteln.«

Marley versprach es.

Auf dem Weg zu seinem Wagen stellte er fest, dass sie ihn –

zum ersten Mal in all den Jahren, die er nun schon Bücher veröffentlichte – nicht danach gefragt hatte, ob er auch genug mit dem Schreiben verdiene.

Er war sich nicht sicher, ob das ein gutes Zeichen war.

Die Nachricht vom Reisebüro fand er auf dem Treppenabsatz vor der Haustür, als er gegen halb neun Uhr abends nach Hause kam.

Erwartet hatte er einen Umschlag, eine Reservierung für irgendein Hotel und eine schlichte Wegbeschreibung. Was er bekommen hatte, war ein Päckchen. Marley fragte sich, was zum Geier da wohl drin sein mochte. Hundert Gramm Plastiksprengstoff, weil er zu viele Bedingungen gestellt hatte? Er horchte daran, ehe er es sich unter den Arm klemmte, um sicher zu gehen, dass es nicht tickte. Dann schloss er die Haustür auf.

Tabby, seine zahnlose, rotbraune Katze, wartete bereits am Fuß der Treppe auf ihn. Sie hatte auf der ersten Stufe gesessen, sprang ihm jedoch sogleich entgegen, als er eintrat, und schmiegte sich schnurrend an seine Beine. Sie folgte ihm die Treppe zum Wohnzimmer hinauf und erklomm, oben angekommen, mit einem schwungvollen Satz das abgewetzte rote Sofa, das rechts der Treppe stand – Zeitschriften und Manuskriptseiten lagen darauf. Für Tabby war das nichts Neues. Wenn jemand mit Marleys Unordnung umzugehen verstand, dann war es seine Katze. Vorsichtig und langbeinig stakste sie zwischen den Papieren umher, bis sie die Rückenlehne des Sofas erreicht hatte, auf der sich ebenfalls die Bücher stapelten. Erstaunlicherweise fand sie einen freien Platz zwischen J. D. Salinger und Walter Satterthwait und ließ sich schnurrend nieder – den Schweif wie einen Rettungsring um den Körper gelegt und das Kinn auf den Vorderpfoten.

Marley warf das Päckchen auf den Couchtisch und ging in

die Küche. Dort holte er eine Dose *Heineken* aus dem Kühlfach und einen Teebecher aus dem Schrank darüber und zog, ehe er ins Wohnzimmer zurückkehrte, ein scharfes Messer aus dem Block neben der Spüle. Dieser Messerblock war etwas wirklich Außergewöhnliches: Er war rot und hatte die stilisierte Form eines im Sturz zurückgebeugten menschlichen Körpers, in dessen Stirn, Brustkorb, Unterleib und beiden Beinen je ein Messer mit mattem Stahlgriff steckte. Ein Fan aus den USA hatte ihm dieses Schmuckstück geschickt. Es sah ein bisschen so aus, als habe Keith Haring es modelliert. Marley liebte das Ding.

Zurück im Wohnzimmer, plumpste er in einen der beiden Sessel, riss den Verschluss der *Heineken*-Dose auf und goss den Becher randvoll. Dann wandte er sich dem Päckchen zu. Als er die Spitze des Messers unter den Rand des Kartons schob und die braunen Streifen des Paketklebebands durchschnitt, fühlte er sich fast wie ein kleiner Junge zu Weihnachten. Aufgeregt nahm er den Deckel ab.

Zu seiner Überraschung enthielt das Päckchen neben seinen Reiseunterlagen und einigen kopierten Seiten mit Infomaterial ein kleines Glas Honig und einen handgeschriebenen Brief.

Lieber Mr. Marley,
beiliegend finden Sie alles, was Sie für Ihren Urlaub brauchen. Sie wollten nicht weit weg, also habe ich das Harmloseste gebucht, was ich in Ihrer Nähe finden konnte: Hartfield, die Heimat von Christopher Robin und Winnie-the-Pooh, sollte Ihren Wünschen gerecht werden. Ich bin überzeugt davon, dass Sie sich dort wohlfühlen.

Untergebracht habe ich Sie für vierzehn Tage im Anchor Inn, *einem der beiden Pubs im Ort. Ich hoffe, das kommt Ihnen gelegen. Von der Ruhe, die Sie so gern haben wollten, mal abgesehen, gibt es dort jede Menge harmlose Freizeitangebote. So gibt es Führungen zu Pooh dem Bären, Ausflüge in die Nachbarorte und einen netten Souvenirladen.*

Falls Sie Fragen haben, oder falls ich sonst noch irgendetwas für Sie tun kann, rufen Sie mich bitte einfach an.

Liebe Grüße,
Josie

Obgleich der Briefkopf des Reisebüros das Schreiben zierte, hatte sie eine zusätzliche Telefonnummer daruntergeschrieben. Man musste nicht Sherlock Holmes sein, um herauszufinden, dass es sich dabei um ihre Privatnummer handelte. Und ganz unten auf der Seite befand sich die Tuschezeichnung eines Topfes. Das Wort *HONICH* stand in kindlichen, krakeligen Buchstaben darauf.

Daneben hatte sie den Abdruck einer Bärentatze gemalt.

5

Die Gerüche, die von dem allmählich kälter werdenden Körper ausgingen, wurden immer bräunlicher; anfangs waren sie noch rot gewesen, doch das war Stunden her. Die Ratte hatte gewartet, bis es still geworden war. Nichts war zu hören als das Zirpen der Grillen. Nur die alte graue Eule manchmal irgendwo in der Ferne. Die schlimmen dumpfen Geräusche waren verklungen.

Das Objekt ihrer Begierde war nicht das Fleisch. Und es war nicht das Blut, das aus der klaffenden, gezackten Wunde gelaufen war und langsam und schwer nach Eisen duftend im feuchten Waldboden versickerte.

Das, was sie von weitem mit solcher Geduld begehrt hatte,

solange alles noch frisch gewesen war – das Blut, das milchige Grau der Hirnmasse, die aus dem gezackten Riss unter dem Haaransatz austrat –, lag jetzt, nach der langen Zeit des Wartens, in all seiner Köstlichkeit vor ihr: Ein weißer Mond im Schein des Mondes, mit einer Spur von Blau und einem Geflecht blasser Adern. Groß und köstlich wässrig. Die Pupille von trübem Grau, wie die der toten Fische im Fluss.

Vorsichtig tastend trat sie über die rot besprenkelten Zweige und Blätter hinweg in das Dornengestrüpp hinein, sah nach rechts und links.

Die Knochen des Jochbeins waren gesplittert, die Haut ringsum kalt und bleich. Die Ratte stupste das Auge ein paar Mal an. Perlen von Blut, die sich mit dem Tau vermischt hatten, standen als winzige Tropfen auf ihren vibrierenden Barthaaren. Erst als sie ganz sicher war, dass die Person, die diesen Menschen so zugerichtet hatte, nicht wiederkam, begann sie hastig zu fressen.

ZWEITER TEIL

Hartfield

In welchem Marley eine Bekanntschaft macht und wir einem Heffalump begegnen

1

Bis Hartfield waren es nur noch wenige Minuten zu fahren. Der kleine Ortsflecken lag gut 35 Meilen nordöstlich von Brighton zwischen den Ortschaften Crowborough und East Grinstead, und damit etwa auf halber Strecke nach London. Es war ein wirklich sehr kleiner Ort; keiner, der sofort ins Auge fiel, wenn man die Landkarte aufschlug.

Direkt hinter Lewes hatte Marley die A26 genommen und war kurz vor Crowborough auf eine der kleineren Bundesstraßen abgebogen. Eine Zeitlang war er dann durch lichte Kiefernschonungen gefahren und hatte schließlich den Wald von Ashdown erreicht, wo sich die hügelige, von krausem Stechginster durchzogene Heidelandschaft mehr und mehr mit dichtem Laubwald vermischte.

Kurz vor Hartfield fuhr Marley dann von der Straße ab und machte auf einem kiesbestreuten Parkplatz Halt. Der lag auf einer Anhöhe, und von dort blickte man auf eine weite Talsenke jenseits der Straße hinunter. Ein windschiefes Holzschild verkündete, dass es sich hierbei um den Parkplatz zum *Gill's Lap* handelte. Ein weiteres Schild wies außerdem darauf hin, dass Autodiebe hier ihr Unwesen trieben (Geben Sie ihnen keine Gelegenheit, mit Ihren Wertgegenständen auf Spritztour zu gehen! Ihre Sussex Police.) und man gut daran tat, seine Wertsachen auf eventuelle Spaziergänge mitzunehmen.

Das also war er, der einst so friedliche Ashdown Forest, dachte Marley in einem Anflug von Wehmut, *A. A. Milnes berühmter Hundertsechzig-Morgen-Wald.* Zu Milnes Zeiten hätte man hier bestimmt noch seine Brieftasche liegen lassen können, und irgendeine rechtschaffene Seele hätte sie unten im Dorf abgegeben. Aber die Zeiten hatten sich geändert. Heutzutage durfte man nicht einmal mehr eine Schachtel Zigaretten auf dem Beifahrersitz vergessen.

Es war noch nicht Mittag, die Luft dort oben kühl und würzig, angefüllt mit dem Duft von wildem Knoblauch und einem kaum wahrnehmbaren Hauch von Kokos, der dem Stechginster entströmte. Obgleich er niemals zuvor dort gewesen war, mochte er die Gegend auf Anhieb. Doch er blieb nicht lange dort, ein paar Minuten vielleicht. Dann stieg er wieder ein und ließ den Motor an. Später würde er noch Gelegenheit genug bekommen, die Gegend zu erkunden. Jetzt war er wirklich gespannt darauf, was Josie für ihn ausgesucht hatte.

Die Landstraße wand sich noch etwa anderthalb Meilen weit ins Tal hinab, durch ein dichtes Waldstück und vorbei an prächtigen, von der Straße zurückgesetzt stehenden Häusern und Gehöften, auf die Marley nur ab und an einen flüchtigen Blick erhaschte. Dann überquerte er einen kleinen Fluss, und nach einer weiteren Dreiviertelmeile bog er rechter Hand in die High Street von Hartfield ein.

Das *Anchor Inn* lag fast am Ende des Ortes an der Ecke High Street und Church Street und damit nur einen Steinwurf weit von der Kirche entfernt. Marley stellte seinen Wagen auf dem großen, zur Hauptstraße gewandten Parkplatz ab, holte seinen Koffer heraus und stieg dann die kurze Treppe hinauf, die zu einem schönen, hinter niedrigen Hecken gelegenen Garten führte, in dem sechs oder sieben große Holztische standen, mit jeweils zwei Sitzbänken davor.

Das Gasthaus selbst war ein mit Schiefer gedecktes, herrlich verwinkeltes Fachwerkgebäude unbestimmbaren Alters, und seine hintere, zum Garten hin gelegene Seite war bis unters Dach mit dichtem Efeu bewachsen. Ein schmaler Durchgang führte rechts am Haus vorbei (und an einer, wie er feststellte, verschlossenen Tür mit der Aufschrift PUBLIC BAR) zur Church Street und dem Haupteingang mit der überdachten Veranda.

In der Schankstube war es dunkel und wesentlich kühler als draußen. Erstaunlicherweise war es nicht kalter Zigarettenqualm, der in der Luft hing, sondern eher der Geruch von Räucherschinken, so, als wäre das Feuer in dem mächtigen Kamin am Ende des Raumes trotz seit Wochen anhaltender hochsommerlicher Temperaturen eben erst verloschen.

Eine gutmütig aussehende Frau mittleren Alters stand hinter dem Tresen. Augenscheinlich war sie damit beschäftigt, die Pegelstände in den über der Holztheke hängenden Flaschen zu überprüfen, als Marley eintrat und seinen Koffer abstellte. Alles war blitzsauber. Sie sah ihn fast erschrocken an, als die Tür hinter ihm ins Schloss fiel.

»Oh, guten Morgen, Sir.« Sie hielt einen Putzlappen in der rechten Hand, wischte sich mit dem Unterarm ihr Haar aus der Stirn und schenkte ihm einen entschuldigenden Blick. »Eigentlich haben wir noch geschlossen. Wir öffnen immer erst um zwölf, wissen Sie? Das ist in anderthalb Stunden.«

»Tut mir leid. Das wusste ich nicht«, sagte er. Und er kam sich augenblicklich wie ein Vollidiot vor. In seinen Büchern war er spritziger, nie um eine geistreiche Erwiderung verlegen. Jetzt stand er einfach nur da, etwas verloren wie ein Schuljunge, dem man an der Kinokasse mitgeteilt hat, der Film sei nur für Erwachsene, und grinste dümmlich. Marley ließ den Griff des Koffers los und ging auf die Theke zu. »Es müsste eigentlich eine Reservierung vorliegen«, sagte er und räusperte sich. »Auf den Namen Marley.«

»Oh, du liebe Güte!« Sie warf lachend den Putzlappen von sich und kam kopfschüttelnd hinter der Theke hervor. »Bitte entschuldigen Sie. Wir haben diesen Sommer kaum Übernachtungsgäste – daher bin ich es gar nicht gewohnt, dass jemand außerhalb der Bar-Zeiten hereinschaut.« Sie fuchtelte mit den Händen, als wolle sie alle anfallenden Arbeiten, die ihr der neue Gast bescherte, auf einmal erledigen. »Ich bin Nora Thompson. Würde mich freuen, wenn Sie mich Nora nennen. Ist wirklich nicht viel los dieses Jahr. Soweit ich weiß, hat der *Haywaggon* drüben gar keine Übernachtungsgäste. Trotz allem haben Sie ziemliches Glück gehabt mit Ihrer Reservierung, kann ich Ihnen sagen. Unser anderes Zimmer haben wir nämlich an eine junge Frau aus Sheffield vermietet.«

Marley war nicht sicher, ob sie nun damit meinte, er könne von Glück sagen, dass es sich dabei um eine *junge Frau* handelte, oder einfach, dass es gewöhnlich nahezu unmöglich war, überhaupt eines ihrer beiden Zimmer zu ergattern.

»Wo Sie essen können, zeige ich Ihnen nachher«, sagte sie. »Wir haben ein Speisezimmer im hinteren Teil des Pubs, da serviere ich Ihnen morgens zwischen acht und zehn das Frühstück. Abendessen gibt's nur bis halb zehn, also seien Sie pünktlich, sonst gehen Sie womöglich leer aus. Die Bar, das Billardzimmer und unsere Bibliothek stehen Ihnen selbstverständlich jederzeit zur Verfügung.« Sie redete wie ein Wasserfall, während Marley ihr die schmale knarzende Treppe hinauffolgte.

Sein Zimmer befand sich im ersten Stock und blickte auf den Garten hinaus. Ein riesiges Doppelbett beherrschte den Raum. Nora trat zum Fenster und öffnete es. Würzige Landluft wehte herein. Gleich nebenan lag das zweite Gästezimmer. Sogar eine Verbindungstür gab es. Allerdings sei sie stets abgeschlossen, wie Nora betonte. Und niemand wüsste, ob überhaupt noch ein Schlüssel dafür existierte.

Sie schwieg eine Weile und sagte: »Ich hoffe, ich habe nichts

Wichtiges vergessen. Irgendwie bin ich heute ziemlich durch den Wind. Aber das sind wir wohl alle – mehr oder weniger. Ein Kind aus dem Ort ist nämlich verschwunden, wissen Sie?« Sie schlang die Arme um ihren Körper, als würde sie frieren. »Ein kleiner, siebenjähriger Junge.«

»Verschwunden?« Marley hatte augenblicklich ein flaues Gefühl im Magen. Offenbar wurden hier in letzter Zeit nicht nur Autos gestohlen. Er fragte: »Ist es denn möglich, sich in diesem Wald zu verlaufen?«

»Nein, nein, verlaufen hat er sich nicht. Na ja – *verschwunden* ist vielleicht auch nicht ganz das richtige Wort.« Sie stieß ein kleines, gehüsteltes Lachen aus, löste ihre Arme wieder und lächelte ihn mühevoll an. »Möglicherweise steckt überhaupt nichts Schlimmes dahinter.«

Anscheinend war ihr plötzlich doch noch *etwas Wichtiges* eingefallen, denn sie nahm den Faden von vorhin wieder auf. Und während der nächsten paar Minuten sah Marley ihr dabei zu, wie sie, über die Vorzüge von Warmwasser und der erst kürzlich installierten Klimaanlage schwadronierend, durch den Raum wuselte; vom Kleiderschrank zum Nachttisch, von dort zum Bad und zurück ins Zimmer zu einem kleinen Tisch mit Wasserkocher, Teekanne und Zuckerdose. Sie schien über alles reden zu wollen, nur nicht über das vermisste Kind.

»Aber sie haben *verschwunden* gesagt«, meinte Marley. Er nahm auf der Bettkante Platz.

Nora hielt mitten in ihrem Vortrag über eine bestimmte Sorte Malz- oder Karamellbonbons inne, die man ausschließlich im *Pooh Corner Shop* bekam und die er unbedingt probieren müsse. »Was?«

»Kommen Sie«, sagte er. »Jetzt, wo Sie mir schon Angst gemacht haben, können Sie mir auch davon erzählen. Was hat es mit dem Jungen auf sich?«

Nora blickte ihn ein, zwei Sekunden lang stirnrunzelnd an,

ehe sie sagte: »Oh, ich wollte Sie nicht beunruhigen. Er ist seit gestern Abend fort. Die Eltern sind, das kann man sich ja denken, natürlich fast umgekommen vor Sorge, als er zur verabredeten Zeit nicht zu Hause war. Aber soweit ich weiß, fanden sie dann eine Nachricht von einem befreundeten Farmer. Ich weiß nicht genau, was drin stand. Etwas in der Art, dass er den Jungen zum Markt nach Uckfield mitnehmen würde und sie über Nacht wegblieben, glaube ich. Allerdings hat er sich bislang noch nicht wieder gemeldet.«

»Kommt das denn häufiger vor? Dass der Junge mit diesem Bekannten unterwegs ist, meine ich?«

»Ja, ich glaub schon.« Sie zuckte hilflos mit den Achseln. »Der Junge spielt zumindest oft dort auf dem Hof.«

»Na sehen Sie, dann ist ja alles in bester Ordnung.« Marley lächelte sie aufmunternd an. »Wenn sie auf dem Markt sind, um Dinge für die Farm zu kaufen, dann sind sie sicherlich nur zu beschäftigt, um anzurufen. Oder sie haben einfach die Zeit vergessen. Es gibt unzählige plausible Gründe dafür, sich nicht zu melden. Und falls es Sie beruhigt: Die Wahrscheinlichkeit, in diesem Land einem Kapitalverbrechen zum Opfer zu fallen, ist äußerst gering. Da gewinnen Sie eher zweimal in der Lotterie.«

»Ja, da haben Sie sicher recht«, sagte sie.

Marley hoffte es wenigstens.

2

Claire Holloway hatte ihn, auf der gegenüberliegenden Straßenseite stehend, aus seinem Wagen steigen und in den *Anchor* gehen sehen. Ein großer, schlanker Mann von Mitte dreißig mit blonden Haaren. Jetzt, eine gute halbe Stunde später, sah sie ihn wieder.

Er trug verwaschene Jeans und dazu ein blaues T-Shirt. Sie war ihm noch nie zuvor begegnet; trotzdem hatte sie ihn auf Anhieb erkannt. Immerhin hatte sie fast alle seine Bücher gelesen. *Und jetzt kam er geradewegs auf sie zu!* Das Herz schlug ihr bis zum Hals.

Er ging an ihr vorüber, ohne sie anzusehen.

Allerdings hatte sie sich auch keine sonderliche Mühe gegeben, auf sich aufmerksam zu machen. Im Gegenteil. Als er nähergekommen war, hatte sie sich rasch zu den Blumenkästen umgewandt, die unter dem Seitenfenster des *Pooh Corner Shop* hingen, und so getan, als sei sie gänzlich in die Betrachtung einer unglaublich herrlichen (in Wahrheit jedoch welken und völlig nichtssagenden) Blumenpracht versunken. Erst als sie das helle Bimmeln des kleinen Glöckchens vernahm, das jedes Mal das Öffnen und Schließen der Ladentür begleitete – und sie absolut sicher sein konnte, dass er das Geschäft betreten hatte –, wagte sie es, sich wieder umzudrehen. Sie betrachtete kurz ihr Spiegelbild in der Fensterscheibe, strich sich aufgeregt die glatten dunklen Haare hinter die Ohren und trat ebenfalls ein.

Der *Pooh Corner Shop* war ein weiß gestrichenes, sehr altes und mit schartigem Holz verkleidetes Gebäude, das gleich am Eingang des Ortes stand. Nora hatte Marley empfohlen, seinen ersten Rundgang dort zu beginnen. *(»Zu allererst gehen Sie mal da hin. Das müssen Sie einfach. Da kriegen Sie auch eine Karte der Gegend.«)* Nein, eine Empfehlung war das eigentlich nicht gewesen, eher ein Befehl. Wenn Nora sprach, hatte sie etwas Gebieterisches an sich – einen bestimmten Tonfall, der keinen Widerspruch duldete. Vermutlich blieb einem nichts anderes übrig, wenn man als Frau tagaus, tagein mit schlecht gelaunten und betrunkenen Dörflern fertigwerden musste.

Direkt über der Tür des Ladens hing ein großes, halbrundes Schild. Es stellte Christopher Robin und Pooh den Bären dar; beide Rücken an Rücken im Gras sitzend, der Junge damit beschäftigt, seine Stiefel anzuziehen.

Die mechanische Glocke über der Tür gab, vom vielen Gebrauch abgenutzt, ein fast klägliches *Klingeling* von sich, als Marley eintrat.

Wie in den allermeisten englischen Lädchen, die ursprünglich einmal private Wohnhäuser gewesen waren, waren auch die Räume des *Pooh Corner Shop* niedrig und verwinkelt, die Luft dort heiß und stickig. Gleich rechter Hand befanden sich der Verkaufstresen und die Kasse. Ein etwas pummeliges, vielleicht achtzehnjähriges Mädchen mit roten Haaren und Sommersprossen stand dahinter. In der rechten Hand hielt sie einen kleinen roten Ventilator mit blinkender LED-Laufschrift, der ihr das Haar aus dem Gesicht wehte. Sie begrüßte Marley lächelnd und wünschte ihm einen »schönen Tag«. Er erwiderte das Lächeln und versuchte sich in dem überfüllten Verkaufsraum einen Weg durch die überall und in jeder Nische stehenden Touristen zu bahnen.

Die Klientel war sehr gemischt. Ein paar Asiaten standen kichernd vor einer Vitrine mit besonders bunten und kitschigen Disney-Figuren, zeigten so gestenreich darauf, als führten sie großartige Zauberkunststückchen vor oder den Prototyp des neuesten japanischen Kleinwagens. Und dabei ließen sie sich unablässig fotografieren. Daneben zankten sich zwei Kinder lautstark um einen Tigger aus Plüsch.

Ein junges Pärchen kam ihm seltsam bekannt vor. Beide waren blond und blauäugig, und Marley glaubte, sie irgendwo schon einmal gesehen zu haben. Er konnte sich nicht entsinnen, wo. Der Mann lehnte geduldig an einem Stützpfeiler – in der rechten Hand mehrere Plastiktüten, die offensichtlich Bücher enthielten, und diverse Plakatrollen unter den linken

Arm geklemmt –, während die junge Dame in seiner Begleitung das umfangreiche Angebot von Buchstabenstempeln beäugte. Immer wieder nahm sie einzelne Stempel heraus und zeigte sie ihm. Doch trotz all seiner Ermunterungen, wenigstens ein paar der niedlichen Dinger zu nehmen, konnte sie sich nicht zum Kauf entschließen und legte sie jedes Mal wieder zurück. Das konnte noch Stunden so gehen. Der arme Kerl tat Marley leid.

Im angrenzenden Raum standen Vitrinen mit teurem, handbemaltem Porzellan. E. H. Shepards klassische Illustrationen der Pooh-Geschichten zierten das Geschirr von der Zuckerdose bis zum Teeservice. Hier war nichts billig. Und für einige Einzelstücke wurden gar astronomische Summen verlangt. Vielleicht war das der Grund dafür, dass sich dort kaum jemand aufhielt. Lediglich zwei ältere Amerikanerinnen unterhielten sich kopfschüttelnd über die Rückständigkeit der Briten. Sie waren hergekommen, um etwas zu erleben, und hatten sich von Pooh dem Bären mehr versprochen. Nicht einmal animierte Figuren gab es hier. Nur irgend so eine lächerliche Brücke, um die hier jeder ein Riesen-Tamtam machte. Sie waren maßlos enttäuscht. Ein Erlebnispark wäre das Richtige gewesen – mitten im Wald – aber so etwas …

Die Buchabteilung befand sich im tiefer gelegenen, hinteren Teil des Ladens. Ein weiterer Raum mit Stofftieren schloss sich ihr an. Marley hatte kaum den Kopf hineingesteckt, als er eine weibliche Stimme sagen hörte: »Ich glaube nicht, dass der Junge noch lebt, mein Schatz.« Die Stimme gehörte zu einer gut aussehenden Blondine mit kurzen, strubbeligen Haaren und Oberlippen-Piercing. Sie saß in der Hocke vor einer kleineren Ausgabe ihrer selbst – einem hübschen blonden Mädchen mit strubbeligen Haaren – und hielt dessen Hände. »Der ist längst tot, Schatz; da bin ich mir sicher.«

»Was reden Sie denn da?« Marley war entsetzt. Er trat neben

sie und sagte: »Woher zum Teufel wollen Sie das wissen? Hat man ihn denn schon gefunden?«

Die Frau mit dem Piercing starrte ihn an, als habe er den Verstand verloren. Sie ließ die Hände des Mädchens los und stand auf. Sie hielt den Kopf schief und fragte dann ganz ernst und ganz nüchtern: »Sagen Sie mal, ticken Sie nicht richtig?« Dann nahm sie ihre Tochter bei der Hand und rauschte mit ihr davon. Das kleine Mädchen streckte ihm im Weggehen die Zunge heraus.

»Entschuldigen Sie bitte –« Eine Frau mit dunklen Haaren war plötzlich wie aus dem Nichts neben ihm aufgetaucht, offenbar nur, um die Blondine mit dem Kind abzulösen. Sie hatte die Arme vor der Brust verschränkt, war groß und schlank, trug Jeans und eine karierte Bluse.

»Ja?« Er sah sie an und erwartete nichts Gutes.

»Ich bin Claire – hallo.« Sie hob die rechte Hand und zog mit einem schüchternen Grinsen die Schultern hoch.

»Hallo, Claire.«

»Tut mir leid, wenn ich Sie einfach so anspreche. Aber sie hat mit Sicherheit Christopher Robin gemeint.«

»Was?« Marley hatte nicht die geringste Ahnung, worauf sie hinauswollte. »Ich habe nicht die geringste Ahnung, worauf Sie hinauswollen, Claire.«

»Mit dem Jungen, der schon tot ist«, sagte sie und fuchtelte mit den Händen herum. »Damit hat sie den kleinen Christopher Robin gemeint. Den Jungen aus den Geschichten. Würde er noch leben, wäre er jetzt bestimmt weit über achtzig Jahre alt. Denken Sie nicht auch?«

»Du liebe Güte.« Marley schüttelte den Kopf. Nicht zum ersten Mal an diesem Tag kam er sich wie ein kompletter Trottel vor. Was war nur los mit ihm? »Sie haben sicher Recht. Ich glaube, heute ist einfach nicht mein Tag.«

»Meiner ist es definitiv.« Es sah, dass sie ihren ganzen Mut zusammennehmen musste, als sie ihn fragte: »Sie sind doch Robert

Marley, der Schriftsteller, nicht wahr? Hätten Sie etwas dagegen, wenn ich Sie zu einem Kaffee im Garten einladen würde?«

Der Garten schien eher ein Kräutergarten zu sein. Blühende Blumen gab es kaum. Nur jede Menge wild wuchernder Natur inmitten eines Rechtecks aus hohen Hecken. Vereinzelt standen Holzbänke und Tische mit Stühlen herum, und bunte, wie zufällig verteilte Sonnenschirme. Die Wege zwischen den Beeten waren mit feinem Kies bedeckt. Sie saßen im Schatten eines Haselnussstrauchs an einem weiß lackierten Tisch aus schwerem Gusseisen. Jeder von ihnen hatte eine Tasse Kaffee und ein Stückchen Kuchen vor sich.

Claire erinnerte ihn an Angie. Es lag nicht allein an ihrer Statur oder den dunklen Haaren. Vielleicht war es die Art, wie sie sprach, das scheue, etwas schiefe Lächeln; ihre Angewohnheit, die Nase zu kräuseln, wenn sie kicherte oder etwas gesagt hatte, was ihr peinlich war. Ohne es an einem bestimmten Punkt festmachen zu können, fand Marley, dass sie ihr in vielerlei Hinsicht glich.

»Ich habe gesehen, wie Sie ankamen«, sagte sie eben. »Und natürlich habe ich Sie gleich erkannt.«

»Ehrlich?« Marley fühlte sich geschmeichelt. Obwohl er gelegentlich in Talkshows auftrat und sein Konterfei die Hardcover-Ausgaben seiner Bücher zierte, kam es nicht häufig vor, dass ihn jemand erkannte. Wahrscheinlich lag das daran, dass die Sendungen, in denen man ihn auftreten ließ, erst nach zweiundzwanzig Uhr ausgestrahlt wurden. Und das offizielle Autorenfoto war einfach zu glatt und makellos, um ihm wirklich ähnlich zu sehen.

Claire nippte an ihrem Kaffee, kräuselte kichernd die Nase und sagte: »Also, wenn Sie mich fragen, in Wirklichkeit sehen Sie viel besser aus.«

Er musste beinahe lachen.

Sie trank wieder einen Schluck, ohne ihn auch nur eine Sekunde aus den Augen zu lassen. Dann fragte Sie plötzlich: »Wissen Sie schon, wie lange Sie bleiben werden?«

»Ein, zwei Wochen, glaube ich.«

»Glauben Sie?« Sie blickte ihn stirnrunzelnd an.

»Ehrlich gesagt, weiß ich es noch nicht so genau«, sagte er. »Und Sie?«

Sie blickte in die Tiefen ihrer Kaffeetasse und zuckte mit den Achseln, so, als sei es ihr völlig einerlei, ob sie nun einen Tag oder ein Jahr in Hartfield verbringen würde. Statt einer Antwort fragte sie scheinbar zusammenhanglos: »Wo kriegen Sie bloß all Ihre Ideen her?«

Marley hatte diese Frage im Laufe der Jahre so oft gehört, dass er es sich schon zur Gewohnheit gemacht hatte, ihr mit einer Gegenfrage zu begegnen. Fast automatisch sagte er: »Wollen Sie das wirklich wissen?«

»Aber ja.« Sie sah wieder auf. Verwundert blinzelnd diesmal. »Natürlich will ich das.«

»Sie werden mich höchstwahrscheinlich für verrückt halten, wenn ich es Ihnen sage. Wie auch immer, Sie werden es mir sowieso nicht glauben.«

»Macht nichts. Schießen Sie los.« Sie war Feuer und Flamme.

»Also schön. Ganz, wie Sie wollen. Es gibt da einen baufälligen viktorianischen Kiosk in Brighton unweit des Palace Piers. Er steht seit Jahrzehnten leer. Nur ein paar Eingeweihte wissen, dass sich in seinem Innern eine geheime Luke verbirgt. Wenn man sie öffnet, gelangt man über eine wackelige, knarrende Wendeltreppe nach unten. Dort, in einem winzigen unterirdischen Raum, der mit Büchern und Papieren nur so vollgestopft ist, sitzt ein kleiner, grauhaariger Mann mit grünen Ärmelschonern hinter einem mächtigen Mahagonischreibtisch. Er hat eine Zigarre im Mundwinkel, die er seit

Jahren nicht mehr angezündet hat – aus Angst, all die Papiere könnten in Brand geraten. Es ist sehr stickig und heiß dort unten. Der Mann heißt Mister Elms – hat man mir wenigstens gesagt, denn er selbst hat es offenbar nicht nötig, sich einem vorzustellen. Mister Elms ist der Verwalter guter und schlechter Ideen. Und von ihm bekomme ich sie. Kipling hat übrigens sein *Jungelbuch* von ihm.«

Sie lachte, die Schultern hochgezogen und die Nase gekräuselt. »Sie wollen mich auf den Arm nehmen.«

»Nein. Das ist mein Ernst. Man bekommt die Ideen natürlich nicht umsonst. Man muss ihm nicht die Seele verkaufen oder so etwas. Man muss einfach wissen, was er gerne mag. Manchmal sind es kandierte Äpfel, manchmal ein Himbeereis – niemals Vanille, das sollten Sie sich merken. Wenn Sie ihm Vanilleeis mitbringen, dann bekommen Sie nur die schlechten Ideen; und manchmal reicht es schon aus, wenn man ihm eine Tasse Malventee anbietet, die er – Gott weiß warum – stets ablehnt. Hat man das richtige für ihn mitgebracht, dann zieht er einen der mächtigen, in altes Leder gebundenen Folianten aus einem der schiefen Regalfächer hinter, neben oder über sich und schlägt ihn an der passenden Stelle auf. Die fragliche Seite reißt er heraus und gibt sie einem. Dann geht man wieder. Wenn man Glück hat, hat man seinen Bestseller in der Tasche. Das ist alles.« Er grinste breit.

Claire sah ihn an, beide Hände um ihre Kaffeetasse gelegt. Anscheinend hatte sie das Interesse an seiner Geschichte verloren, denn unvermittelt fragte sie ihn: »Haben Sie sich eigentlich schon Gedanken zu dem verschwundenen Jungen gemacht?«

PLOP! Mister Elms' kleines unterirdisches Büro war von einer Sekunde zur nächsten verschwunden, war wie eine riesige bunte Seifenblase einfach zerplatzt. Marley spürte plötzlich eine eisige Kälte in sich.

»Ich weiß nicht«, sagte er. »Nora meinte, er sei mit einem befreundeten Farmer weggefahren.«

»Also, mir kommt das Ganze ziemlich merkwürdig vor.«

»Wieso? Was meinen Sie?«

»Na, dieser Farmer, mit dem der Junge weggefahren ist. Ich habe da ein paar Sachen gehört –« Claire hielt inne.

»Was für Sachen?« Marley beugte sich vor.

Sie zog abermals die Schultern hoch. »Ach, ich weiß auch nicht. Wahrscheinlich hat es gar nichts zu bedeuten.«

»Verdammt noch mal, Claire, lassen Sie sich doch nicht erst alles aus der Nase ziehen. Wenn Sie etwas wissen, erzählen Sie es. Was haben Sie gehört?«

Sie sah ihn an, die Augenbrauen zusammengezogen. Offenbar verwundert über die Heftigkeit seiner Reaktion. »Als ich gestern im *Anchor* war, habe ich zufällig mitbekommen, wie sich der Pfarrer über den verschwundenen Jungen ausgelassen hat«, meinte sie. »Oder vielmehr über dessen Vater und diesen Farmer – Kenneth Greggs –, der jetzt ebenfalls verschwunden ist.«

»Und?«

»Es klang alles schrecklich kompliziert«, meinte Claire mit einem tiefen Seufzer. »Aber soviel ich verstanden habe, war Mr. Cobbler – das ist der Vater des vermissten Jungen – vor vielen Jahren mit Farmer Greggs' Schwester verheiratet. Die wurde krank und starb. Soll angeblich Leukämie gewesen sein, obwohl einige es wohl bezweifelt haben. Der Pfarrer hat jedenfalls etwas in der Art erwähnt. Und während *Mrs.* Cobbler sterbenskrank dahinsiechte, fing *Mr.* Cobbler ein Verhältnis mit ihrer Pflegerin Susan an. Die wurde schwanger und bekam – allerdings erst zwei oder drei Monate nach Annie Cobblers Tod – den kleinen Ronnie. Und der ist jetzt verschwunden.«

»Und was ist aus der Pflegerin geworden?«

»Gordon Cobbler hat sie geheiratet.« Mit einem vielsagenden Gesichtsausdruck spießte Claire das letzte Stück Kuchen auf ihre Gabel, ließ es in ihrem Mund verschwinden und trank ihren Kaffee aus.

»Tatsächlich?«

»Farmer Greggs hat das nie verwunden. Sagt jedenfalls der Pfarrer.«

»Sie meinen also, dass der Kerl den Jungen mitgenommen hat, um ihm etwas anzutun?«

»Ich weiß es nicht«, sagte sie nachdenklich. »Aber es könnte schon sein, denken Sie nicht auch?«

Marley wusste nicht recht, was er denken sollte. Er war noch nicht lange genug im Ort, um das beurteilen zu können. Bislang waren ihm weder der Pastor noch Cobbler oder Greggs, der Farmer, über den Weg gelaufen. Allerdings leuchtete ihm nicht ein, weshalb der Mann all die Jahre gewartet haben sollte, um Rache zu nehmen. Nichtsdestotrotz hatte er ein äußerst ungutes Gefühl, was diese ganze Sache betraf.

3

Schnurgerade zog sich der breite Kiesweg bis zur Kapelle hinauf, die oben auf der kleinen Anhöhe des Brighton-und-Preston-Friedhofs lag.

Die Junisonne schien warm von einem bewegten Himmel herab. Von der See her ging ein starker Wind, der die schweren Wolken rasch landeinwärts trieb. Und vom Kanal kamen stetig neue. Ihre mächtigen Schatten, hingeworfen wie dunkle Farbkleckse, zogen im Eiltempo über die Gräber und das satte Grün der Grasflächen hinweg, wischten die Lichtpfützen aus, nur um sie schon im selben Augenblick wieder neu entstehen zu lassen.

Fünfzehn Jahre im Polizeidienst. Kaum zu glauben, dass sie schon so lange für die Brighton Division der Sussex Police tätig war. Fünfzehn Jahre, die wie im Flug vergangen waren.

Chief Inspector Dorothy Marley stand unter einer der ausladenden Ulmen am Fuß des Hügels und beschirmte mit der rechten Hand ihre Augen gegen die Sonne, während sie zu der kleinen Kapelle hinaufblickte und sich fragte, was zum Geier sie hier eigentlich suchte.

Erlösung, Dotty. Läuterung. Kreuzigung vielleicht.

Das Schieferdach des Turmes mit seinen vier Gauben glänzte matt. Das Gebäude selbst war aus Bruchstein errichtet worden; die Farben Rot und Weiß wechselten sich ab. Sie konnte die Tür von dort, wo sie stand, nicht sehen, aber sie wusste, dass sie ebenfalls rot war.

Das letzte Mal war sie vor gut einem Dreivierteljahr dort hinaufgegangen. Und es war schrecklich gewesen.

Seit Angelas Beerdigung waren erst knapp neun Monate vergangen, obgleich es Dorothy so vorkam, als sei weit mehr Zeit verstrichen. Vielleicht, weil es eine gänzlich andere Jahreszeit gewesen war. In der Erinnerung sah sie alles noch sehr deutlich vor sich – stark verlangsamt jedoch und wie durch einen Nebelschleier hindurch: die Menschen in der Kapelle, die bebenden Schultern weinender Kollegen; Chief Constable Wallis in der ersten Reihe beim Sarg und den alten Pfarrer an seinem Pult …

Der Wind hatte die welken Blätter jenes Tages längst davongeweht, und der Winter war gekommen mit seinem Leichentuch. Diesmal hatte er Schnee gebracht – etwas, was in Brighton äußerst selten geschah. Kalt und eisig hatte er Einzug gehalten und das vergangene Jahr zu Grabe getragen. Doch die Erinnerungen hatte er nicht abzutöten vermocht. Für Dorothy hatte sich nichts geändert; als Osterglocken und Krokusse, Tulpen und Hyazinthen schließlich den Frühling verhießen und im Mai das Grün endlich die Hügel der Downs zurückeroberte, fühlte sie sich nach wie vor schuldig.

Manchmal nachts sah sie Angie in ihren Träumen. Und sie fand, dass es nun, nach neun Monaten, allmählich Zeit wurde, darüber hinwegzukommen. Sie vermutete, dass es ihrem Bruder nicht anders ging. Für Robert war das, was in jener Nacht in Bexhill geschehen war, noch weit traumatischer gewesen, dessen war sie sicher.

Den Tod ihrer Kollegin so hautnah miterlebt zu haben, war schlimm. Vermutlich würde sie niemals dieses Geräusch vergessen – einen fürchterlich dumpfen Laut –, als der Stein Angies Schläfe getroffen und den hauchdünnen Knochen dahinter zertrümmert hatte. Wie Dr. Millner, der Gerichtsmediziner, später festgestellt hatte, war Angie bereits tot gewesen, bevor sie über die Felskante gekippt und in die Tiefe gestürzt war.

Dotty zwang sich, an etwas anderes zu denken – an ihre Arbeit bei der Polizei, an den Fall, den sie gegenwärtig bearbeitete. Keine große Sache, reine Routine. Trotzdem half es ein wenig.

Über ihr in der Luft stand eine Seemöwe im Wind, die Schwingen ausgebreitet und mit hektisch ruckendem Kopf. Dorothy sah ihr eine Zeitlang zu. Die Möwe stieß unvermittelt ein paar Meter herab, blieb erneut in der Luft stehen, wobei sie nervös und alert um sich blickte, fast so, als fürchte sie einen feindlichen Späher in ihrem Rücken. Dann flog sie, einen weiten Halbkreis beschreibend, mit heiserem Gekreische in Richtung Kapelle davon.

Dorothy ging weiter den Kiesweg hinauf. Derweil sie die meist windschiefen und mit alten Moosflechten überzogenen Grabsteine betrachtete, die den Wegesrand säumten, begann sie zum ersten Mal in ihrem Leben zu bereuen, dass ihr Vater nicht hier begraben lag – oder wenigstens auf einem der anderen Friedhöfe von Brighton oder Hove.

Von jeher war für sie der Umgang der Menschen mit ihren

Verstorbenen schwer nachvollziehbar gewesen. Es war eine Sache, ein Loch zu graben und einen toten Leib der Erde zurückzugeben. Sie in die Erde zu legen, wo sie verwesten und zerfielen, war okay. Aber diesen Flecken Erde zu besuchen, zu harken und Blumen zu pflanzen, in dem irrwitzigen Glauben, dem Verstorbenen dadurch irgendwie nahe zu sein, kam ihr sehr weltfremd vor. Die Vorstellung, einem Leichnam zu huldigen, der in seinem Sarg allmählich in seine Bestandteile zerfiel, fand sie abartig. Und wer die Auferstehung des Fleisches predigte, ohne den Zersetzungsprozess zu berücksichtigen – die Faulgase, die den Körper veränderten, bis Blasen und Risse entstanden, ihn schwärzten und aufblähten; die aus den Brüchen in dieser aufgedunsenen Haut austretenden Flüssigkeiten und die gelblich wächsernen Rückstände von Körperfett, die man oftmals bei Exhumierungen sah –, ließ schlicht und einfach die Fakten außer Acht.

Der Tod war der Tod gewesen. Ende. Feierabend.

Sie vermochte sich noch sehr genau an einen Ausflug mit ihrem Bruder Robert zu erinnern. Vierzehn Tage lang waren sie mit dem Zelt in der Nähe von Oxford unterwegs gewesen; nur sie beide. Sie war sechzehn gewesen, Bobby vierzehn. An einem schrecklich verregneten Tag mitten im Hochsommer hatten sie beide an Agatha Christies Grab auf dem Friedhof von Cholsey gestanden. Nie würde sie Roberts ehrfürchtiges, regennasses Gesicht vergessen. Er hatte vor diesem riesigen Grabstein gestanden, mit an den Schläfen klebenden Haaren, aber mit leuchtenden Augen.

»Da ist sie drin, Dotty«, hatte er gesagt. Etwas atemlos und voller Begeisterung. »Und weißt du was? Sie trägt sogar noch ihren Ehering.« Ihr Bruder hatte dabei die rechte Hand ausgestreckt und das tropfnasse, durchweichte Gras berührt, unter dem Agatha und ihr zweiter Mann Max Mallowan lagen. »Und sie ist nur einen Meter achtzig von mir entfernt.«

Dorothy hatte das damals nicht verstanden. Sie hatte *begriffen*, was es ihrem Bruder bedeutete, dort zu sein – *nur einen Meter achtzig entfernt* –, aber verstanden hatte sie es nicht. Jetzt hatte sie das eigenartige Gefühl, den Totenkult zum ersten Mal im Leben ansatzweise zu verstehen.

Sie vermisste ihren Vater. Gern hätte sie ihre Hand ausgestreckt, sie auf das warme Gras gelegt und gedacht: *Einen Meter achtzig, Daddy. Weiter bist du nicht weg. Ich vermisse dich.*

Doch ihr Vater war auf eigenen Wunsch in Devon beerdigt worden; in Holsworthy, um genau zu sein, einem winzigen Ortsflecken, so weit ab vom Schuss, dass selbst der Tod dort selten vorbeischaute. Wer dort einen Grabstein hinstellte, konnte sicher sein, dass er auch in tausend Jahren noch dort stand.

So, wie sie vor neun Monaten die Blumen auf Paula Finns Grab bemerkt hatte, so bemerkte sie jetzt auch ihn fast im Vorübergehen: Sean Curtis.

Dorothy blieb abermals stehen, als sie Curtis auf der Nordseite des Friedhofs bereits aus einiger Entfernung erkannte – über Paulas Grab gebeugt, eine kleine grüne Harke in der rechten Hand. Sein Kopf war kahl wie immer. Paula hatte ihn stets *Glatzen-Sean* genannt. Man hätte fast annehmen können, dass er sich deshalb den Schädel rasierte, weil sie einfach kein gutes Haar mehr an ihm gelassen hatte.

Curtis war nach wie vor braungebrannt und muskulös – genauso hatte Dorothy ihn damals kennengelernt. Er trug Jeans und ein schlichtes weißes T-Shirt ohne Aufdruck, dazu Turnschuhe. Und es hatte etwas sehr anrührendes, fand sie, diesem Mann dabei zuzusehen, wie er auf den Knien liegend das Grab eines 14-jährigen Mädchens pflegte; eines Mädchens, das ihn nicht einmal gemocht hatte. Paula, ein absolutes Computergenie, war die beste Freundin von Curtis' Lebensgefährtin Rosalind gewesen. Tragischerweise waren beide im letzten Jahr demselben Mörder zum Opfer gefallen.

Langsam trat sie näher, ohne ersichtlichen Grund nahezu lautlos. Als sie neben ihm stehenblieb, hätte sie einfach die Hand ausstrecken müssen, um ihn zu berühren. Doch sie betrachtete ihn nur: schweigend und nachdenklich, völlig gefangen von seiner Tätigkeit. Im Augenblick war er damit beschäftigt, einen kleinen Topf Begonien zu pflanzen. Vor dem Grabstein aus braunem Granit, auf dem lediglich Paulas Geburts- und Sterbejahr vermerkt waren, stand ein niedriger Polyantharosenbusch. Dorothy mochte das zarte Rosa der Blüten.

Es verstrichen Minuten, ehe sie auf sich aufmerksam machte: »Hi.«

Erst jetzt wandte er sich um. Er war so sehr in Gedanken gewesen, dass er nicht einmal den Schatten bemerkt hatte, den sie auf das frisch geharkte Grab und die Blumen warf.

»Chief Inspector Marley.« Curtis sah überrascht und etwas verwirrt aus. Er stand auf, rieb seine Handflächen aneinander, um die Graberde loszuwerden, die daran haftete, und lächelte sie fast verschämt an. »Na, wenn das kein Zufall ist. Ich hab gerade an Sie gedacht. Na ja, eigentlich an Ihren Bruder, wenn ich ehrlich bin. Ich sollte ihn mal wieder anrufen – wegen meines Kriminalromans. Aber ich hatte bisher die Traute nicht.«

Sie betrachtete die Begonien und sagte: »Sie haben Blumen gepflanzt.«

»Stimmt.« Curtis schmunzelte, sodass Lachfältchen seine Augen einrahmten. Augen, die um so vieles grüner waren als Dorothys – Augen wie kleine Galaxien. »Ich hoffe, das ist nicht strafbar, Chief Inspector.«

Dorothy war nicht in der Lage, darauf etwas zu erwidern. Paula Finn, das Mädchen, das hier begraben lag, hatte von Sean

Curtis rein gar nichts gehalten. Sie hatte ihm das gezeigt, wann immer sie konnte. Und doch war er jetzt hier und pflanzte Blumen auf ihr Grab.

»Ich fand, es sah etwas vernachlässigt aus«, sagte er. Er legte die Harke beiseite, trat zwei Schritte zurück und warf einen prüfenden Blick auf sein Werk. Er nickte zufrieden. »Wie finden Sie es jetzt?«

»Es sieht hübsch aus. Weshalb tun Sie das? Weshalb kümmern Sie sich um Paulas Grab?«

»Wie ich schon sagte: Es sah etwas vernachlässigt aus.«

»Das Mädchen hat Sie nicht ausstehen können.«

»Na und?« Er lachte. »Ich mochte Paula. Wenn sie ein Problem mit mir hatte, dann war das ihre Sache, nicht meine. Oder?«

»Wahrscheinlich haben Sie Recht.«

Er stemmte die Hände in die Hüften und sah in den bewölkten Himmel auf. »Manchmal, wenn ich an sie denke, dann stelle ich mir vor, dass sie irgendwo da oben ist und sich gerade in diesem Moment von einem sicheren Ort aus in Luzifers Schaltzentrale hackt. Ich wette, die kriegt sogar mit, dass Sie hier stehen und mich dafür auslachen, dass ich ihr Grab etwas in Schuss bringe.«

»Ich lache Sie nicht aus.«

»Aber seltsam finden Sie es schon.«

»Ich bin überrascht«, sagte Dorothy. »Seltsam finde ich es nicht. Das ist ein Unterschied.«

»Bestimmt.« Er lächelte halbherzig. Eine Wolke zog vorüber und verdunkelte für Sekunden sein Gesicht. Als die Sonne wieder hervorkam, kniff er geblendet das linke Auge zu. Dann ging er in die Hocke, glättete die Erde rund um die Begonien und verstaute den Topf, aus dem er sie genommen hatte, und auch die kleine Harke, in einer Plastiktüte von *W. H. Smith*, der großen Buchladenkette.

»Und was macht die Kunst?« Vermutlich war es eben diese Tüte gewesen, die Dorothy dazu gebracht hatte, ihn nach seiner schriftstellerischen Arbeit zu fragen. Soweit sie wusste, hatte er bislang noch nichts veröffentlicht, aber Robert hatten seine Arbeiten zumindest so gut gefallen, dass er sie an seinen Agenten in London weitergereicht hatte.

»Kommt drauf an, welche Sie meinen«, sagte Curtis, obgleich sein Schmunzeln verriet, dass er ganz genau wusste, worauf Dorothy anspielte. »Wenn Sie die Kunst der Müllentsorgung meinen, dann kann ich Ihnen sagen, dass uns die Einsparung von Arbeitsplätzen mehr und mehr zu schaffen macht. Sie streichen uns Stellen, wo es geht. Und die Löhne sinken natürlich. Nur der Müll wird immer mehr«, fügte er hinzu.

»Ich dachte da eigentlich eher an Ihr Buch.«

»Das *Manuskript*«, sagte Curtis, ohne belehrend zu klingen, »liegt, soweit ich weiß, noch immer bei einigen Londoner Verlagen herum. Ich muss mich eben in Geduld üben. Wissen Sie, ich möchte Ihrem Bruder nicht auf die Nerven gehen, indem ich ständig nachfrage, ob er schon was gehört hat. Ich denke, ich warte besser ab; er wird sich sicher melden, sobald er irgendeine Reaktion bekommt. Denken Sie nicht auch?«

Sie zuckte mit den Schultern und meinte: »Warum rufen Sie ihn nicht einfach an?«

»Wie gesagt: Ich hatte wohl bislang die Traute nicht.«

»Ach, kommen Sie, Robert ist auch nur ein Mensch.«

Den Blick gesenkt, stieß er seine Schuhspitze ein paar Mal ins trockene Gras. Als er wieder aufblickte, tat er dies mit gekräuselter Stirn und aufeinandergepressten Lippen. Schließlich schüttelte er leicht den Kopf und sagte leise: »Ich weiß. Trotzdem.«

»Sean, also wirklich –« Sie hielt inne, so, als habe sie sich selbst bei einem mittelschweren Fauxpas erwischt. »Ich hoffe, Sie haben nichts dagegen, wenn ich Sie Sean nenne?«, sagte sie. Und als er versicherte, das habe er nicht – ganz im Gegenteil –, fuhr Dorothy fort: »Sie haben Robert doch mittlerweile getroffen. Sie wissen, dass er kein aufgeblasener Intellektueller ist. Er ist wirklich ganz okay. Außerdem hat er Sie in den höchsten Tönen gelobt. Rufen Sie ihn an. Verabreden Sie sich mit ihm.«

»Klar, Sie haben gut reden – Sie können ihn jederzeit anrufen und sich verabreden – schließlich ist er Ihr Bruder.« Curtis griff in seine Gesäßtasche und zog ein Päckchen *John Players* hervor. Er schüttelte eine Zigarette heraus, steckte sie sich zwischen die Lippen und hielt Dorothy die Schachtel hin. »Nehmen Sie auch eine?«

Sie hob lächelnd die Hand. »Danke, aber ich rauche nicht.«

Derweil Sean Curtis sein Feuerzeug aufschnappen ließ und die Zigarette anzündete, sah Dorothy zur Kapelle hoch. Im hellen Schein der warmen Junisonne hatte sie nichts Abstoßendes mehr; im Gegenteil, sie sah sogar recht einladend aus. Eine Möwe – vielleicht jene, die noch vor wenigen Minuten beinahe regungslos über ihr in der Luft gestanden hatte – hockte auf dem kleinen Glockenturm und pickte sich die Parasiten aus dem Gefieder.

»Sie haben mir noch gar nicht gesagt, was Sie hergetrieben hat«, meinte Curtis jetzt. Er ließ den Rauch durch die Nase entweichen und deutete vage mit dem rechten Daumen zum Grabstein. »Wegen Paula war es jedenfalls nicht.«

Vielleicht bin ich tatsächlich nur hergekommen, um dich wiederzusehen, Sean, dachte sie plötzlich. Doch was sie sagte, war: »Ach, und wie kommen Sie darauf?«

»Sie waren auf dem Weg zu dieser Kirche da oben auf dem Hügel, stimmt's? Jedenfalls haben Sie zwischendurch immer wieder da hochgesehen.«

Das war ihr gar nicht aufgefallen. Sie strich sich eine widerspenstige Haarsträhne hinters Ohr und sagte: »Sie scheinen ja ein ziemlich guter Beobachter zu sein. Ich wollte tatsächlich dort rauf. Allerdings ist das eine Kapelle, keine *Kirche*«, setzte sie hinzu. Eine plumpe Retourkutsche für seine unbedacht hingesagte Bemerkung über den Unterschied zwischen Büchern und Manuskripten, und sie bereute sie schon, kaum, dass ihr die Worte über die Lippen gekommen waren. Doch Curtis sprang überhaupt nicht darauf an.

»Ich muss los«, sagte er nach einem flüchtigen Blick auf seine Armbanduhr. Das glühende Ende seiner Zigarette hüpfte auf und ab, während er sprach. »Ich geh' noch rüber zu meinem Dad. Übrigens noch jemand, um dessen Grab ich mich kümmere, obwohl er mich nie hat *ausstehen* können. Kann mich nicht entsinnen, dass der alte Knabe mich mal in den Arm genommen hat. Und was mache ich? Ich harke ihm auch noch die Erde glatt. Idiotisch, was? Aber was tut man nicht alles für ein bisschen elterliche Zuneigung.« Er bückte sich nach der mitgebrachten Plastiktüte, die seine Grabpflegeutensilien enthielt, wickelte sie zu einem länglichen Päckchen zusammen und klemmte sie sich unter den Arm.

Der Friedhof von Brighton bestand aus drei voneinander getrennten Bereichen: Der *Lewes-Road*-Friedhof mit dem Woodvale-Krematorium befand sich im Zentrum; im Süden und Osten wurde er von jenem Teil eingerahmt, auf dem sie sich gerade befanden, und der den größten des Areals ausmachte. Der nördliche Teil – *Extra-Mural* genannt – war der älteste.

»Wo liegt er denn, Ihr Dad?«, fragte Dorothy. Sie wollte Curtis nicht einfach so fortgehen lassen.

»Lewes Road, nicht weit vom Krematorium«, sagte er. »Asche zu Asche und so. In seinem letzten Jahr hat der alte Knabe am Tag bald achtzig Zigaretten durchgezogen. Mum und ich, wir fanden es irgendwie passend.«

Obgleich er seinen Schmerz so gut wie eben möglich zu

verbergen versucht hatte, war Dorothy der bittere Ton in seiner Stimme nicht entgangen. Sie trat auf Curtis zu, legte ihm die rechte Hand auf den Oberarm und fragte: »Sagen Sie mal, haben Sie nicht Lust, zu meiner Party zu kommen?«

Er blinzelte zwei, drei Sekunden lang, ohne zu antworten. »Was gibt's denn zu feiern?«, fragte er dann.

»Fünfzehn Jahre Brighton Police«, sagte sie leichthin. »Eine Art Betriebsjubiläum. Keine große Sache. Nur einige Kollegen und Freunde, die glauben, ich hätte irgendwie was Besonderes geleistet. Es werden nicht sonderlich viele Leute da sein; meine Wohnung ist nicht sehr groß, wissen Sie. Und Robert wird ebenfalls da sein.« Sie schaute ihm ermunternd in die Augen. »Ich würde mich wirklich freuen.«

»Ich kenne ja nicht mal Ihre Adresse.«

Sie nannte sie ihm. Und auch Datum und Uhrzeit.

»Das ist sehr nett von Ihnen, mich einzuladen. Danke. Ich komme gern.«

Dorothy nickte. Sie mochte diesen Mann. »Wir sehen uns dann übernächste Woche. Ich würde mich wirklich sehr freuen. Also vergessen Sie die Adresse nicht.«

»Schätze, die kann ich mir grad noch so merken«, sagte er und grinste schief. »Also, bis dann.«

»Bis dann.« Ohne darüber nachzudenken, wandte Dorothy sich um und begann, den Hügel hinab zum Parkplatz zu gehen.

Was auch immer sie sich davon versprochen haben mochte, zur Kapelle hinaufzugehen, jetzt war es ihr einerlei. Ganz gleich, was sie dort gewollt hatte, es bedeutete ihr nichts mehr. Es war nicht völlig aus ihrem Bewusstsein verschwunden, aber sie spürte eine Veränderung. Das nagende Gefühl von Schuld war fort. Sie sah den gleichen Wechsel von Licht und Schatten auf dem Grün des Rasens, den sie auf dem Hinweg beobachtet hatte, vernahm das gleiche Rauschen der Bäume und sah dasselbe schmiedeeiserne Tor am Fuß des Hügels, dort, wo ihr Wagen stand. Und doch fühlte sie sich anders. Besser. Es war ein gutes Gefühl, Sean Curtis begegnet zu sein.

Ein wirklich gutes Gefühl.

4

Sie hatten fast den ganzen Nachmittag gemeinsam verbracht. Lediglich für anderthalb Stunden hatte Claire Marley allein gelassen. Gegen 16 Uhr war sie nach East Grinstead gefahren, um dort Freunde zu besuchen, jedoch wie versprochen noch vor dem Abendessen zurückgekehrt.

Mittlerweile war es halb neun Uhr abends, und Marley sah den Stammgästen zu, die an der Theke saßen und tranken. Er hielt eine Tüte *Bull's Eyes* in der Hand; Minzbonbons, die er im *Pooh Corner Shop* gekauft hatte, nachdem Claire sich im Garten von ihm verabschiedet hatte. Er steckte sich eines der Bonbons in den Mund, während er darauf wartete, dass sie von ihrem Zimmer herunterkam. Gleich nach dem Abendessen hatte sie sich dorthin zurückgezogen, um, wie sie ihm erzählt hatte, einige Telefonate zu erledigen. Jetzt schritt er in der Schankstube des *Anchor* auf und ab und sah sich die zahlreichen alten Drucke und vergilbten Zeitungsausschnitte an, die, in schlichte Wechselrahmen gesteckt, die Wände zierten. An einem Artikel blieb er hängen. Es war ein von der *Associated Press* herausgegebener Nachruf – datiert auf den 22. April 1996.

Winnie-the-Poohs Christopher Robin (Milne) stirbt mit 75

LONDON – Christopher Robin Milne, der durch die Kindergeschichten seines Vaters A. A. Milne als junger Freund von Winnie the Pooh Unsterblichkeit erlangte, ist tot, wie die London Times heute berichtete. Er wurde 75 Jahre alt.

Der Times zufolge starb Milne bereits am Samstag. Allerdings sind weder der Ort seines Ablebens noch die Umstände seines Todes bekannt. Mr. Milne wurde 1920 in London geboren und begann im Erwachsenenalter seinem Vater die Vermischung seiner tatsächlichen Kindheit mit den erdachten Geschichten übelzunehmen. Sein Vater starb 1956, und bis 1974, als er seine eigene Autobiographie »Die verzauberten Orte« veröffentlichte, schwieg Christopher Milne sich über die Nachteile, die die immense Popularität der Pooh-Bücher auf sein Leben hatte, aus. Mr. Milne beschrieb seinen Vater als einen Mann, der die Jugend seines Sohnes benutzte, um seinem eigenen Altern zu entfliehen. »Als ich drei war, war mein Vater drei. Als ich sechs war, war er sechs … Er brauchte mich einfach, um zu vergessen, dass er selbst bereits 50 war«, schrieb er.

Darüber hinaus stellte er fest, A. A. Milne habe sein einziges Kind stets auf Distanz gehalten. »Meines Vaters Herz ist mir Zeit seines Lebens verschlossen geblieben.«

Die meisten der in A. A. Milnes Geschichten um Pooh den Bären auftretenden Stofftiere wurden seinem Sohn in den ersten Lebensjahren zum Geschenk gemacht und befinden sich heute in den USA. Im Dezember vergangenen Jahres verkaufte Christopher Robin Milnes Jugendfreundin Anne Darlington zwei der weltberühmten Spielzeuge, Känga und Roo, die sich seit Jahren in ihrem Besitz befunden hatten, über ein Auktionshaus an ein Teddybär-Museum.

Christopher Milne hinterlässt seine Frau und eine Tochter. Wann die Beisetzung stattfinden wird, ist noch nicht bekannt.

»Ist mal was anderes als immer nur Mord und Totschlag, nicht wahr, Mr. Marley?«

Marley wandte sich um, einigermaßen verblüfft darüber, schon wieder erkannt worden zu sein. Doch dann ging ihm auf, dass sich vermutlich längst herumgesprochen hatte, wer er war. »Ja«, sagte er. »Ja, Sie haben Recht. Das ist es. Viel weniger deprimierend ist es allerdings auch nicht«, fügte er hinzu.

Der Mann, der ihn angesprochen hatte, war groß und hager,

trug Cordhosen und ein blaues Hemd mit aufgekrempelten Ärmeln. Er stellte sich als Jonathan Kettridge vor. Seine hellen Augen funkelten vor Begeisterung, als er Marley die Hand hinhielt und sagte: »Ich bin hier der Fremdenführer. Winnie-the-Pooh und Alex Milne sind mein Spezialgebiet, müssen Sie wissen.« Er sprach den Namen des Autors aus, als handle es sich um einen lieben Freund. »Wenn ich Ihnen irgendwie behilflich sein kann – fragen Sie nur.«

Marley nickte. »Ich habe mir gerade diesen Artikel hier angesehen und gedacht, wie wenig man doch weiß. Ich meine, jeder von uns hat als Kind diese Geschichten gehört. Mir wurden sie vorgelesen, nehme ich an. Doch dass der Junge ein solch schlechtes Verhältnis zu seinem Vater hatte, war mir nicht bewusst.«

Kettridge steckte seufzend die Hände in die Hosentaschen. »Kennen Sie einen Jungen, der mit dem, was sein Vater tut, immer völlig zufrieden ist?«

»Vermutlich nicht«, sagte Marley. »Was ist eigentlich mit den Spielzeugen? Kann man sie hier im Ort besichtigen?«

»O nein, leider nicht«, sagte Kettridge. »Aber es ist eigentlich eine Schande. Denn ein Großteil befindet sich in Übersee. Alex Milne stiftete sie aus unerfindlichen Gründen der Donnell-Abteilung der New York City Public Library. Ich bin der Ansicht, sie hätten unbedingt in England bleiben müssen. Gott allein weiß, warum Milne sie in die USA gab. Ich habe keinerlei Erklärung dafür.«

Vielleicht, dachte Marley, hatte er einfach bloß die Nase voll von dem kleinen Bären. Er glaubte sich daran zu erinnern, einmal irgendwo gelesen zu haben, dass Milne geradezu panische Angst davor gehabt habe, aufgrund des unglaublichen Erfolgs seiner Pooh-Bücher der Nachwelt lediglich als Kinderbuchautor in Erinnerung zu bleiben. In Marleys Augen war A. A. Milnes bestes Buch jedoch ein Kriminalroman gewesen; der einzige, den er je geschrieben hatte. Er sagte: »Und was ist mit dieser Anne Darlington, die in dem Artikel erwähnt wird? Sie scheint ja ebenfalls im Besitz einiger der Stofftiere gewesen zu sein.«

»O ja. Anne war Christopher Robins Freundin seit Kindertagen. Sie war fast jeden Sommer zu Besuch auf Cotchford – das ist eine Farm hier ganz in der Nähe, die den Milnes gehörte. Und ein paar der Spielzeuge gehörten ihr. Känga und Roo beispielsweise. Und noch ein paar andere, die in den Geschichten keine Erwähnung finden.«

»Aber Känga und Roo kommen in den Geschichten vor, nicht wahr?«

»Sicher. Ja. Das tun sie.«

»Dann sind sie vermutlich auch einiges wert, was?«

»Darauf können Sie wetten. Keine Ahnung, wie viel. Aber sie dürften Mrs. Darlington bei der Versteigerung mit Sicherheit eine ganz hübsche Stange Geld eingebracht haben.« Er lachte.

Marley hielt Kettridge die Tüte mit den *Bull's Eyes* hin, und der Fremdenführer griff dankbar zu. Ein Minzbonbon im Mund hin- und herrollend, meinte er: »Wussten Sie übrigens, dass Christopher Milnes Mutter nie wieder ein Wort mit ihm wechselte, nur, weil er nicht die ›richtige‹ Frau geheiratet hat?«

»Wirklich? Das ist ja schrecklich.«

»Nicht wahr?«, sagte Kettridge. »Daphne Milne hatte sich nämlich Anne Darlington als Schwiegertochter gewünscht und war nicht unbedingt sehr erbaut davon, dass Christopher stattdessen seine Cousine Lesley heiratete. Eine verrückte Zeit damals. Soweit ich weiß, traf Christopher Milne seine Mutter ein letztes Mal auf der Beerdigung seines Vaters. Danach hat er sie wohl nie wieder gesehen. Wenn Sie sich dafür interessieren, erzähle ich Ihnen gern noch ein bisschen mehr davon. Und wenn Sie wollen, kommen Sie doch morgen früh gleich mit.

Dann führe ich Sie ein bisschen herum.« Er fuchtelte aufgeregt mit den Händen. »Ich habe gerade eine neue Tour ausgearbeitet. Ich kann schon froh sein, wenn um diese Zeit überhaupt jemand mitkommt. Was halten Sie davon? Haben Sie Lust?« Er legte Marley den rechten Arm um die Schultern. »Kommen Sie, trinken wir erstmal einen. Reverend Chubb brennt schon darauf, Sie kennenzulernen. Ein ganz wunderbarer Mann, der hier jeden kennt. Er sitzt dort hinten in der Fensternische und wartet vermutlich sehnsüchtig auf unsere Rückkehr. Wenn ich ehrlich bin, war eigentlich er es, der Sie erkannt hat. Hat sich wohl einfach nicht getraut, Sie anzusprechen.«

Als Claire schließlich von ihrem Zimmer herunterkam, war Marley bereits völlig in Beschlag genommen worden und befand sich – da Reverend Chubb und Kettridge einfach nicht davon abzubringen waren, in ihm eine Art männlicher Angela Lansbury zu sehen – auf dem besten Weg, das Mysterium um Farmer Greggs und den verschwundenen Jungen ganz allein auflösen zu müssen. Heute Abend. Hier und jetzt. Und an Ort und Stelle.

»Gordon Cobbler war am Nachmittag kurz hier und hat gesagt, er würde eine Vermisstenanzeige aufgeben, wenn sein Junge bis morgen früh um zehn nicht wieder bei ihm zuhause sei.« Reverend Chubb nippte an seinem Cider. »Ich habe ihm dazu geraten. Ist wohl das beste, was er tun kann. Was denken Sie, Robert?«

Marley seufzte. Mittlerweile war er also schon *Robert*. Was den Reverend anging, *Bruder Robert* vielleicht. Oder einfach Robert, der Saufkumpan.

»Ich bin mir ziemlich sicher«, wiederholte Marley zum soundsovielten Mal, »die Sache stellt sich als ganz und gar harmlos heraus.« *Wunschdenken, alter Knabe – du weißt ganz genau, dass er längst tot ist: missbraucht, erdrosselt wahrscheinlich und verstümmelt. So ist es doch. So ist es doch immer. Ein gutes Ende gibt es nicht.* »Ich hörte«, fuhr Marley fort, »dass Greggs eine Nachricht bei der Familie des Jungen hinterlassen hat.«

»Ist natürlich gefälscht«, warf der Reverend in den Raum. Marley fragte sich, wo Chubbs Gottvertrauen blieb. Was zum Teufel war das für ein Geistlicher, der stets das Schlimmste annahm?

»Gordon ist sich vollkommen sicher, dass es sich um Greggs' Handschrift handelt«, sagte Kettridge. Mit seinem Taschenmesser schnitt er Stückchen von einem Apfel ab. »Andernfalls hätte er wohl sofort die Polizei verständigt.«

Der Reverend schien das anders zu sehen. »Warten Sie's ab, Jonathan. Warten Sie's nur ab.«

»Sie als Fachmann müssen doch wenigstens eine Theorie haben, Robert. Sie schreiben doch über diese Sachen«, sagte Kettridge, eine Apfelspalte kauend. »Über Entführungen, Kidnapping und so etwas.«

»Entführungen?«, wiederholte Marley. »Kidnapping?« Du Liebe Güte, hier glaubte wohl niemand an ein gutes Ende.

Claire rutschte neben Marley auf die Bank in der Fensternische und stellte ein Glas Cola auf den Tisch. »Wie ich höre, bieten Sie eine neue Führung an, Mr. Kettridge«, sagte sie. »Ich habe den Flyer gesehen, der hier im Pub ausliegt. *»Eine Expotition von der Stöckchenbrücke zu Poohs verzaubertem Platz«*. Klingt sehr interessant.«

»Sie haben ihn schon gelesen?« Kettridge fühlte sich ganz offenkundig geschmeichelt. »Obwohl ich ihn ja heute erst hergebracht habe.« Und er begann, ihnen die neue Tour Etappe für Etappe zu schildern.

Claire war zufrieden. Es gab eben nichts, worüber die Leute lieber schwadronierten, als über sich selbst und das eigene Steckenpferd.

Nicht mal Mord und Totschlag kamen da mit.

5

»Nun sieh es dir doch wenigstens an, Ralph.« Police Constable Rowan Bellows, der ungeduldig in einem kleinen, stickigen Büro im zweiten Stock des Hauptquartiers der Brighton Police in der John Street saß und einen speckigen alten Lederriemen auf der abgeschabten Tischplatte umherschob, versuchte die Aufmerksamkeit seines Kollegen nun dadurch zu wecken, dass er mit der Schnalle des kurzen Gürtels wiederholt auf den Tisch klopfte.

Detective Sergeant Ralph Cloud zog seufzend die linke Augenbraue hoch und sah von seinen Akten auf. Ein breites Heftpflaster zierte sein Kinn. Das war nichts Ungewöhnliches. Cloud trug Gipsschienen, Verbände und Druckkompressen wie andere Leute Schönheitspflästerchen. Kaum einmal sah man ihn ohne – einer der Gründe, weshalb Chief Inspector Dorothy Marley ihn manchmal Clouseau nannte. »Was soll das, Rowan? Ich hab zu tun, verdammt noch mal.«

Die Aktenberge schienen einfach kein Ende zu nehmen. Seit Chief Inspector Marley den Vermisstenfall Fran Lovey übernommen hatte (eine 21-jährige Schwesternschülerin beim *Brighton General Hospital*, die seit einigen Tagen verschwunden, aber vermutlich nur mit ihrem Freund durchgebrannt war), bekam Cloud alle anderen Fälle aufgebürdet. Einen besonders dicken Ordner hatte Dorothy erst heute Morgen einfach von ihrer Hälfte des Schreibtisches auf seine hinübergeschoben. Darin ging es um einen Einbruch in den North Lanes. Eine Bande Jugendlicher – man mutmaßte zumindest, dass es sich um Jugendliche handelte – war in einen dieser Plattenläden eingebrochen, in denen man ausschließlich mit seltenen Erstpressungen und Bootlegs handelte: *Rock 'n' Roll Through the Ages* hieß der Laden. Ein Einbruch bei Nacht und

Nebel. Angeblich keine Zeugen. Beileibe nichts Weltbewegendes, aber immerhin ging es bei der Beute um Platten im Wert von fünfzigtausend Pfund.

Ralph Cloud selbst hatte die Schäden an der Ladentür und das aufgebrochene Schloss inspiziert und anschließend mit dem Geschäftsinhaber gesprochen, einem merkwürdig gesprächigen Burschen namens Owen Meat. Der Mann war selbst Rockfan und stammte aus Falmer, nördlich von Brighton. Offenbar hatte er die Universität geschmissen und eine Zeitlang bei Burger King gearbeitet, ehe er vor gut sechs Jahren sein Hobby zum Beruf gemacht und das Geschäft in der Pelham Street eröffnet hatte. Innerhalb weniger Monate war *Rock 'n' Roll Through the Ages* dann zum Mekka für Rockfans aus aller Welt geworden; das behauptete zumindest Mr. Meat.

Cloud hatte von Anfang an den Verdacht, der Mann spiele mit verdeckten Karten. Schon immer hatte der Sergeant eine tiefe Abneigung gegen dicke Menschen gehabt (und Mr. Meat machte seinem Namen wirklich alle Ehre), aber was dem Ganzen letztlich die Krone aufgesetzt hatte, war das leicht amüsierte und äußerst geringschätzige Schmunzeln gewesen, mit dem der Musikhändler Clouds Frage nach CDs von Fatboy Slim quittiert hatte.

»Mensch, so was kriegt man nicht alle Tage zu sehen; geschweige denn zu kaufen. Ich hab's im Internet ersteigert.« Bellowes schien nicht lockerlassen zu wollen. Mit einem breiten Grinsen hielt er den Riemen gespannt zwischen beiden Händen, schüttelte seinen blonden Wuschelkopf und meinte: »Aber ich wette, du hast nicht die leiseste Ahnung, was das ist.«

»Sieht aus wie ein Gürtel für Zwerge.« Cloud sah kurz auf und vertiefte sich sogleich wieder in die Durchsicht eines Berichts. Dass er sich derart abschätzig geäußert hatte, würde Meat noch leid tun. Der Sergeant war überzeugt davon, dass der Geschäftsinhaber die Platten selbst beiseitegeschafft oder aber jemanden dafür angeheuert hatte. Er würde ihm schon noch auf die Spur kommen – früher oder später. Irgendwo machte jeder Verbrecher Fehler, mochten sie auf den ersten Blick auch noch so gering und unbedeutend erscheinen.

»Also wirklich, Ralph – manchmal zweifle ich echt daran, dass du Polizist bist.« Bellowes war geknickt. Solch unverhohlenes Desinteresse war einfach zu viel für ihn. Der vermeintliche »Zwergengürtel« wurde mit raschen, ruckartigen Bewegungen zusammengelegt und verschwand in der rechten Hosentasche des Constables. »Nicht das geringste bisschen Interesse für die Geschichte unseres Rechtssystems. Du bist, verdammt noch mal, der schlimmste Ignorant, den ich kenne.«

Cloud stieß einen langen, schweren Seufzer aus. Er ließ den Bericht auf den Schreibtisch fallen, hob langsam den Blick und beäugte Bellowes mit hängenden Lidern. »Na, schön, Rowan, du hast mich am Arsch; ich will ein echter Polizist sein – ich gebe auf.« Clouds Augen zeigten viel Weißes unter der Iris. Ein Blick, den Bellowes' Mutter immer als Mörderaugen bezeichnet hatte.

Der Constable sagte: »In Wirklichkeit interessiert es dich doch überhaupt nicht. Und wenn es dich nicht interessiert, habe ich auch keine Lust mehr, es dir zu zeigen.« Ganz offensichtlich hatte sich Bellowes in die Schmollecke zurückgezogen.

»Jetzt hab dich nicht so und zeig schon diesen verdammten Gürtel her«, meinte Cloud. Er stand von seinem Stuhl auf und kam hinter dem Schreibtisch hervor, die rechte Hand ausgestreckt. »Sicher interessiert es mich; es ist nur … Ich hab nur einfach viel zu viel zu tun. Ehrlich gesagt, weiß ich momentan kaum noch, wo ich anfangen soll. Diese Einbruchsache macht mich völlig fertig.«

Das schien Bellowes etwas zu besänftigen. Er zog den

Gürtel erneut heraus, legte ihn auf Chief Inspector Marleys Schreibtisch und trat einen Schritt zurück. »Sieh dir das Ding gut an, Ralph. Und dann sag mir, was das ist.«

Cloud, der seinen Kollegen schätzte und ihn trotz all der Arbeit, die es noch zu erledigen galt, nicht enttäuschen mochte, hob das speckige Ding auf und betrachtete es eingehend. Leider konnte er rein gar nichts daran finden. »Ist ... nicht uninteressant«, meinte er nach einer ganzen Weile.

»Was du nicht sagst.« Bellowes griente. »Ich nehme an, du weißt, wer *Harry Allen* war, oder?« Er sprach den Namen aus, als handle es sich um Jack the Ripper. »Dieses Ding hat einmal ihm gehört. War ein richtiges Schnäppchen. War echtes Glück, dass ich es so billig gekriegt habe, denn vor allem in den USA gibt es Sammler, die töten würden, um ein solches Stück zu besitzen.«

»Ach, wirklich?« Cloud bezweifelte, dass das auch auf *dieses* Stück zutraf. Allerdings konnte er sich denken, was Bellowes gern darin gesehen hätte – die Fessel, mit der der Henker seinen Todeskandidaten die Fuß- bzw. Handgelenke verschnürte, ehe er ihnen die Schlinge um den Hals legte. Der Sergeant hatte jedoch auf der Innenseite des Riemens eine blasse, kaum sichtbare Jahreszahl entdeckt: 1994. Soweit er wusste, hatte sich Harry Allen, der letzte Henker des Landes, im August 1992 auf der Beerdigung seines viel berühmteren Vorgängers Albert Pierrepoint eine Lungenentzündung zugezogen und war daran gestorben. Dass dieser Lederriemen tatsächlich einmal ihm gehört haben sollte, war daher vollkommen unmöglich. 1994 hatte Allen bereits seit zwei Jahren unter der Erde gelegen, und die Todesstrafe war sogar schon 30 Jahre zuvor abgeschafft worden.

Bellowes beäugte ihn auch weiterhin: »Und?«, fragte er. »Weißt du nun, was das ist?«

»Sicher bin ich mir natürlich nicht«, ließ Cloud sich schließlich vernehmen. »Es könnte sich allerdings um eine Fußfessel handeln, wie man sie bei Exekutionen am Galgen benutzte.«

Bellowes stieß ein zufriedenes Kichern aus. »Fast richtig.« Er schnippte mit den Fingern. »Ist die Handfessel. Soll angeblich bei der letzten Hinrichtung in Liverpool benutzt worden sein. Wie gesagt – ein Schnäppchen.«

»Toll.« Cloud gab ihm den Riemen zurück. »Dann pass mal gut darauf auf. Hat schließlich nicht jeder, was?«

»Denkst du, ich sollte es vielleicht als Leihgabe dem Polizei-Museum stiften?«

»Lieber nicht«, sagte Cloud. »Da haben so viele Leute ihre Hände drin; am Ende vergessen die noch, wo das Exponat herkommt. Ich an deiner Stelle würde es zuhause behalten. Du kannst es ja ab und zu mitbringen, damit wir alle etwas davon haben.«

»Bestimmt hast du Recht.«

»Mit Sicherheit hab ich das«, sagte Cloud. »Und zeig das Ding nicht jedem. Das bringt nur böses Blut.«

»Du meinst …«

»Jeder wird es haben wollen, oder?«

Das sah Bellowes ein.

Cloud setzte sich wieder auf seinen Stuhl, der vor der mächtigen Wandkarte von Brighton & Hove stand, und legte beide Arme auf den Tisch. »Sag mal, Rowan …«

»Ja?«

»Was ist eigentlich mit der Party der Chefin? Habt ihr das soweit erledigt?«

Die Vorbereitungen dazu liefen intern schon seit Wochen. Eine nicht unbeträchtliche Zahl von Beamten war darin verwickelt und verhielt sich ein bisschen so, als sei sie eine elitäre Sondereinheit der Brighton Police und über Nacht dem britischen Geheimdienst unterstellt geworden: Es gab streng vertrauliche Pläne, unzählige konspirative Treffen an den unmöglichsten Orten zu den unmöglichsten Zeiten und ständig Getuschel auf den Gängen, das indes sogleich verstummte, wenn Dorothy auftauchte.

»Na, was denkst du denn? Klar haben wir das. Ich habe bereits mit ihrer Mutter gesprochen. Und Albert Hall hat auch zugestimmt. Er wird das Pub ab 18 Uhr dichtmachen, damit wir an dem Abend ganz unter uns sind.«

»Sie weiß also von nichts?«

»Chief Marley weiß nicht das kleinste bisschen«, versicherte Bellowes. »Es wird die absolute Überraschung sein.«

6

Cotchford Lane war eine schmale, unbefestigte kleine Straße, die, mit tiefen Schlaglöchern übersät, von Hartfield nach Upper Hartfield und zum Wald von Posingford führte. Auf der einen Seite war sie von hohen Hecken gesäumt, auf der anderen lagen weiß gekalkte Cottages und die weitläufigen Grundstücke ehemaliger Farmen, die wohlhabende Investoren während der letzten zehn, fünfzehn Jahre renoviert und zu gemütlichen, aber äußerst kostspieligen Wohnhäusern umgebaut hatten.

Es war erst kurz nach acht und noch immer sehr feucht, als sich Robert Marley dort am folgenden Morgen in Claires Begleitung am vereinbarten Treffpunkt einfand. Sie staunten nicht schlecht, denn entgegen Kettridges Befürchtung, sie würden möglicherweise zu dritt gehen müssen, hatte sich ein ganz beachtliches Grüppchen zusammengefunden. Fünfzehn oder zwanzig Personen warteten bereits auf sie; die meisten davon asiatischen Aussehens, aber auch einige Amerikaner waren darunter, die man – Männer wie Frauen – zweifelsfrei an ihren großen Baseballkappen und den besonders weißen Zähnen erkannte. Zu Marleys unsäglicher Erleichterung waren weder die beiden älteren Damen, deren Unterhaltung über Vergnügungsparks er tags zuvor mit angehört hatte, noch die kraushaarige Blondine mit dem Oberlippenpiercing anwesend.

»Hallo, Mr. Marley, Miss Holloway!« Jonathan Kettridge fuchtelte begeistert mit den Armen. Er hatte mit dem Rücken gegen sein Gartentor gelehnt dagestanden – die Hände in den Hosentaschen – und mit einem älteren Ehepaar gesprochen, als er Claire und ihn näherkommen sah. »Schön, dass Sie es auch geschafft haben. Kommen Sie! Kommen Sie nur, Herrschaften.« Kettridge stieß sich vom Gartentor ab, machte ein paar Schritte auf die Gruppe zu, breitete die Arme aus und sagte: »Dies, meine Herrschaften, ist Cotchford Lane. Und keine 300 Meter von hier entfernt liegt das Anwesen, dem diese Straße ihren Namen verdankt: Cotchford Farm, die ehemalige Sommerresidenz von Alan Alexander Milne. Dort entstanden die meisten Pooh-Geschichten. Diejenigen von Ihnen, die von Hartfield heraufgekommen sind, sind also schon daran vorbeigelaufen. Wir werden später noch einmal dorthin zurückkehren und uns den Besitz aus der Entfernung ansehen. Leider ist eine Besichtigung zur Zeit noch nicht möglich, da sich das Anwesen in privater Hand befindet.« Allerdings, so fügte Kettridge mit einiger Entschlossenheit hinzu, würde er auch in Zukunft nicht müde werden, Mr. Kitley, den gegenwärtigen Eigentümer, auch weiterhin dahingehend zu beeinflussen, wenigstens den Garten zeitweilig für seine Führungen zu öffnen.

Die Sonne schien. Kein Wölkchen war am Himmel zu sehen. Trotzdem war Marley froh, sich gegen das *Sinatra*-T-Shirt entschieden zu haben, denn zu dieser frühen Stunde war es hier in der Nähe des Waldes noch immer recht kühl. Stattdessen trug er jetzt einen ausgeblichenen blauen Baumwollpullover mit Kapuze – nicht sonderlich hübsch, aber praktisch. Und auch Claire glich in ihrem etwas zu großen Fleecepulli mehr einem Waschbären als einer Waldelfe.

Kettridge machte die morgendliche Kühle offenbar nicht das Geringste aus. Er war vollends in seinem Element, trug lediglich eine leichte Windjacke und hatte sich nicht einmal die Mühe gemacht, den Reißverschluss zu schließen. Man sah ihm an, wie viel Spaß ihm seine eigene Führung bereitete.

»Ich denke«, sagte er eben, »jeder von Ihnen ist mit ›Poohsticks‹ vertraut, dem berühmten Stöckchenspiel, das Pooh und Ferkel einst mit Christopher Robin spielten. Die Regeln sind folgende: Jeder sucht sich einen Stock und zeigt ihn seinem Mitspieler. *Nachdem*, wie es im offiziellen Regelwerk heißt *klar ist, wer wer, was wessen Stock und welcher welcher ist*, wirft man ihn auf der richtigen Seite der Brücke ins Wasser und schaut, wessen Stock als erster auf der anderen Seite der Brücke wieder auftaucht.« Kettridge blieb stehen und hob die Arme. »Da wir die Brücke, die diesem Spiel ihren Namen verdankt, in Kürze erreichen werden, und Sie das Spiel sicherlich auch selbst gern ausprobieren wollen, schlage ich vor, Sie sammeln schon jetzt ein paar passende Zweige auf. Erfahrungsgemäß findet man in der Nähe der Brücke weit und breit kein trockenes Reisig mehr. Und bitte sehen Sie davon ab, Zweige von den Bäumen abzubrechen.«

Die Feuchtigkeit erhob sich erst allmählich aus den Feldern und Wiesen ringsum, und als sie eine Viertelstunde später den Bachlauf erreichten, hing sogar noch eine Spur von Morgennebel über dem Wasser.

Bei der Brücke begann der Wald, und es wurde still. Es war, als habe eine unsichtbare Hand unvermittelt einen Zauber über das Szenario gelegt. Über ihren Köpfen schloss sich das Laub der Bäume still zu einem sanften grünen Blätterdach, das Ruhe und Frieden versprach. Nur das Zwitschern der Vögel und das beruhigende Rauschen des nahen Baches waren zu hören.

Kettridge blieb am diesseitigen Ende der Brücke stehen und sagte: »Der eigentliche Name dieser 1907 errichteten Brücke lautet Posingford Bridge. Ursprünglich diente sie dem Zweck, die im Wald gefällten Bäume auf einfachem Wege abtransportieren zu können. Das ist auch der Grund für ihre enorme Breite. Und auch der Weg, über den wir eben gekommen sind, war einmal wesentlich breiter.«

Eine allein reisende Frau von Mitte fünfzig trat vor und hob wie eine Schülerin zögerlich die rechte Hand. Ein buntes Tuch war um ihre Schultern geschlungen. Sie sagte: »Ich weiß ja nicht, aber ich finde, sie sieht noch sehr neu aus.«

»Sie haben ganz Recht.« Kettridge lächelte. »Die Brücke, die Sie heute sehen, ist nicht mehr *ganz* die Originalbrücke. Sie war reparaturbedürftig und wurde ausgebessert. Aber immerhin war Christopher Robin Milne bei der Fertigstellung dabei und weihte sie ein.« Kettridge sah nachdenklich zu den Baumwipfeln auf, als er fortfuhr: »Warten Sie. Mal sehen, ob ich es noch auf die Reihe bekomme. In seiner 1974 erschienenen Autobiographie schrieb Christopher Milne: *›Die Brücke steht noch immer und sieht noch größtenteils so aus wie damals, als Shepard herkam, um sie zu zeichnen.‹* Das war nach der Renovierung. Sie können also beruhigt davon ausgehen, dass noch genügend von ihr dem Original entspricht, um als echt zu gelten.« Kettridge trat zur Seite, machte eine einladende Geste mit der linken Hand und sagte: »Ich hoffe, Sie haben alle Ihre Stöckchen parat. Also, meine Herrschaften, worauf warten Sie noch? Die Spiele sind eröffnet.«

Claire stieß Marley an und fragte ihn im Flüsterton, ob die Tannenzapfen, die sie unterwegs gesammelt hatte, wohl auch den Spielregeln entsprächen. Er bezweifelte das.

Kettridge lehnte derweil mit dem Rücken am Brückengeländer und verfolgte aufmerksam die Aktivitäten seiner Gruppe.

Marley, der selbst auch ein Stöckchen ins Wasser werfen

wollte, ließ Claire stehen und versuchte sein Glück zwischen zwei jungen Japanerinnen, die ihm höflich lächelnd und knicksend Platz machten.

Er hatte eben das kräftigste und ansehnlichste seiner Stöckchen ins Wasser geworfen und sah zu, wie es nach einer anfänglichen, langsamen Drehung um sich selbst nun an Fahrt gewann, als die Frau mit dem bunten Tuch, die keine zwei Meter von ihm entfernt am Brückengeländer stand, plötzlich zu schreien anfing, die Augen weit aufgerissen und die rechte Faust auf die Zähne gepresst.

Im selben Moment, als Marley den Grund dafür erkannte und unter der Brücke den blonden Haarschopf und den weißen Rücken des halbnackten Jungen zwischen all dem Treibgut bemerkte, war Kettridge bereits über den niedrigen Holzzaun gesprungen, der den Fußweg vom Flussufer trennte, und versuchte ins Wasser zu gelangen.

»Verdammt noch mal, Kettridge, bleiben Sie stehen!« Marley reagierte sofort. Mit einem Satz sprang er über den Holzzaun hinweg und schlitterte hinter Kettridge die steile Böschung hinunter.

Wasser spritzte.

»Kommen Sie. Helfen Sie mir, ihn da rauszuholen!«, schrie Kettridge. Sein Gesicht war vor Entsetzen verzerrt. »Wir müssen ihn doch da rausholen!« Er lag bereits im Wasser und riss wie von Sinnen an dem Gewirr aus Treibgut, Seilen und Draht herum, in dem der kleine Körper sich verfangen hatte, ehe Marley ihn erreichte. Schließlich bekam er Kettridges Windjacke zu fassen und zog den erschöpft nach Luft ringenden Fremdenführer an den Schultern zurück. Jegliche Kraft schien ihn plötzlich verlassen zu haben. Er schluchzte, als er rückwärts in Marleys Arme sank.

Die Frau schrie noch immer. Zwei Männer hielten sie fest und kümmerten sich um sie.

Marley zog sein Handy hervor und wählte die Nummer seiner Schwester. Der Junge war tot. Das hatte er auf Anhieb gesehen. Seine kleine bleiche Hand trieb leblos im gurgelnden Strom des Wassers hin und her.

Es sah aus, als würde er ihnen zum Abschied winken.

7

Der Fundort war weiträumig abgesperrt worden. Ein weißes Kunststoffzelt spannte sich am Fuß der Brücke über jenen Teil des Flusses und der Uferböschung, an der der Junge entdeckt worden war. Die Leiche befand sich noch *in situ*. Darauf hatte Dorothy bestanden. *(»Wenn Sie sie bewegen, ehe Millner und Breckinridge vor Ort sind, können Sie was erleben. Keiner rührt dort etwas an, bevor unser Team an Ort und Stelle ist.«)*

Detective Chief Inspector Dorothy Marley kniete am nördlichen Ufer des Steel Forge River, blickte auf den kleinen, grauen Leichnam hinunter und versuchte sich vorzustellen, wie der Junge zu Tode gekommen war. Inspector Stockley Breckinridge war noch mit der Spurensicherung beschäftigt. Einer seiner Assistenten schoss unablässig Fotos. Die Kamera sirrte, als der Blitz auflud, und klickte. Ein anderer hielt eine winzige Digicam in der Hand und zeichnete alles, was am Fundort geschah, auf Video auf. Am jenseitigen Ufer standen schon die Beamten bereit, die den kleinen Leichnam ins Leichenschauhaus des *Queen Victoria Hospitals* in East Grinstead bringen würden. Sie waren schweigsam und blass, ihre Bewegungen routiniert und knapp.

Am anderen Ende der Brücke waren Sergeant Cloud und eine Handvoll uniformierter Polizisten damit beschäftigt, die Aussagen der Reisegruppe zu Protokoll zu nehmen. Nicht weit davon entfernt saß ihr Bruder Robert auf der kräftigen

Wurzel eines Baumes und hielt eine dunkelhaarige Frau im Arm. Sie weinte und schien sich kaum beruhigen zu können.

Eine Leiche im Wasser.

Dorothy wusste, dass in solchen Fällen kaum eine Chance bestand, beweisrelevante Spuren zu finden. Gut, man konnte mit einiger Sicherheit die Todesursache feststellen, doch was den Zeitpunkt des Todes anging, war man weitestgehend auf grobe Schätzungen angewiesen. Wasser, vor allem fließendes, kühlt den Körper weit schneller aus, als Luft dies tut. Und darauf zu hoffen, noch Fingerabdrücke oder DNA-fähiges Material zu finden, konnte man ohnehin gleich vergessen. Speichel- oder Spermaspuren würde das Wasser innerhalb von Minuten, wenn nicht Sekunden fortgespült haben.

Dr. Millner, der Polizeiarzt, war ein Mann im Herbst seines Lebens, sein kurzes Haar wie ein graues Stoppelfeld. Man sah ihm an, dass er in all den Jahren mehr zu Gesicht bekommen hatte, als gut für ihn war. Er lehnte mit aufgekrempelten Hemdsärmeln am Brückengeländer und sah Breckinridges Leuten bei der Arbeit zu, während er selbst darauf wartete, mit der Untersuchung des toten Jungen beginnen zu können.

Dorothy wusste, dass Millner vor Ort nicht viel ausrichten konnte. Eine rasche Untersuchung des Leichnams würde genügen müssen, denn Wasserleichen hatten die unangenehme Eigenschaft, nach der Bergung sehr schnell zu faulen. Daher war Kühlung unbedingt notwendig. Ein speziell ausgerüsteter Wagen wartete bereits an der Zufahrt zur Brücke.

Als Breckinridge jetzt die Böschung heraufgeklettert kam und Millner zu verstehen gab, er sei mit seinen Untersuchungen soweit fertig, trat Dorothy sofort auf ihn zu und fragte: »Und? Haben Sie schon was für mich?«

»Kommt drauf an, was Sie erwarten. Viel ist es jedenfalls nicht.« Das schien einer von Breckinridges Lieblingssätzen zu sein. Er wischte sich die schlammigen Hände an den Hüften ab. Die Hosenbeine seines weißen Einwegoveralls, mit dem er durch das kniehohe Wasser gewatet war, waren völlig durchweicht, und der hohe Eisengehalt des Flusses hatte sie rot gefärbt. »Ich habe die Kleider des Jungen sichergestellt und ein paar Proben von der Umgebung genommen; vielleicht finden wir was, vielleicht auch nicht. Dummerweise haben es Ihr Bruder und dieser Fremdenführer ja für nötig gehalten, Tarzan zu spielen. Falls es an jenem Teil der Uferböschung irgendwelche Spuren gegeben haben sollte, haben die beiden sie in ihrem Übereifer sicherlich vernichtet.« Er blies die Wangen auf und stieß einen Seufzer aus. »Allerdings habe ich in der linken geschlossenen Faust des Jungen etwas entdeckt: eine Art Farnkraut, das – zumindest auf den ersten Blick – hier am Fundort nicht zu wachsen scheint. Könnte ein Anfang sein.«

Dorothy bedankte sich mit einem Lächeln.

Dr. Millner arbeitete schnell. Nach gut 15 Minuten gab er den wartenden Beamten bereits das Zeichen zum Abtransport des kleinen Körpers. Er kam zu Dorothy herüber, streifte die hauchdünnen Latexhandschuhe ab und sagte: »Der Junge ist seit mindestens 10 Stunden, aber allerhöchstens seit drei Tagen im Wasser. Er hat Abschürfungen an den Knien und an der Stirn. Das könnte darauf hindeuten, dass er über eine größere Strecke hinweg über den Boden geschleift wurde. Andererseits hat er auch Abrasionen an Hand- und Fußrücken davongetragen, was wiederum auf das Hinundhertreiben im Fluss zurückzuführen sein könnte. Genaueres sage ich Ihnen nach der Obduktion.«

»Können Sie schon sagen, woran er gestorben ist?«, fragte Dorothy.

»Sie meinen, ob er ertrunken ist?« Millner runzelte die Stirn und schüttelte den Kopf, ohne Dorothys Antwort abzuwarten. »Ich weiß es nicht. Von den Abschürfungen mal abgesehen, hat der Junge zahlreiche Blutergüsse im Nackenbereich.

Das könnte bedeuten, er ist gewürgt worden – oder auch, dass ihn jemand gewaltsam unter Wasser gedrückt hat. Aber ohne Leichenöffnung lässt sich da gar nichts sagen. Tut mir leid.«

»Schon gut.« Sie berührte ihn leicht an der Schulter. »Wir sehen uns dann nachher.«

»Chief?« Es war Ralph Cloud. Er sah ziemlich mitgenommen aus. Und mit dem Pflaster am Kinn verletzlich wie ein kleiner Junge. Entweder ein schlimmer Pickel, oder er war beim Rasieren mit der Klinge ausgerutscht, dachte Dorothy. Möglicherweise beides. Während er sprach, huschte sein Blick unstet zwischen ihren Augen und ihren Lippen hin und her. »Ich habe mich unterdessen ein bisschen mit diesem Fremdenführer Kettridge unterhalten. Er sagt, er hätte Ronnie Cobbler an dem Abend, als er verschwand, noch bis zum Waldrand begleitet. Ronnie habe Angst gehabt, allein zu gehen, weil es schon so dunkel gewesen sei.«

»Wie spät war es da?«

»Er hat nicht auf die Uhr gesehen, aber er denkt, es müsse so gegen halb zehn gewesen sein, weil es hier im Tal schon fast dunkel gewesen sei.«

»Das ist doch schon mal was«, sagte Dorothy.

»Jetzt macht er sich natürlich Vorwürfe, weil er ihn nicht bis nach Hause gebracht hat. Der Kerl ist völlig fertig. Und er ist sich absolut sicher, dass es sich bei dem Jungen um das vermisste Kind handelt. Die Familie bewohnt offenbar ein ehemaliges Farmgebäude hier ganz in der Nähe.« Cloud warf einen beiläufigen Blick auf seine Notizen. »Es heißt *Endwell House*. Und sie scheinen nicht gerade am Hungertuch zu nagen.«

»Eine Kindesentführung, die in die Hose gegangen ist, meinen Sie?«

Er zuckte mit den Achseln. »Was, wenn es eine Lösegeldforderung gab, von der sie niemandem erzählt haben? So abwegig ist das nicht.«

»Wohl um die dumm herumstolpernden Bullen aus der Sache rauszuhalten, was, Clouseau?«

»Wie auch immer – wir sollten die Eltern möglichst gleich aufsuchen, denken Sie nicht auch?« Und als Dorothy nickte: »Allerdings ist es wohl besser, Sie kommen vorher noch mal mit rüber zu Ihrem Bruder.« Cloud deutete mit dem rechten Daumen hinter sich. Dorthin, wo Robert und die dunkelhaarige Frau noch immer auf einer Wurzel saßen. »Er denkt auch, es war Mord. Und ob Sie's glauben oder nicht: Seine neue Flamme hat uns auch gleich das Motiv dafür geliefert.«

8

»Ich finde, ihr solltet ihre Theorie wenigstens überprüfen«, sagte Robert Marley, nachdem er Claire zunächst mit Dotty und Cloud bekannt gemacht und sie ihnen dann die Geschichte von Farmer Greggs und dessen schlechtem Verhältnis zur Familie des toten Jungen geschildert hatte. Er saß auf einem Baumstamm unweit der Brücke, die Hände unter dem Kinn gefaltet und beide Ellenbogen auf die Knie gestützt. »Anscheinend weiß niemand so genau, woran die erste Mrs. Cobbler wirklich gestorben ist.«

Cloud sah etwas irritiert aus. »Noch einmal zum Mitschreiben.« Er zückte seinen Bleistift und klappte sein Notizbuch auf. »Sie sagen also, dieser Farmer Greggs, der jetzt verschwunden ist, hat den Kleinen aus Rache getötet. Und zwar, weil er glaubte, Mr. Cobbler – sein ehemaliger Schwager – habe seine Frau Annie, also Mr. Greggs' Schwester, vor mehr als sieben Jahren aus dem Weg geschafft, als seine damalige Geliebte und jetzige Frau mit dem Jungen schwanger war.«

»Der Junge hat auch einen Namen«, sagte Claire mit leiser

Stimme. Ihre Augen waren vom Weinen gerötet. Sie saß da und rieb sich fröstelnd die Oberarme. »Er heißt Ronnie.«

»Tut mir leid, ich wusste nicht, dass Sie ihn kannten.«

Sie hob ruckartig den Kopf und sah ihn an. »Ich kannte ihn auch nicht. Und trotzdem nimmt mich das mit. Sie etwa nicht?«

»Doch. Klar.« Cloud zog die Augenbrauen hoch. »Aber sehen Sie, Miss Holloway, abgesehen davon, dass Ihre Theorie auf Hörensagen beruht –«

»Auf *Hörensagen*?« Claire fuchtelte aufgebracht mit den Händen. »Aber das können Sie doch leicht nachprüfen. Fragen Sie den Pfarrer. Oder Kettridge. Die beiden haben sich im Pub darüber unterhalten.«

»Schon gut, Claire«, sagte Dorothy. Sie legte ihr die Hand auf die Schulter und sah ihr in die Augen. »Niemand hier zweifelt an Ihren Worten. Was Sergeant Cloud meint, ist die extrem lange Zeit, die seit dem Tod der ersten Mrs. Cobbler vergangen ist. Kein Mensch wartet so lange damit, Rache zu üben, wenn er die Gelegenheit schon viel früher gehabt hätte. Das sagt uns einfach unsere Erfahrung.«

»Was, wenn er seinen Neffen im Vollrausch umgebracht hat?«, fragte Claire. »Reverend Chubb hat etwas in der Art gesagt.«

»Das waren seine Worte?«, fragte Cloud. »Dass Greggs den Jungen unter Alkoholeinfluss getötet haben könnte?«

»Nicht direkt. Er meinte, Greggs ließe sich seine negativen Gefühle Ronnie gegenüber nicht anmerken, solange er nüchtern sei. Aber vielleicht war er ja nicht mehr nüchtern.«

»Wir werden das überprüfen, Miss Holloway«, versicherte Cloud. Sein Tonfall verriet indessen, dass die Sache für ihn damit erledigt war. Er klappte sein Notizbuch zu und meinte, an Dorothy gewandt: »Ronnie war kein Einzelkind. Es gibt da noch einen älteren Bruder – Reggie. Kettridge zufolge kamen sie gut miteinander aus, trotz des großen Altersunterschieds. Er sah sie oft zusammen spielen. Sein Eindruck kann aber auch falsch gewesen sein. Wir sollten da mal nachhaken, Chief.«

»Na großartig!«, stieß Claire entrüstet hervor. »Der Junge ist doch höchstens elf oder zwölf! Und er ist sein *Bruder*! Damit dürfte er wohl der Letzte sein, von dem Sie annehmen, er habe Ronnie etwas angetan.«

Für gewöhnlich ist der Letzte, von dem man annimmt, er habe irgendwem etwas angetan, am Ende immer der Täter, dachte Marley. Doch er behielt seine Gedanken für sich. Stattdessen sagte er: »Du kannst die Möglichkeit, dass es der Onkel getan hat, nicht ignorieren, Dotty. Immerhin ist da noch die Nachricht in Greggs' Handschrift, die die Cobblers am Abend von Ronnies Verschwinden gefunden haben. So, wie es aussieht, sind die beiden wohl zumindest zusammen weggefahren.«

»Was für eine Nachricht?« Dorothy runzelte die Stirn.

»Ein Brief, ein Zettel, was weiß ich? Ich habe ihn natürlich nicht gelesen, aber angeblich stammt er von Greggs.« Ihr Bruder zuckte mit den Achseln. »Nora, die Wirtin vom *Anchor*, hat das mir gegenüber erwähnt. Sie wusste wohl auch nichts Genaues. Nur so viel, dass Greggs vorhatte, seinen Neffen nach Uckfield zum Markt mitzunehmen.«

»Weißt du, ob er sich von dort noch mal bei der Familie des Jungen gemeldet hat?«, fragte Dorothy.

»Hat er nicht«, sagte Marley. »Wie Reverend Chubb uns gestern erzählte, wollte Ronnies Dad heute zur Polizei gehen, falls Greggs den Kleinen nicht am Vormittag wieder zuhause abliefern würde. Er hielt die Nachricht wohl für echt. Tatsache ist jedenfalls, dass er nicht nach Uckfield gefahren ist, um zu überprüfen, ob Greggs und Ronnie tatsächlich dort waren.«

»Tatsache ist: Der Markt ist jetzt längst vorbei«, sagte Claire. »Und der Junge ist tot.«

Nachdenklich befühlte Cloud das Heftpflaster an seinem Kinn, blickte von einem zum anderen und sagte: »Da haben Sie Recht, Miss Holloway. Nur *Richard Kimble* ist noch immer auf der Flucht.«

9

»Tot? Ermordet? Du meine Güte.« Hectorina Wallace war bis ins Mark entsetzt und erschüttert. In ihren bislang 87 Lebensjahren war ihr eine solche Geschichte noch nicht vorgekommen. Sie stand an ihrem Gartentor, das auf die Cotchford Lane hinausging, die Perücke aus brünettem Echthaar, die sie sich vor einiger Zeit hatte anfertigen lassen, wie einen schiefen Mopp auf dem Kopf. »Und das weißt du genau?«

»Ganz genau. Das glaub mal.« Mrs. Lancaster, ihre ein Jahr jüngere Nachbarin (wenigstens behauptete sie das nach wie vor hartnäckig), stützte sich auf ihren neuen blauen Rollator, den sie – was sich natürlich von selbst verstand – überhaupt nicht zum Aufstützen angeschafft hatte, sondern einzig und allein deshalb, weil man in seinem Korb so wunderbar die Einkäufe transportieren konnte. Und weil Blau ihre Lieblingsfarbe war. »Der arme Kleine soll schon ein paar Tage da im Wasser gelegen haben. Er war wohl ganz verwest. Ist das nicht fürchterlich?«

»Das ist es«, sagte Miss Wallace. »Und wer hat den armen Jungen gefunden?«

»Einer von den Touristen aus Mr. Kettridges Gruppe. Er hatte heute Morgen eine Führung. Und da haben sie den kleinen Kerl gefunden. Beim Stöckchenspiel. Ist das nicht ganz grauenhaft? Ausgerechnet beim *Stöckchenspiel.* Ich sage dir: Man ist nirgends mehr sicher heutzutage – nirgends.«

»Da hast du bestimmt Recht«, sagte Miss Wallace, die fürs

Erste genug gehört hatte. »Und wie geht es Harry und dem entzückenden Sir Toby?«

Mrs. Lancasters Augen blitzten. »Ich erzähl' dir, der jüngste Cobbler-Junge ist ermordet worden, und du fragst mich, wie's meinem Harry und seinem fürchterlichen Köter geht?« Entrüstet wackelte sie mit dem Kopf. »Hast du denn gar kein bisschen Mitgefühl im Leib?«

10

Das Haus der Cobblers lag weniger als 200 Meter Luftlinie vom Fundort der Leiche entfernt in der Horseshoe Lane – ein mit grauen Schindeln gedecktes, von Pferdekoppeln und Weideland umgebenes Cottage am Rande des Waldes. Folgte man von der Brücke aus dem Verlauf des Trampelpfades weiter hinauf, so gelangte man direkt dorthin. Sobald man die lehmigen Stufen, die aus dem Wald von Posingford hinausführten, hinter sich gelassen und die Straße erreicht hatte, lag die Zufahrt zum Grundstück gleich rechter Hand; man konnte *Endwell House* gar nicht verfehlen.

Unter allen Aufgaben, die der Polizeidienst so mit sich brachte, gab es für Dorothy kaum etwas Schlimmeres, als Eltern die Nachricht vom gewaltsamen Tod ihres Kindes zu überbringen. Und dabei spielte es nicht die geringste Rolle, ob dieses Kind nun neun oder 49 Jahre alt war. Ihr kam es immer ein bisschen so vor, als würde man den Eltern zunächst aus heiterem Himmel die Faust ins Gesicht schlagen, nur, um sie dann anschließend darüber auszufragen, weshalb man das wohl getan hatte.

Das Allerschlimmste daran war, dass man niemals die richtigen Worte fand.

Dorothy läutete. Doch es dauerte eine ganze Zeit, bis sich

im Innern des Hauses etwas regte. Ein etwas pummeliges Mädchen mit roten Haaren und Sommersprossen öffnete ihnen und teilte ihnen mit, Mr. Cobbler sei draußen bei der Arbeit. Wahrscheinlich sei er beim Feuerholzmachen hinter dem Haus.

Gordon Cobbler war tatsächlich gerade damit beschäftigt, Holz zu hacken. Er ließ die Axt sinken, als er Dorothy und Cloud – zwei Fremde mit ernsten Mienen – über den mit Kopfsteinen gepflasterten Hof auf sich zukommen sah. Langsam ging er ihnen entgegen, den Kopf leicht geneigt, die Stirn in Falten.

Dorothy bemerkte die Spielgeräte weiter hinten im Garten: ein hölzernes Gerüst, das aus zwei Türmen bestand und die Form eines Schiffes hatte. Selbst ein Steuerrad und einen Fahnenmast mit Piratenflagge gab es. Daneben schwang eine Schaukel leise im Wind. All das sah ohne ein Kind, das damit spielte, schrecklich verlassen aus.

Zwei, drei Meter vor ihnen blieb er stehen. »Was … was kann ich für Sie tun?«

»Mr. Cobbler?«, fragte Dorothy.

»Ja, der bin ich.« Er klang etwas verschreckt und atemlos. Und da war eine Spur von Ahnung in seinem Blick. »Was ist? Ist es wegen Ronnie?«

»Ich bin Chief Inspector Dorothy Marley von der Sussex Police. Und das ist Sergeant Cloud. Mr. Cobbler, es tut mir sehr leid …«

Es war nicht nötig, ihm ihren Ausweis zu zeigen oder noch mehr zu sagen. Cobbler verstand augenblicklich. Es bedurfte keiner weiteren Worte, um ihm klar zu machen, dass sein Sohn nicht wieder zu ihm zurückkehren würde. Da war sie, die schreckliche Erkenntnis, dass es für alle Dinge ein letztes Mal gab und niemand vorher warnend den Zeigefinger hob. Keine Möglichkeit, sich mit dem Gedanken vertraut zu machen; zu begreifen, dass alle Chancen vertan, alle Worte gesagt und alle Liebe gegeben war. Niemals wieder würde er die wunderbare Last auf seinem Bauch oder Rücken spüren, wenn er mit seinem Sohn herumtobte; niemals mehr den sanften warmen Druck von Ronnies Armen, die ihm selbst so unendlich viel Kraft gegeben hatten, wenn sie sich um seinen Hals schlangen.

Niemals wieder.

Cobblers Gesicht war aschfahl, und die Muskeln seines Kiefers traten wie Walnüsse hervor. Er blickte Dorothy an und nickte. »Wo?«, fragte er nur. Seine Stimme war ein heiseres Flüstern im Wind.

»Unten an der Brücke.« Sie machte einen Schritt auf ihn zu, als sie sah, dass er in den Knien einknickte. Doch er fing sich gleich wieder und ließ es nicht zu, dass sie ihn anfasste.

»Ich bin okay«, sagte er. »Ich bin okay.« Sein Adamsapfel zuckte. »Und Sie sind ganz sicher …? Es besteht kein Zweifel?« Ein Hauch von Feindseligkeit hatte sich in seine Stimme geschlichen. »Ich meine – Sie kennen ihn doch überhaupt nicht …« Verhandlungen mit dem Schicksal – gegen jede Vernunft.

Dorothy fragte: »Kennen Sie Mr. Kettridge, den Fremdenführer?«

»Jonathan? Ja. Klar kenne ich den.«

»Er war es, der Ronnie noch am Fundort identifiziert hat, Mr. Cobbler«, sagte sie so sanft wie möglich. »Natürlich ist das noch nichts Offizielles. Solange *Sie* ihn noch nicht gesehen haben …«

»Hören Sie schon auf.« Er schloss die Augen. »Wie ist es passiert?«

»Wir wissen es noch nicht hundertprozentig. Aber wahrscheinlich ist Ihr Sohn ertrunken.«

»So, wie es aussieht, hat er nicht leiden müssen, Mr. Cobbler«, sagte Cloud. Er stand einen Meter hinter Dorothy, den Kopf so schuldvoll gesenkt, als habe er allein den Tod des Jungen zu verantworten. »Ich habe ihn gesehen. Und er sah ganz friedlich aus. Wirklich. Ganz friedlich.«

Da begann Cobbler zu schluchzen. Er sah sie völlig verzweifelt an, mit Augen, die von all den Tränen, die mit einem Mal aus ihm hervorbrachen, fast fortgespült wurden. »Oh, Gott«, sagte er. »Oh, lieber großer Gott.« Und immer wieder schüttelte er den Kopf.

Sie waren bis zur Hintertür gegangen, wo eine blaue Plastikwanne unter einem tropfenden Wasserhahn stand. Ein kleines Segelboot aus Holz lag daneben.

Dorothy versuchte, ihm die Hand auf den Arm zu legen, doch Cobbler machte sich von ihr los und wirbelte herum. Ohne Vorwarnung ballte er die rechte Faust und schlug mit voller Wucht gegen die Bruchsteine der Hauswand neben sich.

Selbst Cloud, der nicht unmittelbar neben Cobbler stand, konnte noch hören, wie die Fingerknöchel brachen.

Sie saßen im Wohnzimmer des Farmhauses.

Die Einrichtung war geschmackvoll, ohne teuer zu wirken. Die Möbel waren bequem, schlicht und funktionell, wenn auch nicht unbedingt für die Ewigkeit geschaffen – solides Handwerk eben, das auch tobenden Kinderscharen eine Zeitlang standhielt –, und sie machten den Eindruck, als seien sie mit Bedacht so ausgewählt worden.

Doch das, was Dorothy unweigerlich zuerst ins Auge sprang, wenn sie eine fremde Wohnung zum ersten Mal betrat, waren stets die Fotos. Ob sie nun an den Wänden hingen oder auf dem Kaminsims standen – immer sprachen sie Bände.

Zwei Jungs auf dem Rücken eines Pferdes; der eine blond, der andere dunkelhaarig. Der alte Mann mit dem glücklichen Gesicht und dem großäugigen Baby auf dem Arm. Die hübsche Frau mit den blonden Haaren, barfuß auf einer Picknickdecke irgendwo im Wald.

Momente konservierter Glückseligkeit, eingefroren wie der Schneeball vom letzten Winter im hintersten Winkel des Eisschranks.

Die beiden Jungen waren auf unzähligen weiteren Fotos zu sehen. Doch da waren noch mehr; darunter auch die Bilder zweier Frauen. Das setzte Dorothy in Erstaunen. Denn der Ähnlichkeit nach zu urteilen, musste es sich bei einer von ihnen ganz offensichtlich um die verstorbene erste Mrs. Cobbler handeln.

Dorothy vermochte das Gefühl, das der Anblick gerade dieser Bilder in ihr selbst hervorrief, nicht recht einzuordnen. Irgendwie anrührend, dachte sie, aber nicht gänzlich ohne den Makel der Eifersucht. Und sie war nur eine Fremde, die keinen der Beteiligten näher kannte. Wie mochte Susan Cobbler zu den Bildern stehen? Welche Gefühle brachte sie ihnen entgegen? Vielleicht würde sie später einmal Gelegenheit finden, sie danach zu fragen, denn Susan Cobbler war nicht da. Sie war mit Ronnies älterem Bruder Reggie bereits in aller Frühe zum Einkaufen nach London gefahren.

»Ich habe mir immer Gedanken darum gemacht, woran sich die beiden Jungs beim Spielen verletzen könnten«, sagte Gordon Cobbler eben. Er saß in einem Sessel beim Fenster, seine bandagierte rechte Hand lag wie ein gefällter Baum in seinem Schoß.

Auf Dorothys Anweisung hin hatte Mollie – so hieß das blasse rothaarige Mädchen, das ihnen vorhin die Tür geöffnet hatte und nach eigenen Angaben gelegentlich im Haushalt der Cobblers aushalf, um sich ein paar Pfund dazuzuverdienen – dafür gesorgt, dass die zerschmetterte Hand wenigstens notdürftig verbunden worden war. Er würde zum Arzt gehen müssen, daran führte kein Weg vorbei.

»Als ich die Schaukel und das Klettergerüst gebaut habe«,

fuhr er fort, »da habe ich versucht, scharfe Kanten zu vermeiden. Ich habe die Bruchsteinmauer umgesetzt, die sich ursprünglich dort befand, weil ich glaubte, sie könnten sich daran den Schädel einschlagen. Ich habe versucht, an alles zu denken.« Der Schatten eines Lächelns huschte über sein Gesicht. »Es gibt wohl immer etwas, was man nicht berücksichtigt hat. Als meine erste Frau krank wurde, da waren wir grade mal knapp zwei Jahre verheiratet. ›Fahr vorsichtig‹, habe ich jedes Mal zu ihr gesagt, wenn sie runter nach Brighton fuhr, oder nach Lewes oder sonstwohin. Sie hatte nie einen Unfall. ›Und nimm bloß keine Anhalter mit.‹ Wahrscheinlich hat sie es trotzdem getan. Aber ihr ist nie auch nur irgendetwas von dem passiert, was ich mir hätte vorstellen können.« Er schaute lange zu den Bildern an der Wand hinüber, rieb sich mit beiden Handrücken die Augen und meinte dann: »Nur wie sie immer weniger wurde, habe ich kaum bemerkt. Freunde und Nachbarn sprachen mich manchmal darauf an: ›Deine Frau arbeitet zu viel‹, haben sie gesagt. ›Wem sagst du das‹, habe ich geantwortet. ›Das erzähle ich ihr jeden Tag.‹ Annie war Krankenschwester. Sie hat sich ganz und gar aufgerieben für ihre Patienten. Wenn ihr die Arme und Beine wehtaten, wusste ich auch nichts Besseres, als ihr zu sagen, sie müsse sich mal ausruhen. Wir waren beide dreiundzwanzig – wer denkt da schon an so was Schlimmes wie Blutkrebs? Als ich erkannte, was mit ihr geschah, war die Krankheit bereits zu weit fortgeschritten, um ihr noch helfen zu können.«

Der Mann tat Dorothy unendlich leid.

Noch draußen auf dem Hof war sein erster Impuls gewesen, seine Frau auf dem Handy anzurufen, um ihr sofort die fürchterliche Nachricht vom Tod des Jungen mitzuteilen; letztlich hatte er es bleiben lassen, aus Angst, sie könne unterwegs – bei dem Versuch, so schnell wie möglich nach Hause zu kommen – mit dem Auto verunglücken.

Cobbler schien jemand zu sein, der bemüht war, stets den Überblick zu behalten, vorausschauend zu handeln um damit jegliches Unglück von seiner Familie fernzuhalten. Der Grund dafür mochte in der Vergangenheit liegen, in Annie Cobblers Krankheit womöglich. Ihr Tod mochte ihn so unvorbereitet getroffen haben, als habe ihm plötzlich jemand aus heiterem Himmel hinterrücks ein Fleischermesser zwischen die Schulterblätter gerammt.

»Es war nicht Ihre Schuld«, sagte Dorothy. »Niemand kann an alles denken.«

»Und jetzt ist es wieder geschehen.« Er begann abermals zu weinen. »Was kann ich denn tun?«, fragte er. »Lieber Gott, was kann ich denn nur tun?« Für ihn mochte es so aussehen, als habe er denselben Fehler ein weiteres Mal begangen. Wieder hatte er die Gefahr nicht früh genug erkannt.

»Unterstützen Sie uns«, sagte Ralph Cloud. Er saß in einem der drei Sessel, die den Kaminbereich des Zimmers bestimmten, balancierte wie üblich sein Notizbuch auf dem Knie, schrieb alles mit und sah dabei aus, als sei ihm selbst zum Heulen zumute. »Erzählen Sie uns alles, was Sie wissen, damit wir den Tod Ihres Sohnes so schnell wie möglich aufklären können.«

»Was soll ich sagen? Was hilft Ihnen denn?«

»Fangen wir am besten ganz von vorne an«, sagte Dorothy. »Am Tag, als Ronnie verschwand. Was hat er da gemacht? Kam Ihnen irgendetwas an seinem Verhalten merkwürdig vor? Verhielt er sich eventuell anders als sonst? Wann ging er aus dem Haus? Hat er gesagt, wohin er wollte? Wann sahen Sie ihn das letzte Mal? Das sind eine Menge Fragen auf einmal, ich weiß. Fangen Sie einfach mit dem an, was Ihnen als erstes einfällt.«

»Es war ein Tag wie jeder andere, nur dass Schulferien waren«, sagte Cobbler. »Wir frühstückten gemeinsam. Alles ging etwas ruhiger zu. Dann, gegen zehn oder halb elf, ging Ronnie aus dem Haus. Soviel ich weiß, wollte er in den Wald, zum *Gill's Lap* hoch. Da gibt es eine alte Sandgrube, wissen Sie? Und dort ging er oft zum Spielen hin. Sein Fahrrad nahm er jedenfalls nicht mit. Das stand noch in der Garage, als ich später losfuhr, um ein paar Besorgungen zu machen. Susan war, soweit ich weiß, den ganzen Tag über zu Hause. Und Reggie wollte zu einem Freund, einem Jungen, den er aus der Schule kennt, und dort im Garten zelten. Das hat er dann auch getan.«

»Kam Ronnie noch einmal zurück?«

»Wir aßen gemeinsam zu Mittag«, sagte er. »Nur Reggie fehlte, aber das hatten wir zuvor besprochen. Und Ronnie rannte nach dem Essen auch gleich wieder los.« Cobbler stieß einen Seufzer aus. »Er spielte hinten im Garten, als ich rausging. Er war wie immer. Er hatte ein Flugzeug aus einigen alten Holzlatten zusammengenagelt und zeigte es mir ganz stolz. Er bastelte oft solche Sachen zusammen. Aber das Ding war krumm und schief.« Ihm kamen wieder die Tränen. »Ich habe … ich habe ihm gesagt, dass er das doch wohl besser könnte. Und das waren die letzten Worte, die ich in seinem Leben zu ihm gesagt habe: ›Das ist nicht gut. Das kannst du besser.‹«

»Was tat er dann?«, wollte Cloud wissen. »War er böse auf Sie und rannte weg?«

»Nein.« Die Erkenntnis schien ihn beinahe selbst zu überraschen. »Nein, war er nicht. Er legte das Flugzeug neben den alten Werkzeugkasten, den er dazu benutzt hatte, es zusammenzubauen, und sagte, er wolle Onkel Greggs besuchen gehen. Ich sehe ihn noch winken, wie er die Auffahrt hinunterlief. ›Bis nachher, Daddy!‹, hat er gerufen.«

»Ging er denn häufig auf Besuch zu Mr. Greggs?«

»Ja. Deswegen dachte ich mir anfangs auch nichts dabei, als

er am Abend nicht heimkam.« Er schaute Cloud stirnrunzelnd an. »Ich hoffte, er würde anrufen und Bescheid geben. Denn ab und an übernachtete er sogar dort. Das war durchaus nichts Ungewöhnliches, falls Sie das meinen.«

»Vielleicht nicht. Aber soviel ich gehört habe, soll doch Kenneth Greggs nicht sonderlich gut auf Ihren Sohn zu sprechen gewesen sein.«

»Du liebe Güte, ja. Aber doch nur, wenn er getrunken hatte. Kenneth glaubt, ich hätte Annie betrogen«, sagte Cobbler. »Manchmal habe ich fast den Eindruck, er denkt, ich hätte ... na, Sie wissen schon – ihr das Sterben *etwas erleichtert.* Er hatte ja keine Ahnung, wie die letzten Monate für Annie waren. Und auch für Reggie und mich. Der Kleine war vier und wollte immerzu auf Mummies Arm. Er verstand einfach nicht, was da mit seiner Mutter passierte. Ich habe es ja auch nicht verstanden.« Er schlug mit der bandagierten Hand auf die Sessellehne. »Und der gute Kenneth hat seine Schwester kaum dreimal besucht, als sie nicht mehr die Kraft hatte aufzustehen und nur noch dalag; ans Bett gefesselt, ein ausgemergelter Körper, der keinerlei Ähnlichkeit mehr mit der Frau hatte, die sie noch ein halbes Jahr zuvor gewesen war.« Er blickte zur Zimmerdecke auf. »Ich schaffte es allein nicht mehr und musste mir eine Pflegekraft holen. Susan und ich ... wir hatten von Anfang an einen Draht zueinander. Was soll ich sagen – wir verliebten uns. So was kann man nicht groß beeinflussen.«

»Wenn Sie wirklich glauben, Ihr Schwager würde Ihnen die Schuld am Tod Ihrer Frau geben, weshalb brachen Sie den Kontakt zu ihm nicht einfach ab?«, fragte Dorothy. »Würde mir das jemand unterstellen – ich glaube, ich wäre mit der Person ein für alle Mal durch. Warum erlaubten Sie Ihrem Sohn auch weiterhin, diesen Mann zu besuchen?«

»Weil *dieser Mann* sein Onkel ist. Sein einziger.« Cobbler

schloss die Augen und schüttelte schwach den Kopf. »Er ist nun mal Annies Bruder. Und Susan ist ein Einzelkind. Ich selbst hatte zwei wunderbare Onkel. Und eine wirklich großartige Tante. Ich weiß nicht, ob Sie das kennen: Aber für mich sind sie immer etwas Besonderes gewesen. Sie waren den eigenen Eltern so ähnlich – schließlich waren sie ja Geschwister –, und doch waren sie vollkommen anders. Ich habe mich immer lieber meinem Onkel oder meiner Tante anvertraut als meinem Vater. Die sind nicht so nah dran am Geschehen, wissen Sie? Irgendwie fühlte ich mich von ihnen immer mehr verstanden als von den eigenen Eltern. Ich erinnere mich an einen Tag, als ich einen ganz schlimmen Streit mit meinem Vater hatte. Keine Ahnung, worum es damals ging – aber ich war echt stinksauer auf meinen Dad. Mein Onkel Derrick, der immer gern einen trank und sich bei Feiern um das Fleisch und die Würstchen auf dem Grill kümmerte, um direkt an der Quelle zu sitzen, nahm mich zur Seite und fragte mich, was los sei. Ich erzählte es ihm, und er hörte einfach zu, während er die Steaks wendete, ohne mich zu berichtigen oder mir mit irgend so einer abgedroschenen Floskel zu kommen. Ich fühlte mich ganz und gar verstanden. Ich weiß noch, wie ich zu ihm sagte, er sei der *einzige* Mensch auf der Welt, der mich verstünde. Wissen Sie, was er erwiderte? Er kniete sich vor mich hin, legte mir beide Hände auf die Schultern und sagte: ›Was für ein Unsinn, Junge. Deine Eltern mögen dich nicht immer verstehen, und sie mögen nicht immer gerecht sein – aber sie sind so ziemlich die einzigen Menschen, von denen du dir absolut sicher sein kannst, dass sie dir niemals etwas Böses wollen.‹ Und das«, setzte er hinzu, »ist auch der Grund, weswegen ich Ronnie weiterhin zu Kenneth gehen ließ. Ein Junge braucht seinen Onkel.«

»Auch wenn er unter Umständen gefährlich ist?«

»Kenneth ist nicht gefährlich«, konstatierte Cobbler. »Der verkauft seine Hühner nur lebend, weil er ihnen nicht mal selbst den Kopf abschlagen kann. Er ist kein schlechter Kerl. Er wird schließlich nicht jedes Mal ausfallend. Nur wenn er ein paar Biere zu viel hatte.«

»Sie kennen sicher das alte Sprichwort, das besagt, Kinder und Besoffene sagen immer die Wahrheit.«

»Ich verstehe nicht …«

»Was Sergeant Cloud damit sagen will, ist, dass durchaus ein Zusammenhang zwischen Greggs' Verschwinden und dem Tod Ihres Sohnes bestehen könnte. Es ist nicht zwingend so; aber die Wahrscheinlichkeit ist doch recht groß. Immerhin sind sie zusammen verschwunden. Ihr Sohn ist tot. Und von Greggs fehlt nach wie vor jede Spur.«

»Kenneth kann ein ziemlicher Arsch sein.« Wieder wischte Cobbler sich die Augen. »Aber er würde Ronnie nie und nimmer etwas angetan haben.«

Dorothy fand diese Haltung äußerst naiv. Sie konnte jedoch verstehen, warum sein Verstand sich weigerte, diese Möglichkeit in Betracht zu ziehen. Sie zu akzeptieren, würde bedeuten, gleich zwei Menschen auf einen Schlag verloren zu haben. »Angenommen, Sie haben Recht, und Ihr Schwager hat Ronnie nicht getötet – was glauben Sie dann, wo er jetzt ist?«

Cobbler sagte nichts. Er blickte nur kopfschüttelnd vor sich hin ins Leere.

Es war Dorothy, die das Schweigen schließlich brach. »Am Abend von Ronnies Verschwinden sollen Sie eine Nachricht bekommen haben«, sagte sie. »Haben Sie die aufgehoben?«

»Sicher. Sie war von Kenneth.« Es kam wieder neues Leben in ihn. »Ich hole sie.« Er stand auf und ging zum Kamin hinüber. Gott sei Dank lag die Nachricht auf dem Sims, nicht in der Asche. Doch Cloud, der ebenfalls aufgestanden war, hielt Cobbler zurück, als der die Hand danach ausstreckte.

»Warten Sie einen Augenblick, bitte!« Er suchte seine Taschen ab, zog einen durchsichtigen, wiederverschließbaren

Plastikbeutel und eine kleine Pinzette hervor und tütete den knitterfaltigen Zettel umständlich ein. Dann reichte er den Beutel an Dorothy weiter, die ihn eine Weile betrachtete und wiederum Cobbler zurückgab.

Die Nachricht war mit Kugelschreiber auf ein unregelmäßig geformtes, nicht liniertes Stück Papier geschrieben worden. Die abgerissene Ecke eines Briefbogens oder eines Umschlags möglicherweise.

Habe Ronnie zum Uckfield Market mitgenommen.
Will mir unbedingt beim Verkaufen helfen.
Macht euch keine Sorgen. Erkläre alles später.
Kenneth.

»Sind Sie absolut sicher, dass es Greggs' Handschrift ist?«

»Ja. Ganz sicher.«

»Wann haben Sie die Nachricht entdeckt?«

»Ich weiß nicht genau.« Er rieb sich mit der rechten Hand über Mund und Kinn. »Um halb zwölf vielleicht.«

»Und wer hat sie gefunden?«, fragte Dorothy.

»Susan – meine Frau«, sagte er. »Wir waren im Wohnzimmer und haben ferngesehen. Sie ging zwischendurch in die Küche, um uns was zu trinken zu holen. Als sie zurückkam, zeigte sie mir die Nachricht. Ich erinnere mich daran, dass sie sagte, der Zettel habe vor der Katzenklappe gelegen, und sie hätte ihn um ein Haar weggeworfen, weil sie dachte, es sei eine alte Einkaufsliste.«

»Greggs hat den Zettel also durch die Katzenklappe geschoben«, sagte Dorothy. »Merkwürdig, finden Sie nicht auch? Weshalb hat er nicht geklingelt? Haben Sie sich nicht darüber gewundert?«

»Doch, doch. Schon.«

Die Tür ging unvermittelt auf, und Mollie schaute kurz ins

Zimmer. Mit dünner, brechender Stimme teilte sie *»Gordon«* mit, sie müsse jetzt gehen – ihre Schicht im *Pooh Corner Shop* beginne in einer Dreiviertelstunde. Sie sah schrecklich verheult aus. Vermutlich hatte sie an der Tür gehorcht und alles mitbekommen. Ob sie noch etwas für ihn tun könne?

Er sah sie an, und auch seine Augen füllten sich sofort wieder mit Tränen.

»Mach meinen Jungen wieder lebendig«, hörte Dorothy ihn schon sagen. *»Tu mir den Gefallen und mach meinen Jungen wieder lebendig.«* Doch er schüttelte nur kraftlos den Kopf.

Das Mädchen presste sich mit einem lauten Schluchzer die Hand auf die Lippen und huschte davon.

Dorothy ließ einige Sekunden verstreichen, ehe sie fragte: »Ist Ihnen jemals der Gedanke gekommen, die Beziehung zwischen Ihrem Sohn und Kenneth Greggs könne eine andere sein als die zwischen Onkel und Neffe?«

»Wie meinen Sie das?«

»Nun, es könnte sein, dass Greggs versucht hat, Ronnie an sich zu binden. Ist Ihnen dahingehend etwas aufgefallen? Hat Ihr Sohn in letzter Zeit möglicherweise Geschenke von ihm bekommen – neue Turnschuhe, sein Lieblingsspielzeug, oder ein Trikot, das er sich schon lange gewünscht hat?«

Cobbler starrte sie nach wie vor an: »Wie meinen Sie das, verdammt noch mal?«

»Schon gut, Mr. Cobbler. Vergessen wir das«, sagte Dorothy. Für den Augenblick kamen sie nicht weiter, und sie wollte es nicht auf die Spitze treiben. »Sollen wir Ihnen einen Arzt rufen, ehe wir gehen?«

»Nein, danke.« Er lächelte schwach. »Ich komme klar.«

»Sagen Sie mal –« Clouds Stirne umwölkte sich. »Sie erwähnten doch vorhin, Greggs brächte es kaum übers Herz, seinen Hühnern selbst den Kopf abzuschlagen. Und deshalb verkauft er sie nur lebend, nicht wahr?«

»Ja, ganz recht.«
»Demnach betreibt er eine Geflügelfarm.«
»Ja.« Cobbler nickte.
»Handelt er auch noch mit anderen Dingen? Mit Obst oder Gemüse beispielsweise?«
»Nein.«
»Das ist in der Tat äußerst bemerkenswert.«
»Ich sehe nicht, was daran so bemerkenswert sein soll«, sagte Dorothy, die Clouds gelegentlichen Hang zu kryptischen Bemerkungen überhaupt nicht schätzte. Für wen hielt er sich? Für Sherlock Holmes?
»Ich frage mich ganz einfach, was Greggs dann in Uckfield wollte«, sagte Cloud. »Niemand kauft dort Geflügel, Chief. Der Markt von Uckfield ist ein Gemüsemarkt.«
Cobbler und Dorothy starrten ihn an.
Fehlten nur noch der Geigenkasten und die Meerschaumpfeife.

11

Mollie Phillips wischte sich mit dem Ärmel die Tränen aus dem Gesicht, schnäuzte sich die Nase und strich sich zum wiederholten Mal glättend über ihr krauses rotes Haar, ehe sie die Tür aufklinkte und das Geschäft betrat.

Seit etwas mehr als zwei Jahren war sie nun in Mr. Martin Riddles *Pooh Corner Shop* beschäftigt. Zunächst hatte sie die Arbeit dort – das Verkaufen von Plüschbären, Büchern und teuren Keramikfiguren, von Postkarten, Kochschürzen und Brettspielen, die allesamt mit Pooh dem Bären zu tun hatten – nur als einen weiteren Job in einer Reihe von Nebentätigkeiten angesehen. So wie das wöchentliche Putzen bei Ada Morris, Sir Arthur, Mr. Kettridge und Reverend Chubb, die ihr dabei halfen, wenigstens halbwegs über die Runden zu kommen. Doch mittlerweile liebte sie es, denn die Arbeit dort war sehr abwechslungsreich, und sie hatte sich mit der Zeit ein umfangreiches Fachwissen angeeignet.

All das half ihr, das Haus zu halten, denn ihre Mutter war *nicht gesund*. Sie war nicht imstande, arbeiten zu gehen. Seit ein paar Jahren schon. Eine Art Rheuma machte ihr zu schaffen, und sie lag viel auf der alten Couch im vorderen Zimmer. Sie selbst hätte sich niemals als krank bezeichnet. Sie sagte nur immer, es ginge ihr nicht gut. Niemand sprach von Krankheit. Es war wie ein stillschweigender Pakt zwischen ihnen. Mum war nicht krank. Sie war eben nur *nicht gesund*.

Und ihr Dad war fortgegangen, als sie noch sehr jung gewesen war. Jetzt war sie achtzehn. Sie konnte sich kaum noch an ihn erinnern; ein bisschen schon, aber nicht sehr deutlich. Sie sah sein Gesicht vor sich, wenn sie an ihn dachte, aber so, wie man Dinge vor sich sieht, an die man sich aus einem Traum erinnert – verschwommen, trügerisch und in Schwarzweiß. In ihrer Erinnerung – oder in den Nebelfetzen einer Erinnerung, die sie noch von ihm festhalten konnte – war er groß und dunkelhaarig. Nicht so rot wie sie. Denn Mollie hasste diese Farbe. *Rot* war wie ein Ausrufezeichen. *Rot* war wie ein blinkender Pfeil, der auf sie zeigte.

Schau nur, sagte der Pfeil. *Schau nur, wie hässlich das Entlein ist. Und wie fett. Es würde sicherlich einen schönen Braten abgeben, wenn man nur erst den Ekel davor überwunden hat.*

Wenn Reggie nicht wäre …

»Mollie?« Mr. Riddles Stimme riss sie aus ihren Gedanken. Er stand unmittelbar neben ihr und sah sie besorgt an. Offenbar hatte er schon eine ganze Zeit so dagestanden. Sie hatte ihn nicht bemerkt. »Mollie, was ist denn nur los mit Ihnen? Sie sind ja gar nicht ansprechbar.« Und er schnalzte ein paar Mal tadelnd mit der Zunge. »Sagen Sie, haben Sie geweint?«

»Ronnie ist tot«, sagte sie. Ihre Stimme war nicht mehr als ein Hauchen.

»Was?« Riddle hielt sich entsetzt die Hand vor den Mund. Dann streckte er sie aus und legte sie Mollie auf den linken Oberarm. »Große Güte. Mein armes Kind. Wo haben Sie das denn gehört?«

»Die Polizei war da und hat Gordon – ich meine, Mr. Cobbler – die schlimme Nachricht überbracht; zwei Beamte in Zivil. Sie sind noch immer im Haus und unterhalten sich mit ihm. Und ich habe ihnen auch noch die Tür aufgemacht«, setzte sie hinzu, so, als hätte sich alles noch zum Guten wenden können, wäre sie bloß nicht so dumm gewesen, das zu tun.

»Und was ist dem Jungen zugestoßen?«

»Er ist umgebracht worden. Man hat ihn heute Morgen während einer von Mr. Kettridges Führungen gefunden. Er lag unter der Stöckchenbrücke im Fluss. Jemand hat ihn ertränkt und ihn da einfach hingeworfen. Oh, Mr. Riddle – es ist alles ganz furchtbar.« Sie fing wieder an zu weinen.

»Schon gut, Mollie. Schon gut.« Etwas ungeschickt legte er dem schluchzenden Mädchen die Arme um die Schultern und tätschelte halbherzig ihren Rücken. Man sah ihm an, wie wenig Übung er darin hatte, den Tröster zu spielen. Und er ließ sie augenblicklich los, als das Glöckchen über der Tür bimmelte und die ersten Kunden das Geschäft betraten. Er begrüßte sie hüstelnd und nickend. Zu seiner großen Erleichterung sahen sie sich nicht lange um, sondern gingen zielstrebig durch die Seitentür bei der Küche in den Teegarten hinaus.

»Ich möchte wissen, was die so lange am Fluss treiben«, sagte Mollie, die sich Tränen und Rotz mit dem Ärmel ihres Pullovers abwischte. »Die Leute aus Mr. Kettridges Gruppe werden da immer noch verhört.«

Das mochte wohl der Grund sein, überlegte Riddle, weshalb er hier bislang noch nichts davon gehört hatte, dass der

Junge gefunden worden war. »Und?«, fragte er. »Geht es wieder einigermaßen?«

Sie schniefte. »Ich glaube schon.«

»Schön. Das Beste wird sein«, sagte Riddle eilfertig, »Sie gehen gleich wieder an die Arbeit, Mollie. Sie sollten sich nicht so viele Gedanken darüber machen, was da passiert ist. Wirklich – Arbeit ist das einzige Mittel dagegen. Ich bringe Ihnen erst mal einen schönen heißen Tee.«

»Danke, Mr. Riddle, Sir.«

»Aber, aber. Nichts zu danken. Und vergessen Sie bitte nicht, die Druckerei wegen der Urkunden anzurufen, und der Postkartenständer muss wieder aufgefüllt werden.« Und damit verschwand er nach hinten in die Küche.

Sie wischte sich ein letztes Mal die Augen und schlüpfte hinter den kleinen Verkaufstresen gleich rechts bei der Tür, der sich in die Ecke des Raumes drückte, als wolle er der herumstöbernden Kundschaft nicht im Wege stehen. Sicher hatte Mr. Riddle recht. Es war bestimmt das Vernünftigste, sich gleich wieder in die Arbeit zu stürzen. Und für eine Weile gelang es ihr sogar.

Mollie sortierte die fehlenden Postkarten ein, stapelte Kindersocken in die Regale und ordnete die Gummi-Stempel für 8.99 das Stück der Größe nach in die dafür vorgesehenen Holzkästchen.

Zwischendurch bediente sie die Kunden. Und da war keiner wie der andere. Außer den Asiaten vielleicht, die immer nur das Allerbunteste kauften. Ihr selbst war schleierhaft, wie man überhaupt mit an Luftballons hängenden Bären bedruckte Duschvorhänge aus Plastik kaufen oder sich für Handyschalen im Pooh- und Tigger-Design erwärmen konnte. Ihr wäre es niemals in den Sinn gekommen, das zu tun. Trotzdem fand Mollie stets für jeden Touristen-Geschmack das passende Souvenir. Und vor allem war sie froh, wenn es ihr gelang, ihren

Kunden mit Auskünften zu helfen. Die meisten wollten den Weg zu den Hauptattraktionen wissen: Poohsticks Bridge, Galleons Lap, der Nord-Pol und das Denkmal am ›Verzauberten Ort‹, das an A. A. Milne und E. H. Shepard erinnerte.

Das Glöckchen über der Tür bimmelte, und eine ältere Dame mit weißen Haaren kam herein. Eindeutig eine Touristin. Sie schaute sich kurz nach rechts und links um und kam dann geradewegs auf Mollie zu. »Können Sie mir sagen, was da draußen vor sich geht, Miss?« Ihre Stimme war schrill und unangenehm. »Kommt jemand Berühmtes her?«

»Entschuldigen Sie, Ma'am«, sagte Mollie sehr freundlich. »Ich fürchte, ich verstehe nicht, was Sie meinen.«

»Ob jemand herkommt, den man kennt, will ich wissen«, sagte die alte Dame und kaute ärgerlich auf ihrem Gebiss herum. »Was ist daran so schwer zu verstehen?«

»Aber wie kommen Sie denn darauf?«

»Na, weil das Fernsehen schon da ist.« Und sie deutete mit einem krummen, knochigen Zeigefinger vage in Richtung Tür.

Jetzt sah Mollie es auch. Im selben Moment kam Mr. Riddle mit dem Tee angeschwebt. Den Becher stellte er auf den Tresen. Ganz Gentleman, nahm er die Hand der alten Lady und fragte nach ihren Wünschen.

Fast angewidert schüttelte sie ihn ab.

»Schauen Sie mal, was da draußen los ist«, sagte Mollie zu Mr. Riddle. Sie hatte sich zum Fenster hinter dem Tresen umgewandt. »Da steht ein Wagen vom Fernsehen.«

Riddle, die Hände hinter dem Rücken verschränkt und die Stirn in Falten gelegt, stellte sich neben sie und reckte den Hals, um den Wagen auf der höhergelegenen Straße überhaupt sehen zu können. »Die sind bestimmt wegen des toten Jungen hier, nehme ich an«, sagte er. Er schüttelte seufzend den Kopf. »Wie die Aasgeier, sage ich Ihnen, Mollie. Wie die Aasgeier.

Ein furchtbares Volk.« Mit diesen Worten und einem triumphierenden Seitenblick auf die alte Dame, die ihn derart giftig ansah, als habe er sie irgendwo unschicklich berührt, ging er nach draußen.

Von ihrem Platz am Fenster aus konnte Mollie die Reporter sehen, einen ungewaschen wirkenden Mann mit Dreitagebart im knitterfaltigen Hemd und eine wie in Eselsmilch gebadete blonde Frau in teuren Designerklamotten, die gradewegs einem Werbespot für Haarshampoo entstiegen zu sein schien. Sie schauten sich um, sprachen ruhig miteinander und nickten sich ab und an zu. Zwei weitere Männer – Techniker, wie sie annahm – luden das Equipment aus: Scheinwerfer, Mikrofone und Kabeltrommeln.

Was Mollie ebenfalls sehen konnte, war, wie Mr. Riddle die Leute ansprach – um sie zu vertreiben, wie sie zunächst annahm. Doch plötzlich kam Bewegung in die Truppe. Einer der Männer, ein Kerl mit schulterlangen schwarzen Haaren, warf sich seine Kamera förmlich auf die Schulter, während Mr. Riddle auf die Leute einredete und mit rotierenden Armen in den Laden vorausging.

»Das ist Miss Mollie Phillips«, erklärte Riddle dem Tross von Fernsehleuten, der in seinem Kielwasser in den *Pooh Corner Shop* gespült worden war. »Sie arbeitet seit – warten Sie: Wie lange arbeiten Sie schon für mich, Mollie?«

Im Mai seien es zwei Jahre gewesen, sagte sie. Sie starrte Riddle und die Journalisten verständnislos an.

»Was habe ich Ihnen gesagt?«, meinte Riddle. »Seit mehr als zwei Jahren schon. Sie hat Keith Richards bedient und Sting und Michael Jackson.« Er breitete die Arme aus und grinste breit. »Und jetzt war sie auch noch ganz nah dran an diesem scheußlichen Mord. Wie ich schon sagte – sie arbeitet für die Cobblers, das sind die Eltern von dem ermordeten Jungen.«

»Nein, wirklich? Das ist ja großartig!« Die Frau mit den

glatten blonden Haaren lächelte sie an, und im nächsten Moment wurde ihr schon ein Mikrofon ins Gesicht gehalten.

Das gleißende Licht eines Scheinwerfers erhellte plötzlich den Verkaufsraum und brannte Mollie im Gesicht. Sie kam sich noch blasser und noch rothaariger vor als sonst.

Die blonde Frau aus der Haarshampoo-Werbung sagte: »Amy Manning aus Hartfield. Wir sprechen hier mit Polly Phillips über –«

»Mollie«, warf sie tonlos ein.

»Natürlich.« Der Mann mit den langen schwarzen Haaren nahm grummelnd die Kamera herunter, und die gestylte Journalistin schenkte ihr ein Lächeln, das wie ein Zähneblecken aussah. Alles begann von vorn. Die Kamera wurde wieder geschultert, und Miss Procter&Gamble strich sich eine blonde Strähne aus dem Gesicht, ehe sie ihr wieder das Mikrofon unter die Nase hielt. »Amy Manning aus Hartfield. Wir sprechen hier mit Mollie Phillips über den Mord an Ronnie Cobbler, einem siebenjährigen Jungen, der seit drei Tagen als vermisst galt.«

Das restliche Interview zog an ihr vorüber wie ein Film, in dem sie nicht einmal eine Nebenrolle hatte. Die Fragen waren wie Pfeile auf sie niedergeprasselt, und sie hatte im Grunde nichts weiter getan, als sich zu ducken.

Wie beim ersten Mal mit Reggie Cobbler hatte sie bloß zugesehen, dass es schnell vorbei war.

Während sich der Mund der Journalistin stumm und wie in Zeitlupe öffnete und wieder schloss, sah sie sich selbst in der alten Scheune im Stroh hocken und pinkeln, so, als sei all das erst gestern geschehen – die Jeans und ihr großes, unfrauliches Höschen lose um die Knöchel hängend. Sie hatte Reggie erst bemerkt, als sie sich abwischte. Wer weiß, wie lange er schon so dagestanden hatte, mit der rechten Hand in seiner Hose. Sie war aufgesprungen, hatte panisch versucht, ihre Blöße zu bedecken. Reggie hatte nur blöde gegrinst. Für einen Zwölfjährigen war er schon verdammt abgebrüht gewesen. Dass sie ihn mit der Hand in der Hose erwischt hatte, schien ihn sogar noch zu belustigen. Er hörte einfach nicht auf damit – im Gegenteil. *(»Ich sag meinem Dad, was du gemacht hast. Ich sag ihm, du hast dir den Finger reingesteckt und mich gezwungen, dabei zuzusehen.«)* Und dann hatte er *sie* gezwungen, ihm die Hose zu öffnen ... Und nach einer Woche war es wieder geschehen, und danach wieder, und dann wieder und wieder ... Das Schlimme dabei war, dass sie es später sogar genossen hatte, dass sie sich, obwohl er noch ein Kind war und sie erpresste, jedes Mal schon fast darauf freute.

Nichts davon sagte sie laut, aber sie dachte die ganze Zeit daran, während ihr das Mikro vor dem Gesicht schwebte und die Blondine sich die Lippen leckte.

Du bist schlecht. Du bist durch und durch verdorben und schlecht, dachte sie entsetzt. Und dann ganz sachlich: *Du meine Güte, was wird Gordon sagen, wenn er dieses Interview im Fernsehen sieht?*

Jetzt war es zu spät. Sie konnte es nicht ungeschehen machen. Wenn sie sich doch nur erinnern könnte, was genau sie gesagt hatte. Hatte sie gesagt, dass Gordon sich die Hand zerschlagen hatte? Dass Ronnie sein Liebling gewesen war, obwohl er immer versucht hatte, es nicht zu zeigen? Dass Gordon alles für seine Familie tat? Dass sie selbst heimliche Gefühle für ihn hegte?

Dann war die Kamera plötzlich aus, und das Interview vorbei. Das Interesse an ihr war ebenso abrupt erloschen wie das gleißende Licht des Scheinwerfers.

»Wir würden gern noch einige Aufnahmen von Ihrem Geschäft machen«, sagte der Kameramann. »Vielleicht erklären Sie uns ein bisschen, was Sie hier tun, Mr. Riddle. Sie sagten, Christopher Robin habe als Kind hier mit seiner Nanny eingekauft.«

»O ja. In seiner Jugend war dies noch die örtliche Bäckerei«, erklärte Mr. Riddle. »Und der Bäcker verkaufte natürlich außer Brot und Milch auch Süßigkeiten. Alexander Milne kam übrigens oft selbst her. Da er keinen Führerschein hatte, aber jede Menge Geld, ließ er sich fahren. Er war einer der ersten, die hier in der Gegend ein Auto besaßen. Nur Sir Arthur Conan Doyle drüben in Crowborough hatte noch etwas früher eins, soviel ich weiß.« Er winkte die Fernsehleute hinter sich her. »Die Backstube ging übrigens nach hinten raus. Dort, wo wir heute die Küche haben und den Tee ausschenken.«

»Können wir Aufnahmen davon machen?«

»Natürlich«, sagte Mr. Riddle begeistert. »Selbstverständlich können Sie das. Kommen Sie. Ich werde Ihnen alles zeigen. Kommen Sie nur.«

Die weißhaarige Dame hatte sich bei all dem Durcheinander nicht von der Stelle gerührt. Mit zusammengekniffenen Augen blickte sie Riddle und den Fernsehleuten nach und dann mit äußerster Verachtung zum Tresen hinüber.

Mit hängenden Armen stand Mollie da und wäre am liebsten im Boden versunken.

12

Die Greggs-Farm schien gut in Schuss zu sein.

Wenigstens machten die Bruchsteingebäude, die das eigentliche Farmhaus wie einen Bergfried umstanden, auf den ersten Blick einen sehr gepflegten Eindruck. Die Zufahrt, die von der Cotchford Lane abging und in einem weiten Linksbogen zur Farm führte, war wie der Innenhof mit feinem weißem Kies bestreut. Ein grüner, schlammbespritzter Jeep älterer Bauart parkte mit eingeschlagenem Lenkrad vor dem Eingang. Seine Reifen sahen neu aus. Daneben stand ein dunkelblauer BMW unter der bemoosten Holzkonstruktion eines Carports – schwarzfleckige Kletterrosen rankten sich daran empor.

Die Haustür wurde ihnen von einer verhärmt aussehenden Frau mit strähnigen dunklen Haaren und steinernem Gesicht geöffnet. »Ja? Was ist? Wer sind Sie?«

»Das hinter mir ist Detective Sergeant Cloud«, sagte Dorothy zu der unsympathischen Erscheinung. »Und ich bin Chief Inspector Marley. Wir sind von der Sussex Police.« Beiläufig hielt sie der Frau ihren Dienstausweis hin. »Sind Sie Mrs. Greggs?«

Der Anblick der beiden Beamten schien sie einigermaßen aus der Fassung zu bringen. Sie stieß einen kleinen Laut der Überraschung oder des Entsetzens aus und zupfte nervös an den Trägern ihres geblümten grünen Hauskleids herum. Sie nickte. »Ist was mit Ken?«

Dorothy verneinte. Man habe ihn noch nicht gefunden. Deswegen seien sie hier. Ob sie vielleicht Angaben zu seinem gegenwärtigen Aufenthaltsort machen könne?

»Gegenwärtigen Aufenthaltsort?«, echote sie. »Ehrlich gesagt habe ich keine Ahnung, wo er ist.«

»Ihr Mann ist also nicht im Haus?«

»Dem würde ich schön was erzählen, wenn er hier aufkreuzte«, sagte sie. »Seit Tagen bleibt die ganze verdammte Arbeit an mir hängen. Ich kann das nicht, das hab ich ihm schon tausend Mal gesagt. Ich hab's im Rücken. Der Arzt meint, ich soll mich nicht anstrengen. Wenn es nach Doktor Waterman ginge, würde ich nur noch liegen, bis die Sache ausgeheilt ist.«

Sie standen noch immer in der Tür.

Dorothy fragte: »Hätten Sie etwas dagegen, wenn wir reinkämen?«

»Nein. Kommen Sie.« Sie winkte sie hinter sich her.

Die Gerüche im Haus waren unangenehm. Eine Mischung aus Bohnensuppe, Essig und alter Katzenstreu.

Ein langhaariger schwarzer Pudel mit verfilztem Fell trottete ihnen schwanzwedelnd entgegen, als sie das Wohnzimmer erreichten.

Der Fernseher lief – irgendeine alte Serie in Schwarzweiß.

Mrs. Greggs nahm gegenüber dem Fernsehapparat auf dem Sofa Platz. Auf dem Tisch davor herrschte das reinste Chaos aus Zeitschriften, Tablettenschachteln und Salbentuben. Den Rest der Tischplatte teilten sich zwei Kaffeebecher (der eine leer, der andere halbvoll), eine Fliegenklatsche, eine zusammengerollte Zeitung und ein angebissenes Käse-Sandwich, das auf einem Teller mit vertrockneten Gurkenscheiben lag.

Cloud setzte sich in einen beigen Ledersessel gleich bei der Tür, wobei er sorgsam darauf bedacht war, das braunfleckige Schondeckchen nicht zu berühren, das in Kopfhöhe über der Rückenlehne lag und einmal weiß gewesen sein mochte.

Der Fernseher lief weiter. Mrs. Greggs machte keine Anstalten, ihn auszuschalten oder wenigstens den Ton leiser zu stellen. Innerhalb von Sekunden schien sie die Anwesenheit der beiden Beamten vergessen zu haben.

Die einzige Lichtquelle im Zimmer – sah man vom Fernseher ab – war ein überdimensioniertes Aquarium. Es stand auf einer Anrichte an der Fensterseite des Zimmers, wobei es das einzige Fenster nahezu vollständig verdeckte, und sein blaugrünes, fluoreszierendes Licht waberte wie feiner Nebel durch den Raum.

Dorothy, die stehengeblieben war, sagte: »Heute Morgen hat man Ronnie Cobbler tot aufgefunden.«

Mrs. Greggs sah nur kurz zu ihr hin, ehe ihr Blick wieder wie magnetisiert zur Mattscheibe wanderte.

»Haben Sie gehört, was ich gesagt habe?«

»Den Jungen haben Sie gefunden«, erwiderte sie, ohne den Blick vom Fernsehapparat zu nehmen. Sie klang nicht sonderlich interessiert. »Hat er was verlauten lassen, wo sich sein verdammter Onkel rumtreibt?«

Cloud brach beinahe der Bleistift ab.

Dorothy stand noch eine weitere Sekunde lang reglos und ungläubig da und musterte sie mit zusammengekniffenen Augen, während die senkrechte Zornesfalte auf ihrer Stirn tiefer und tiefer wurde. Als dann noch immer nichts kam, war sie mit einem Satz beim Fernseher und schaltete ihn aus.

»Hey, was machen Sie da?« Mrs. Greggs war augenblicklich aufgewacht und schoss förmlich vom Sofa hoch. Von ihrem Rückenleiden keine Spur mehr. »Was soll der Scheiß?«

Durch die plötzliche, heftige Bewegung aufgeschreckt, nahm der Pudel mit eingekniffenem Schwanz Reißaus.

»Der Junge ist nicht mehr am Leben, verflucht noch mal!« Dorothys Stimme war eisig, ihre Mundwinkel zuckten verächtlich. »Man hat seine *Leiche* im Fluss gefunden.«

Mrs. Greggs Gesichtsausdruck veränderte sich schlagartig. Sie plumpste wie ein Sack schmutziger Lumpen auf das Sofa zurück. »Du liebe Güte! Wirklich?« Sie sog die Unterlippe ein und begann, darauf herumzubeißen. »Ronnie ist tot? War es ein Unfall?«

»Wahrscheinlich erwürgt oder ertränkt. Wir wissen es noch nicht hundertprozentig – das Ergebnis der Obduktion steht noch aus. Aber er wurde ermordet, so viel ist sicher; von jemandem, der ihm körperlich überlegen war.«

»Und was wollen Sie von mir?« Sie hatte ihre Fassung ein Stück weit wiedererlangt und fast vollautomatisch auf Verteidigung geschaltet. »Ich habe damit nichts zu tun.«

Dorothy kannte dieses Verhalten. Es kam in Situationen wie dieser immer wieder vor.

Erst letzten Monat hatte sie einen Fall in Worthing gehabt. Die zwölfjährige Tochter lag vergewaltigt und erdrosselt in einem Kellerverschlag, und die damit konfrontierte Mutter hatte genau dasselbe gesagt: »Ich habe nichts damit zu tun.« Die Möglichkeit, ihr neuer Freund könnte das Mädchen getötet haben, sah sie gar nicht. Der Verstand mancher Leute reichte nicht weiter als von den Augenbrauen bis zur Nasenspitze. Im Worthing-Fall hatten Speichelspuren den Täter überführt. Der Freund der Mutter hatte zwar ein Kondom getragen, aber er hatte es mit seinem Speichel benetzt, um die Scheide des Mädchens schlüpfriger zu machen.

»Auch wenn es Ihnen schwer fällt, das zu glauben«, sagte Dorothy, »Ihr Mann könnte etwas mit dem Tod des Jungen zu tun haben.«

»Ken?« Sie schüttelte wiederholt den Kopf. »Ausgeschlossen. Der hat bestimmt niemanden erwürgt. Der ist nicht mal imstande, den blöden Viechern den Hals umzudrehen.«

Das hatten sie bereits von Gordon Cobbler gehört.

Dorothy entschied, dass es allmählich an der Zeit war, Mrs. Greggs nach dem Verhältnis ihres Mannes zu den Cobbler-Söhnen zu fragen – insbesondere nach dem, das er zu Ronnie gehabt hatte. Sie sagte: »Ihr Mann hatte eine Schwester, nicht wahr?«

»Ja. Aber sie ist gestorben. Vor ungefähr sieben Jahren schon.«

»Ich weiß. Ihr Mann hat sehr an ihr gehangen, nehme ich an.«

»Ich denke ja. Ich kannte sie nicht«, entgegnete sie. »Wir haben uns erst kennengelernt, als sie schon tot war. Aber er spricht manchmal von ihr.«

»Kommt das häufig vor?«

»Manchmal – das sagte ich ja.«

»Hauptsächlich, wenn er was getrunken hat?«

Mrs. Greggs wich ihrem Blick aus. Es dauerte einen Moment, ehe sie sie wieder ansah, sich mit beiden Händen ihr strähniges Haar hinter die Ohren strich und antwortete: »Aber nur, weil er dann überhaupt mal redet. Ken ist niemand, der – wie sagt man so schön – das Herz auf der Zunge trägt. Er macht seine Sachen, und fertig. Aber wenn er im Pub war und ein, zwei Biere intus hat, dann erzählt er gelegentlich schon mal was.«

»Und was erzählt er dann?«

»Sachen, die ihm wichtig sind, eben«, sagte sie. »Dinge, über die er sonst nicht redet.«

»Zum Beispiel?«

»Zum Beispiel, wie stolz er auf die alte Bradshaw-Apfelplantage ist, die er von seinem Großonkel geerbt hat. Der ganze Besitz ist nicht gerade klein, aber gerade dieses Stückchen Land hat es ihm angetan. Warum, weiß der Teufel. Es heißt, Christopher Robin sei mit seiner Kinderfrau immer dort hingegangen und habe da mit seinen Tieren gespielt. Sie wissen schon, der Christopher Robin aus den Büchern. Und seitdem hat sich da nichts verändert.« Sie blinzelte nachdenklich, den Blick ins Nichts gerichtet. »Oder Ken träumt davon, aus dieser lausigen Farm eine Art Bed&Breakfast zu machen. Solche Dinge eben. Meist Spinnereien, nichts weiter.«

»Und wenn er über seine Schwester spricht«, wollte Dorothy wissen, »erwähnt er dann gelegentlich den Jungen?«

»Ja. Kommt schon vor.«

»Erzählen Sie mir davon.«

»Was soll ich da groß erzählen?«

»Was sagt er über den Jungen?«

»Jedenfalls nichts Schlechtes, wenn Sie darauf rauswollen.« Ihr Tonfall war wieder eine Spur aggressiver geworden. »Kenneth hat sich immer nur über Gordon ausgelassen – nie über die Kinder. Er hat was übrig für die beiden, glauben Sie mir. Für Reggie auch, aber gerade für den Kleinen. Die können ja beide nichts dafür.«

»Warum ausgerechnet Ronnie?« Die Frage hatte Cloud gestellt. Er saß auf der Sesselkante, seinen Notizblock in der linken Hand, und hielt den Bleistift wie einen Dolch in der rechten. »Ich kann nicht ganz nachvollziehen, weshalb es Ihrem Mann ausgerechnet der Junge angetan haben soll, der *nicht* der Sohn seiner Schwester war.«

»Ken ist bei seinem Vater aufgewachsen«, sagte Mrs. Greggs in Ermangelung einer Erklärung. »An seine Mutter kann er sich nicht mehr erinnern – sie starb, als er drei Jahre alt war oder vier – an Krebs, genau wie seine Schwester.«

»Susan Cobbler ist Ronnies Mutter«, sagte Cloud. »Wie bringt er das zusammen?«

»Kenneth hat da seine eigene Sichtweise. Ich weiß nur, dass er sehr an Ronnie hängt. Susan Cobbler dagegen ist ein rotes Tuch für ihn. Wenn die zwei zusammentreffen, dann ist das, als würde man Wasser in eine Pfanne mit heißem Fett schütten. Ken redet schon kaum ein Wort mit ihr, um Streit zu vermeiden. Aber wenn es mal dazu kommt, dann gibt ein Wort das andere und – *wusch* – fliegen die Fetzen. Was Kenneth angeht, existiert Gordons zweite Frau eigentlich überhaupt nicht.«

»Wenn ich Sie richtig verstehe«, sagte Dorothy, »dann ist Ihr Mann der Meinung, Ronnie habe gar keine richtige Mutter?«

»Klingt verrückt, aber das trifft es vermutlich.« Sie streckte die Hand aus und nahm eines der Tablettenröhrchen auf. Sie öffnete es, schüttete eine Tablette in ihre linke Hand und schluckte sie. Dazu trank sie etwas von dem kalten Kaffee aus dem Becher. »Er ist nicht plemplem oder so. Ich glaube, er will nur nicht wahrhaben, dass Ronnie nicht Annies Sohn ist, weil er den Kleinen so sehr mag. Da bildet er sich lieber ein, er müsse für ihn sorgen, weil er die falsche Frau zur Mutter hat.«

Das war nicht Dorothys Welt. Diese verquere Denkweise konnte sie weder nachvollziehen noch ansatzweise verstehen. Was immer in seinem Kopf vorgehen mochte: Damit konnten sich die Polizeipsychologen auseinandersetzen, wenn sich herausstellte, dass Greggs tatsächlich den Mord an dem Jungen begangen hatte. Sie nahm sich vor, ihn danach zu fragen, sobald sie ihn in Gewahrsam hatten.

Statt näher darauf einzugehen, sagte Dorothy: »Gordon Cobbler hat ausgesagt, Ronnie hätte am Tag seines Verschwindens vorgehabt, seinen Onkel hier auf der Farm zu besuchen. War er hier? Können Sie das bestätigen?«

»Vielleicht war er mit Ken draußen bei den Viechern«, entgegnete Mrs. Greggs. »Ich habe ihn jedenfalls nicht gesehen. Nicht an dem Tag. Ich bin ja nicht mal sicher, wo mein Mann nach dem Mittagessen abgeblieben ist. Er ist sowieso nie da, wo man ihn sucht.«

»Können Sie uns sagen, wo und wann Sie ihn zuletzt gesehen haben?«

»Warten Sie mal, das muss so um halb neun gewesen sein. Da war er mit der Motorsäge zugange – auf der alten Apfelplantage, gleich hier um die Ecke. Ich hörte ihn arbeiten, und ich ging hin, um ihn an sein Abendessen zu erinnern. Aber wie immer kam er nicht gleich. Ich kann reden, soviel ich will, er macht doch nur, was ihm in den Kram passt.«

»Haben Sie bemerkt, ob Ihr Mann nach Hause kam?«, fragte Dorothy. »Oder ob oder wann er sich schlafen gelegt hat?«

Sie hatte nichts dergleichen bemerkt. Das Bett teilten sie schon eine ganze Weile nicht mehr, wie Mrs. Greggs ihnen beschämt erklärte. Aber nur, weil er so furchtbar schnarche und sie einen leichten Schlaf habe, wie sie sich beeilte hinzuzufügen. Sie schliefen in unterschiedlichen Etagen; sie zu ebener Erde gleich neben dem Wohnzimmer, er oben unter dem Dach in einem Zimmer, das nach hinten rausging. Daher sei es ihr nicht möglich, genaue Angaben darüber zu machen. Was sie indes mit absoluter Sicherheit wusste, war, dass Kenneth sein Abendessen, das er an den meisten Tagen erst nach zehn Uhr abends einnahm, restlos vertilgt hatte.

Sie hatte es ihm in den Ofen gestellt, nachdem er ihrer Aufforderung, zum Essen zu kommen, auch um neun Uhr immer noch nicht gefolgt war. Und als sie am nächsten Morgen mit dem eingefrorenen Brot, das sie wie jeden Tag frisch aus der ›*Gefrierkommode*‹ – wie sie die Kühltruhe im Keller nannte – genommen hatte, in die Küche gekommen war, um es aufzubacken, war der Ofen leer gewesen. Die feuerfeste Form, in der sie den Hackbraten gegart hatte, stand in der Spüle.

»Außerdem stand sein Wagen nicht mehr im Hof«, setzte sie noch hinzu. »Ein alter Rover, mit dem er sonst nur in die Felder rausfährt.«

Cloud notierte sich das Kennzeichen ordentlich in seinem Notizblock.

Womöglich hatte er den Jungen einsteigen lassen, und sie waren zusammen davongefahren, mutmaßte Dorothy. Doch warum? Und wohin? Seiner Frau hatte er jedenfalls nichts gesagt. Blieb nur die Nachricht, die er den Cobblers hinterlassen hatte. Und die war schon merkwürdig genug. Weshalb hatte Greggs geschrieben, Ronnie wolle ihn nach Uckfield begleiten, wenn er in Wahrheit gar nicht vorhatte, dort hinzufahren? Ein Ablenkungsmanöver etwa, um Zeit zu gewinnen?

»Offensichtlich ist Ihr Mann noch an jenem Abend mit Ronnie weggefahren«, konstatierte Dorothy. »Er hat bei den Cobblers eine Nachricht hinterlassen. Man fand sie gegen halb zwölf. Darin heißt es, er wolle den Jungen zum Markt von Uckfield mitnehmen, da Ronnie ihm beim Verkaufen helfen wolle.«

»Uckfield?« Sie sah irritiert aus. »Was soll er denn da gewollt haben?«

»Ihnen kommt das merkwürdig vor?«

»Kenneth fuhr nie dorthin. Er fuhr immer nach London. Da hatte er einen festen Kundenstamm.«

»Trotzdem hat er den Ortsnamen in dieser Nachricht erwähnt.« Dorothy machte einen Schritt auf sie zu, zog den Plastikbeutel hervor, in dem sich der Zettel befand, und reichte ihn Mrs. Greggs über den Tisch. »Ich möchte, dass Sie sich die Nachricht genau ansehen. Ist das die Handschrift Ihres Mannes?«

Ohne auch nur einen Moment zu zögern, sagte sie: »Ja. Ja, das ist Kens Schrift.«

»Sind Sie sich da sicher?«

»Da bin ich mir ganz sicher.«

»Und Sie können sich nicht denken, was er in Uckfield gewollt haben könnte?« Dorothy streckte die Hand aus, und Mrs. Greggs gab ihr die Nachricht zurück.

»Nein, beim besten Willen nicht.« Sie wischte sich mit Daumen und Zeigefinger die Mundwinkel und zupfte ein, zwei Sekunden nachdenklich an ihrer Unterlippe herum, ehe sie meinte: »Ich würde glauben, er hatte nicht alle beisammen. Was sollte Ronnie ihm denn in Uckfield verkaufen helfen? Die Viecher jedenfalls nicht. Kann sein, dass er *kaufen* gemeint hat«, fügte sie, wenig überzeugend klingend, hinzu.

»Ihr Mann klingelte nicht und versuchte auch nicht, die Cobblers telefonisch zu erreichen. Er warf diese Nachricht einfach durch die Katzenklappe in der Küche. Können Sie sich vorstellen, weshalb er das tat?«

»Das hat Gordon mich schon gefragt«, sagte sie. »Gestern hat er angerufen. Er wollte wissen, ob sein Sohn hier wäre. Ich hab ihm gesagt, dass ich ihn nicht gesehen hätte, dass ich keine Ahnung habe, was Ken mit der Nachricht gemeint haben könnte. Nur, dass was von Uckfield drinstand, hat er nicht erwähnt.« Sie wischte sich abermals über den Mund, mit dem Handrücken diesmal. »Gordon drohte damit, zur Polizei zu gehen, wenn Kenneth den Kleinen nicht bald wieder bei ihm abliefern würde. Ich habe ihm gesagt, er soll nicht so einen Aufstand machen. Die beiden würden schon wieder auftauchen.«

»Was hat er daraufhin gesagt?«

»Nichts. Hat einfach aufgelegt.« Der Pudel kam angetrottet und näherte sich vorsichtig dem Sofa. Als Mrs. Greggs die Hand nach ihm ausstreckte, zuckte er zunächst etwas zusammen und wich einen Schritt zurück. Es verging ein Augenblick, bevor er seine Schnauze zu ihr hochreckte und sich am Hals kraulen ließ. »War schon ein Wunder, dass er überhaupt mit mir gesprochen hat. Wir zwei haben es nämlich nicht so miteinander, wissen Sie? Gordon Cobbler hat mich noch nie riechen können. Hat wohl gedacht, weil Ken ein bisschen älter ist, würde er keine Frau mehr abkriegen, und die Farm würde irgendwann ihm gehören. Da hat er sich allerdings geschnitten.«

»Sie meinen allen Ernstes, Cobbler hatte vor, Ihren Mann zu beerben?«, fragte Cloud.

Mrs. Greggs verschränkte die Arme vor der Brust. »Ist sicher Quatsch«, räumte sie ein. »Man kann den Leuten ja nur vor den Kopf gucken, stimmt's? Vielleicht passt ihm auch nur meine Nase nicht.«

»Gab es denn eine derartige Regelung?«, wollte Dorothy wissen. »Hätte Gordon Cobbler damit rechnen können, im Falle von Kenneths Tod etwas zu bekommen?«

»Hat es wohl mal«, entgegnete sie. »Aber das war, als Kens Schwester noch lebte. Sie war ja viel jünger als mein Mann. Sie hätte die Farm und alles gekriegt, wenn er vor ihr gestorben wäre.«

»Und als Sie beide heirateten, hat Ihr Mann dieses Testament geändert?«

»Oh – das weiß ich nicht. Wir haben darüber nie gesprochen.«

»Aber Sie sind davon ausgegangen, dass es so ist.«

»Ja, natürlich bin ich das.«

»Darf ich fragen, wie alt Ihr Mann ist?«, schaltete sich Cloud wieder ein. Er war auf die Sesselkante vorgerückt und trommelte mit dem Radiergummi-Ende seines Bleistifts auf sein offenes Notizbuch.

»Einundfünfzig.«

»Und Sie?«

»Ist das wichtig?«

Großer Gott, dachte Cloud. *So, wie du aussiehst, kannst du es uns ruhig freiwillig erzählen*. Die Frau war nicht gerade ein Appetithappen. Jede Schätzung würde sicher weit höher ausfallen, als ihr lieb war. »Ja«, sagte er letztlich, »für mich ist es das.« Und im Geiste fügte er hinzu: *Denn wer weiß, vielleicht liegt ja ein Fünkchen Wahrheit in Gordon Cobblers Vermutung.*

»Zweiundvierzig. Na und? Ist das vielleicht das übliche Alter für Erbschleicherinnen, die es nur auf das Geld ihrer Männer abgesehen haben?«

Statt darauf einzugehen, sagte Cloud: »Demnach hielten Sie Cobblers Sorge also für übertrieben.«

»Ja.«

»Sie haben keine Kinder, nicht wahr?«, fragte Dorothy. »Wenn Sie Kinder hätten, würden Sie sich sicherlich auch Gedanken darum machen, wo sie abgeblieben sind.«

»Wie sollte ich denn ahnen ...« Sie brach ab und stieß kopfschüttelnd einen kurzen, zischenden Laut aus, der wie »Tssst« klang. »Wenn der Junge wirklich bei Kenneth war und der auf ihn aufgepasst hat, konnte ihm nichts passieren«, meinte sie trotzig. »Bei ihm wäre er sicher gewesen.«

»Ihrer Meinung nach war er also nicht bei ihm?«

»Ich weiß nicht. Ich kann's mir nicht recht denken.«

»Was glauben Sie, wo Ihr Mann sich gegenwärtig aufhält, Mrs. Greggs?«, fragte Cloud. »Können Sie sich das vielleicht denken?«

»Ich ...« Sie ließ ihren Blick über das Chaos auf dem Tisch

schweifen. Vermutlich, dachte Dorothy in jenem Moment, sah Mrs. Greggs darin sogar ein Spiegelbild ihrer gegenwärtigen Situation. Sie stieß einen schweren Seufzer aus und sah auf. »Mein Gott – ich kann überhaupt nichts mehr denken. Ich komme mir vor wie in einem schlechten Traum. Ich weiß wirklich nicht …«

»Es wäre gut, wenn Sie uns ein Foto Ihres Mannes zur Verfügung stellen könnten«, sagte Dorothy.

Das schien Mrs. Greggs endgültig wachzurütteln. Falls sie noch immer geglaubt hatte, sich in einem schlechten Traum zu befinden, war sie jetzt daraus erwacht. Ihre Augen wurden so groß wie Untertassen. Sie blickte sie so entsetzt und mit solch unverhohlener Feindseligkeit an, als hätte Dorothy ihr ins Gesicht gespuckt.

Sie zischte wie eine giftige Schlange, als sie fragte: »Was soll das heißen, Sie brauchen ein Foto, verdammt noch mal? Soll das etwa heißen, Sie verdächtigen allen Ernstes meinen Mann, Ronnie Cobbler umgebracht zu haben?«

»Bitte regen Sie sich nicht auf, Mrs. Greggs«, bat Dorothy mit ruhiger Stimme. »Das Wichtigste ist jetzt erst einmal, Ihren Mann zu finden.«

»Wollen Sie mir wirklich erzählen, er hätte Ronnie was angetan?« Ihre Stimme wurde zu einem heiseren Krächzen, und sie fing an zu zittern. »Wollen Sie das, oder was?«

»Ich will Ihnen rein gar nichts«, sagte Dorothy. »Alles, was ich will, ist, Ihren Mann finden. Und dazu benötigen wir ein Foto von ihm. Ob schuldig oder nicht – er wird vermisst. Haben Sie einmal daran gedacht, dass *er* unter Umständen das Opfer einer Entführung geworden sein könnte?«

»Ich weiß nicht. Ja. Schon.« Sie hatte sich etwas beruhigt, doch sie zitterte noch immer, als sie Dorothy ansah und fragte: »Sie glauben also nicht, dass er was mit dem Tod des Jungen zu tun hat?«

»Sehen Sie – Ihr Mann ist verschwunden. Sie haben keine Ahnung, wo er ist. Sie sind nicht einmal in der Lage, Angaben dazu zu machen, wo er sich an dem Tag aufgehalten hat, an dem er verschwand. Und allem Anschein nach sind Onkel und Neffe zusammen verschwunden. Wir müssen in alle Richtungen ermitteln.«

»Auf alle Fälle brauchen wir ein Foto von ihm«, meinte Cloud. »Und wenn Sie eins hätten, müssten wir keine Zeit damit verschwenden, es uns anderweitig zu beschaffen.«

»Es würde die Sache ungemein erleichtern«, setzte Dorothy hinzu. Sie sah sie eindringlich an und sagte: »Vielleicht hat er es getan, vielleicht auch nicht. Doch möglicherweise schwebt er selbst in Gefahr.«

»Sicher. Ja.«

»Also, was ist?«, fragte Cloud. »Haben Sie eins?«

Mrs. Greggs nickte und stand auf. Wortlos verließ sie das Zimmer.

Als sie nach ein, zwei Minuten ebenso wortlos zurückkam, trug sie ein Fotoalbum unter dem Arm. Sie rutschte wieder auf das Sofa und schob die Unordnung auf dem Tisch ein wenig zusammen, um Platz für das Album zu machen. Etwa in der Mitte schlug sie es dann auf und nahm eines der Bilder heraus. »Hier ist es«, sagte sie.

Der Mann, der darauf zu sehen war, machte nicht unbedingt den Eindruck, als ließe er sich leicht überwältigen. Wenngleich er auf dem Foto auch lächelte und nicht mehr der Allerjüngste war, so schien Kenneth Greggs doch wohl eher der Typ zu sein, der austeilte: stiernackig, breitschultrig und muskulös, mit Händen so groß wie Baggerschaufeln.

Niemals war dieser Mann das Opfer eines Verbrechens geworden, dessen war Dorothy sich auf Anhieb absolut sicher. Und es gehörte, weiß Gott, nicht sonderlich viel Fantasie dazu, sich vorzustellen, wie er den kleinen Ronnie Cobbler mit seinen riesigen Schaufelbagger-Händen am Kragen packte und im Fluss unter Wasser drückte. Der Junge hätte nicht die geringste Chance gehabt.

Sie war noch ganz in diese Vorstellung versunken, als Mrs. Greggs plötzlich mit leiser Stimme fragte: »Sie werden ihn doch finden, nicht wahr? Denken Sie, ihm ist was Schlimmes passiert? Allein ist er nämlich völlig hilflos, wissen Sie? Fast wie ein kleines Kind.«

Dorothy versuchte gar nicht erst, ihr ungläubiges Staunen zu verbergen. Nicht mal Cloud brachte ein Wort heraus.

Es war schon fast fünfzehn Uhr, als sie die Greggs-Farm verließen und schweigend zurück zum Wagen gingen.

Kenneth Greggs' Frau war ihnen keine große Hilfe gewesen. Sah man von dem Foto ab, das sie ihnen gegeben hatte, hatte die Befragung nichts Wesentliches ans Licht gebracht. Zusammenfassend konnte man wohl sagen, dass sie jetzt immerhin wussten, dass Mrs. Greggs rein gar nichts wusste. Vielleicht hatte sie aber auch mit sich und ihren Wehwehchen einfach schon genug um die Ohren.

Dorothy hatte ihren Vauxhall Corsa auf einer nicht umzäunten Rasenfläche am Eingang zur Cotchford Lane abgestellt, da ein mit Vorhängeschlössern gesichertes Holztor die Zufahrt zur Farm versperrt hatte. Als sie den Wagen erreichten, klemmte ein rotes Blatt Papier unter dem rechten Scheibenwischer, offenbar eine Fotokopie. PRIVATWEG!!! stand in riesigen schwarzen Lettern darauf. Und: DAS PARKEN, MÜLLABLADEN, FÜTTERN VON TAUBEN UND VÖGELN IM AUTO IST VERBOTEN!!!

»Na großartig, Schatz.« Dorothy lachte. Im Gegensatz zu Cloud, der keinerlei Reaktion zeigte, war ihr der vermutlich unfreiwillige Witz nicht entgangen. »Da haben wir uns ja schon die ersten Freunde gemacht.« Sie nahm den Zettel an sich, stieg ein und ließ den Motor an. Dann sah sie zu Sergeant Cloud hinüber und fragte: »Was halten Sie von dem Kerl, Ralphie?«

»Von Greggs? Dem Foto nach zu urteilen, hat er den Kleinen umgebracht, gar keine Frage«, meinte er, während der Corsa schaukelnd durch die Schlaglöcher der Cotchford Lane rumpelte. »Sehen Sie sich den bloß mal an. Denken Sie da etwa anders?«

»Nein. Ich frage mich nur die ganze Zeit über, wie das mit der Geschichte zusammenpasst, er brächte es nicht mal übers Herz, seinen Hühnern den Hals durchzuschneiden. Verstehen Sie, was ich meine?«

Cloud nickte. »Und was, wenn er einfach nur kein Blut sehen kann?«

»Finden Sie, er sieht wie ein Mimöschen aus?«, fragte Dorothy, die erfolglos versuchte, einige besonders tiefe Schlaglöcher zu umfahren. »Ich finde das jedenfalls nicht.«

»Sie verstehen mich nicht, Chief«, sagte Cloud. »Ich meine: Was ist, wenn er kein *Blut* sehen kann? Wäre es nicht möglich, dass er den Jungen deshalb *ertränkt* hat?«

»Nicht schlecht, Ralphie«, sagte sie nachdenklich. »Wirklich, gar nicht so schlecht.«

Sie hatten das Ende des Privatwegs erreicht – ein handgeschriebenes Schild ließ keinen Zweifel daran, dass es einzig und allein den Anwohnern zustand, ihn zu befahren –, und Dorothy bog nach links in die Hauptstraße ein.

In der High Street hielt sie mit laufendem Motor am Rinnstein.

Ein BBC-Übertragungswagen parkte in einiger Entfernung vor dem *Pooh Corner Shop*. Die Presse hatte also auch schon Wind von der Sache bekommen.

»Steigen Sie aus, Cloud«, sagte sie. »Ich werde nach East Grinstead fahren und sehen, ob Millner mir schon etwas mehr über den toten Jungen sagen kann.«

»Sie wollen allein fahren?«

»Ich bin in zwei, drei Stunden zurück. Wenn was ist, haben Sie ja meine Nummer.«

»Kann ich nicht mitkommen?«

»Nein.«

»Und warum nicht, bitteschön?«

»Weil Sie in der Zwischenzeit Greggs' Foto und das Kennzeichen seines Wagens ans Präsidium faxen und sich anschließend ein bisschen im Ort umhören werden«, entgegnete sie. »Irgendjemand weiß etwas – auch wenn ihm vermutlich nicht klar ist, dass es bedeutsam ist. Finden Sie heraus, ob es jemanden gibt, der den Jungen noch lebend gesehen hat, und wo. Laufen Sie einfach herum und stellen Sie Fragen. Darin sind Sie absolut unschlagbar, Ralphie; Sie machen das immer großartig. Und hören Sie sich auch ein bisschen in der Nachbarschaft der Cobblers um. Wer weiß, vielleicht hat jemand auf dem Hof oder in der Nähe des Hauses verdächtige Beobachtungen gemacht.«

»Cobblers Nachbarn?« Cloud glaubte, nicht richtig gehört zu haben. »Ich soll den ganzen Weg noch mal zurückgehen? Wissen Sie, wie weit das ist?«

»Die frische Luft wird Ihnen guttun«, sagte Dorothy. »Außerdem: Was sollen denn die Leute von uns beiden denken, wenn wir überall gemeinsam auftreten, hm?« Die Augenbrauen vielsagend gehoben, hielt sie ihm den roten Zettel hin und tippte zweimal mit dem Zeigefinger auf das Wort VÖGELN. »Am Ende halten die uns noch für ein Liebespaar.« Und sie drückte ihm einen flüchtigen Kuss auf die Wange und zwinkerte ihm zu, ehe sie ihn endgültig hinauskomplimentierte, den Wagen wendete und in Richtung Hauptstraße davonfuhr.

Cloud sah ihr kopfschüttelnd nach – die Ohren so rot wie Signallampen.

13

Eine brennende Zigarette in der rechten und ein Glas Bier in der linken Hand, saß Robert Marley auf der obersten Stufe des schmalen Treppenaufgangs, der zum Parkplatz des *Anchor* führte, und blickte zwischen den verzinkten Eisenstreben des Geländers hindurch zum Spielplatz hinüber, der völlig verwaist jenseits der High Street lag.

Eine Stadt kann sich schlagartig verändern, dachte Marley, wäre jedoch nicht imstande gewesen zu sagen, ob er das einmal irgendwo gelesen hatte, oder ob es gerade auf dem Mist seiner eigenen düsteren Gefühle gewachsen war.

Und dass sich etwas grundlegend verändert hatte, konnte man sehr deutlich erkennen. An den Spielgeräten auf der anderen Seite der Straße, an den leeren Wippen, den trostlos an ihren Ketten hängenden Schaukeln und der großen Rutsche, die, verlassen wie sie waren, an eine entvölkerte Welt aus irgendeinem Science-Fiction-Film erinnerten.

Noch gestern hatten dort Kinder ausgelassen gespielt, während ihre Mütter auf den grün lackierten Holzbänken zusammengesessen, den neuesten Dorftratsch ausgetauscht und miteinander gewetteifert hatten, wessen Wunderkind wohl mehr in der Birne habe. Doch seit im Ort bekannt geworden war, wo und vor allem wie man den kleinen Cobbler-Jungen am Morgen aufgefunden hatte, sah man dort niemanden mehr spielen oder schwatzen.

Der Schock saß tief.

Trotzdem waren die Straßen nicht leer – im Gegenteil.

Es war Sommer, und die Sonne schien warm von einem fast wolkenlosen Himmel herab. Überall liefen Touristen mit Videokameras und Fotoapparaten herum. Die Flut all der Menschen, die die Kurzzeitparkplätze vor dem *Pooh Corner Shop* belegten, ihre Wagen im absoluten Halteverbot in der High Street abgestellt hatten oder für ihre Ausflüge in die Wälder die Parkplätze der beiden Pubs benutzten, schien nicht abebben zu wollen.

Es war beinahe, als würde neben der normalen, fürchterlichen Wirklichkeit, in der sie selbst lebten, eine Art Parallelwelt existieren, in der ein kleiner Junge und sein Bär auch nach wie vor noch unbefangen spielten und der Mord an Ronnie Cobbler nie geschehen war.

Marley drückte die Zigarette aus und schnippte sie in die Hecke.

Hätte er versuchen müssen, jenes ungute Gefühl, das sich seiner bemächtigt hatte, in einem seiner Bücher zu beschreiben, er hätte es kaum auszudrücken vermocht.

Schon als er mit Claire und den anderen der Brücke und damit dem Schauplatz dieses entsetzlichen Verbrechens den Rücken gekehrt hatte und den Weg zurück in den Ort gegangen war, war es ihm vorgekommen, als habe der Wald all seinen Zauber verloren; nicht, als habe ihn jemand fortgewischt oder weggenommen, sondern so, als hätte man ihn mit einer schlimmen Krankheit infiziert oder einem rasch tödlich wirkenden Gift.

Der ganze Wald hatte auf Marley gewirkt, als habe er einen Großteil seiner Farbe verloren, als sei er wie ein altes Wäschestück verblasst und dazu mit einem schmierigen grauen Schmutzfilm überzogen, gegen den es kein Mittel gab.

Was die schrecklichen Ereignisse noch um ein Vielfaches schrecklicher machte, dachte Marley auch später noch oft, war die Tatsache, dass sie sich nicht bei Nacht, Nebel und Gewittersturm ereigneten, sondern bei hellem Tageslicht, unter aller Augen und bei schönstem Wetter.

Er leerte sein Glas, stand auf und ging zum Pub zurück, wo die Seitentür zur *Public Bar* offen stand. Fünf oder sechs

Bierfässer aus Aluminium standen neben der Treppe, die zur kleineren der beiden Schankstuben führte.

Drinnen war es so dunkel, dass seine Augen eine ganze Zeit brauchten, bis sie sich an die neuen Lichtverhältnisse gewöhnt hatten. Eine angenehme Kühle stieg von den grob behauenen Steinplatten des Fußbodens auf.

Rechter Hand befanden sich die kleine Bar und ein zweiter Kamin. Linker Hand lag der Speiseraum, den die schwarzen Balken der Fachwerkkonstruktion und die kunstvolle Bleiverglasung, die in die Sprossenfenster und die Tür eingelassen waren, von der Bar trennten.

Geradeaus – unter einer alten *Johnnie-Walker*-Reklametafel – stand eine gemütlich aussehende, rot gepolsterte Holzbank. Rechts davon tickte eine riesige alte Standuhr. Links befand sich das, was Nora so großspurig als ›unsere Bibliothek‹ bezeichnet hatte – ein heilloses Durcheinander von siebzig, allerhöchstens achtzig Büchern, die in drei Regalfächern in einem Fachwerkdurchbruch untergebracht waren, und die, wie Marley annahm, allesamt vom Flohmarkt stammten: *Great Lives*, *Treasures of Britain*, *Elvis*, *Die Vogelwelt Kents* und, besonders naheliegend, ein Reiseführer zu den urigsten Pubs der Äußeren Hebriden, den es gleich zweimal gab. Bücher über A. A. Milne oder Pooh den Bären gab es dagegen keine.

Marley nahm sich vor, noch heute eines zu kaufen; irgendwie musste es doch möglich sein, das Geschehene, so schrecklich es auch war, beiseite zu schieben und ein paar halbwegs gewöhnliche Ferientage zu verbringen. Schließlich war er ein Tourist wie alle anderen.

Claire schien das wesentlich besser zu gelingen als ihm. Obwohl der Tod des Jungen sie offenbar tief bewegte, hatte sie doch mit großem Appetit zu Mittag gegessen und war danach – genau wie tags zuvor – mit dem Wagen weggefahren. Wohin, hatte sie ihm nicht gesagt, aber er hatte es später von Nora erfahren. Claire war wie gestern auch nach East Grinstead unterwegs. Marley war sich im Klaren darüber, dass ihn das, was immer sie dort tat, nicht das Geringste anging; daher hatte er sie nur gefragt, ob sie sich am Abend sehen würden. Klar, hatte sie erwidert und ihm ein Mona-Lisa-Lächeln geschenkt. Er solle ihr schon mal einen Platz an seinem Tisch freihalten.

Mit den Fingerspitzen fuhr er über die Buchrücken und zog eines der Bücher hervor: *Wenn Frauen töten*. Es war eine sachliche Abhandlung über Britanniens schlimmste Mörderinnen.

Myra Hindley, Mary Bell, Ruth Ellis, Rosemary West … es nahm überhaupt kein Ende.

Vergiss Jenny Daniels nicht, Jungchen, sagte eine erdige Stimme in seinem Hinterkopf. *Vergiss bloß die kleine Jenny nicht. Du warst sogar mit ihr im Bett.*

»Wollen Sie noch eins?«, fragte Nora plötzlich, und Marley fuhr so erschrocken zusammen, dass ihm um ein Haar das Buch aus der Hand gefallen wäre. Wie aus dem Nichts war sie hinter der Theke aufgetaucht.

»Du lieber Gott, haben Sie mich erschreckt.«

Sie nahm sein leeres Glas, spülte es durch und fragte: »Sie haben doch wohl kein schlechtes Gewissen?«

»Wieso? Sollte ich das?«

»Ich frage nur, weil Sie so schreckhaft sind. Vielleicht haben Sie ja eines der Bücher mitgehen lassen. Heißt es nicht, nur die Schuld habe ein schlechtes Gewissen?«

Marley hatte keinen blassen Schimmer. Von einem solchen Sprichwort hatte er noch nie gehört. Er sagte: »Wenn das so einfach wäre, sollten wir versuchen, auf diese Weise unsere Diebe und Mörder zu entlarven. Wir schleichen uns von hinten an sie heran, rufen ›Buh!‹, und wenn sie sich erschrecken, sagen wir ›Aha! Hab ich dich!‹«

»›Aha!‹, sagte Pooh zur Übung. ›Aha! Aha!‹« Es war Kett-

ridge, der das gesagt hatte. Hager und grau stand er im Durchgang zum Flur, der zu den Toiletten und zum Billardzimmer führte. Marley hatte ihn seit dem Morgen nicht mehr gesehen. »*Wir könnten natürlich auch ›Aha!‹ sagen, wenn wir es nicht gestohlen hätten.* Frei nach Alex Milne«, setzte er hinzu. »Kommen Sie, Robert – ich lade Sie ein. Ich glaube, wir können beide einen vertragen, was?« Kettridge mühte sich ein Lächeln ab, sah indessen aus, als sei er in den wenigen Stunden um Jahre gealtert.

»Klingt nicht übel«, sagte Marley, der die Einladung dankbar annahm und ein *Sussex Bitter* bestellte. »Obwohl ich eigentlich vorhatte, mich mit etwas Lektüre über die Milnes einzudecken und ins Bett zu gehen.«

Kettridge orderte ein *Newcastle Brown Ale*.

Als Nora nach vorn ging, um die Flasche aus dem Kühlfach zu holen, sagte er: »Wenn ich Ihnen einen Rat geben darf, Robert – kaufen Sie, was Sie wollen, aber vermeiden Sie Christopher Milnes Buch *Die verzauberten Orte*. Es ist nur voller Hass auf die Pooh-Geschichten. Sie haben ja den Artikel gestern gelesen. Da hatten Sie einen kleinen Vorgeschmack. Das Buch hätte besser *Die entzauberten Orte* geheißen; es ist quasi eine Abrechnung mit seinem Vater. Es lässt einen irgendwie ratlos und mit unguten Gefühlen zurück.«

»Na, Jonathan, ganz so schlimm ist es auch wieder nicht«, meinte Nora, als sie mit dem geöffneten *Newcastle* zurückkam und es in einem Schwung in das Pintglas goss. Nachdem sie auch Marleys *Bitter* gezapft hatte, schob sie ihnen die randvollen Gläser hin.

Kettridge trank einen Schluck. »Jedenfalls, wenn Sie was Erbauliches lesen wollen, lesen Sie lieber Shepards Autobiographie. Das ist der Illustrator, wissen Sie? Ernest Shepard. Er schreibt sehr witzig. Da haben Sie wenigstens was zu lachen. Ich habe es zu Hause. Wenn Sie wollen, borge ich es Ihnen.«

»Ja, sehr gerne.«

Mit dem ersten Schluck war das Verlangen, zum *Pooh Corner Shop* zu gehen und sich mit einem Schwung Bücher einzudecken, sowieso schlagartig verflogen.

Was soll's, dachte Marley. Besaufen wir uns.

Bücher konnte man schließlich jeden Tag kaufen.

14

Das rechtsmedizinische Institut von East Grinstead war im Queen Victoria Hospital untergebracht, einem braunen Ziegelsteinbau aus den Zwanzigerjahren, der, von weiten Rasenflächen umgeben, etwas außerhalb des Ortes an der Holtye Road lag.

Als Dorothy dort eintraf, musste sie feststellen, dass Harry Olsen, der neue Chefredakteur des *Brighton Evening Argus*, schon auf sie wartete.

Olsen war nach eigenen Angaben ein Mann mit Prinzipien; er wurde niemals müde, das zu betonen. Nur welcher Art diese Prinzipien waren, erfuhr man von ihm nicht. Sein Motto – so kam es einem jedenfalls vor – lautete: Neugierde, Neugierde, Neugierde. Eine Mischung aller drei Eigenschaften hatte ihn, wie Dorothy vermutete, auch heute hierher ins Leichenschauhaus von East Grinstead geführt.

Seit Richard Dadds Tod im Jahr zuvor hatte die Redaktion des *Argus* ohne Polizeireporter auskommen müssen. Dadd hatte sowohl als Reporter vor Ort als auch als Chef vom Dienst fungiert. In einer so kleinen Redaktion wie der des *Argus* war das mehr eine Notwendigkeit denn ein Privileg gewesen. Nun war Mr. Olsen wer weiß woher gekommen, um diese Aufgabe zu übernehmen.

Dorothy hatte ihn ein paar Mal getroffen. Sie mochte ihn

von Anfang an nicht. Der Mann war fett, hatte ungewaschenes Haar, das ihm in kleinen Locken bis fast auf die Schultern fiel, und trug die seltsamsten Klamotten. Außerdem redete er auf eine Weise, als verdiente er seine Brötchen mit dem Verfassen von Werbetexten für halbseidene Kunstgalerien.

Ralph Clouds erste – und womöglich völlig richtige – Vermutung war gewesen, dass es sich bei Harry Olsen um die Reinkarnation einer Max-Beerbohm-Karikatur von Oscar Wilde handeln müsse. Gott sei's gedankt schien Olsen schwul zu sein – wenigstens von der Seite drohte ihr keine Gefahr.

Nun stand er neben Dorothy in der Kühle des Obduktionsraums, in einen hässlichen karierten Tweedanzug gezwängt, der ihm mindestens zwei Nummern zu eng war und daher nicht zugeknöpft wurde, und um seinen feisten, fetten Hals war ein weißer Seidenschal geschlungen. Darunter lugte, wie ein Fremdkörper, eine hellblaue Fliege mit weißen Punkten hervor. Geschmacklosigkeit, dachte Dorothy jedes Mal, wenn sie ihn sah, schien eines seiner liebsten Hobbys zu sein.

»Würde mich wirklich interessieren, was Sie empfinden, wenn Sie so was sehen müssen«, sagte Olsen. Er hatte die Daumen in die Gürtelschlaufen seiner Hose gehakt und schüttelte seufzend den Kopf. »Wie einfach und schnörkellos der Tod doch ist. Aus. Ende. Punkt. Wie plötzlich abgeschaltet. Ich begreife nicht, wie Sie das aushalten.«

Dorothy sagte nichts. Sie blickte auf die schreckliche Blöße des kleinen, bleichen Leichnams hinab.

Der Junge war ertrunken, daran konnte kein Zweifel bestehen – das hatte die Obduktion eindeutig ergeben, und so viel hatte ihr Millner auch schon am Telefon gesagt.

Dann ging plötzlich die graue Feuerschutztür am entfernten Ende des Raumes auf, und Dr. Millner kam auf sie zu. Er begrüßte Dorothy und beäugte Olsen mit unverhohlenem Argwohn. »Und wer sind Sie, wenn ich fragen darf?«

»Der *Neue*«, sagte Olsen und lächelte breit.

»Vergessen Sie einfach, dass er hier ist«, sagte Dorothy. »Was haben Sie für mich?«

»Eine Überraschung, fürchte ich.«

»Was meinen Sie damit?«

»Wie ich Ihnen schon sagte, ist der Junge ertrunken; aber er ist nicht im Fluss gestorben. Das Wasser des Steel Forge River ist sehr eisenhaltig. Das Wasser, das wir in den tiefen Regionen von Ronnie Cobblers Lunge gefunden haben, weist dagegen keinerlei Eisenpartikel auf. Das bedeutet, der Kleine ist woanders ertränkt worden; und aus irgendeinem Grund hat man ihn später in den Fluss gelegt.«

»Soviel ich weiß«, meinte Olsen und nestelte an seiner Fliege herum, »gelangt beim Ertrinken nicht zwangsläufig Flüssigkeit in die tieferen Regionen der Atemwege. Bei zehn von hundert Menschen kommt es zu einer Kontraktion der Muskeln um den Kehlkopf, sobald sie unter Wasser sind. Sie erleiden einen Stimmritzenkrampf, wenn auch nur ein Tropfen Flüssigkeit die Atemwege blockiert. Korrigieren Sie mich, wenn ich Unsinn rede. Aber solche Menschen ertrinken, ohne dass Wasser in ihre Lunge läuft, nicht wahr? Könnte es dann nicht durchaus sein, dass der Junge in diesem Fall auch einen solchen Stimmritzenkrampf hatte, und Sie deshalb keine Eisenpartikel gefunden haben?«

Dorothy verfluchte sich dafür, die Frage nicht selbst gestellt zu haben.

Millners Gesichtzüge entspannten sich. Ganz offensichtlich wusste er Harry Olsens Fachkenntnis zu schätzen. Er sagte: »Trotzdem würde man nach Eintritt des Todes immer noch Algen oder die für dieses Gewässer typischen Bestandteile finden. Das Zeug wird dann zwar nicht mehr aktiv eingeatmet, trotz allem ist es da. Es wird eingeschwemmt. Und in diesem Wasser waren weder Algen noch Eisen. Nur Chlor fand ich jede Menge. Was sehr merkwürdig ist.«

Olsen nickte, und Dorothy fragte: »Ist Chlor Ihrer Meinung nach gleichbedeutend mit Leitungswasser?«

»Unbedingt.« Millner stieß einen langen Seufzer aus. Er rieb sich mit der rechten Hand über die Augen und sagte: »Der kleine Kerl ist vorsätzlich ertränkt worden. Die Blutergüsse in seinem Nacken lassen einfach keinen anderen Schluss zu. Ich würde nach einem Pool suchen, einer Wanne, etwas in der Art. Alles, was tiefer ist als eine Pfütze und Trinkwasser vom Wasserwerk enthält, kommt infrage.«

»Und wie lange, denken Sie, hat die Leiche anschließend im Fluss gelegen?«, fragte Dorothy.

»Wenigstens ein, zwei Tage«, sagte Millner. »Die ausgeprägte Waschhautbildung an Händen und Füßen und die Abschürfungen lassen eindeutig darauf schließen, dass sie sich nach Eintritt des Todes längere Zeit im Wasser befand.«

»Sie meinen, er hat seit fast drei Tagen unter dieser Brücke gelegen, ohne dass jemand es bemerkte?«

»Natürlich *nicht*, Miss Marley«, sagte Millner, und Dorothy sah aus dem Augenwinkel, wie sich spöttisch Olsens rechte Augenbraue hob. »Vermutlich wurde die Leiche irgendwo flussaufwärts ins Wasser geworfen, wanderte mit der Strömung langsam den Bachlauf entlang und verfing sich dann unter der Brücke, wo sie gefunden wurde.«

»Okay. Verstehe.« Sie nickte. »Da ist noch etwas, was ich wissen muss, Doktor: Der Junge trug, als man ihn fand, nur noch seine Unterhose, einen Strumpf und ein T-Shirt. Denken Sie, man hat ihn …«

»Missbraucht, meinen Sie?« Millner schüttelte energisch den Kopf. »Nein, Chief Inspector Marley. Falls es Sie beruhigt: Missbraucht wurde er ganz sicher nicht.«

»Und doch war er beinahe nackt, als man ihn fand.«

»Bedenken Sie, dass er der Gewalt des Wassers eine ganze Weile ausgesetzt gewesen ist. Da ist es nichts Ungewöhnliches, dass Kleidungsstücke fehlen. Da werden sich Ihre Leute wohl oder übel den Bachlauf noch einmal etwas genauer ansehen müssen. Höchstwahrscheinlich finden sie die fehlenden Puzzle-Teilchen ein paar hundert Meter stromabwärts.«

»Haben Sie noch mehr für mich?«

»Ich fürchte, das ist alles – jedenfalls für den Moment.«

Dorothy bedankte sich.

Der Reporter stand dicht bei ihr, als sie Millner die Hand gab. Und erstaunlicherweise roch er sehr gut. Im Licht der Neonlampen sah sie, dass er ganz offensichtlich Rouge aufgelegt hatte. Beinahe gegen ihren Willen fragte sie ihn: »Sagen Sie mal, Olsen: Sind Sie geschminkt?«

»Nichts gegen gefärbte Haare und geschminkte Gesichter«, entgegnete er in näselndem Ton und fegte theatralisch ein paar imaginäre Schuppen von seinen Schultern. *»Grade darin steckt manchmal ein ganz besonderer Reiz.«*

Oscar Wilde und Dorian Gray. Cloud hatte sich kein Stück geirrt.

Dorothy drehte sich um und ging.

Olsen folgte ihr auf dem Fuße.

15

Birdcage, das schiefwinklige kleine Cottage, das Miss Ada Morris bewohnte, lag in der Horseshoe Lane unweit von *Endwell House*.

Nachdem Detective Sergeant Cloud Kenneth Greggs' Foto vom *Haywaggon* aus ans Präsidium gefaxt, Constable Bellowes das Autokennzeichen des Rover durchgegeben und ihn gebeten hatte, die Fahndung nach dem mutmaßlichen Fluchtfahrzeug einzuleiten, machte er sich auf den Weg zurück zum Wald. Wenn es sich ohnehin nicht vermeiden ließ, in der unmittelbaren Nachbarschaft der Cobblers von Haustür zu Haustür zu gehen und ›ein bisschen herumzufragen‹, wie Chief Inspector Marley sich ausgedrückt hatte, so wollte er es wenigstens gleich hinter sich bringen.

Man hätte es Zufall, Schicksal oder besonders gutes Karma nennen können, dass die pummelige alte Dame, auf die Sergeant Cloud traf, als er an der Tür des einzigen Nachbarhauses weit und breit läutete, Ronnie Cobbler am Abend seines Verschwindens tatsächlich gesehen hatte. Cloud selbst bezeichnete es einfach als Glück – das Glück eines ausgezeichneten Polizisten eben.

»Gewiss habe ich davon gehört, was mit dem armen Jungen geschehen ist«, sagte Miss Morris auf Clouds diesbezügliche Frage hin. Sie stand in der Tür, eine Gartenschere in der einen und einen blauen Eimer in der anderen Hand. Cloud schätzte sie auf weit über achtzig. Ihre Füße steckten in groben Männerstiefeln; dazu trug sie einen schmuddeligen grünen Wollrock und eine graue Strickjacke, unter der der Kragen einer braunen Bluse hervorlugte. Ein Tuch mit Blumenmuster war um ihren Kopf geschlungen. »Die Buschtrommeln funktionieren bei uns ziemlich gut. Wenn Hetty Lancaster was spitzgekriegt hat, weiß es fünf Minuten später halb Sussex.«

Cloud machte einen Schritt auf sie zu und sagte: »Vielleicht könnten wir reingehen. Sie müssen mir jetzt nämlich ein paar Fragen beantworten, Miss Morris.«

»Wenn ich aufs Klo muss, muss ich müssen, mein Junge«, entgegnete sie. »Mein eigener Mann hat mir in vierzig Jahren nicht gesagt, was ich zu tun und zu lassen habe. Und ich werde jetzt bestimmt nicht mehr damit anfangen, es mir von einem Fremden sagen zu lassen. Merken Sie sich das.«

»Oh, entschuldigen Sie. Ich …« Cloud trat vor lauter Schreck wieder zwei Schritte zurück. »Ich wollte wirklich nicht unfreundlich sein.«

»Schon in Ordnung.« Miss Morris beäugte ihn von oben bis unten. Dann deutete sie mit der Schere auf das Pflaster an seinem Kinn. »Was haben Sie denn da gemacht? Sich beim Rasieren geschnitten? Glauben Sie mir, Sie sollten sich nicht nass rasieren, wenn Sie in Eile sind. Kaufen Sie sich einen vernünftigen Rasierapparat. So teuer sind die nicht.«

»Ich werd's mir merken, Miss Morris«, sagte Cloud. »Wenn Sie nichts dagegen hätten, würde ich Ihnen gern einige Fragen stellen. Sie würden uns sehr helfen«, beeilte er sich rasch hinzuzufügen.

Anstatt ihn hereinzubitten, fertigte sie ihn erstmal an der Haustür ab und bedeutete ihm, einen Augenblick auf der Holzbank im Garten Platz zu nehmen. Sie habe ohnehin draußen zu tun und würde gleich nachkommen. Cloud gehorchte.

Als Miss Morris wieder herauskam, die Tür hinter sich zuzog und mit ihrem Eimer und einem alten gelben Schaumstoffkissen zu einer steinernen Vogeltränke ging, die unter einem knorrigen Apfelbaum in einem besonders verwilderten Winkel des Gartens stand, folgte er ihr wie ein Schatten.

»Der Junge, den wir heute leblos aufgefunden haben –«

»Ist doch ermordet worden, oder nicht?«, unterbrach ihn Miss Morris. Sie hatte das Kissen bei der Vogeltränke auf den Boden gelegt und sich darauf gekniet. Jetzt sah sie seufzend zu Cloud auf. »Warum nur reden Polizisten immer so ausweichend und geschraubt? Glauben Sie, die Leute könnten die Wahrheit nicht vertragen? Ich habe die letzten beiden Kriegsjahre in London verbracht, mein Junge. Ich habe Leute durch die Straßen rennen sehen, die haben wie Fackeln gebrannt. Da werde ich nicht gleich umfallen, wenn Sie Tacheles mit mir reden.« Sie nahm ein Messer zur Hand und fing an, das Moos aus den Zwischenräumen der Steinplatten zu kratzen, auf denen die Vogeltränke stand. »Er wurde ertränkt, soviel ich von Hetty gehört habe.«

Hetty schien ja sehr gut informiert zu sein, dachte Cloud. »Was uns vor allem interessiert, ist, wann und von wem Ronnie zuletzt lebend gesehen worden ist.«

»Weil der, der ihn zuletzt gesehen hat, der Mörder ist?«

»Auch – natürlich«, sagte Cloud und schmunzelte. Er hatte sein Notizheft aufgeklappt in der Hand und leckte den Bleistift an. »Da der Mörder aber aus verständlichen Gründen nicht daran interessiert ist, mit uns zu kooperieren, müssen wir feststellen, wann er sich Ronnie geschnappt haben könnte. Der Junge wurde seit dem letzten Donnerstag, dem 21. Juni, vermisst – seit vorgestern also. An diesem Abend kam er vom Spielen nicht mehr nach Hause zurück.«

»Ist er da nicht mit Ken Greggs weggefahren?« Miss Morris sah nicht einmal von ihrer Arbeit auf. »Ich hörte, er soll den Eltern Bescheid gesagt haben und mit Ronnie nach London gefahren sein.«

»Das stimmt so nicht ganz«, sagte Cloud. Die gute alte Hetty – wer immer sie war – schien wohl doch nicht über alles Bescheid zu wissen. Der Sergeant war fast ein bisschen erleichtert. »Die Cobblers fanden einen Zettel in der Küche. Angeblich stammt er von Greggs. Darin hieß es, er wolle mit dem Jungen nach Uckfield zum Markt. Allerdings wurde dieser Zettel durch die Katzenklappe geschoben.«

Miss Morris war verblüfft. »Warum hat er das gemacht? Und warum Uckfield? Er fuhr doch immer nach London.«

»Wir wissen es noch nicht«, gestand Cloud. Er schlug seinen Block abermals auf, blätterte einige Seiten zurück und sagte: »Bislang scheint Mr. Kettridge der Letzte zu sein, der Ronnie nach Einbruch der Dunkelheit noch gesehen hat. Er hat den Jungen auf dem Heimweg in der Cotchford Lane getroffen und ihn bis zum Wald begleitet. Da war es etwa halb zehn. Bislang haben wir noch niemanden gefunden, der ihn danach gesehen hat.«

»Aber …« Ganz entsetzt sah sie zu ihm auf. »Aber dann bin ich ja der Mörder.«

»Sie sind …?« Cloud klappte seinen Block zu und blinzelte sie ungläubig an. »Was sind Sie?«

»Der Mörder«, wiederholte sie und fuchtelte aufgeregt mit dem Messer herum. »Na ja, nicht wirklich natürlich. Im übertragenen Sinne, meine ich. Sie verstehen das doch? Weil *ich* ihn ja nicht umgebracht habe.«

»Aber natürlich, Miss Morris. Selbstverständlich nicht«, sagte Cloud. »Bitte erzählen Sie weiter.«

»Es muss etwa zehn vor zehn oder fünf vor zehn gewesen sein, als ich ihn sah. Es war schon ziemlich finster, aber noch nicht ganz. Ich stand am Gartentor und sah die Straße runter. Früher bin ich immer hergekommen, um zu rauchen. Die letzte Zigarette vorm Schlafengehen, wissen Sie? Ich hab immer nur draußen geraucht. Im Haus habe ich den Qualm selbst nicht gemocht. Vor vier Jahren habe ich es dann ganz sein lassen. Ich hatte immerzu Bronchitis, und Doktor Waterman hat gemeint, wenn ich noch was vom Leben haben will, dann soll ich bloß aufhören.«

»Verstehe. Und was genau sahen Sie?«

»Den Jungen selbstverständlich. Was dachten Sie denn?«

»Und Sie haben ihn ganz deutlich erkannt?«

»Es war Ronnie Cobbler.« Sie wackelte ungeduldig mit dem Kopf. »Ich sah in so deutlich, wie ich Sie jetzt sehe. Er kam den Weg vom Wald herauf. Sie können die Stufen von hier sehen. Kommen Sie.« Und als Cloud ihr zum Gartentor gefolgt war, meinte sie: »Das ist der einzige Weg durch den Wald von Posingford. Es sei denn, man geht über die Felder.«

»Ich weiß«, sagte Cloud. »Ich bin von dort gekommen.«

»Von Hartfield hier rauf? Zu Fuß?«

Er nickte.

»Das lob' ich mir, mein Junge«, sagte sie und lächelte wohlwollend.

»Und Ronnie kam ebenfalls von dort, sagen Sie?«

»Ja. Er sah mich an und grüßte mich. ›Hallo, Tante Morris!‹, hat er gerufen. Dann bog er in die Einfahrt ein.«

»Was den Tag angeht, haben Sie keinen Zweifel? Es war bestimmt letzten Donnerstag?«

»Ganz bestimmt. Ich weiß das so genau, weil donnerstags auf Channel 4 nämlich immer meine Lieblingssendung kommt: *Without a Trace*.«

»Gut. Schön. Wirkte Ronnie irgendwie ängstlich auf Sie? Oder hatten Sie den Eindruck, er sei in Eile?«

»Nein. Er war wie immer. Ich wunderte mich zwar etwas, weil es schon so spät war, aber es waren ja Schulferien.« Wieder schüttelte sie den Kopf. »Nein, er wirkte auf mich nicht, als würde er sich wegen irgendetwas ängstigen.«

»Sie sagten, er bog in die Einfahrt ein –« Cloud wollte auf Nummer Sicher gehen. »Was genau meinen Sie damit? Sahen Sie, wie er in die Zufahrt von *Endwell House* einbog?«

»Ja. Ich sah ihn das Grundstück betreten. Und ich sah, wie er nach hinten zur Tür ging. Dann ging ich selbst ins Haus.«

»Und während Sie ihn sahen, war er da allein?«

»Ich habe niemanden sonst gesehen«, sagte sie. »Ja. Er war allein – ganz bestimmt.«

»Also ist er ins Haus gegangen?«

»Das weiß ich nicht. Haben Sie denn schon mit *ihr* geredet?« Die Art und Weise, wie sie das Wörtchen ›ihr‹ ausgesprochen hatte, machte gleich klar, wen sie damit meinte und was sie von der zweiten Mrs. Cobbler hielt – nämlich gar nichts.

Trotzdem fragte Cloud: »Meinen Sie Susan Cobbler?«

»*Susan* – oh ja.« Sie sprach den Namen aus, als habe er zwanzig Silben. »Führt sich auf, als wäre sie die Gräfin von Posingford Wood oder so was.«

»Sie denken, es wäre sinnvoll, mit ihr zu sprechen?«

»Ach, was.« Miss Morris winkte ab. »Keine Ahnung, ob was Sinnvolles dabei herauskommt, wenn man mit ihr spricht. Fragen Sie sie doch mal, wo sie war, als Annie gestorben ist, mein Junge. Und was sie da getan hat. Wenn Sie überhaupt zu Wort kommen, heißt das.«

»Sie wissen demnach, wo sie gewesen ist?«

»Ganz gewiss sogar. Jeder hier weiß es. Den armen Mr. Cobbler hat sie verführt. Das hat sie getan, dieses durchtriebene Luder. Wenn man bedenkt, aus welchen Verhältnissen sie stammt.« Wieder schüttelte sie den Kopf. »Aber der kleine Ronnie konnte ja schließlich nichts dafür, nicht wahr?«

»Sie meinen …«

»Oh – da kommt sie gerade.«

Ein dunkler Mercedes fuhr langsam am Haus vorüber, bog nach rechts in die Einfahrt ein und hielt in Sichtweite an.

Auftritt Mrs. Cobbler. Abgang Miss Morris. Die alte Dame war so rasch im Haus verschwunden – man hätte glatt den Eindruck gewinnen können, sie habe sich einfach in Luft aufgelöst.

Es ging doch nichts über eine gute Nachbarschaft.

16

Am Nachmittag waren die ersten Presseleute nach Hartfield gekommen.

Jemand aus Jonathan Kettridges Gruppe musste sie verständigt haben. Die Polizisten aus Brighton waren es mit Sicherheit nicht gewesen. Und auch Kettridge selbst hatte nicht den Eindruck gemacht, als läge ihm sonderlich viel daran, Exklusivinterviews zu geben. Genau wie Claire und Marley, die sich in ihren Zimmern im *Anchor* verkrochen hatten, war er, nachdem Beamte der Sussex Police seine Aussage aufgenommen hatten, schnurstracks nach Hause gegangen und erst wesentlich später in den *Anchor* zurückgekehrt. Kam also nur einer der Touristen aus Übersee in Frage; die hysterische Frau mit dem Tuch möglicherweise, oder eine der übergewichtigen Amerikanerinnen in Leggins und Turnschuhen.

Der *Pooh Corner Shop* war natürlich die erste Anlaufstelle gewesen. Ein Übertragungswagen der BBC parkte direkt davor. Drinnen wimmelte es von Zeitungsreportern, die sich gegenseitig auf die Füße traten – es war fast ein Wunder, dass sie sich nicht auch gegenseitig interviewten.

Ein Kindesmord war immer für eine Schlagzeile gut, und ein so frischer erst recht – noch dazu wenn er im Herzen des Pooh Country verübt worden war, einem Ort, der quasi zum Sinnbild einer glücklichen, unverdorbenen und wohlbehüteten Kindheit geworden war. Der gewaltsame Tod eines Siebenjährigen hatte hier ebenso wenig zu suchen wie eine Zündkerze in einem unberührten Grab aus der Bronzezeit. Der Mord an Ronnie Cobbler war fast ein Anachronismus.

Im *Anchor* war nicht ein Reporter aufgetaucht. Höchstwahrscheinlich wäre er auch stante pede hinausgeworfen worden, hätte er seinen Notizblock gezückt und die erste Frage gestellt.

Nachdem Kettridge gegangen war, hatte Marley es sich mit einem Glas *Boddingtons* und einem schmalen Bändchen mit Kriminalgeschichten aus der ›Bibliothek‹ in der Schankstube am Kamin gemütlich gemacht.

Von seinem Platz am Fenster aus konnte er einen Teil des Gartens überblicken: den Weg, den Seiteneingang zur Public Bar und die rückwärtige Wand des alten Pissoirs, das kaum noch jemand benutzte. »Nur die Allerfaulsten gehen da noch hin«, hatte Nora gemeint. Und selbst die mussten sich erst an einem ausladenden Busch vorbeizwängen, um es überhaupt betreten zu können.

Das junge blonde Pärchen, das ihm schon gestern im *Pooh Corner Shop* aufgefallen war, saß an einem Tisch im Garten. Ein dunkelhaariger Mann – offenbar ein Freund – war bei ihnen. Die drei schienen sich nicht einig zu sein, auf wen die nächste Runde ging, oder ob man überhaupt noch etwas trinken würde. Marley sah amüsiert dabei zu, wie die beiden Männer minutenlang ein bereits leeres Glas zwischen sich hin- und herschoben. Dann verschwand das Glas ganz plötzlich in der Jackentasche des Dunkelhaarigen, woraufhin die Frau sofort entrüstet aufstand und kopfschüttelnd in Richtung Parkplatz ging. Die beiden Männer folgten ihr zügig und auch ein wenig geduckt nach, wie Marley fand. Dabei sahen sie sich dermaßen nervös nach rechts und links um, als hätten sie gerade den tollkühnsten Coup ihres Lebens gelandet, etwa den Postzug Glasgow–London oder die Bank von England ausgeraubt, und müssten nun schnurstracks zu ihrem Fluchtwagen eilen.

Hinter der Garteneinfriedung lag *Oast House*, die alte Hopfen-Darre. Das Gebäude erinnerte entfernt an eine Windmühle, die ihre Flügel eingebüßt hatte. Wie Jonathan Kettridge ihm erklärt hatte, war das *Oast House* vor Abschaffung der Backsteinsteuer 1855 errichtet worden, was man angeblich daran erkannte, wie sparsam man mit dem Baumaterial umgegangen war. Kettridge zufolge hatte man für den Bau eine besondere Mauertechnik angewandt, die heutzutage kaum noch jemand beherrschte. Marley konnte keinerlei Unterschiede feststellen.

Gegenwärtig gehörte das Haus einem Mann namens Kitley, demselben Londoner Geschäftsmann, der auch Cotchford Farm besaß. Im Gegensatz zur Farm, die – bis auf die vier Wochen im Sommer, in denen Kitley selbst dort wohnte – das ganze Jahr über an dieselbe Familie verpachtet war, wurde

Oast House als eine Art Luxusherberge wochenweise an mit dem nötigen Kleingeld ausgestattete Touristen vermietet. Sogar einen Swimmingpool gab es im Garten.

»Sehen Sie mal, wen wir hier haben, Sir Arthur«, sagte Nora zu dem grauhaarigen Gentleman im Jagdrock, der eben hereingekommen war und in schnoddrigem Ton an der Theke ein Glas *Sussex Bitter* orderte. »Das ist Robert Marley, der Schriftsteller.«

»Schlimme Sache, das mit dem Cobbler-Jungen«, sagte er, als habe er sie gar nicht gehört. »Ich hab' mir gleich gedacht, das geht nicht gut aus.« Dann warf er einen Seitenblick auf Marley. »Schriftsteller – so, so. Kann mir nicht vorstellen, dass man heutzutage noch viel damit verdienen kann. Die Leute lesen doch kaum noch.«

Der Mann sah gar nicht so verkehrt aus, fand Marley, der sein Buch sinken ließ und es auf die Sitzbank neben sich legte. Er musste um die sechzig sein und hatte eine frappierende Ähnlichkeit mit dem Schauspieler Simon Callow aus dem Film *Vier Hochzeiten und ein Todesfall* – graubärtig und rotnasig, der typische Kandidat für Bluthochdruck und Herzinfarkt. »Ein paar gibt es noch, die es tun«, entgegnete er.

»Ach was, tatsächlich?« Sir Arthur wartete darauf, dass Nora, die das Glas mit der einen Hand festhielt und ihm die andere mit der Handfläche nach oben entgegenstreckte, ihm sein Bier hinstellte. Doch das tat sie erst, als er schließlich, grummelnd und halblaute Verwünschungen vor sich hin murmelnd, seine Geldbörse zückte und die Münzen klimpernd in Noras Hand fallen ließ. »Sie sind ein Teufel, Nora, aber das wissen Sie ja.« Und knurrend nahm er sein Bitter entgegen. Mit dem Bier in der Hand ging er zu Marleys Tisch hinüber, blieb jedoch davor stehen und fragte in nicht minder knurrigem Tonfall: »Na, und was schreiben Sie so?«

»Kriminalromane.«

»Berühmt sind Sie wohl nicht gerade, was?«, sagte Sir Arthur. »Hab noch nie was von Ihnen gelesen. Vielleicht machen Sie nicht genügend Werbung für Ihre Bücher, mein Junge. Wie viele haben Sie denn drucken lassen?«

Marley versicherte ihm geduldig, dass er sie nicht selbst drucken ließe – die Verlage würden das für ihn tun.

»Das ist ja äußerst praktisch, nicht wahr?« Sir Arthur trank sein Pintglas in einem Zug leer. Dann wischte er sich mit dem Ärmel seines Jagdrocks aus Harris-Tweed den Schaum aus dem Bart und von den Lippen. »Ich nahm immer an, das müsse man selber erledigen.«

Nein, nein, das mache der Verlag. Auf diese Weise könne er sich auch viel besser auf das Schreiben konzentrieren.

Du meine Güte, wie er diese Gespräche hasste! Aus irgendeinem Grund fühlte er sich dabei stets unbehaglich. Selbst an die Lesungen und Signierstunden hatte er sich nie richtig gewöhnt – er war, genau wie Agatha Christie, immer der Meinung gewesen, ein Autor müsse allein durch seine Bücher bestehen können, und nicht dadurch, dass er seinen Charme beim Erzählen witziger Anekdoten versprühte oder dreimal die Woche ins Fitnessstudio ging, nur, um seinen weiblichen Fans auch optisch etwas bieten zu können. Jermy, sein Agent in London, hatte ihm aus diesem Grund schon so manches Mal unterstellt, er würde im Grunde gar nicht wollen, dass die Leute seine Bücher kauften.

Sir Arthur winkte wie verrückt mit der Hand und rief Nora zu, er müsse noch eins haben – aber eins, das nicht so unverschämt teuer sei. Dann wandte er sich wieder Marley zu: »Haben Sie welche mitgebracht?«

Der alte Crossman, der wie immer schweigend und mit geschlossenen Augen auf seinem Barhocker an der Theke saß und sich mit beiden Händen an einem halbvollen Glas *Murphy's* festhielt, hob für einen kurzen Augenblick den Kopf, sah zu Marley hin und tippte sich mit dem linken Zeigefinger an die Stirn. *Hören Sie gar nicht drauf, der ist eh nicht ganz dicht*, schien diese Geste zu sagen.

Das Ganze hatte nicht länger als eine oder anderthalb Sekunden gedauert, und niemand außer Marley schien es bemerkt zu haben.

»Welche mitgebracht?«, fragte Marley. Er schaute noch einmal zu Crossman hinüber, aber der saß jetzt wieder genauso reglos da wie immer. Es hätte ebenso Einbildung gewesen sein können.

»Ein paar von Ihren Büchern natürlich.« Sir Arthur würdigte Marley kaum eines Blickes. Er war viel zu sehr damit beschäftigt, auf Nachschub zu warten. Er trommelte ungeduldig mit den Fingern auf das blankpolierte Holz der Theke, während er Nora dabei zusah, wie sie ihm sein Bier zapfte. »Sie sind nicht richtig auf Zack, Junge. Sie müssen immer welche im Wagen haben.«

»Ihr Bier, Sir Arthur«, sagte Nora. Sie stellte es ihm vor die Nase, entzog es ihm jedoch sofort wieder, als er nicht gleich bezahlte. Das Spiel schien jedes Mal so zu gehen. Ein Ritual vermutlich, das beiden gleichermaßen Vergnügen bereitete.

Mit dem *Sussex Bitter* in der Hand kam Sir Arthur an Marleys Tisch. Er setzte sich ihm gegenüber hin, sodass er die Schmalseite der Theke im Rücken hatte, und sagte: »Ihr Schriftsteller seid doch alle gleich, was? Lauter Träumer. Überhaupt keine Ahnung vom Geldverdienen. Sie müssen das wie ein Geschäftsmann angehen.«

»Und wie würde ein Geschäftsmann das Ihrer Meinung nach angehen, Sir Arthur?« Marley war gespannt auf seine Vorschläge.

»Zu allererst brauchen Sie natürlich einen zugkräftigen Namen für Ihren Detektiv; einen wie Sherlock Holmes oder Hercule Poirot. Sie haben doch einen Detektiv?«

»Einen Polizisten«, sagte Marley. »Er heißt Theobald Hurdle.«

»Großer Gott!« Sir Arthur verdrehte die Augen zur Decke. »Mit dem Namen werden Sie es nie zu etwas bringen. Wie wäre es mit Sheringford Hummings?«

»Dummerweise ist er bei seinem letzten Einsatz ums Leben gekommen«, sagte Marley.

»Wer? Sheringford Hummings?«

»Theo Hurdle. Er wurde, völlig besoffen, von einem Schnellzug erfasst.« Und er schnalzte ein paar Mal missbilligend mit der Zunge.

»Vergessen Sie doch diesen Hurdle«, brummte Sir Arthur unwillig. Er nahm einen kräftigen Schluck von seinem Bitter und ließ das Glas krachend auf den Tisch niedersausen. »Henrique Poulard«, verkündete er nach einigem Nachdenken. »*Das* ist ein Name.«

»Wenn Sie schon suchen müssen, suchen Sie lieber nach weiblichen Namen«, meinte Marley. »Nach Hurdles Tod hat jetzt nämlich seine Assistentin Miriam Beckett seinen Posten übernommen.«

»Miriam Beckett?« Seltsamerweise reagierte Sir Arthur genau wie Marleys Agent Jermy. »*Mi-ri-am Be-ckett.*« Er sprach den Namen aus, als würde er ihn sich wie Butter auf der Zunge zergehen lassen. »Ich glaube, aus Ihnen wird doch noch mal was, mein Junge.« Und er nickte so wohlwollend, als habe er gerade einen besonders guten Wein gekostet.

»Vielleicht sollte ich Sie als Berater einstellen, Sir Arthur«, meinte Marley mit einem Lächeln. Und als er sah, wie sein Gegenüber das leere Glas umklammerte: »Wie sieht's aus – trinken Sie noch eins mit mir?«

Ein gurgelndes Lachen entrang sich seiner Brust. »Da fragen Sie noch?«

»Was darf ich Ihnen bestellen? Noch mal dasselbe?«

»Ein *Guinness*, wenn's Ihnen nichts ausmacht – und zwar ein extrakaltes.« Er legte den Kopf in den Nacken und rief mehr zur Decke als zur Theke hinter sich: »Aber nur, wenn es nicht auch extrateuer ist!«

»Höre sich das einer an! Und dabei muss er's noch nicht mal selbst bezahlen!« Nora war herbeigehuscht wie ein Schatten, beugte sich über die Theke und schlug spielerisch mit einem Zipfel ihres Geschirrtuchs nach ihm. Sir Arthur, der dergleichen gewohnt zu sein schien, duckte sich mit einem kehligen Lachen einfach darunter weg. Das Geschirrtuch über dem Arm und den Kopf zur Seite geneigt, sah Nora Marley an. »Und Sie – was möchten Sie trinken?«

»Ich nehme noch ein *Boddingtons*«, sagte er und stand auf, um die Gläser zu holen. »Und eine Tüte Salz&Essig-Chips«, setzte er, an der Theke stehend, hinzu.

»Kommen Sie«, sagte Sir Arthur, als Marley zurückkam, die randvollen Gläser auf den Tisch stellte und die Tüte mit den Essig-Chips aufriss, »trinken wir auf Ihre Bücher. Mögen sie ein besseres Ende nehmen als das Leben.« Er hob sein Glas in die Luft. »Darauf, und einen auf den Tod.«

Das war mal ein Trinkspruch nach Marleys Geschmack. »Und einen auf den Tod«, wiederholte er, nach einem winzigen Augenblick des Zögerns, dann klirrten die Gläser gegeneinander.

Sir Arthur knallte sein Pintglas auf den Tisch und sagte: »Wo wir schon mal dabei sind – was sagen Sie als Kriminalschriftsteller denn zu dem Mord an dem Jungen?«

Was sollte er schon dazu sagen? Das konnte auch eine Fangfrage sein. »Ich weiß nicht recht«, meinte er schließlich. »Wie kommen Sie auf Mord? Könnte doch sein, dass es sich letzten Endes als Unfall entpuppt.«

»Als Unfall?« Sir Arthur spitzte interessiert die Lippen. »Aha.«

»Ich hoffe es wenigstens«, sagte Marley, auch wenn das reinem Wunschdenken gleichkam. Er hatte die Blutergüsse im Nackenbereich des Jungen mit eigenen Augen gesehen. »Eigentlich bin ich hier, um Urlaub zu machen, Sir Arthur.«

»Sie wissen selbstverständlich genauso gut wie ich, dass der Junge ermordet worden ist, nicht wahr?«

»Meinen Sie? Wie kommen Sie darauf?«

»Nur so ein unbestimmtes Gefühl«, sagte er. »Aber ich nahm an, Sie hätten vielleicht schon eine Theorie entwickelt. Schließlich ist es doch genau Ihr Metier, oder etwa nicht?«

»Ich bin Schriftsteller, Sir Arthur, kein Polizist«, sagte Marley. »Da müssen Sie schon meine Schwester fragen.«

Und die kam in dieser Sekunde zur Tür herein.

17

Das Pfarrhaus, das zur Kirche *St. Mary's the Virgin* gehörte, war ein moderner roter Backsteinbau und lag hinter hohen Hecken verborgen im Garten eines wesentlich großzügigeren und viel älteren Privathauses, das *The Grange* hieß, wie ein schlichtes Messingschild am Tor verriet.

Cloud hätte sich denken können, dass der Pastor nicht weit von der Kirche entfernt wohnte. Trotzdem hatte er eine ganze Zeit gebraucht, sein Haus zu finden. Denn statt danach zu fragen, hatte er sich – typisch Mann – einfach auf die Suche gemacht.

»Ich muss zugeben«, sagte Reverend Paul Chubb, »dass wir uns an jenem Abend darüber unterhalten haben.« Die Rede war von dem Gespräch zwischen ihm und Jonathan Kettridge, das Claire Holloway vor einigen Tagen mit angehört hatte und in dem es um Kenneth Greggs und seine Schwester, die erste Mrs. Cobbler, gegangen war. Ganz augenscheinlich war es dem Reverend sehr unangenehm, überhaupt darauf angesprochen zu werden. »Mir war wohl nicht bewusst, wer sonst noch mithören konnte.«

Sie saßen in Chubbs Wohnzimmer, einem Raum, auf den diese Bezeichnung kaum noch zutraf. Regale voller Schallplatten und CDs säumten die Wände. Drei tiefe, gemütliche Sessel waren als einziges Zugeständnis an Wohnlichkeit um einen runden Tisch in der Mitte des Zimmers gruppiert. Nirgendwo anders wäre Platz für weitere Sitzgelegenheiten gewesen. Denn Reverend Paul Chubb besaß die größte Schallplattensammlung, die Cloud je zu Gesicht bekommen hatte. Rock 'n' Roll, soweit das Auge reichte.

Cloud, der eilfertig Bleistift und Block gezückt hatte, kaum dass sie saßen, fragte: »Halten Sie es persönlich für möglich, dass Farmer Greggs in irgendeiner Weise etwas mit dem Tod des Jungen zu tun hat?«

Chubb rieb sich mit der rechten Hand über Mund und Kinn. Er stieß einen tiefen Seufzer aus und spitzte die Lippen, ehe er antwortete: »Die Antwort fällt mir nicht ganz leicht, wissen Sie? Greggs ist im Grunde kein schlechter Mensch. Und wenn er nüchtern ist, würde ich meine Hand für ihn ins Feuer legen. Doch wenn er getrunken hat –« Er blies die Wangen auf.

»Sie meinen, dann ist ihm alles zuzutrauen?«

Chubb wiegte nachdenklich den Kopf hin und her. Dann zog er die Schultern hoch und ließ sie kraftlos wieder sinken. Offensichtlich hätte er es lieber vermieden, auf solche Fragen eine ehrliche Antwort zu geben.

»Also auch ein Mord?«, fragte Cloud schließlich.

»Das Schlimme ist«, sagte Chubb, und wieder entrang sich ein tiefer Seufzer seiner Brust, »das wirklich Schlimme ist, dass ich es nicht weiß, und dass ich nicht einfach sagen kann: Der alte Kenneth hat damit rein gar nichts zu tun. Da ist nun mal die alte Sache mit seiner Schwester. Und wenn er einen im Kahn hat –« Er brach ab und schüttelte den Kopf.

»Wird er gewalttätig«, beendete Cloud den Satz für ihn.

»Nun, nicht direkt gewalttätig. Es ist nicht so, dass er sich prügeln würde. Und soviel ich weiß, hat er auch gegen seine Frau noch nie die Hand erhoben. Allerdings neigt er dazu, laut zu werden.«

»Ein Choleriker also.«

»Das trifft es wohl. Ja.«

»Mr. Cobbler hat uns erzählt, Ronnie habe sich oft auf dem Hof seines Onkels aufgehalten. Ich hatte den Eindruck, der Vater hat ihn sogar noch dazu ermutigt.«

Chubb sagte: »Ein Junge braucht seinen Onkel, ich weiß. Gordon ist ein großer Verfechter dieser Theorie. Und das ist ja an sich nicht falsch. Jeder versucht natürlich, etwas von dem, was er für gut und erstrebenswert hält, an seine Kinder weiterzugeben. Trotzdem frage ich mich, ob Gordon nicht etwas zu vertrauensselig war. Ich denke, er wird eines Tages aufwachen und sich vielleicht fragen, warum er nicht schon viel früher skeptisch geworden ist, warum er sich erst am nächsten Tag nach Ronnie erkundigt hat, weshalb er nicht sofort reagiert hat, als er die merkwürdige Nachricht fand.« Chubb seufzte. »Susan und er werden es sich ihr Leben lang vorwerfen, daran lässt sich gar nichts ändern. Noch ist der Schmerz zu groß, aber sie werden es merken, sobald er etwas nachgelassen hat.«

»Die Nachricht, die Sie eben angesprochen haben –«, sagte Cloud, »Sie kennen den Inhalt?«

»Ja. Gordon rief mich an und erzählte mir davon. Allerdings keine Einzelheiten, nur dass Kenneth seinen Jungen zum Markt mitgenommen hätte – weiter nichts.«

»In der Nachricht hieß es, er wolle Ronnie nach Uckfield mitnehmen, weil er ihm auf dem Markt beim Verkaufen helfen wollte«, sagte Cloud. »Nur ist Uckfield nicht unbedingt der geeignete Markt für einen Geflügelhändler, oder?«

»Wieso nicht?«, fragte Chubb, die Stirn in tiefe Falten gelegt. »Was stimmt damit nicht?«

»Nun – Uckfield Market ist ein Obst- und Gemüsemarkt. Und soviel wir bislang in Erfahrung bringen konnten, fuhr Greggs immer nach London, um sein Geflügel an den Mann zu bringen.«

»Tatsächlich? Was Sie nicht sagen.«

»Können Sie sich möglicherweise erklären, was es damit auf sich haben könnte?«

»Ganz ehrlich, ich habe nicht die geringste Ahnung, Sergeant«, sagte er. »Allerdings ... Nun ja ... Ich weiß nicht recht, warum, aber gleich, als ich von dieser Nachricht hörte, war ich davon überzeugt, sie müsse eine Fälschung sein.«

»Ist das so?«

»Ja. Ob Sie es glauben oder nicht: Ich dachte, das wird sich als Fälschung herausstellen.«

»Und Sie haben keine Erklärung für Ihren Verdacht?«

»Nein«, sagte Chubb und schaute zur Decke auf. »Eingebung? Einbildung womöglich? Nennen Sie es, wie Sie wollen. Wie gesagt, ich hatte gleich ein sehr ungutes Gefühl bei der Sache, als ich von dieser Nachricht hörte.«

Chubb schob den Ärmel seiner Strickjacke hoch und warf einen Blick auf die Uhr. »Du liebe Güte, wie schnell die Zeit vergeht.« Die Hände auf die Sessellehnen gestützt, beugte er sich vor und machte Anstalten, sich zu erheben. »Ich muss unbedingt noch in die Kirche rüber. Wollen Sie mitkommen, Sergeant?«

Auf dem Weg zur Kirche kamen sie an einem merkwürdigen kleinen Fachwerkgebäude vorbei – oder besser, sie gingen mitten hindurch, denn es war wie ein altes Stadttor direkt in die Mauer des Kirchgartens gebaut worden.

Reverend Chubb sah Sergeant Clouds fragenden Blick und

sagte: »Das ist Lych Gate Cottage. Noch bis vor einigen Jahren wurde es traditionell vom Küster und seiner Familie bewohnt – aber den hat die Gemeinde vor einiger Zeit aus Kostengründen abgeschafft. Seine Arbeit wird jetzt von ehrenamtlichen Mitarbeitern übernommen.«

»*Lych Gate* Cottage«, sinnierte Cloud. »Woher kommt denn der Name? War das der Erbauer der Kirche? Haben der Baumeister und seine Arbeiter darin gewohnt?«

»Nein, Sergeant.« Chubb musste schmunzeln. »Das wird Ihnen gefallen, glaube ich. Das Wort *Lych* stammt aus dem Deutschen und bedeutet nichts anderes als *Leiche*. Es ist das Leichentor.«

»Oh, wirklich?«

»Ja. Heutzutage hat das Tor keinerlei Bedeutung mehr – von seiner historischen natürlich abgesehen. Aber früher war es so, dass die Leichenträger nach dem Marsch durch den Ort hier den Sarg absetzten und sich ein wenig ausruhten – vielleicht sogar eine kleine Erfrischung zu sich nahmen –, während die Trauergäste unterdessen ihre Plätze in der Kirche aufsuchten.«

»Sie sind durch den Ort marschiert? Weshalb denn das?«

»Ein letzter Spaziergang des Verstorbenen, wenn Sie so wollen. Er begann in seinem Haus und führte an den Plätzen vorbei, die ihm im Leben besonders viel bedeutet haben, bis hin zur Kirche eben.« Chubb deutete mit der rechten Hand zum Kirchturm. »Sie sieht nicht sonderlich spektakulär aus, unsere *St. Mary*, aber sie hat schon einige Jahrhunderte auf dem Buckel. Die ältesten Teile stammen noch aus dem 13. Jahrhundert. Hätten Sie das gedacht?«

»Nein, ehrlich gesagt«, erwiderte Cloud, der sich rein gar nichts gedacht hatte. Seit er Chubbs Schallplattensammlung gesehen hatte, beschäftigte ihn nämlich etwas ganz anderes.

»Der älteste noch erhaltene Grabstein stammt aus dem Jahre

1634«, fuhr Chubb fort, »das war noch vor dem großen Brand in London.«

»Aha. Hm.« Sie hatten bereits den Kirchgarten mit seinen unzähligen windschiefen Grabsteinen erreicht und marschierten zügig zu dem überdachten Westportal hinüber, als Cloud schließlich sagte: »Auch wenn es nicht das Geringste mit unseren Ermittlungen hier vor Ort zu tun hat, Reverend Chubb, vielleicht können Sie mir in einer ganz bestimmten Sache helfen, die mir Kopfzerbrechen bereitet.«

Chubb öffnete die schwere Eichenholztür und machte eine einladende Geste mit der Hand. »Gern, wenn es in meiner Macht steht.«

»Es ist mir fast etwas peinlich, Sie danach zu fragen«, sagte Cloud. »Aber nachdem ich in Ihrem Wohnzimmer war … Ich meine, man sieht ja, dass Sie durch und durch ein Rockfan sind …«

»Was immer es ist«, sagte Chubb, »fragen Sie nur.« Krachend fiel das Portal hinter ihnen zu.

»Es würde mich interessieren, ob Sie vielleicht zufällig einen Laden in Brighton kennen, der *Rock 'n' Roll Through the Ages* heißt?«

»Nie gehört.« Chubb zuckte mit den Achseln. »Was soll das sein? Eine Bar oder so was?«

»Ein Plattenladen«, sagte Cloud, und seine Stimme hallte überlaut in der alten Kirche wider, als er Chubb durch das Mittelschiff zum Altarraum folgte, wo zwei Frauen um die fünfzig damit beschäftigt waren, Blumengestecke und Kerzenhalter zu drapieren. »Zu schade, dass Ihnen der Name nichts sagt. Ich hatte gehofft, Sie würden vielleicht den Besitzer kennen, weil Sie ja selbst eine ziemlich umfangreiche Plattensammlung haben.«

»Wenn Sie bitte einen kleinen Augenblick warten könnten, Sergeant«, sagte Chubb. »Ich bin gleich wieder für Sie da.«

Und damit wandte er sich den beiden Frauen am Altar zu. »Hallo, Sylvia. Maddie.«

»Hallo, Paul«, sagten sie wie aus einem Mund. »Schön, Sie zu sehen«, fügte Sylvia strahlend und mit einem taubenhaften Kopfnicken hinzu. Cloud – der, von allen ignoriert, hinter dem Reverend stand – konnte sich des Eindrucks nicht erwehren, dass sie Chubb fast ein bisschen verliebt zuzwinkerten.

Der räusperte sich hüstelnd, nickte beiden höflich zu und zog einen gefalteten Zettel aus der Innentasche seines Jacketts hervor. »Das sind die Lieder für den Gottesdienst morgen.«

»Dan-ke.« Die Frau, die Maddie hieß, kam Sylvia zuvor, griff einfach über das Blumengesteck in der Mitte des Altars hinweg und schnappte sich den Zettel aus Reverend Chubbs Hand, obwohl sie am weitesten von ihm entfernt gestanden hatte. Unter den funkenstiebenden Blicken Sylvias verschwand das ordentlich gefaltete Stückchen Papier in ihrer Schürze. »Ich kümmere mich darum, Paul. Seien Sie ganz unbesorgt.«

Als sie sich entfernten, begannen die beiden Frauen hinter ihnen, halblaut miteinander zu streiten – zwei graue Tauben, die sich um ein Stückchen Brotrinde zankten.

Sie waren schon fast wieder im Freien, als Chubb fragte: »Wieso? Was ist denn in diesem Plattenladen passiert?«

»Angeblich ein Einbruch«, sagte Cloud. »Allerdings habe ich da so meine Zweifel.« Und er schilderte dem Pfarrer in knappen Worten, was er mit Owen Meat, dem Inhaber des Geschäfts, erlebt hatte. »Ich versuchte nur, freundlich zu sein, und er lachte mich sogar noch aus, als ich mich nach der falschen Musik erkundigte«, setzte er hinzu. »Wenn Sie ein Kunde von ihm gewesen wären, hätten Sie mir sagen können, was er so für ein Kerl ist. Aber na ja – macht nichts.«

»Ich kenne den Mann zwar nicht«, sagte Chubb, »und ich habe auch noch nie von ihm oder seinem Laden gehört. Aber eines weiß ich sicher: Ein Sammler, dem über Nacht seine ganzen Schätze gestohlen wurden, lacht niemanden mehr aus, Sergeant Cloud. Ganz sicher nicht. Er ist am Boden zerstört. Etwas Schlimmeres ist für ihn nicht vorstellbar. Er wird sich fühlen, als habe man ihm bei lebendigem Leib das Herz herausgerissen.«

»Da sagen Sie was, Reverend. So habe ich es bisher noch gar nicht gesehen.« Cloud war noch nie eine Sammlernatur gewesen. Aber er hatte ja gleich geahnt, dass dieser Meat in die Sache verstrickt war.

»Nehmen Sie mich, Sir Arthur oder Jonathan Kettridge. Wir sind völlig harmlose Leute, aber wehe dem, der sich an unseren Sammlungen zu schaffen macht. Keiner von uns würde zögern, dem die Hand abzuhacken.« Er lachte. »Na ja. Ist vielleicht ein bisschen übertrieben. Aber was diesen Kerl angeht – entweder ist er kein Sammler, oder er hat die Platten lediglich beiseite geschafft. Wären sie ihm wirklich gestohlen worden, wäre für ihn eine Welt zusammengebrochen. Vom Standpunkt des Schallplattensammlers betrachtet, ist der Fall klar, wenn Sie erlauben, dass ich den Terminus benutze: Er hat seine Platten noch. Daran ist gar nicht zu zweifeln.«

»Was meinen Sie, wo er die Platten versteckt haben könnte?«

»Wenn er sie nicht zuhause hat«, überlegte Chubb, »dann höchstwahrscheinlich bei einem Freund. Ich würde annehmen, er hat sie unter dessen Sammlung gemischt. Sie als Kriminalist kennen ja sicherlich den Holmes'schen Ausspruch, nach dem das beste Versteck für eine Nadel keineswegs ein Heuhaufen ist, sondern eine möglichst große Anzahl anderer Nadeln.«

Cloud war begeistert. Er konnte also sicher davon ausgehen, dass Owen Meat in den Diebstahl verwickelt war und es sich um einen Versicherungsbetrug handelte. Er malte sich schon aus, wie er ihm bei ihrem nächsten Treffen entgegentreten würde. Meat würde das Lachen schon noch vergehen. Was für eine Genugtuung würde es sein, ihm die Durchsuchungsbefehle für die Wohnungen seiner Freunde und Kunden ins Gesicht zu halten. Selbst wenn man noch so fleißig kratzte, jedes *Rock 'n' Roll Through the Ages*-Preisschild ließ sich in so kurzer Zeit ganz sicher nicht entfernen.

»Ich danke Ihnen, Reverend«, sagte er.

»Ach, was. Nichts zu danken. Liegt doch auf der Hand.«

»Wenn nur alles so einfach wäre«, sagte Cloud.

»Den toten Jungen meinen Sie?«

Cloud nickte. »Genau.«

»Wissen Sie, Sergeant, wir sind noch immer Landvolk. Wir lassen uns nicht so leicht unterkriegen. Ich bin sicher, unsere Gemeinde wird sich über kurz oder lang davon erholen. Auch wenn der Mörder nie gefunden werden sollte.«

»Wir kriegen ihn schon«, sagte Cloud. »Da machen Sie sich mal keine Sorgen.«

»Meinen Sie?« Chubb lächelte schwach und legte Cloud väterlich die rechte Hand auf die Schulter. »Na, vielleicht. Und selbst wenn nicht; die Leute werden später über das, was da nach Hartfield gekommen ist, ohnehin sagen: Es ist eine Weile geblieben und wieder gegangen. So wie immer. Das Schlechte geht. Das Gute bleibt. So ist es hier, Gott sei's gedankt, schon immer gewesen.«

Unter dem Lych Gate blieben sie stehen. Chubb warf abermals einen Blick auf seine Armbanduhr. In die niedrig stehende Sonne blinzelnd, meinte er dann: »Ich bekomme langsam Durst. Hätten Sie was dagegen, wenn wir uns drüben im *Anchor* weiter unterhielten?«

18

16 Uhr 55.
Beinahe Feierabend.
Mollie schob die Schublade der Kasse gewohnheitsmäßig mit dem Bauch zu und reichte der Kundin die Papiertüte mit den Postkarten. Es gab drei verschiedene Größen von Tüten; für jeden Bedarf eine Sorte. Postkarten kamen in die kleinste aus hauchdünnem Papier; für Becher, Teller, Schürzen und einzelne, großformatige Bücher wurde die mittlere aus Plastik benutzt, und nur wenn jemand Unmengen von Büchern, eine Spieluhr aus Silber oder ein Schachbrett und mindestens zwei der teuren Stofftiere gekauft hatte, bekam er die größte der Taschen. Und Mr. Riddle wachte mit Argusaugen darüber, dass diese Regelung auch strikt eingehalten wurde.

Jonathan Kettridge hatte für seinen Einkauf zwei der größten Plastiktaschen bekommen – mit jeder Hand hielt er eine fest, während er geduldig die Fragen eines jungen deutschen Touristen beantwortete, der sich in gebrochenem Englisch nach den berühmten Stofftieren erkundigte. Nein, nein, Eule und Kaninchen habe es nie wirklich gegeben, versicherte Kettridge. Sie seien lediglich Alex Milnes Fantasie entsprungen. Die Originalspielzeuge seien Pooh, Ferkel, Känga, I-Ah und Tigger gewesen, und die befänden sich in einem Museum in den USA, wie er dem jungen Mann erklärte; in der Donnell-Abteilung der *New York City Public Library*, um genau zu sein. Und, ja, es stimmte: Die Milnes hätten einen Esel namens Jessica besessen, und in Begleitung seiner Nanny Olive sei Christopher Robin manchmal auf ihm in den Ort geritten. Ja, auch in dieses Geschäft – es war eine Bäckerei damals. Nein, das sei ganz sicher, der Esel sei nicht das Vorbild für I-Ah gewesen. Keine Ursache. Nichts zu danken. Auf Wiedersehen.

Es herrschte Hochkonjunktur, was sicherlich nicht zuletzt an dem Mord lag. Besonders die deutschen Touristen schienen zu glauben, Verbrechen – selbst die echten – seien in Großbritannien nichts weiter als ein spannender Zeitvertreib zwischen Lunch und dem Fünf-Uhr-Tee.

Angesichts von Ronnie Cobblers gewaltsamem Tod sah Mollie verwundert und merklich irritiert dabei zu, wie Kettridge in aller Seelenruhe über den Verbleib von Christopher Robins Spielzeugen redete; diesmal mit einer jungen Ungarin, die nach eigenen Angaben ihre Dissertation über Pooh den Bären als eine in der Vorstellungswelt des Kindes konstante und in sich ruhende Kraft schrieb. Wie sie erzählte, hatte sie ursprünglich vorgehabt, ihre Arbeit über Paddington Bär zu schreiben, aber ihre Professorin sei der Auffassung gewesen, ein Bär, der wie ein Bahnhof hieß, sei dafür gänzlich ungeeignet – Bahnhöfe seien keine Konstante – da ginge es immer um Abschiede; ihnen fehle jede ruhende Kraft.

Kettridge versuchte, ihr zu entrinnen, aber es gelang ihm nicht.

»Was ist denn zuerst da gewesen?«, fragte sie. »Die Geschichten oder die Tiere?«

»Die Tiere waren zuerst da«, sagte Kettridge. »Doch selbst Christopher Milne konnte sich später kaum noch entsinnen, ob er die Geschichten zuerst mit seinen Tieren gespielt und sein Vater sie dann aufgeschrieben hatte, oder ob es sich umgekehrt verhielt, und er nur nachspielte, was sein Vater bereits zu Papier gebracht hatte.«

Sie sah enttäuscht aus. »Hat er das denn nicht alles selbst erlebt?«

»In erster Linie sind es Geschichten.«

Sie nickte.

»Was man allerdings sicher weiß, ist, dass Alex Milne zu jener Zeit die Spielzeuge für seinen Sohn auch nach literarischen Gesichtspunkten aussuchte. Nach seinen eigenen Bedürfnissen, gewissermaßen. Pooh war natürlich das erste. Dann kamen I-Ah und Ferkel. Aber Tigger wurde allein deswegen angeschafft, um den Geschichten neuen Pep zu geben.«

»Ich hörte, Christoper Robin habe eine Freundin gehabt, die auch ein paar Tiere hatte.«

»O ja«, sagte Kettridge. »Ich bin sicher, Sie meinen Anne Darlington. Ihr gehörten zum Beispiel Känga und Roo.« Er grummelte missbilligend. »Sie hat sie verkauft, wissen Sie? Ist noch gar nicht so lange her. An irgendein Teddybär-Museum.«

»Ich bin so dankbar, dass ich Sie getroffen habe«, sagte sie.

»Wie heißen Sie denn?«

»Olga«, sagte sie. »Olga Andreju.«

Kettridge reichte ihr seine Karte. »Also, Olga, wenn Sie noch irgendwelche Fragen haben, rufen Sie mich an, okay?«

»Okay.«

Mollie versuchte, sich auf ihre Aufgaben zu konzentrieren – aufs Kassieren, Eintüten, Beraten, aber es fiel ihr von Minute zu Minute schwerer. Eine Kundin hielt ihr eine Tüte *Bull's Eyes* und drei Postkarten hin. Sie tat alles zusammen in die mittelgroße Tüte und wünschte ihr einen schönen Tag.

Zur gleichen Zeit stand Mr. Riddle in der Disney-Abteilung einem der Reporter, einem Mann mit schulterlangen lockigen Haaren und einer ganz abscheulichen gepunkteten Fliege, Rede und Antwort.

»Ronnie war erst sieben gewesen, ganz recht. Es war, als habe sich der Waldboden unter seinen neuen Nike-Turnschuhen einfach aufgetan und ihn verschluckt, um ihn dann als Leiche in den Fluss zu spucken.« Eine ungewöhnliche Formulierung, Mr. Riddle. *»Ja. Ja, so kann man es aber wohl ausdrücken. Nein, es gab keinerlei Anhaltspunkte – abgesehen von dem Brief natürlich, den dieser befreundete Farmer den Eltern*

hinterlassen hat.« Wie war noch der Name – Greggs? »*Greggs. Richtig. Kenneth Greggs, mit doppeltem ›G‹. Ronnie war bereits früh am Morgen aus dem Haus gegangen, wie jeden Morgen während der letzten zehn Tage. Immerhin waren Schulferien. Ronnie war immer ein zuverlässiger Junge gewesen – schon von klein auf – das sagt Ihnen hier jeder.«*

Nun war er tot. Ermordet.

»Fürchterlich, nicht wahr?«, sagte Riddle. Er machte ein betroffenes Gesicht. »Vierfünfzig, Sir«, sagte er, als er den älteren Herrn bemerkte, der wiederholt einen mit einer Shepard-Szene bedruckten Teebecher in den Händen drehte, weil er vergebens nach einem Preisetikett suchte. »Fünfzehn, wenn Sie alle vier nehmen – es ist eine Serie. Ein sehr schönes Geschenk. Vor allem für die Enkel.« Und er zwinkerte lächelnd.

Mollie sah, dass Riddle sich wieder dem Reporter zugewandt hatte. Doch da sie gerade bedienen musste, konnte sie nicht hören, was er sagte. Riddle stieß ihn an und deutete auf Mr. Kettridge, der sein Gespräch mit der jungen Frau beendet zu haben schien und, seine Tüten unter die Arme geklemmt, zielstrebig auf den Ausgang zusteuerte. Der Reporter bedankte sich mit einem kurzen Kopfnicken bei Riddle und ging zu Kettridge hinüber.

»Sir?«

»Ja?« Kettridge blieb stehen und stellte seine Tüten hin.

»Ich bitte vielmals um Verzeihung. Mein Name ist Olsen. Dürfte ich wohl kurz mit Ihnen sprechen?«

»Sicher. Worum geht es?«

»Sie sind doch der Fremdenführer, nicht wahr?«

»Ganz recht«, sagte Kettridge, »Aber wenn es um die Führungen geht, tut es mir leid – es finden vorübergehend keine mehr statt. In ein, zwei Wochen möglicherweise wieder.«

»Oh, ich fürchte, Sie missverstehen mich. Ich komme vom *Brighton Argus*«, erklärte Olsen. »Es geht um den Jungen, der heute Morgen im Fluss gefunden wurde. Sie waren doch dabei.«

»Hören Sie, Mr. Olsen, ich ... Ich kann das nicht. Suchen Sie sich jemand anders.«

»Ich verstehe durchaus, dass Sie das mitgenommen haben muss, Sir«, versicherte Olsen, als Kettridge bereits die Hand auf den Türknauf legte. »So warten Sie doch mal. Sie werden doch sicherlich auch hin und wieder Zeitung lesen? Und es sind auch nur ein paar Fragen – wirklich.«

»Nein. Das ist mir alles noch zu frisch.«

»Eine ganz kurze Schilderung für unsere Leser, Sir. Ich wäre Ihnen außerordentlich dankbar, wenn Sie ...«

»Herrgott noch mal – nein!«, entrüstete sich Kettridge. Er sah Olsen, der fast einen Kopf kleiner war als er, geringschätzig von oben herab an. »Nichts dergleichen werde ich tun, *Mister* Olsen. Können Sie sich nicht vorstellen, wie entsetzlich das alles für uns ist? Und nun hören Sie bitte auf, mich zu belästigen.« Damit war er schon draußen auf dem Gehsteig.

Das Glöckchen schepperte. Und – *rums* – fiel die Tür hinter ihm zu.

Olsen straffte sich und zupfte mit beiden Händen an seiner Fliege herum. Mit erhobenem Kinn blickte er auf die geschlossene Ladentür, deren dünne Scheibe noch immer vibrierte. »Verbindlichsten Dank, Sir«, murmelte er.

19

Als Sergeant Cloud und Reverend Paul Chubb den *Anchor* betraten, war Chief Inspector Dorothy Marley schon dort. Zusammen mit ihrem Bruder und Claire Holloway saß sie rechts vom Kamin an jenem Tisch am Fenster, der für Robert Marley mittlerweile zum Stammplatz geworden war.

»Hallo!« Sie hob die Hand und winkte Cloud, der an der Tür der Schankstube stand und sich, offenbar auf der Suche nach ihr, nach rechts und links umsah. Als er sie schließlich bemerkte, winkte er zurück und kam gemeinsam mit Reverend Chubb zu ihnen herüber.

»Wo kommen Sie denn her, Ralphie?« Dorothy hatte eine Cola vor sich stehen, ihr Bruder ein Pint *Boddingtons*.

»Ich habe getan, was Sie verlangt haben, und mir die Gemeinde ein wenig angesehen«, meinte Cloud, stellte ihr nach der allgemeinen Begrüßung den Reverend vor und erzählte ihr in wenigen Worten, was der ihm über den vermeintlichen Diebstahl wertvoller Sammlerstücke aus Owen Meats Plattenladen gesagt hatte.

»Er hat's selber getan«, schloss der Sergeant begeistert und nickte mit Nachdruck. »Ich hab's ja von Anfang an gewusst. Der Kerl war einfach nicht koscher.«

»Bitte setzen Sie sich doch, Mr. Chubb«, sagte Dorothy und wies auf den einzigen noch verbliebenen Platz an ihrem Tisch. »Sie scheinen mir ja ein richtiger Detektiv zu sein. Fast wie Chestertons Pater Brown, hm?«

»Na, na.« Der Reverend winkte ab. »Aber ich sage immer: Man muss das Böse kennen, um das Gute predigen zu können.«

»Was möchten Sie trinken, Reverend?«, fragte Cloud, der sich einen Hocker heranzog und sich an die Stirnseite des Tisches setzte. »Ich würde Ihnen gern einen ausgeben, Sir. Immerhin haben Sie meinen Fall gelöst. Das bin ich Ihnen einfach schuldig.«

»Danke, gern. Da sage ich nicht nein«, meinte Chubb. »Ich nehme dann ein Glas *Strongbow*, wenn's recht ist.« Und an Nora gewandt: »Sagen Sie, war Sir Arthur schon hier?«

»Der ist schon wieder weg«, sagte sie. »Wieso, waren Sie verabredet?«

»Nein, nein. Ist nicht so wichtig.« Ein dünnes Lächeln huschte für eine Sekunde über sein Gesicht. »Es geht um das Darts-Turnier letzten Monat. Er hat mir einen Scheck für die Gemeindekasse versprochen. Aber Sie wissen ja, wie er ist.«

Nora wusste es ganz offensichtlich, denn sie brach in gackerndes Gelächter aus. Sie hatte den Cider bereits eingeschenkt, und Cloud war, kaum dass er sich auf den Weg zur Theke gemacht hatte, auch schon wieder damit zurück. »Sind Sie schon lange hier, Chief?«, fragte er, als er dem Reverend den Cider hinstellte.

»Eine Dreiviertelstunde vielleicht. Immerhin lange genug, um Sir Arthur noch getroffen zu haben«, meinte Dorothy. »Lustiger Bursche. Er hat mich sogar zum Essen zu sich nach Hause eingeladen.«

»Tatsächlich?« Cloud witterte gleich wieder Konkurrenz. »Wie alt ist er denn?«

»Nun, drei, vier Jahre älter als Sie wird er schon sein, Sergeant«, meinte Marley grinsend, der Clouds Schwäche für Dotty kannte und Sir Arthur um gut dreißig Jahre jünger gemacht hatte. »Adelstitel, graue Schläfen und reich – echt stinkreich.«

»Man kann über ihn sagen, was man will«, meinte Chubb augenzwinkernd und trank genüsslich von seinem Cider, »aber kochen kann er ziemlich gut, der alte Knabe. Sie sollten wirklich mal hingehen.«

Dorothy nickte. »Vielleicht mache ich das sogar.«

Claire, die bislang schweigsam am Tisch gesessen hatte, erhob sich plötzlich, bat um Entschuldigung, da sie dringend mal telefonieren müsse, und eilte ohne ein weiteres Wort davon. Marley sah ihr kopfschüttelnd nach.

Sie saßen noch eine Weile zusammen und unterhielten sich über Sir Arthurs Eigenheiten. Als dann aber Jonathan Kettridge auftauchte, entschuldigte sich auch der Reverend. Er bedankte sich für den Cider, wünschte ihnen noch einen schönen Abend und ließ sich mit dem Fremdenführer am Tisch gegenüber nieder. Marley orderte ein weiteres *Boddingtons* und eine Tüte gesalzene Erdnüsse.

»Hatten Sie Gelegenheit, mit Mrs. Cobbler zu sprechen?«, fragte Dorothy, die ganz augenscheinlich nur darauf gewartet hatte, dass alle anderen verschwanden, um endlich über die Tagesergebnisse sprechen zu können.

»Ich muss sagen, sie wirkte nach außen hin eigentlich sehr gefasst.« Cloud nahm sich ungefragt eine Handvoll Erdnüsse und warf sie sich, während er sprach, nach und nach in den Mund. »Allerdings sah man ihr an, dass sie ganz schön zu kämpfen hatte. Sie hat lediglich die Aussagen ihres Mannes bestätigt. Was Neues ist nicht dabei herausgekommen.« Cloud rückte auf die Kante seines Hockers vor, verschränkte die Arme auf der Tischplatte und sagte mit gesenkter Stimme: »Der Sohn allerdings – dieser Reggie –« Er verdrehte die Augen zur Decke und schüttelte den Kopf. »Das ist einer, kann ich Ihnen sagen. Kaum zwölf und sieht schon aus wie ein Verbrecher.«

»Hören Sie schon auf, Cloud.«

»Nein, wirklich. Das ist die absolute Rotznase, Chief. Kein vernünftiges Wort ist aus dem Lümmel rauszubekommen. Hat die ganze Zeit über so getan, als würde ich ihn mit meinen Fragen langweilen.«

Marley drehte die leere Erdnussschachtel um. »Haben Sie vielleicht auch«, sagte er.

»Sehr witzig, Mr. Marley.« Und zu Dorothy: »Hätte nur noch gefehlt, dass er mir beim Weggehen den Stinkefinger zeigt.«

»Ist höchstwahrscheinlich seine Art, mit dem Tod seines Bruders umzugehen«, mutmaßte Dorothy. »Sehen Sie sich den Vater an. Er hat sich die Hand gebrochen, als er es erfuhr.«

»Und was sagt Millner?«, wechselte der Sergeant das Thema.

»Ronnie wurde nicht im Fluss ertränkt«, sagte Dorothy. »Die Obduktion hat ergeben, dass er woanders getötet wurde.«

»Erdrosselt?«, fragte ihr Bruder, der sich bislang aus der Unterhaltung herausgehalten hatte.

»Nein, nein. Er ist ertrunken«, sagte sie, »nur eben nicht im Fluss. Scheint so zu sein, als ob er irgendwo anders ertränkt und dann in den Fluss geworfen wurde. In seiner Lunge wurde gechlortes Leitungswasser gefunden.«

»Gechlortes Leitungswasser«, wiederholte Marley nachdenklich. »Habt ihr schon Gelegenheit gehabt, die möglichen Tatorte ein bisschen einzugrenzen?«

Dorothy schüttelte den Kopf. »Dazu sind es zu viele. Die Sache ist die: Der Mörder kann Ronnie überall hingelockt und getötet haben. Jedes Haus im Ort kommt in Frage. Er kann sogar mit ihm weggefahren sein, hat ihn irgendwo getötet, ist dann später wieder zurückgekommen und hat ihn in den Fluss geworfen.«

»Warum hätte er das tun sollen, Dotty?«, meinte Marley, dem das etwas abwegig vorkam. »Ein ziemlicher Aufwand, findest du nicht? In einem Roman würde es definitiv nicht funktionieren.«

»Vergiss es, Robert. Gott sei Dank sind wir hier nicht in einem deiner Romane. Du würdest dich wundern, was im wirklichen Leben noch so alles funktioniert. Glaub mir, sogar dich würde das noch erschrecken.« Dorothy merkte, dass sie ihm gegenüber wieder ungerecht wurde. Aber was Roberts schriftstellerische Arbeit anging, war sie das ja fast immer. Nicht, dass er keine guten Kriminalromane schrieb – ihrer Meinung nach machte er es sich nur viel zu einfach. Das Leben lief nicht nach den Regeln eines Buches ab: Einleitung – Höhepunkt – und Schluss.

Keiner der Beteiligten dachte an Plot, Spannungsbogen und Dramaturgie – niemand im Präsidium, und ganz sicher auch der Täter nicht. Und außerdem wollte es ihr einfach nicht in den Kopf, wie man überhaupt den Wunsch verspüren konnte, sich die abscheulichsten Morde auszudenken, wo ringsum doch weiß Gott jeden Tag Verbrechen genug geschahen.

»Tut mir leid, Dotty.« Marley nahm einen tiefen Schluck von seinem Bier. »Ich finde, es ergibt auch in der Wirklichkeit keinen Sinn.«

»Ach was? Und warum nicht?« Klang sie wirklich wie die zickige ältere Schwester, oder bildete sie sich das bloß ein? Sie räusperte sich und sagte: »Also schön, was denkst du?«

»Ich denke, dass der Mörder nur einen einzigen Grund dafür gehabt haben kann, den Jungen in gechlortem Wasser zu ertränken«, sagte er. »Er hatte kein anderes Wasser zur Verfügung. Ich kann mir keinen anderen Grund vorstellen. Es sei denn, er ist selbst Forensiker und rechnet mit den ganzen Untersuchungen, die ihr so durchführt.«

»Schreiben Sie das wirklich mit, Cloud?«, fragte Dorothy, die sah, wie ihr Sergeant unter dem Tisch seinen Notizblock aufschlug und den Bleistift hervorholte.

»Bitte entschuldigen Sie die Störung.« Es war Reverend Chubb. Er war aufgestanden und an ihren Tisch getreten. »Ich konnte nicht umhin, eben zufällig Ihre Unterhaltung über die Todesursache des kleinen Cobbler zu hören.«

»Und worum geht es?« Dorothy lächelte ihn an. »Wollen Sie etwa eine Aussage machen oder ein Geständnis ablegen?«

»O du liebe Güte, nein«, sagte Chubb und hob abwehrend die rechte Hand. »Nichts dergleichen, aber wissen Sie – was Sie da eben sagten, das erinnert mich doch sehr an den Tod von Brian Jones.«

»Brian Jones?«, fragte Dorothy. »Der von den Rolling Stones?«

»Genau. Ende der Sechzigerjahre hat er Cotchford Farm gekauft, wissen Sie? Und angeblich ist er damals im Sommer ’69 dort im Pool ertrunken«, erklärte Chubb. »Doch bei der Obduktion hat man dann festgestellt, dass er in Wirklichkeit Flusswasser in der Lunge hatte.«

»Ist das Ihr Ernst?« Diesmal sah Cloud vorsichtshalber Dorothy an, ehe er abermals seinen Block aufklappte und den Bleistift hervorzog.

Chubb nickte. »Es mag zunächst sicherlich etwas befremdlich klingen, weil ja so viele Jahre dazwischen liegen …«

»Was genau meinen Sie?«

»Dass ich es durchaus für denkbar halte, Chief Inspector Marley«, sagte Chubb und blickte bedeutungsvoll in die Runde, »dass zwischen beiden Todesfällen ein Zusammenhang besteht.«

20

Im Laufe des Abends hatte der Himmel die Farbe von heller Asche angenommen. Ein dünnes graues Wolkenband hing wie eine Rauchfahne am Firmament; durchbrochen nur von einigen roten Sprenkeln – wie ein schwaches, letztes Aufglimmen der Glut des Tages.

Marley und Cloud hatten eben ihre Bestellung für Noras Spezialität Lamm-Burger mit Minzsoße aufgegeben, während Dorothy und Claire nach wie vor die Speisekarte studierten, als mit einem Mal die Tür aufgerissen wurde und Mollie Phillips in den Schankraum stürmte.

Sie war völlig aus der Puste. Wahrscheinlich war sie die ganze Strecke vom *Pooh Corner Shop* herauf zum Pub gelaufen. Mit weit aufgerissenen Augen blickte sie von rechts nach links und japste: »Sie haben ihn gefunden!«

Totenstille.

Nora war die erste, die das Schweigen durchbrach. Sie warf das Geschirrhandtuch, das sie über dem Arm getragen hatte, auf die Theke und fragte: »Verdammt noch mal, Moll. Was ist los? Wen haben sie gefunden?«

»Den Wagen! Kenneth Greggs' Wagen!« Mollie fuhr sich mit beiden Händen durch ihr feuerrotes Haar, dessen Locken ihr weißes Gesicht einrahmten wie züngelnde Flammen. »Sie haben ihn oben auf einem der Rastplätze an der Straße nach Maresfield entdeckt. Er hat da ganz versteckt gestanden; hinter einigen Büschen und Sträuchern, sodass man ihn von der Straße aus nicht sehen konnte.«

Wie sich herausstellte, war nicht etwa die Polizei auf den alten Rover gestoßen, sondern ein Forstarbeiter namens Spillard. Er hatte auf dem Rastplatz Halt gemacht und sich zum Pinkeln in ein Gebüsch geschlagen, wo er dann das Fahrzeug in seinem Versteck zwischen den Sträuchern entdeckt hatte. Der Wagen war mit losem Laub und Ästen abgedeckt, um ihn vor den Blicken Vorbeifahrender zu verbergen. Mr. Spillard, dem das verdächtig vorgekommen war, hatte unverzüglich die Polizeistelle in Crowborough angerufen. Die wiederum hatten den Wagen Hartfield zugeordnet und den örtlichen Constable verständigt. Warum er nicht selbst gekommen war, um Dorothy und Cloud vom Auffinden des Wagens in Kenntnis zu setzen, blieb ebenso ein Rätsel wie die Frage, weshalb trotz der ausgerufenen Fahndung niemand auf den Gedanken gekommen war, die Brighton Police zu benachrichtigen.

Der Rastplatz war allerhöchstens fünf Autominuten von Hartfield entfernt und lag noch vor der Weggabelung nach Fairwarp und Nutley. Dorothy und Cloud fuhren hin, konnten indes nicht mehr tun, als gemeinsam mit den Beamten vor

Ort auf die mittlerweile verständigten Kriminaltechniker aus Brighton zu warten.

Erst gegen Mitternacht waren sie zurück im Präsidium. Und erst eine weitere Stunde später setzte Dorothy Ralph Cloud vor seiner Wohnung ab und fuhr selbst nach Hause. Während der Fahrt nach Brighton hatten sie die meiste Zeit damit verbracht, über Brian Jones zu sprechen. Oder besser, der Sergeant hatte geredet, und sie hatte zugehört. Denn im Gegensatz zu Cloud, der von Chubbs Theorie ganz begeistert zu sein schien, hielt Dorothy nicht allzu viel davon.

Ronnie Cobbler und Brian Jones. *Was für ein Schwachsinn …*

Sie war todmüde und unsagbar froh, als Cloud endlich ausstieg und das Gequassel ein Ende hatte.

Geh schlafen, Dotty. Geh schlafen.

Und genau das tat sie.

Morgen war schließlich auch noch ein Tag.

21

Die Ratte war mehrmals zurückgekehrt. Doch nur bei Nacht, wenn es bis auf die Stimme des Windes, die oben in den Baumwipfeln flüsterte, ganz still war, und auch die Fliegen schliefen. Die schwarze brummende Masse, die ihr Mahl bei Tage umsurrte, vermied sie.

Sie wusste nichts von dummen Bären und weisen Eulen, nichts vom Geschmack des Honigs. Alles, was sie kannte, war der herrliche Geruch des Blutes, das sich nun schon lange in seine festen und flüssigen Bestandteile getrennt hatte und geronnen war. Aus Rot war Braun, aus Braun war Grau geworden.

Ihre kleinen Krallen stachen winzige Löcher in das Hemd

und die darunter liegende Haut, als sie dem Toten auf die Brust kletterte und sich mit ihren messerscharfen Zähnen in den bereits fadenscheinigen Baumwollstoff verbiss. Mit kurzen, ruckartigen Bewegungen ihres Kopfes riss sie ein Stück des Hemdes auf. Bereits der erste Bissen ließ die weiche, gespannte Haut wie ein mächtiges Eitergeschwür aufplatzen, und eine übelriechende Flüssigkeit spritzte hervor.

Die Ratte wusste nichts von dummen Bären und ihrem Honig. Sie fiepte beglückt, als sie fraß und schluckte und fraß und schluckte.

22

Als Robert Marley erwachte, war es noch dunkel, und er hatte Kopfschmerzen, entsetzliche Kopfschmerzen, die nichts mit dem vielen Bier zu tun hatten, das er am Abend zuvor getrunken hatte. Und er hatte einen schrecklichen Durst.

Der Mond stand als kreisrunde Scheibe aus weißem Eis am klaren Nachthimmel, doch er konnte ihn von seinem Fenster aus nicht richtig sehen.

Marley schlug die Bettdecke beiseite und rieb sich den Schlaf aus den Augen. Die Uhr auf seinem Nachttisch beharrte darauf, dass es erst halb drei in der Nacht war, aber Marley fühlte sich so wach, als habe er bereits stundenlang geschlafen.

Er hatte einen schlimmen Traum geträumt, das wusste er noch. Einen Traum, der mit dem Jungen im Fluss zu tun gehabt hatte. *Die kleine Hand winkt, während sie langsam auseinanderfällt. Die Nägel werden schwarz, lösen sich ab und fallen aus …* Doch so sehr er sich auch anstrengte – die Bilder, die noch kurz vor dem Erwachen so klar und bunt vor seinen Augen getanzt hatten, ließen sich nicht wiedererwecken. Stattdessen sah er einen hüpfenden Clown vor seinem geistigen

Auge. Einen Clown mit grinsendem Gesicht und einem riesigen Fleischermesser hinter dem Rücken.

Marley war sich bewusst, dass er mit der Wirklichkeit nicht das Geringste zu tun hatte. Und der Clown verschwand, als Marley die Augen schloss und den Kopf schüttelte. Er löste sich einfach auf, wie ein Gebilde aus Eis, oder wie eine Nebelbank in den ersten Sonnenstrahlen eines Sommermorgens. Als der Clown fort war, sah Marley sich in seinem Zimmer um.

Alles war noch so, wie es vorher gewesen war, und doch hatte er das Gefühl, etwas hätte sich verändert. Er wusste nicht zu sagen, was genau es war – doch irgendetwas war anders.

Es dauerte eine ganze Zeit, bis er es herausfand. Es war der Wecker auf seinem Nachttisch. Irgendetwas störte ihn daran.

Marley richtete sich halbwegs auf, stützte sich auf seinen linken Ellenbogen, während er zum Wecker hinsah.

Das Zifferblatt blinkte. Es sah aus, als würde es pulsieren.

Das ist merkwürdig, dachte er. *Das ist komisch.*

Er blinzelte einige Male und bemerkte dann das Kabel, das vom Wecker zur Steckdose führte. Er konnte sich noch sehr genau daran erinnern, wie er den Wecker vor dem Mittagsschlaf aufgezogen hatte. Seinen guten alten Wecker – einen mechanischen Wecker.

Der Clown mit dem Messer trat im selben Augenblick in sein Gesichtsfeld, als er realisierte, dass es eine nicht erklärbare Diskrepanz zwischen dem Wecker gab, den er vor dem Zubettgehen aufgezogen hatte, und jenem, den nun ein Kabel mit der Steckdose verband.

Er zwang sich aufzustehen, schwang die Beine aus dem Bett, und spürte, wie kalt die alten Dielenbretter unter seinen nackten Füßen waren. Er sah, dass die Tür zum Bad geschlossen war; die Verbindungstür zu Claires Zimmer stand jedoch einen Spalt breit offen.

Sie sei stets abgesperrt, hatte Nora gesagt. Und niemand wisse, ob es noch einen Schlüssel dafür gab.

Marley schnappte sich seinen blauen Bademantel vom Fuß des Bettes, schlüpfte hinein und ging langsam auf die Tür zu. Er hatte sich nicht getäuscht; sie war nur angelehnt. Sie knarrte ganz leise, als er sie öffnete – es klang beinahe wie ein lustvoller Seufzer.

In Claires Zimmer war es etwas heller; der Mond schien in ihr Fenster und tauchte das leere Bett darunter in silbriges Licht. Die Tagesdecke lag glatt und unberührt auf dem Bettzeug.

Claire selbst war nirgends zu sehen.

Dann bemerkte Marley die Wanne in der Mitte des Zimmers. Es war eine Zinkwanne, alt und verbeult und zu drei Vierteln mit Wasser gefüllt. Das weiße Mondlicht schimmerte auf der leicht hin- und herschwappenden Wasseroberfläche wie geschmolzenes Blei.

Marley starrte die Wanne verwirrt und stirnrunzelnd an. Sie stand auf einem dunklen Läufer, der ganz und gar durchnässt zu sein schien. Ringsum versickerte das Wasser in den Bohlen.

Plötzliche Geräusche, die draußen vom Gang zu ihm hereindrangen, rissen ihn aus seiner Verwirrung. Er fuhr herum und wandte sich der Zimmertür zu.

Klack. Schttt. Klack.

Welcher Art diese Geräusche auch sein mochten, sie schienen aus dem Flur zu kommen, oder von der Treppe, die hinunter ins Pub führte.

Klack. Schttt. Klack. Schttt.

Er trat ganz nahe an die Tür heran und horchte. Jemand kam die Treppe hoch. Er konnte das Knarren der altersschwachen Treppenstufen hören. Wahrscheinlich war es Claire. Was ihn allerdings irritierte, war das Geräusch der Schritte – sie klangen, als käme jemand mit einem Holzbein oder auf Krücken die Treppe herauf.

Selbst wenn es Claire war, hatte er hier nichts zu suchen. Er wich rasch zur Verbindungstür zurück, doch zu seinem Schrecken war sie verschlossen. Der Knauf ließ sich drehen, aber sie musste zugefallen sein und schien sich verklemmt zu haben.

Marley durchquerte abermals den Raum, öffnete die Zimmertür ein wenig und spähte vorsichtig in den trüb beleuchteten Flur hinaus. Es war niemand dort. Nur eine einzige Wandlampe brannte schwach am Ende des Ganges, dort, wo die Treppe begann.

Die Geräusche waren verstummt.

Marley entschied, dass es besser war, so schnell wie möglich wieder in sein eigenes Zimmer zurückzukehren. Doch als er auf den Flur hinaustrat, stellten sich ihm plötzlich zwei Männer in Trenchcoats in den Weg und schoben ihn in Claires Zimmer zurück. Er wusste nicht, woher sie gekommen waren. Von der Treppe jedenfalls nicht, denn die hatte er die ganze Zeit über im Auge gehabt.

Die Männer trugen breitkrempige Filzhüte, ihre Gesichter waren schwarze Schatten.

»Wer sind Sie?« Noch während Marley die Frage stellte, bemerkte er, wie seltsam und fremdartig ihm seine eigene Stimme vorkam, und wie schläfrig er war. *»Was wollen Sie hier?«*

»Wir sind von der Wasserschutz-Polizei«, sagte einer der beiden.

»Komm, Ronnie, zeig ihm deinen Ausweis«, sagte der zweite Mann mit Claires Stimme. Es war Claire. Sie warf den Hut in die Zimmerecke und ließ fast gleichzeitig den Trenchcoat von ihren Schultern zu Boden gleiten. Es sah aus, als würde sie ein Negligé abstreifen. Dann schlug sie den Mantel des anderen beiseite. Zwei hölzerne Stelzen kamen darunter zum Vorschein, ehe sie krachend nach rechts und links fielen und der Junge neben der Wanne auf die Knie stürzte. Er trug noch

immer den Hut, aber darunter war jetzt das verängstigte Gesicht eines Kindes zu sehen – Ronnie Cobblers Gesicht.

Hinter Marley klapperte die Verbindungstür. Die alte Zinkwanne vor ihm war nach wie vor mit Wasser und Mondlicht gefüllt.

»Die Wasserschutz-Polizei«, sagte Claire. *»So ist es fein, Ronnie. Zeig ihm deinen Ausweis.«*

Der Junge wurde neben ihr immer kleiner, sein Gesichtsausdruck immer weinerlicher. Und als er klein genug geworden war, packte Claire das strampelnde und sich wehrende Kind im Nacken und ertränkte es in der Wanne. Sie ließ ihn los, als er nicht mehr zuckte. Der Hut trieb auf dem Wasser davon zum Rand der Wanne.

»Er hat auf uns *getrunken, Robert.«* Claire lächelte Marley an, als sie die Arme nach ihm ausstreckte und mit ihren tropfnassen, kalten Händen seine Wangen berührte. *»Auf uns«*, flüsterte sie. *»Und einen auf den Tod.«*

Marley erwachte von seinem eigenen heiseren Schrei.

Draußen war es taghell.

Als er die Augen aufschlug, trug er noch immer Jeans und Hemd. Sein blauer Bademantel hing unberührt am Fußende des Bettes.

Er warf einen Blick auf den Wecker. Es war kurz nach acht am Morgen. Und das Kabel war verschwunden.

Marley stand auf. Er ging zum Fenster und schob es hoch, um frische Luft einzulassen, ehe er sich duschte und frische Kleider anzog. Anschließend steckte er sich eine Zigarette an. Er rauchte sie auf der Bettkante sitzend, während er sich die Schuhe zuschnürte.

Es war Zeit, wieder unter Menschen zu gehen.

Unten in der Schankstube war die Luft von den köstlichsten Düften erfüllt; es roch nach Kaffee, gebackenen Bohnen und gebratenem Speck mit Pilzen, und er stellte fast überrascht fest, wie groß sein Hunger war. Nora hantiert in der Küche herum. Er konnte sie ein Lied summen und mit dem Geschirr klappern hören. Urplötzlich kam sie dann aus der Küche hervorgeschossen wie ein Wirbelwind – das Tablett mit seinem Frühstück vor sich hertragend.

»Guten Morgen«, sagte sie freundlich. Sie stellte das Tablett auf seinen Tisch und deckte für ihn ein. »Ich hoffe, Sie haben Hunger, Mr. Marley.«

»Guten Morgen, Nora. Den habe ich tatsächlich«, sagte er, während er zusah, wie sie ihm den mit zwei Würstchen, mehreren kross gebratenen Speckscheiben, Spiegelei und einer ordentlichen Portion Champignons gefüllten Teller hinstellte. Dazu gab es Toast. »Hmm, das sieht aber köstlich aus.«

Sie schwebte noch einmal davon und kam mit einen Glas Orangensaft, seinem Kaffee und einem separaten Schälchen Bohnen zurück. Dann wünschte sie ihm »Guten Appetit«, und schon war sie wieder weg.

Claire kam mit einem Buch in der Hand aus dem Flur, der zum Billard-Zimmer führte, ins Speisezimmer. »Guten Morgen, Robert«, sagte sie und strahlte dabei über das ganze Gesicht.

»Guten Morgen, Claire. Wollen Sie sich nicht setzen?« Marley bemerkte, dass es sich bei dem Buch in ihrer Hand um jenes handelte, in dem er selbst auch schon gelesen hatte: *Wenn Frauen töten*.

Claire, die einen dünnen Wickelrock mit Blumenmuster und ein hellblaues T-Shirt trug, nahm ihm gegenüber Platz und sah ihm dabei zu, wie er die Würstchen an den Tellerrand schob und das Spiegelei auf eine der Toastscheiben legte.

»Haben Sie schon gefrühstückt?«, fragte er.

»Ja, aber wenn Sie die nicht mögen«, sagte sie und deutete mit dem Buch auf die Würstchen, »nehme ich sie Ihnen gerne ab.«

»Oh, tut mir leid«, nuschelte Marley mit vollem Mund. Er schluckte herunter und meinte lächelnd: »Die heb' ich mir immer bis zum Schluss auf. Aber wenn Sie Nora fragen, macht sie Ihnen bestimmt noch welche.«

»Davon bin ich überzeugt«, sagte Claire. »Nein, nein – eigentlich bin ich ja satt.« Sie schwiegen eine Weile. Dann fragte sie: »Haben Sie nachher Lust auf einen Spaziergang?«

Überrascht ließ er die Gabel mit den Bohnen sinken. »Ja, müssen Sie denn nicht gleich wieder weg?«

»Nein, heute nicht. Erst morgen wieder. Heute habe ich Ausgang.« Sie hob die Augenbrauen und schenkte ihm ein kleines, schiefes Lächeln. »Also, was sagen Sie?«

»Ja, klar«, sagte er. »Schon ein bestimmtes Ziel vor Augen?«

»Einfach ein bisschen herumbummeln, dachte ich. Zuerst mal zum *Pooh Corner Shop* und dann in den Wald. Ich wollte schon immer mal den Nord-Pol sehen, und diesen riesenhaften Baum, in dem die weise alte Eule gehaust hat.« Wieder lächelte sie, gedankenverloren diesmal. »Ziemlich einsam und abgelegen, aber es soll da sehr schön sein. Und einen Bach und einige Tümpel, oder so was, gibt es auch.«

Nach dem Frühstück sprach Marley an der Theke noch rasch mit Nora. Mit gesenkter Stimme bat er sie, seiner Schwester – sollte sie oder ihr Sergeant auftauchen, ehe Miss Holloway und er wieder zurück seien – zu sagen, mit wem er in den Wald aufgebrochen sei.

Claire stand in der offenen Tür und winkte ihn zu sich. Warum nur fühlte er sich in diesem Augenblick an eine Gottesanbeterin erinnert?

23

Im *Pooh Corner Shop* war es so heiß wie eh und je.

Mollie stand hinter dem Verkaufstresen, in der rechten Hand einen dieser kleinen roten Ventilatoren, die sie hier für ein paar Pfund verkauften, und ließ sich halbwegs kühle Luft um die Ohren blasen.

Marley, der Claire in der Porzellanabteilung allein gelassen hatte, war drauf und dran, einen zu nehmen. Die Dinger schienen praktisch zu sein; billig und so klein, dass sie in jede Tasche passten. Darüber hinaus konnte man – wie der Aufsteller, der dafür warb, besonders hervorhob – bis zu sechs verschiedene Texte programmieren, die dann blinkend oder im Kreis rotierend auf dem Propeller sichtbar wurden. Und das alles nur mit Hilfe dreier winziger Leuchtdioden, die auf einem der beiden Propellerflügel saßen. Ein Wunderwerk der Technik. Marley zweifelte nicht eine Sekunde daran, dass der Ventilator gerade bei den asiatischen Touristen reißenden Absatz fand.

»Möchten Sie einen?« Mollie hatte sein Interesse bemerkt und hielt ihm ihren Ventilator hin. I LOVE ME DARLING WINNIE THE POOH war in blinkender roter Leuchtschrift darauf zu lesen. Die Buchstaben verschwanden einer nach dem anderen, und nach einer Weile tauchte ein neuer Satz auf. Und der lautete: I DON'T GIVE HIM HUNNY – I'LL KILL HIM WITH GLUE.

Er musste grinsen. »Lassen Sie das bloß Ihren Chef nicht sehen.«

»Ach was, ich glaube, der würde auch drüber lachen.«

Darauf hätte Marley keinen Eid geschworen. Er hatte Mr. Riddle, den Inhaber, schon oft genug durch den Laden geistern sehen, und für einen Mann, dessen Leben daraus bestand, sich von morgens bis abends mit lustigen Kinderspielzeugen zu umgeben, sah er erschreckend wenig nach jemandem aus, der sonderlich viel Zeit mit Lachen verbrachte. Gut, er wirkte jovial, sprach scheinbar gut gelaunt mit der Kundschaft und gab lustige Anekdoten über sein Zusammentreffen mit all den Prominenten zum Besten, die sein Geschäft schon besucht hatten, aber aufrichtige Freundlichkeit war das nicht. Wenn er sich unbeobachtet fühlte, zischte er wie ein böser Drache die Kinder an, die unerlaubt Stofftiere aus den Regalen nahmen. *(»Stell das sofort zurück, du kleines Biest!«)* Und wenn die dazugehörigen Eltern oder ein anderer Erwachsener auftauchten, erschien – *pling* – ein freundliches Kassierer-Lächeln in seinem Gesicht, und dem *kleinen Biest* wurde scheinbar liebevoll das Haar getätschelt.

Mollie wiederholte ihre Frage, und Marley verneinte. »Eigentlich hatte ich vor, mir Christopher Milnes Autobiographie zu kaufen. Können Sie mir sagen, wo ich die finde?«

»Oh, das tut mir furchtbar leid«, sagte Mollie. »Mr. Kettridge war gestern hier und hat sie alle gekauft.«

Marley glaubte, seinen Ohren nicht zu trauen. »Alle?«, fragte er ungläubig. »Wie viele hatten Sie denn auf Lager?«

»So zwanzig Stück in etwa«, sagte sie.

»Was, zum Geier, will er denn damit?« Marley war immer noch fassungslos.

»Ich glaube, er signiert die Bücher, oder so, und verkauft sie dann an die Leute, die an seinen Führungen teilnehmen.« Sie zog etwas hilflos die Schultern hoch. »Tut mir echt leid.«

Deswegen hatte Kettridge ihn also davon abgehalten, ein Exemplar zu kaufen. Höchstwahrscheinlich wollte er sichergehen, dass Marley es bei ihm erwerben musste, wo er ihm dann vermutlich das Doppelte dafür abknöpfen würde.

Um ganz sicherzugehen, fragte Marley: »Die Shepard-Biographie haben Sie nicht zufällig, was?«

»O nein«, entgegnete Mollie mit einem traurigen Kopfschütteln. »Wenn Sie Glück haben, kriegen Sie die in Hayon-Wye oder in einem guten Londoner Antiquariat. Das Buch ist lange vergriffen. Und wenn Sie mal eine Ausgabe finden, zahlen Sie gleich ein Vermögen dafür.«

Das hatte er sich fast gedacht. »Macht er das immer so?«

Sie blies die Wangen auf. »Ehrlich gesagt, habe ich mich auch ein bisschen gewundert. Weil – sonst nimmt er nämlich immer einen Schwung von den Urkunden hier.«

Die sogenannte Urkunde war eine gelbe Klappkarte in Postkartengröße. Das gleiche Emblem, das auch über der Ladentür hing, zierte das Titelbild: Christopher Robin und Winnie-the-Pooh, die sich für einen Spaziergang bereitmachten. Öffnete man sie, war auf der linken Seite ein romantisierter Lageplan der Gegend zu sehen, und auf der rechten Fotos von all den Verzauberten Orten, die es zu besuchen galt.

Mollie erklärte sie Marley mit wachsender Begeisterung: Die Sandgrube, in der Känga und Roo, das Babykänguru, lebten. Wahrscheinlich sogar derselbe Ort, wo Pooh nach dem Besuch im Hause seines Freundes Kaninchen tagelang im Vordereingang feststeckte, weil er zu viel Kondensmilch und Honig genascht hatte. Und über allem thronte Galleons Lap, jener Ort, an dem Christopher Robin und Pooh der Bär bis in alle Ewigkeiten spielen werden. »Nicht weit davon ist der Milne-und-Shepard-Gedenkstein. Na ja, und die Stöckchenbrücke eben. Aber die kennen Sie ja«, fügte sie traurig hinzu. Und hatte man all diese Orte besucht, so ließ man sich von Mollie das goldene Siegel von *Pooh Corner* an die dafür vorgesehene Stelle in die Urkunde einkleben.

»Na, dann nehme ich eben eine der Urkunden«, sagte Marley. »Nein, geben Sie mir gleich zwei, bitte.«

»Sie sind Robert Marley, der Kriminalschriftsteller, nicht wahr?«, fragte Mollie, während sie in aller Ruhe seinen Einkauf eintütete.

»Ja«, sagte Marley, »der bin ich wohl. Und Sie sind Mollie, stimmt's? Ich war im *Anchor* dabei, als Sie gestern reingestürmt kamen. Woher kennen Sie meinen Namen? Haben Sie mal was von mir gelesen?«

Sie lief rot an. »Nein, ehrlich gesagt«, gab sie zu. »Mr. Crossman hat mir von Ihnen erzählt.«

»Crossman?« Marley konnte mit dem Namen nicht das Geringste anfangen.

»Sie haben ihn wahrscheinlich überhaupt noch nicht bemerkt«, sagte Mollie. »Das geht den meisten so. Er sitzt jeden Tag im *Anchor*. Aber er redet nicht, wissen Sie? Nur mit mir redet er manchmal. Ich kaufe ihm seine Lebensmittel ein und mache ein bisschen für ihn sauber.«

»Doch, doch – ich glaube, ich weiß, von wem Sie sprechen«, sagte Marley. »Und er hat Ihnen erzählt, dass ich Schriftsteller bin?«

»Ja, dass Sie Krimis schreiben und so.« Sie gab den Betrag für die beiden Urkunden in die Kasse ein und sagte: »Das macht dann drei Pfund, bitte.«

Er gab ihr das Geld und nahm die Papiertüte und den Kassenbon entgegen.

»Sie könnten sich Christopher Milnes Buch auch übers Internet bestellen und es sich direkt zu Nora in den *Anchor* schicken lassen«, schlug Mollie vor. »Bei *Amazon* oder *AbeBooks* kriegen Sie es bestimmt gebraucht.«

»Großartige Idee. Das mache ich. Danke schön, Mollie«, sagte er. »Wir sehen uns. Bis dann.«

»Bis dann, Mr. Marley.« Und wieder überzog ein Hauch von Röte ihre Wangen.

Claire schien nach wie vor mit dem Porzellan beschäftigt zu sein, daher schlenderte Marley allein in den hinteren Bereich des Geschäftes hinunter, wo sich die Bücher und Stofftiere befanden. Er nahm einen besonders dicken, besonders strubbeligen Bären aus dem Regal gleich beim Durchgang. Er hatte keine sonderlich große Ähnlichkeit mit Pooh. Vermutlich ein anderer Hersteller, den Riddle nur deshalb ins Sortiment aufgenommen hatte, weil er im Einkauf besonders billig war – der Verkaufspreis unterschied sich natürlich trotzdem in nichts von den echten *Gund*-Produkten.

Marley betrachtete den Bären und versuchte, ihn mit den Augen eines Kindes zu sehen; was sich als weit schwieriger erwies, als er gedacht hätte. Einen wie diesen hatte er auch einmal besessen. Wo der jetzt wohl war? Vermutlich verstaubte er in irgendeiner Kiste auf dem Dachboden seines Elternhauses.

Komisch, dass sie einem später so unwichtig werden, dachte er bei sich, und dabei hatte er seinen Bären doch heiß und innig geliebt. Nahezu unzertrennlich waren sie gewesen.

Bei der Erinnerung daran musste er unwillkürlich lächeln. Jetzt fiel ihm alles wieder ein: Dickie hatte er geheißen, und Maggie seine Freundin. Oder war sie seine Frau gewesen? So sehr er auch darüber nachdachte, er konnte sich nicht entsinnen. Doch plötzlich, so als hätte jemand eine morsche alte Tür zur Vergangenheit aufgestoßen, fielen ihm Bullett der Igel und Sniffy der Ameisenbär wieder ein. Seltsam, dass ihm die ausgerechnet jetzt in den Sinn kamen. Welch unglaubliche Abenteuer er mit ihnen erlebt hatte. Wenn er wieder zurück war, würde er seine Mutter danach fragen. Blieb nur zu hoffen, dass sie nicht längst auf dem Müll gelandet waren.

»Da musst du draufdrücken.« Ein kleines, sommersprossiges Mädchen in einem schmuddeligen Kleid riss ihn jäh aus seinen Gedanken. Es reckte sich zu ihm hoch, drückte auf einen winzigen Knopf auf der Rückseite des Bären, und der fing an zu summen. »So geht das.«

»Danke«, sagte er, noch immer völlig perplex, und nickte.

»Kaufst du ihn?«

»Weiß nicht. Vielleicht.«

»Er möchte nämlich gekauft werden«, sagte sie.

»Ach, tatsächlich? Wieso denn?«

»Weil er einsam ist.«

»Er ist einsam?«, fragte Marley. »Wie kann er denn einsam sein? Er hat doch all seine Freunde um sich.«

»Das scheint nur so«, entgegnete sie traurig. »In Wahrheit ist er ganz allein.« Sie sah aus, als wüsste sie genau, wovon sie redete; dermaßen unglücklich schaute sie drein, man hätte annehmen können, sie habe bis eben selbst noch auf einem der Regale gesessen und darauf gewartet, dass ein lieber Mensch sie mitnahm.

Marley hatte plötzlich einen Kloß im Hals. Er sah keine andere Möglichkeit, als den Bären zu kaufen, obgleich er die Vermutung hegte, das Mädchen sei mit dem Besitzer des Ladens verwandt und bekomme bestimmt eine Verkaufsprovision.

»Kaufst Du ihn nun?« Ein hoffnungsvolles Blinzeln. Aber erst, als er sich den Bären unter den Arm klemmte und »Mach ich« sagte, und sie sicher war, dass er ihn behalten würde, breitete sich schlagartig ein Lächeln auf ihrem kleinen runden Gesicht aus. Kichernd tänzelte sie davon.

»Ich möchte wirklich wissen, wer das eigentlich ist, der für uns entscheidet, wann unsere Kindheit vorbei ist«, sagte Claire. Wie an dem Tag, an dem sie sich zum ersten Mal begegnet waren, war sie plötzlich hinter ihm aufgetaucht.

Er wandte sich ihr zu. »Wir selbst, nehme ich an – spätestens, wenn die ersten Rechnungen eintrudeln, die wir selbst bezahlen müssen, wird es uns klar.« Er hielt den Bären hoch. »Auch so ein Fall.«

Claire hatte bei Mollie ein sündhaft teures Teeservice erworben und ein Faltblatt mit einem Rundgang durch Hartfield und seine Nachbarschaft gratis dazu bekommen (zu*gesteckt* wäre wohl der passendere Ausdruck gewesen, denn laut Etikett hätte es einsfünfzig gekostet, und Mollie hielt sich den Zeigefinger an die Lippen und war sehr darauf bedacht, dass Riddle nichts davon mitbekam, als sie es rasch in der großen Kunststofftüte verschwinden ließ). Es war eine Art Führer für Leute, die lieber alleine spazieren gingen, als in aller Herrgottsfrühe aufzustehen und ihre Zeit mit Kettridges Gruppe zu verbringen. Ganz detailliert war dort der Weg von *Pooh Corner* bis zum Nord-Pol beschrieben.

Nachdem auch Marley seinen Bären bezahlt hatte, gingen sie noch einmal zum Pub zurück, wo sie ihre Einkäufe verstauten, sich mit etwas Proviant versorgten (bestehend aus vier Flaschen Mineralwasser und einigen Beuteln Essig-Chips) und sich auf den Weg machten. Da Claire das Faltblatt hatte, übernahm sie auch die Führung. Marley, der den Rucksack mit ihrem Proviant trug, trabte hinter ihr her.

Zunächst gingen sie die High Street bis zum Ende und bogen auf Claires Geheiß hin nach rechts ab. Von dort aus folgten sie der Straße einen leichten Hügel hinauf, bis sie ein Cottage auf der linken Seite passierten.

»Das ist Newtons Hill Cottage«, sagte Claire, die Nase in ihrem Führer. »Jetzt muss bald eine Einmündung kommen.«

Marley war äußerst gespannt, wohin sie ihn führen würde.

24

Etwa zur selben Zeit, als Robert Marley und Claire Holloway den schlecht beschilderten Trampelpfaden in den Wald hinein folgten, über private Zäune kletterten – die der Karte zufolge öffentlich waren, aber zu Gehöften mit solch klangvollen Namen wie Hooks Farm, Landhurst und Jessups gehörten – und sich abseits der Hauptstraße einen Weg zum Eulenhaus suchten, stand Chief Inspector Dorothy Marley auf der östlichsten der als Marsh Green bekannten Weiden, die allesamt zum Cobbler-Anwesen gehörten und an den Steel Forge River grenzten, und überwachte die Arbeit im Fluss.

Unter Inspector Stockley Breckinridges Aufsicht waren zehn Kadetten aus Brighton damit beschäftigt, dem Flusslauf stromabwärts zu folgen und dabei das Flussbett und die Uferböschung Zentimeter für Zentimeter nach den vermissten Kleidungsstücken des toten Jungen abzusuchen. Statt schicker Uniformen trugen sie Neoprenanzüge. Alle waren sie mit Feuereifer bei der Sache; und wenn es sein müsste, würden sie dem Fluss den ganzen Weg bis nach Withyham folgen.

25

Es war bereits Mittag, als sie die Gegend erreichten, wo Claire den Nord-Pol vermutete. »Hier muss es irgendwo sein«, sagte sie.

Marley hoffte, dass sie hier mehr Glück haben würden, denn die Sonne brannte erbarmungslos, und die Behausung der weisen Eule war eine herbe Enttäuschung gewesen.

Nachdem sie mindestens eine halbe Stunde an der beschriebenen Stelle herumgesucht hatten, ohne etwas zu finden, was wenigstens halbwegs einer knorrigen alten Eiche gleichkam, waren sie auf eine Gruppe von Pooh-Pilgern getroffen, die sich auskannten.

Den Baum gäbe es schon längst nicht mehr, wusste einer von ihnen zu berichten. Im Sturm umgefallen. Allerdings war er sich nicht ganz sicher, ob das schon damals in den zwanziger Jahren oder erst in jüngerer Zeit geschehen war. Und eine ältere Dame, die sich als Lehrerin zu erkennen gab, meinte, es gäbe ein Kapitel im *Haus bei Pooh Corner*, in dem beschrieben wird, wie Eules Behausung zerstört wird, weil ein Herbststurm den Baum entwurzelt. Weswegen sie ja dann in die *Eulerei* umgezogen sei. Und wenn es wirklich eine Lehrerin war, wusste sie wahrscheinlich sogar Bescheid. Der Baum war hinüber. Es war beinahe, als habe die weise alte Eule selbst gesprochen.

Jetzt kamen sie an eine bewaldete Stelle inmitten des Tales, mit einer steinernen Brücke ohne Geländer, unter der der Bach ruhig und leise dahinplätscherte.

»Hier muss es irgendwo sein«, wiederholte Claire. Sie warf einen Blick auf den Faltplan und sah dann mit gerunzelter Stirn in das Dickicht, das das Flussufer bewuchs. »Es soll hier einen Trampelpfad geben. Können Sie den sehen?«

Außer undurchdringlichen Stechginster- und Brombeerbüschen, hüfthohen Farnen und irgendwelchen Schlingpflanzen sah er gar nichts. Es war totenstill, nur das leise Plätschern des Baches war zu hören. Marley sah Claire dabei zu, wie sie in dem undurchdringlichen Dschungel nach dem vermeintlichen Pfad suchte.

»Ah! Hier ist es«, verkündete sie jetzt und deutete auf eine Lücke zwischen zwei riesigen Ginsterbüschen, die gerade mal breit genug war, um hindurchzuschlüpfen; was dahinter lag, war gar nicht zu sehen. Claire schien wild entschlossen, ihn dort hineinzuschicken. »Es wäre schön, wenn Sie vorgingen«, sagte sie mit einem Kopfnicken in Richtung des Dickichts, und mit einem Mal schien es Marley kein so guter Gedanke mehr, hierher gegangen zu sein – ganz allein mit Claire.

Was wusste er denn schon von ihr, außer ihrem Namen und der vagen Auskunft, sie lebe in Sheffield? Und wer sagte ihm, dass das überhaupt stimmte? Wer sagte ihm, dass mit Claire alles stimmte? Weshalb, fragte er sich, hatte sie der Tod des Jungen so sehr mitgenommen, wenn sie ihn angeblich gar nicht gekannt hatte? Warum reagierte sie kaum, oder wenn, dann nur ausweichend auf Fragen, die ihr Leben oben in Yorkshire betrafen? Und warum, zum Geier, machte sie ein solches Geheimnis um den Grund ihrer täglichen Fahrten nach East Grinstead?

Gestern Abend hatte Marley kurz mit Dotty darüber gesprochen, und sie hatte ihn ausgelacht. »Du bist ein schrecklicher Miesepeter, Bobby«, hatte sie zu ihm gesagt. »Also, ich finde, sie ist ganz süß. Außerdem – kein Mensch erzählt gleich alles von sich. Warum auch? Glaub mir, sie ist vollkommen harmlos. Du machst dir einfach viel zu viele Gedanken.« Sogar mit I-Ah dem Esel hatte sie ihn verglichen.

Du machst dir einfach zu viele Gedanken.

Dotty hatte gut reden. War diese fürchterliche Mordserie in Brighton letztes Jahr nicht gerade deshalb geschehen, weil er sich *zu wenig* Gedanken gemacht hatte?

Sein Blick schweifte über die Brücke und die Büsche und blieb am Bachlauf hängen. Das Wasser war genauso rot und eisenhaltig wie das des Steel Forge River.

Was, wenn sie ihn nur hergebracht hatte, um ihn auch zu töten? Was wenn sie nur wollte, dass er vorausging, weil es für sie dann leichter war, ihn hinterrücks zu ermorden? Was, wenn …

Du lieber Gott, Marley, du machst dich ja vollkommen lächerlich.

Trotzdem.

»Wir sollten lieber wieder umkehren«, sagte er. »Wir haben nichts mehr zu trinken«, sagte er. »Und ich bin müde«, sagte er. »Ich muss schlafen.«

»Ach was.« Claire sah ihn an, als habe er den Verstand verloren. »Wir suchen jetzt diesen verdammten Nord-Pol. Schlafen können Sie, wenn Sie *tot* sind.«

26

»Ich hab da was, Sir!« Einer der im hüfthohen Wasser stehenden Kadetten hielt eine graue Socke in der behandschuhten Hand und schwenkte sie wie eine Siegesfahne über seinem Kopf hin und her. Er watete ans Ufer und übergab seinen Fund an Inspector Breckinridge, der die Socke in einen wiederverschließbaren Plastikbeutel steckte und in den mitgebrachten Aluminiumkoffer legte.

»Gut, der Mann«, sagte er. »Weiter so.«

Und mit stolzgeschwellter Brust reihte sich der Kadett erneut in die Gruppe der freiwilligen Helfer ein.

Breckinridge hielt Uhrzeit und Fundort in seiner schwarzen Kladde fest, die er überall mit sich herumtrug: *14.48 Uhr. Nordufer Steel Forge River, auf Höhe Cotchford Farm.*

Später würde sich herausstellen, dass die Socke tatsächlich dem getöteten Jungen gehört hatte. Ein erster Erfolg. Leider würde dieser Fund zunächst der Einzige bleiben.

27

Irgendwie war es ihm gelungen, Claire davon zu überzeugen, dass es besser war, wenn sie vorausging. So würde sie die Kontrolle über den Weg haben und nicht ständig Gefahr laufen, dass ihr die Zweige wie Peitschenhiebe ins Gesicht klatschten. Vorsichtig tastete sie sich durch die Sträucher voran, immer am Ufer des Bachlaufs entlang. Und immer wieder geschah genau das, wovor Marley sie eingangs gewarnt hatte: Er bekam die dünnen Äste und dornigen Zweige ins Gesicht, sobald Claire sie sicher passiert hatte.

Doch letztlich war ihr Ausflug von Erfolg gekrönt. Am

Ende eines schier undurchdringlichen, dornigen und kratzigen Dschungels aus Farnen, Heidekraut, Ginster und wilder Brombeere erreichten sie eine kleine Lichtung, die an den Bach grenzte und zum Wasser hin sanft abfiel.

Von dort, wo sie standen, konnten sie eine Reihe natürlich entstandener kleiner Teiche sehen, die terrassenartig übereinanderlagen und durch winzige Wasserfälle miteinander verbunden waren.

Genau hier war Roo ins Wasser gefallen und hatte schwimmen gelernt. Genau hier hatten Pooh und Christopher Robin den Nord-Pol gefunden.

Es war herrlich, hier zu sein.

Claire ließ sich nahe dem Ufer im Gras nieder.

Marley war am Wasser in die Hocke gegangen; er warf, einen nach dem anderen, trockene Grashalme und kleine Stöckchen in den obersten der Teiche und sah zu, wie sie über die winzigen Wasserfälle stürzten und von Tümpel zu Tümpel schwammen. Als er den letzten Halm und das letzte Stöckchen ins Wasser gesetzt hatte und aufgestanden war, streckte Claire die rechte Hand nach ihm aus und zog ihn zu sich herunter.

»Danke«, sagte sie leise. Sie beugte sich zu ihm und gab ihm einen Kuss auf die Wange.

»Wofür war der denn?«

»Weil Sie so mutig waren, Robert«, sagte sie. »Und weil Sie trotz allem nicht gekniffen haben.«

»Ah, da ist er ja. Kommen Sie her! Kommen Sie her!« Sir Arthur Hampton empfing sie winkend und mit lauten Rufen, als Marley und Claire zweieinhalb Stunden darauf in den *Anchor* zurückkehrten. »Wir haben grade über Sie gesprochen, Marley, mein Junge.«

»Wirklich? Nichts Schlechtes, hoffe ich.« Marley musste sich zu einem Lächeln zwingen. Er war vollkommen erledigt.

So viel Bewegung und frische Luft wie an diesem Tag bekam er sonst in einem ganzen Jahr nicht. Er wäre am liebsten gleich auf sein Zimmer gegangen, um sich wenigstens eine halbe Stunde lang aufs Bett zu legen und gar nichts zu tun. Doch so, wie es aussah, würde wohl nichts daraus werden.

»Eigentlich muss dieser Mord doch ein gefundenes Fressen für Sie sein«, sagte Sir Arthur. Reverend Chubb saß wie immer an seinem Stammplatz, dem Tisch in der Fensternische mit Blick auf die Church Street, und hielt sich schweigend an einem Glas Cider fest. Der stimmgewaltige Sir Arthur hatte dagegen einen Barhocker an der Theke mit Beschlag belegt und trank *Guinness*. »Was wollen Sie beide trinken?«

»*Sie* wollen einen ausgeben?« Es geschahen noch Zeichen und Wunder. Marley, den Claire fast mit Gewalt zum Tisch hatte schieben müssen, stellte den Rucksack ab und ließ sich entkräftet ihr gegenüber auf die Bank fallen. Claire bestellte ein *Boddingtons*, und Marley schloss sich ihr an.

»Und bringen Sie dem Reverend noch einen Cider mit, wenn Sie bezahlen gehen.« Sir Arthur lachte laut und kehlig. »Ich finde, wenn Sie mit unseren Morden Geld verdienen, können Sie uns auch ruhig etwas davon abgeben, was?«

»Lassen Sie die beiden in Ruhe«, sagte Nora, die damit beschäftigt war, ein Glas trockenzureiben. »Sehen Sie denn nicht, wie erledigt sie sind?«

»Nein, nein, Nora, Schätzchen«, protestierte Sir Arthur. »Irgendwoher muss er doch seine Ideen bekommen. Da ist doch so ein Kindermord genau das Richtige.«

»Ob Sie es glauben oder nicht: Normalerweise denke ich mir die Verbrechen, über die ich schreiben möchte, selber aus, Sir Arthur«, sagte Marley. »Nur die Wirklichkeit zu kopieren, ergibt für mich keinen Sinn – es sei denn, man schreibt *True Crime*.«

Komischerweise glaubten die meisten Menschen, ein Schriftsteller sei stets auf der Suche nach Ideen. Auf ihn und auf die meisten anderen Autoren traf das allerdings nicht zu. Die Ideen kamen von selbst – woher, wusste niemand so genau. Es war auch nicht wichtig. Man nahm sie einfach und stellte keine unnötigen Fragen. Viel schwieriger war es, die richtigen Worte zu finden – die *guten Wörter* –, um den Ideen auch Leben einzuhauchen. Was Marley betraf, gab es von ihnen immer zu wenig. Ein Schriftsteller war nichts ohne die *guten Wörter* – ja, sogar weniger als das. Hemingway hatte sich die Mündung eines Gewehrlaufs gegen die Stirn gedrückt, mit den großen Zehen den Abzug betätigt und sich den halben Schädel weggepustet, als sie ihm abhanden gekommen waren.

Sir Arthur stellte sein Guinnessglas hin. »Das können Sie jemandem wie Crossman erzählen, der sich die Zähne mit der Kettensäge putzt«, sagte er. »*Ich* glaube keine Silbe davon.«

Marley hatte keine Lust mehr, über seine Bücher zu reden – schließlich war er im Urlaub. *Du bist Schriftsteller, Jungchen. So etwas wie Urlaub gibt es für dich nicht, das weißt du doch*, sagte eine Stimme irgendwo in seinem Hinterkopf.

»Hören Sie«, sagte er schließlich, »lassen Sie mich einfach eine Weile in Ruhe hier sitzen, okay? Ich bin müde, ich bin hungrig …« Ihm gingen die Adjektive aus. Obwohl es ihm vorkam, als sei schon eine Ewigkeit vergangen, seit sie das Pub am Morgen verlassen hatten, behauptete die Uhr über dem Kamin hartnäckig, es sei erst kurz nach sechs am Nachmittag. Dorothy war nirgends zu sehen. Er würde Nora später fragen, ob sie im Laufe des Tages hereingeschaut hatte.

Während Claire ihnen die Getränke holte und Marley Sir Arthur und dem Reverend weiter mit halbem Ohr zuhörte, fragte er sich, ob sie allesamt allmählich den Verstand verloren hatten.

Gab es hier auch jemanden, der das Verbrechen noch als Verbrechen ansah? Schon bei seinem ersten Gespräch mit

Kettridge und Chubb, am Tag seiner Ankunft, waren beide davon überzeugt gewesen, dass der Junge nicht mehr am Leben war. Sie hatten gar keinen guten Ausgang erwartet und über sein Verschwinden gesprochen, als sei es – wie eines dieser *Krimi-Wochenenden*, die immer populärer wurden – nur zu ihrem Zeitvertreib inszeniert worden. Vielleicht hatten sie auch insgeheim den Schauer des Schreckens genossen, den eine solche Vorstellung mit sich brachte. Doch Marley wusste, dass zwischen dem fiktiven Schrecken eines Buches und einem tatsächlichen Verbrechen ein ganz eklatanter Unterschied bestand: der schmerzliche, echte, endgültige Verlust von *Leben*.

»Haben Sie eigentlich jemals daran gedacht, etwas anderes zu tun?«, fragte Claire mit unvermittelter Ernsthaftigkeit. »Als Schriftsteller zu werden, meine ich.« Sie schob ihm sein *Boddingtons* hin.

»Sicher. Ziemlich oft.« Er sah das Glas und dann sie an. »Ich hatte mir sogar schon ein gemütliches Plätzchen unter einer Bank im Stadtpark ausgesucht.« Er schmunzelte, denn er log. Er wusste genau, dass es niemals so weit gekommen wäre. Irgendwie wäre er schon über die Runden gekommen. Und seine Mutter hätte ihn immer unterstützt – so lange vermutlich, bis *er* ins Altenheim gegangen wäre.

Aber er war sich durchaus bewusst, dass sein ganzes Leben eine Zeitlang tatsächlich auf der Kippe gestanden hatte. Er hatte seine Tage mit *Jack Daniels* begonnen, *Jack Daniels* zu Mittag und zum Tee getrunken und den Tag mit ihm ausklingen lassen. An nichts, was er in dieser Zeit geschrieben hatte, konnte er sich heute noch erinnern. Er war wie ein Mann in einem Wagen ohne Bremsen gewesen, der auf einen felsigen Abgrund zuschießt und dabei noch hysterisch lachend das Gaspedal durchtritt. Wäre der Verkauf von *Irrende Wahrheit* nicht dazwischengekommen, er wäre mit absoluter Sicherheit über die Felskante hinausgeschossen. Literaturagent oo-Jermys Anruf hatte ihm damals in gewisser Weise das Leben gerettet.

»Hatten Sie denn keinen Job, mit dem Sie sich über Wasser halten konnten?«

»Doch. Ich habe Zeitungen ausgetragen«, sagte er. »Und ab und an Gelegenheitsarbeiten übernommen.« *(Die Zeitungen, gut und schön. Aber Gelegenheitsarbeiten, alter Knabe? Kann mich nicht erinnern, dich je wirklich arbeiten gesehen zu haben.)* »Na ja. Solche Sachen eben. Es hat natürlich hinten und vorne nicht gereicht.«

Sie sah ihm in die Augen und nickte, sagte jedoch nichts.

Im Hintergrund sangen die *Pogues* ihr melancholisches Lied von der ›dreckigen alten Stadt‹, wo jemand sein ›Liebchen bei der Fabrikmauer küsst‹.

»Am schlimmsten war das Warten«, sagte Marley. »Man weiß, man hat etwas geschrieben, das etwas taugt. Und man weiß auch, dass vieles, was schlechter ist, veröffentlicht wird. Also schickt man es los. Und dann wartet man auf das Urteil. Man wartet wochenlang, monatelang. Ewigkeiten.« Er nahm einen Schluck von seinem Bier. »Im Grunde ist das neben dem Schreiben eigentlich die Hauptbeschäftigung auf dem Weg zum Schriftsteller: warten.«

Dabei hatte er noch Glück gehabt, denn Jermy war es damals gelungen, für *Irrende Wahrheit* in kürzester Zeit einen Verlag zu finden. Und das meiste, was er bis dahin geschrieben hatte, war ohnehin nicht der Rede wert gewesen.

»Ich könnte mir nicht vorstellen, jemals ein Buch zu schreiben«, sagte sie.

Er sah sie an und lächelte. »Es mag etwas seltsam klingen, aber ein Schriftsteller, der wirklich mit Leib und Seele dabei ist, kann es sich überhaupt nicht aussuchen. Er *muss* schreiben. Er kann nicht anders.«

»Er kann nicht anders?«, wiederholte sie etwas ungläubig. »Das klingt ja fast, als wäre es eine Sucht.«

Und manchmal war es das tatsächlich.

»Würden Sie das unbändige Verlangen nach Sex als Sucht bezeichnen?«, fragte er sie.

»Kommt drauf an.« Claire schmunzelte.

»So ähnlich ist es jedenfalls«, sagte Marley. »Nicht so, als ob man Alkohol bräuchte, oder unbedingt eine Zigarette. Sondern so, als überkäme einen plötzlich eine fast unstillbare Lust auf Sex. Und ich würde meine Hand dafür ins Feuer legen, dass jeder Schriftsteller, der in der Anfangs- oder Endphase eines Buches steckt, wenn er vor der Wahl stünde, eine Runde vögeln zu können oder drei richtig gute Seiten seines Romans aufs Papier zu bringen, jederzeit dem Schreiben den Vorzug geben würde. Giacomo Casanova eingeschlossen.«

Sie streckte ihre Hand aus, berührte ihn am Kinn. Ihre dunklen Augen funkelten verheißungsvoll. »Und?«, fragte sie ihn leise. Ihre Wangen waren gerötet, ihre Lippen feucht und leicht geöffnet. »Hast du jetzt gerade Lust aufs Schreiben?«

Später konnte er sich kaum noch daran erinnern, wie sie in Claires Zimmer gekommen waren. Und es war weit nach Mitternacht, als er schließlich in sein eigenes Zimmer zurückkehrte.

In dieser Nacht lag Marley noch sehr lange wach. Sein Herz schlug ihm bis zum Hals; es pochte und pochte, als habe er anstelle von Blut schwarzen Kaffee in den Adern. Was er auch versuchte – die kleine graue Hand, die er im Wasser des Flusses gesehen hatte, ging ihm nicht mehr aus dem Sinn.

Hellwach starrte er die Decke an, während draußen schon wieder die ersten Vögel zwitscherten. Und einen schrecklichen, kurzen Augenblick lang sah er wieder Claire vor sich, wie sie neben der verbeulten, überschwappenden alten Blechwanne kniete, den Jungen mit beiden Händen packte und seinen Kopf mit aller Gewalt unter Wasser drückte.

Hätte ihm in dieser Nacht jemand sagen können, wer in Wahrheit für Ronnies Tod verantwortlich war, er hätte es nicht eine Sekunde lang geglaubt. Und das nicht etwa, weil es so abwegig oder schlichtweg unvorstellbar gewesen wäre, sondern weil es im Gegenteil so vollkommen offensichtlich war.

Erst gegen Morgen schlief Marley endlich ein. Und als er zu träumen begann, sah er einen gesichtslosen Jungen in tropfnassen, zerrissenen Kleidern am Fuß seines Bettes stehen und winken, während sich sein Kopfkissen in einen Sack voller Würmer verwandelte.

28

Sir Arthur Hamptons Anwesen lag etwas außerhalb des Ortes gleich an der Hauptstraße. Eine breite Zufahrt, die sich in der Mitte teilte und so eine üppig mit Blumen bepflanzte grüne Insel bildete, führte zum Haupthaus, einem prächtigen, zweigeschossigen Fachwerkbau, dessen Eingang zwei mächtige steinerne Löwen bewachten.

An diesem Morgen parkte vor der großzügigen Doppelgarage ein silberner Jaguar mit geschmeidigen weißen Ledersitzen. Cloud, der einen bewundernden Pfiff ausstieß und mit den Fingerspitzen sachte die Konturen des Wagens entlangfuhr, nahm zumindest an, dass sie geschmeidig waren. Er bekam beim Anblick des Wagens ganz glasige Augen – eine Reaktion, die Dorothy sonst nur von ihm kannte, wenn Frauen in zu kurzen Röcken oder allzu großzügigen Dekolletees im Spiel waren.

Was Dorothy am meisten beeindruckte, war der See inmitten der weiten, schier endlos erscheinenden Rasenfläche. Sogar ein eigenes kleines Bootshaus nebst Landungssteg gab es. Das winzige Häuschen war über und über von Kletterrosen bedeckt.

Dorothy hatte einen steifrückigen und eulenäugigen Butler nach alter Tradition erwartet und war umso überraschter, als ihnen auf ihr Klingeln hin der Hausherr höchstpersönlich die Tür öffnete.

»Oh, Miss Marley!« Sir Arthur schien hocherfreut, sie zu sehen.

»Hallo, Sir Arthur.« Sie reichte ihm die Hand. »Wie schön, dass wir Sie antreffen. Wir würden Ihnen gern ein paar Fragen stellen. Dürfen wir reinkommen?«

»Ja. Ja, aber sicher«, sagte er. »Den jungen Mann kenne ich noch nicht, oder? Ihr Assistent?«

»Sergeant, Sir«, sagte Cloud ein wenig frostig und schüttelte ihm ebenfalls die Hand. »Sergeant Cloud.«

Sir Arthur zwinkerte ihm zu. »Sie haben doch nicht etwa vor, mich zu verhaften, was?«

»Noch nicht«, sagte Cloud und zwinkerte zurück.

Für den Bruchteil einer Sekunde sah Sir Arthur ihn mit harten, kalten Augen an. Dann schien etwas *klick* zu machen, und er wurde wieder zu dem quirligen, jovialen Mann, der ihnen die Tür geöffnet hatte. Er strich sich grinsend über seinen grauen Bart, klatschte vor lauter Begeisterung in die Hände und bat sie herein. Cloud, der trotz der sommerlichen Temperaturen zu frösteln begann, hätte nicht sagen können, welcher Sir Arthur nun der echte war.

»Der Besitz ist sehr schön«, meinte Dorothy, als sie ihm durch hohe helle Zimmer in eine Art Salon folgten.

»Ja, eine ganz nette Hütte«, stimmte ihr Sir Arthur zu. »Da haben Sie wohl recht. Den meisten gefällt der Kasten. Unsere Familie lebt schon ewig hier, da stumpft man vielleicht ein bisschen ab. Kommen Sie, gehen wir in mein Arbeitszimmer.«

Sergeant Cloud bekam angesichts des sogenannten ›Arbeitszimmers‹ den Mund gar nicht mehr zu; die Wände waren mit kostbaren Hölzern getäfelt und an einigen Stellen mit aufwendigen Intarsienarbeiten versehen.

Dorothy indessen erfüllte der Raum mit Abscheu. Denn überall standen ausgestopfte Tiere herum. In Vitrinen, auf Schränken und Anrichten. Ein Tigerfell lag vor dem Kamin; die Glasaugen der armen Kreatur starrten blicklos und blind zu den bunten Papageien hinauf, die reglos – weil ebenfalls einbalsamiert – auf dem Sims hockten. Eine ausgestopfte Boa kletterte einen trockenen Baum empor, der in einem hölzernen Kübel mitten im Salon stand und dessen Äste irgendwo in der Decke verschwanden. Und auf einem Sekretär aus dem 19. Jahrhundert lag ausgestreckt und mit offenem Maul ein etwa zwei Meter langes Krokodil. Den Vogel schoss allerdings ein Totenkopfäffchen ab, das am Kronleuchter hing, einen Kilt vom Clan der McDonalds trug und einen winzigen Dudelsack auf dem Rücken hatte.

Von den wenigen Pflanzen, die auf Fensterbänken und in den Zimmerecken standen, abgesehen, schien sich Sir Arthur lieber mit toten Dingen zu umgeben.

»Tee?«

»Wir wollen Ihnen keine Umstände machen«, sagte Dorothy.

»Ach was.« Sir Arthur legte ihr die Hand auf den Rücken und schob sie mit sanfter Gewalt zu einer niedrigen, chintzbezogenen Chaiselongue hinüber, die nahe am Kamin stand. »Bitte nehmen Sie Platz. Sie auch, Sergeant – bitte.« Und er wies auf einen massiven, mit kunstvollen Schnitzereien versehenen Stuhl mit hoher Lehne, der auf einem kleinen Perserteppich stand und aussah, als stamme er geradewegs aus einem Wikingerfilm.

Als Sir Arthur nach einigen Minuten zurückkehrte, schob

er nicht nur einen Teewagen herein, auf dem neben dem Teeservice auch drei Teller mit Scones, ein Schälchen mit Erdbeermarmelade und ein weiteres mit *clotted cream* standen – sondern er trug sogar eine Schürze. Eins musste man ihm bei all seiner Schrulligkeit lassen: Er war wirklich ein ausgezeichneter Gastgeber. Für einen Moment allerdings huschte sein Blick suchend im Zimmer umher, so, als wollte er feststellen, ob die beiden während seiner Abwesenheit nicht vielleicht doch etwas hatten mitgehen lassen.

Nach der Teezeit, die Sir Arthur fast ausschließlich damit zugebracht hatte, sie darüber in Kenntnis zu setzen, wo, wie und unter welchen Gefahren es ihm gelungen war, seine beachtliche Sammlung an Tierpräparationen zusammenzutragen (das meiste, wenn nicht gar alles, hatte er nicht selbst geschossen, sondern unter Einsatz seines Lebens bei nervenaufreibenden Versteigerungen erworben), schlenderten sie über die Wiesen zum See hinüber.

»Es muss großartig sein, hier zu leben«, sagte Dorothy. »Sie können wahrscheinlich stundenlang geradeaus laufen, ohne an die Grenzen Ihres Besitzes zu stoßen.«

»Nun ja, ganz so groß ist er nun auch wieder nicht.« Sir Arthur schmunzelte. »Alles, was jenseits der Hauptstraße liegt, ist schon mal per se nicht mehr meins. Und wenn Sie nach Westen weitergehen, kommen Sie irgendwann zum Wald von Posingford – dorthin, wo sie den Jungen gefunden haben. Ein nicht unbeträchtlicher Teil des Waldes gehört sogar zum Besitz. Die Brücke allerdings nicht. Im Süden ist dann an der Horseshoe Lane Schluss.«

Nahm man Ronnies Elternhaus hinzu, erhielt man wie in einem Koordinatensystem genau die Eckpfeiler seines mysteriösen Verschwindens: Posingford Wood, Horseshoe Lane und *Endwell House*. Fehlte nur noch der Fluss.

Sie behielt ihre Gedanken für sich; stattdessen sagte sie: »Es ist einfach traumhaft schön. Und dann dieser See.« Sie fragte sich, ob es wohl der Fluss war, der das Wasser dafür lieferte.

Sir Arthur ging voraus auf den Bootssteg. Ein kleines Ruderboot war an seinem Ende festgemacht.

Dorothy fragte: »Ist der See eigentlich natürlichen Ursprungs? Ich meine, war er schon immer hier? Oder speisen Sie ihn mit dem Wasser vom Fluss?« In der Nähe des Ufers wuchs hoher Farn.

»Aus dem Fluss? Du lieber Himmel, nein! Das eisenhaltige Zeug ist ja überhaupt nicht zu gebrauchen. Der See ist sauber, Miss Marley. Reinstes Trinkwasser. Man möchte schließlich nicht aussehen wie ein Krebs, wenn man mal reinspringt, was?«

»Sie baden tatsächlich darin?«

»Ja. Aber ausschließlich im Winter. Im Sommer jage ich nur Alfred manchmal hinein.«

»Sie haben einen Hund?« Kaum zu glauben, dass der noch lebte und nicht bereits irgendein Regal im ›Arbeitszimmer‹ zierte.

»Um Himmels willen, nein!« Sir Arthur lachte. »Alfred ist natürlich mein Butler.«

»Aber Ihr Grundstück stößt doch an den Fluss, nicht wahr?«

»Ja, Miss Marley. Das tut es. Genau wie Cotchford Farm dort drüben«, erklärte Sir Arthur. Er verließ den Steg wieder und begann in die Richtung zu gehen, in die er gedeutet hatte. »Kommen Sie, ich zeige es Ihnen. Der Fluss bildet nach Norden hin eine natürliche Grenze, wenn Sie so wollen. Wenn Kitley und ich nachts mal nicht schlafen können, treffen wir uns manchmal am Ufer und halten ein Schwätzchen.«

»Sie haben nicht auch zufällig am letzten Donnerstag ein Schwätzchen mit ihm gehalten?«, fragte Dorothy, die, die

Hände in den Hosentaschen, neben ihm herging. »Könnte ja sein, dass Sie etwas beobachtet oder gehört haben, das mit dem Mord an Ronnie Cobbler zu tun hat.«

»Warten Sie. Warten Sie.« Sir Arthur blieb abrupt stehen und rieb sich mit der rechten Hand die Stirn. »Am Donnerstag, sagen Sie?«

»Gegen zweiundzwanzig Uhr«, sagte Dorothy. »Möglicherweise auch etwas früher oder etwas später.«

»Nein«, sagte er schließlich. »Nein, ich denke nicht.« Und er marschierte weiter in Richtung Fluss, den linken Arm auf dem Rücken.

»Demnach haben Sie sich an jenem Abend nicht mit Mr. Kitley am Fluss getroffen, um sich zu unterhalten?« Cloud hatte Mühe, Schritt zu halten, weil er sich im Gehen Notizen machte.

»Doch, doch. Schon möglich, dass wir uns unterhielten«, räumte Sir Arthur ein. »Nur haben wir keine Beobachtungen gemacht, die mit dem Mord zu tun haben.«

»Es könnte sein, dass Sie es nur nicht wissen«, gab Dorothy zu bedenken. »Sie haben das – was immer es war – vielleicht für ganz und gar unbedeutend gehalten.«

»Bestimmt«, meinte Sir Arthur und nickte. Er war abermals stehengeblieben. »Das Dumme dabei ist nur, man kann das Bedeutende leider überhaupt nicht vom Unbedeutenden unterscheiden. Woher soll ich wissen, ob das Käuzchen, das ich schreien hörte, nicht in Wahrheit das gurgelnde Todesröcheln des armen Ronnie Cobbler gewesen ist?« Und er kreuzte die Hände vor dem Hals und ließ mit verdrehten Augen die Zunge aus dem Mundwinkel hängen.

»Hören Sie schon auf mit dem Quatsch«, sagte Dorothy und schlug ihm halbherzig mit dem Handrücken gegen den Oberarm.

»Au! Was fällt Ihnen ein?« Er grinste.

»Wir haben bislang die Aussagen von zwei Zeugen, um die Tatzeit wenigstens einigermaßen einzugrenzen«, fuhr Dorothy fort. »Da wäre zunächst Jonathan Kettridge. Er traf Ronnie am Donnerstagabend – das ist der Tag seines Verschwindens – etwa um halb zehn in Cotchford Lane, als er von einem Pubbesuch mit Reverend Paul Chubb nach Hause kam. Seiner Aussage zufolge begleitete Kettridge den Jungen auf dessen Wunsch hin bis zur Brücke, wo sie sich dann trennten.«

»Miss Ada Morris, wohnhaft in *Birdcage Cottage*, Horseshoe Lane, sah Ronnie am Donnerstag etwa gegen 21 Uhr 50«, setzte Sergeant Cloud hinzu. »Und zwar nur wenige Meter von seinem Elternhaus entfernt. Ihrer Aussage zufolge grüßte er sie und ging ohne Hast die Einfahrt zum Haus hinauf.«

»Allerdings ist er dort nie angekommen«, warf Dorothy ein. »Jedenfalls sagen das die Eltern.«

»Nun machen Sie aber mal halblang, Miss Marley.« Sir Arthurs buschige Augenbrauen rückten gefährlich nahe zusammen. »Wollen Sie damit andeuten, Sie misstrauen den Eltern?«

»Ich will damit nur sagen, dass die Eltern angeben, er sei nicht zuhause angekommen.«

»Klingt für mich, als wär's dasselbe.«

»Möglicherweise hat ihm jemand unmittelbar vor der Tür aufgelauert«, meinte Dorothy. »Oder dieser Jemand ist ihm gefolgt. Jedenfalls wurde er dort zuletzt gesehen.«

»Dann können Kitley und ich hier ganz bestimmt nichts davon gehört haben. *Endwell House* ist ein ziemliches Stück weg«, sagte Sir Arthur. »Es liegt zwar am Fluss, aber das gleiche gilt für ein halbes Dutzend anderer Häuser auch: Kitley, Hallett, Dr. Waterman, Wallace, Kettridge und Lancaster. So gut wie jedes Grundstück in Cotchford Lane grenzt an den Fluss, müssen Sie wissen. Es wäre für uns völlig unmöglich gewesen, etwas zu hören.«

Dorothy nickte. Sie wusste, dass das stimmte. »Was ist mit Kenneth Greggs, dem Onkel des Jungen?«

»Was soll mit ihm sein?«

»Es würde mich interessieren, wie Sie über ihn denken, Sir Arthur.«

»Netter Kerl.«

»Weiter nichts?«

»Weiter nichts.«

»Nach allem, was man so hört«, sagte Cloud, »soll er ein recht ungemütlicher Zeitgenosse sein, wenn er einen über den Durst getrunken hat.«

»Das trifft auf mindestens ein Drittel der anderen im *Anchor* genauso zu«, meinte Sir Arthur. »Liegt wahrscheinlich an Noras Preisen. Die einen werden lustig, die anderen werden laut. Sie gehen nicht oft ins Pub, was, Sergeant?«

»Zumindest ist Greggs der einzige, der dann anfängt, auf den Cobblers herumzuhacken«, sagte Cloud, ohne auf Sir Arthurs Frage einzugehen.

»Aha, verstehe. Die alte Geschichte.« Sir Arthur verschränkte die Arme vor der Brust. »Und daraus wollen Sie ihm jetzt einen Strick drehen. Sie sind der Meinung, *er* sei derjenige gewesen, der dem Jungen aufgelauert hat – liege ich da richtig?«

»Ich fürchte, er ist bislang der Einzige, der dafür in Frage kommt, Sir«, ließ Cloud sich vernehmen. »Niemand sonst hat auch nur den Hauch eines Motivs. Ganz abgesehen von der Nachricht, die er den Cobblers durch die Katzenklappe geschoben hat – Sie haben doch davon gehört?«

»Ja, sicher. Doch was beweist das schon?«, meinte Sir Arthur. »Selbst wenn er sie wirklich geschrieben hat, könnte man ihn gezwungen haben, das zu tun.«

»Den und gezwungen?« Cloud stieß einen überraschten Lacher aus. »Ich habe zwar nur ein Foto von ihm gesehen, aber für mich sieht der Mann nicht wie jemand aus, der sich leicht zu etwas zwingen lässt.«

»Hm«, machte Sir Arthur. Offenbar war das ein Einwand, den man in seinen Augen durchaus gelten lassen konnte. Schließlich sagte er: »Kenneth Greggs war nicht grade ein Lämmchen, aber … Na ja, wenn der andere eine Waffe gehabt hätte, wäre es schon gegangen.«

»War?« Cloud war hellhörig geworden.

»Wie bitte?«

»Sie sagten: *War* nicht grade ein Lämmchen. Sie sprachen von ihm in der Vergangenheitsform.«

»Ich meinte damit lediglich den angenommenen Fall, dass es jemandem gelungen ist, ihn … Na, Sie wissen schon.«

»Die Möglichkeit gibt es natürlich immer«, gab Dorothy zu. »Trotzdem schwer, sich einen Grund vorzustellen, weshalb jemand Greggs *und* dem Jungen etwas hätte antun wollen, oder? Und selbst wenn es so gewesen wäre, warum haben wir dann außer seinem Wagen bis jetzt noch keine Spur von Greggs gefunden?«

»Wenn ich Greggs wäre«, überlegte Sir Arthur, »und den kleinen Kerl tatsächlich umgebracht hätte, ich würde doch nicht weglaufen, mein Auto irgendwo verstecken und glauben, ich käme damit durch.«

»Lord Lucan ist damit durchgekommen«, wandte Cloud ein.

»Lucan?« Sir Arthur sah ihn mit schief gehaltenem Kopf an.

»Richard John Bingham, siebter Earl of Lucan«, erklärte der Sergeant, der schon immer ein Faible für Historisches hatte. »Verschwand 1974 spurlos, nachdem er in seiner Londoner Wohnung bei Nacht und Nebel statt seiner Frau versehentlich die Nanny totgeschlagen hatte. Der Kerl ist bis heute nicht wieder aufgetaucht.«

»Natürlich weiß ich, wer Lucan ist, Sergeant«, sagte Sir Arthur kopfschüttelnd. »Aber der war ein Spieler. Hat wahrscheinlich gedacht, besser alles auf eine Karte setzen und es versuchen, als lebenslang ins Gefängnis zu wandern. Der Unterschied ist, bei *dem* Mord gab es einen Zeugen: Lucans Frau. Wenn Greggs nicht beobachtet wurde – und bislang hat sich noch keiner gemeldet, der etwas gesehen hat –, wäre es doch wohl besser für ihn gewesen, er wär' wieder nach Hause gegangen und hätte sich still verhalten.«

Wow! Dorothy war beeindruckt. Sie fragte: »Sie kennen ihn natürlich besser; aber glauben Sie, Greggs hätte wirklich so weit gedacht? Angenommen, er hat Ronnie im Affekt getötet, also mehr oder weniger ungeplant, dann wird er in Panik geraten sein, als er feststellte, dass der Junge sich nicht mehr rührte. Gut möglich, dass er da nur noch den Gedanken hatte, zu fliehen.«

»Ich muss zugeben, das klingt plausibel.« Mittlerweile waren sie an das Ufer des Steel Forge River gelangt. Auf der anderen Seite waren, wenn auch noch immer recht weit entfernt, die merkwürdig verwachsen wirkenden Gebäude der Cotchford Farm zu erkennen. Dorothy fühlte sich sogleich an eine große, sehr alte Wurzel erinnert. Sir Arthur blieb stehen, blies die Wangen auf und zog seine Hosen am Gürtel hoch. »Haben Sie denn schon eine Theorie, weshalb er den Jungen aus dem Weg hätte haben wollen?«

»Das ist keine schlechte Frage, Sir Arthur«, meinte Dorothy. »Rache womöglich. Weshalb sonst sollte jemand einem sieben Jahre alten Bengel nach dem Leben trachten, wenn nicht deshalb? Oder können Sie sich einen anderen Grund dafür denken?«

»Nein, kann ich nicht«, sagte er. »Ich werde allerdings auch nicht dafür bezahlt, das zu tun.« Er hob einen Stein auf und warf ihn ins Wasser, das gurgelnd und schäumend vorüberfloss. »Das hier ist die Stelle, Miss Marley. Hier habe ich am vergangenen Donnerstag gegen zweiundzwanzig Uhr gestanden und mich mit Ian drüben unterhalten. Er wird es Ihnen sicherlich bestätigen. Sie sehen also, von uns kann keiner etwas von den Dingen mitbekommen haben, die sich in der Nähe von *Endwell House* abgespielt haben.«

»Vergessen wir mal für einen Moment, dass der Junge wahrscheinlich in der Nähe seines Zuhauses überwältigt worden ist«, sagte Dorothy. »Der Täter hat ihn in jedem Fall von dort weggebracht. Es ist natürlich nicht sicher, dass er die Absicht hatte, ihn zu töten, aber dennoch – er hat es getan. Er hat den Jungen noch in derselben Nacht ertränkt, davon können wir wohl ausgehen.«

»Woher wollen Sie das so genau wissen?«

»Der Todeszeitpunkt lässt sich auch nach Tagen noch ziemlich genau bestimmen«, sagte sie leichthin, auch wenn das etwas übertrieben war. »Und unsere Tatortsachverständigen sind zu der Überzeugung gelangt, dass der Junge irgendwo in der Nähe seines Elternhauses in den Fluss geworfen wurde und von dort mit der Strömung bis zu dem Fundort unter der Brücke getrieben ist, wo er sich verfing und man ihn dann später auch gefunden hat.«

»Und Sie glauben das auch?«

»Das sind echte Spezialisten, Sir Arthur«, sagte sie. »Die wissen, was sie tun. Darüber hinaus habe ich veranlasst, den Verlauf des Flusses nochmals nach den verschwundenen Kleidungsstücken des Jungen abzusuchen, um feststellen zu können, wo man ihn ins Wasser geworfen hat. Dummerweise wurde oberhalb der Brücke nichts gefunden. Nur weiter stromabwärts. Unter anderem eine von Ronnies Socken an der Uferböschung der Cotchford Farm.«

Sir Arthur nickte, die Augen zusammengekniffen und die Stirn nachdenklich gekräuselt. Er sah nicht sie an, sondern über den kleinen See und die Weite seines Besitzes hinweg zum Wald von Posingford hinüber.

»Dann sehen Sie mal zu, dass Sie Greggs schleunigst finden«, sagte Sir Arthur.

29

Harry Lancaster erreichte das Denkmal am sogenannten ›*Verzauberten Ort*‹ gegen vierzehn Uhr.

Die Krähen saßen schwer auf den schaukelnden Ästen über ihm und schrien ihr heiseres *Grahh! Grahh!* wie gierige Aasgeier in den wolkenlosen Himmel.

Den ganzen Vormittag schon war er mit seinem einstmals preisgekrönten, aber mittlerweile wie er selbst in die Jahre gekommenen West Highland White Terrier, Sir Toby, im Ashdown Forest unterwegs gewesen.

Ihr Weg hatte sie von Cotchford Lane aus, wo Mr. Lancaster seit über vierzig Jahren ein kleines Haus besaß, zur Hauptstraße geführt. Normalerweise ging er durch den Wald von Posingford zum Denkmal hinauf, aber seit man den Jungen dort gefunden hatte und weil nach wie vor Polizisten in Neoprenanzügen auf der Suche nach Spuren im Fluss herumstapften, hatte er keinen Spaß mehr daran, diesen Weg zu nehmen. Also war er der Hauptstraße bergan bis Chuck Hatch gefolgt und hatte dann den Weg nach links eingeschlagen und den Hundertsechzig-Morgen-Wald durchquert, wo die weise alte Eule angeblich in ihrem Baumhaus wohnte. Mr. Lancaster wusste es natürlich besser. Er wusste, dass ein heftiger Sturm den Baum schon vor vielen Jahren entwurzelt hatte und man so lange nach ihm suchen konnte, bis man schwarz wurde, aber trotz alledem mochte er die Vorstellung, irgendwo dort draußen könne man der weisen Eule noch immer begegnen. Er war ein

Mann, der sich sein kindliches Gemüt auch bis ins hohe Alter noch ein Stück weit bewahrt hatte – selbst wenn Hetty, seine Frau, in all den langen Jahren ihrer Ehe nie müde geworden war, wenigstens zu versuchen, es ihm auszutreiben.

Und wenn er so wie jetzt durch den Wald ging, bedauerte er es zutiefst, keine Kinder zu haben. In einem Alter, wo anderer Männer Enkel längst schon nicht mehr auf dem Schoß ihrer Großväter sitzen, streifte er noch immer mit seinem treuen kleinen Hund durchs Unterholz und versuchte, nicht daran zu denken, was er in seinem Leben verpasst haben mochte. Jeden Tag dachte er daran, wie anders sein Leben hätte aussehen können, wären ihm und Hetty Kinder vergönnt gewesen. Möglicherweise, dachte er manchmal bei sich, wäre sie dann eine nicht ganz so verbiesterte alte Frau geworden.

Die meiste Zeit über hatte Mr. Lancaster Sir Toby ohne Leine umherlaufen lassen; der kleine Hund war zwar äußerst neugierig, machte sich indes nichts daraus, den Hasen und Mäusen nachzujagen – er war ein ausgesprochener Feinschmecker und bekam sein Fleisch ausschließlich vom Metzger – und blieb daher meist in der Nähe seines Herrchens.

Nur wenn sie auf andere Menschen trafen oder die Straße überquerten, leinte er ihn an. So auch heute, als sie unten am Bachlauf bei der Steinbrücke auf eine Gruppe Erwachsener mit ihren Kindern getroffen waren, unweit der Stelle, wo Christopher Robins berühmte Expotition zum Nord-Pol geendet hatte.

Nicht, dass Mr. Lancaster ernstlich befürchtete, Sir Toby könne irgendwem aus lauter Übermut in die Waden beißen – er wollte nur einfach keinen Ärger haben. Und wenn er einmal nicht schnell genug war, und sich jemand über den frei herumlaufenden Hund beschwerte (*»Den müssen Sie aber an die Leine nehmen!«* Und entrüstetes Kopfschütteln allerorten. *»Können Sie denn die Schilder nicht lesen?«*), war es mit absoluter Sicherheit ein Tourist, der höchstens ein, zwei Tage in der Gegend verbrachte. Das war immer so, darauf hätte er seinen Arsch verwetten können. Und das waren auch genau dieselben Leute, die oben am Gill's Lap wie selbstverständlich ihren ganzen verdammten Picknickmüll liegen ließen.

Vom Bachlauf aus waren sie dem öffentlichen Wanderweg bis zur Hauptstraße gefolgt, wo Mr. Lancaster Sir Toby ein weiteres Mal an die Leine gelegt und die Abkürzung über den Parkplatz genommen hatte. Dann waren sie an Roos Sandgrube vorbeigegangen, die häufig knietief Wasser führte, in diesem Sommer jedoch fast völlig ausgetrocknet war, und wenige Minuten später schließlich zum Denkmal gelangt.

Als er den Platz mit dem Milne-und-Shepard-Gedenkstein erreichte – einen natürlichen Monolithen, den man zu Ehren der Schöpfer von Pooh mit einer Bronzetafel versehen hatte, die beide Namen und ein Zitat aus den Pooh-Geschichten zierte –, zog er sein Taschentuch aus dem Ärmel, tupfte sich den Schweiß von der Stirn und ließ sich schnaufend auf einem Stein gegenüber dem Denkmal nieder.

Über ihm in den Bäumen riefen die Krähen weiter ihr heiseres *Grahh! Grahh!*.

In tiefen Zügen sog Mr. Lancaster die Luft ein.

In solchen Momenten fühlte er sich vollkommen frei. Da waren keine Verpflichtungen, keine Versicherungspolicen, keine Rechnungen, und da war keine Hetty, die ihm von früh bis spät sagte, was er wieder falsch gemacht hatte, und was er – wenn er nicht immer nur an sich und den Köter denken würde – anders hätte machen können.

Sir Toby wedelte mit dem Schwanz und winselte. Mr. Lancaster beugte sich sogleich hinunter, um ihn wieder von der Leine zu befreien. Und während der Hund schnüffelnd auf dem Platz hin und her lief, genoss Harry Lancaster, den Stock auf seinen Knien, die Aussicht über das weite Tal jenseits des

Waldes. Trotz des wolkenlosen Himmels war es in der Ferne etwas diesig. An guten Tagen konnte man fast bis nach Croydon sehen.

Sir Toby fing plötzlich an zu bellen. Und flatternd und flügelschlagend flogen die Krähen auf.

»Na, na, na! Was ist denn los, alter Junge?« Harry Lancaster stand auf und schaute, die Stirn gerunzelt, zum jenseitigen Ende des Platzes hinüber, wo zwei runde Eichenholzpfosten den schmalen Durchgang zu einem steilen Treidelpfad markierten, der sich durch dicht stehende Sträucher und Büsche hindurch talwärts schlängelte.

Er sah gerade noch, wie sein kleiner Hund bellend im Durchgang verschwand und sich nach rechts in die Farne schlug.

Eine Ratte sprang fiepend aus dem Unterholz hervor und huschte im Zickzack davon.

Als Harry Lancaster bei der Stelle anlangte, war von Sir Toby nichts zu sehen. Allerdings konnte er ihn dort im Gebüsch kratzen, schnüffeln und knurren hören. Und merkwürdigerweise klang es, als würde er fressen. *Ein paar Knochen vielleicht*, dachte Mr. Lancaster irritiert. *Jemand hat etwas weggeworfen, was ihm schmeckt.* Doch waren es abscheuliche, schlabbernde Geräusche, so als lecke der Hund einen Napf voller Wackelpudding aus.

»Toby!«, rief er. »Raus da! Komm her!«

Das Knurren verstummte sofort.

Die Farne bewegten sich raschelnd. Und dann kam der kleine weiße Kopf des Hundes zum Vorschein.

An seiner Schnauze klebte altes Blut.

Beherzt machte Mr. Lancaster einen Schritt nach vorn und teilte die alles überwuchernden Farne mit dem spitzen Ende seines Stocks. Ein Schwarm dicker, bunt schillernder Fliegen stob brummend auf und sirrte wie kalter Kohlenstaub um ihn herum.

Die Leiche des Farmers lag in einer versteckten Erdmulde unmittelbar hinter dem rechten der beiden Holzpfosten, die den Durchgang zum Treidelpfad markierten, im Gebüsch zwischen den hüfthohen Farnen.

Nicht eine Sekunde zweifelte er daran, den toten Kenneth Greggs gefunden zu haben. Zwar war von den Gesichtszügen nichts mehr zu erkennen – die linke Hälfte des Gesichts schien ganz zu fehlen, und was vom Rest übrig war, war dermaßen aufgedunsen, dass man fast Angst haben musste, er könne im nächsten Moment explodieren –, doch was er sofort erkannte, waren die fleckigen und teilweise zerrissenen Kleidungsstücke: An den Knien geflickte grüne Latzhosen, und unter der Lederweste ein altes Baumwollhemd. Sie waren so unverwechselbar wie ein Markenzeichen. Greggs hatte kaum einmal etwas anderes getragen.

Harry Lancaster ging langsam zum Denkmal hinüber, setzte sich ohne Hast und zog eine silberne Taschenflasche aus seinem Tweed-Jackett hervor. Er schraubte den Deckel ab und nahm einen kräftigen Schluck. Dann rief er Sir Tobys Namen, und der kleine Hund kam angelaufen und legte sich zu seinen Füßen nieder, die blutige Schnauze auf den Pfoten.

Mr. Lancaster hatte im Zweiten Weltkrieg in Nordafrika und Italien gedient und seinen Teil verstümmelter Leichen gesehen. Doch an einen solchen Anblick gewöhnte man sich wohl nie.

Er blieb noch eine Weile dort sitzen, doch als auch nach fünfzehn Minuten noch niemand kam, der jünger war als er, mit Beinen, die schneller und kräftiger waren als seine, stand er auf. Nun, dann würde er eben selbst in den Ort hinuntergehen und die Polizei verständigen müssen. Er steckte die silberne Flasche wieder ein, gab Sir Toby zu verstehen, es ginge weiter, und machte sich langsam an den Abstieg.

Der kleine weiße Hund folgte ihm gehorsam.

30

Der örtliche Constable war ein Mann namens Rogers. Er hatte Dorothy und Cloud eher zufällig in der High Street getroffen und sie von dem Leichenfund am Denkmal unterrichtet. Er war in heller Aufregung gewesen. Und als Dorothy die Sache in die Hand nahm, die Kollegen in Brighton verständigte und die Tatortsachverständigen um Inspector Stockley Breckinridge zum zweiten Mal innerhalb weniger Tage nach Hartfield beorderte, schien er ziemlich erleichtert darüber zu sein, dass ihm jemand Hochrangigeres die Verantwortung aus der Hand genommen hatte.

Jetzt stand er in seiner schwarzen Uniform neben Dorothy und schaute den Kriminaltechnikern bei der Arbeit zu. »Sieht man ja nicht alle Tage, so was«, sagte er eben. Es war nicht ganz klar, ob er die Leiche oder das Aufgebot der Spezialisten meinte, die, in der Hoffnung, sämtliche Spuren zu sichern und einzutüten, durchs Unterholz krochen.

»Wer hat den Fund gemeldet?« Sergeant Cloud war ganz Routine. Sein Notizblock war aufgeklappt, sein Bleistift frisch angespitzt.

»Der Mann heißt Harry Lancaster«, sagte Constable Rogers. »Er wohnt in Cotchford Lane. Muss jetzt so um die achtzig sein. Netter alter Herr. Er geht hier viel spazieren.«

Der Sergeant nickte. »Wie spät war es, als er ihn fand?«

»Mittags«, sagte Rogers. »So gegen zwei, schätze ich. Gemeldet hat er den Fund allerdings erst anderthalb Stunden später.«

»Wieso das?« Cloud war hellhörig geworden.

»Hat kein Mobiltelefon«, sagte Rogers und zuckte mit den Achseln. »Da musste er bis runter ins Dorf laufen. Und er wird nicht mehr der allerschnellste sein.«

Auf einem natürlichen Steinsims hinter ihnen lag ein kleiner Strauß Blumen, daneben die rosa Mütze eines Kindes und – beschwert mit einigen Steinen – ein handgeschriebener Zettel.

Dorothy warf beiläufig einen Blick darauf, weil sie glaubte, ein Kind habe hier eine Nachricht für Pooh hinterlassen. Kettridge hatte ihr erzählt, dass Kinder das häufig taten. Meist stellten sie selbstgemalte Bilder auf (wie den grell mit Buntstiften verzierten Tigger aus Pappe, der ganz in der Nähe an einem Ast baumelte). Oder sie hinterließen ihm Bonbons oder ein kleines Glas Honig. Doch diese Blumen hatte kein Kind hierhergelegt. Und mit einem Mal fühlte sich Dorothy, als sei ihr Magen mit großen Tumoren gefüllt. Es war wie ein dumpfes, schmerzhaftes Völlegefühl – so drückend und schwer, dass es ihr fast die Luft zum Atmen nahm. Ein trauernder Vater musste die Nachricht dort hingelegt haben. *Für meine Prinzessin*, stand darauf. *Happy Birthday, Val. Heute wäre Dein Geburtstag gewesen, mein Schatz. Ich vermisse Dich so sehr. Die Jugend lebt fort an diesem wunderschönen Platz. In Liebe, Dad.*

Cloud, der nichts davon mitbekommen hatte, fragte: »Ist er jeden Tag hier oben?«

»Keine Ahnung.«

Dorothy wandte sich wieder den beiden Männern zu. Die Welt um sie herum schien noch eine Spur grauer geworden zu sein. »Der Tote war ziemlich gut versteckt«, bemerkte sie mit belegter Stimme und räusperte sich. »Man hätte unmittelbar an dem Gebüsch vorübergehen können, und man hätte ihn nicht bemerkt. Schon komisch, dass er ihn überhaupt gesehen hat.«

»Vielleicht wegen der Fliegen«, sagte Cloud.

»Ich finde nichts Komisches daran, Chief Inspector Marley. Der alte Harry Lancaster war mit seinem Hund unterwegs.«

Constable Rogers sah sich allem Anschein nach genötigt, für den alten Herrn in die Bresche zu springen. »Es war der Hund, der darauf gestoßen ist.«

»Erzählen Sie mir ein bisschen von ihm«, sagte der Sergeant.

»Von dem Hund?«, fragte Constable Rogers.

»Großer Gott, Mann!« Cloud verdrehte die Augen. »Von diesem Mr. Lancaster selbstverständlich.«

Dorothy, die sah, dass Cloud ganz gut ohne sie zurechtkam, ließ ihn bei Rogers zurück und ging zu Breckinridge hinüber, der den Gedenkstein zu seinem Schreibtisch gemacht hatte und seine Erkenntnisse in eine große schwarze Kladde eintrug.

»Lassen Sie mich raten«, sagte Breckinridge, noch ehe Dorothy Gelegenheit hatte, ein Wort zu sagen. Er streckte ihr augenzwinkernd den Zeigefinger entgegen. »Todesursache? Todeszeitpunkt? Das Ergebnis der Lottozahlen?«

Dorothy schmunzelte. »Wenn Sie mir die wirklich sagen können, Stockley, dann bin ich weg. Dann interessieren mich Punkt eins und zwei nicht mehr. Dann sind Sie mich ein für alle Mal los.«

»Ach, hören Sie doch auf, Dotty. Sie würde ich im Leben nicht loswerden – nicht, dass ich das überhaupt wollte.«

»Also schön – was haben wir?«

»So, wie es aussieht, haben wir es hier mit einer männlichen Leiche um die fünfzig zu tun«, sagte er. »Als Tatwerkzeug kommt wohl nur ein schwerer stumpfer Gegenstand in Frage. Eine Keule, ein großer Stein oder das breite Ende einer Axt eventuell. Auf alle Fälle ist er an der Kopfverletzung gestorben. Der Tod muss nahezu sofort eingetreten sein. Näheres kann Ihnen dann Millner erzählen, wenn er mit ihm durch ist.«

»Starb er hier?«

»Das dürfte ziemlich sicher sein, ja.«

»Und wann kam er ums Leben?«

»Nun ja. Er ist schon relativ stark verwest. Die hohen Temperaturen begünstigen das natürlich. Ich würde sagen, er ist mindestens genauso lange tot wie der Junge, den wir im Fluss gefunden haben.«

»Da müssen Sie schon ein bisschen präziser werden«, sagte Dorothy. »Meinen Sie damit, er ist seit zwei, drei Tagen tot, so wie es der Junge war, als man ihn fand? Oder denken Sie, die beiden starben etwa zur selben Zeit?«

Breckinridge stieß einen zentnerschweren Seufzer aus: »Seit wann sind wir denn dermaßen kleinkariert, hm? Genauso lange wie der Junge. Ja. Ich bin mir recht sicher – sie wurden im Abstand von ein paar Stunden getötet. Höchstwahrscheinlich sogar zur selben Zeit. Aber nageln Sie mich nicht drauf fest.«

»Das heißt, es könnte sich bei dem Toten durchaus um Kenneth Greggs handeln«, überlegte Dorothy laut.

»Ich glaube, daran besteht gar kein Zweifel«, meinte Breckinridge. Er trug noch ein paar Maße in die Zeichnung ein, die er von der Leiche und der unmittelbaren Umgebung des Fundortes angefertigt hatte, und schloss dann seine Kladde. »Der Mann, der ihn entdeckt hat, hat ihn quasi identifiziert. Ich nehme an, anhand seiner Kleider. Weil … ich denke, kein Mensch hätte bei dem jetzigen Zustand der Leiche noch unterscheiden können, ob es sich um einen toten Menschen oder ein verwesendes Schwein handelt, dem man eine Latzhose und ein Baumfällerhemd angezogen hat. Dieser Lancaster muss noch ein recht rüstiger alter Knabe sein. Patenter Kerl, soviel man hört – hat im Zweiten Weltkrieg gedient. Nicht sehr viele Zivilisten hätten den Anblick ertragen, ohne zu kotzen.«

»So schlimm?«

»Sie haben ihn sich nicht angesehen?«

»Nein. Ich hatte bislang noch nicht die Gelegenheit.«

»Na dann – viel Spaß.« Mit einem schiefen Lächeln steckte Breckinridge seinen silbernen Füllfederhalter, ohne den er keinen Tatort aufsuchte, in die linke Brusttasche seines Hemdes und klemmte sich seine Notizen unter den Arm. »Dr. Millner wird sich ein Loch in den Bauch freuen, wenn er den Kerl erst auf seinem Seziertisch hat. Apropos Loch im Bauch: Ein paar davon hat er tatsächlich.«

Dorothy fand, dass sie zunächst einmal genug gehört hatte. »Danke, Stockley«, sagte sie. »Ich melde mich dann bei Ihnen.«

»Okay. Bis dann also. Wir telefonieren.« Und er packte seine Sachen zusammen und ging.

Dorothy blieb am Gedenkstein stehen, während sich Breckinridge unter dem gelb-schwarzen Flatterband hindurchduckte, mit dem sie das gesamte Areal abgesperrt hatten, und zum Einsatzwagen zurückging.

Touristen in kurzen Khakihosen und schlabberigen T-Shirts mit kleinen Kindern auf den Schultern, die bunte Winnie-the-Pooh-Käppies trugen, blieben immer wieder an der Absperrung stehen und wollten wissen, warum sie das Denkmal an diesem Tag nicht besichtigen könnten. Die meisten waren sicherlich ein ganzes Stück gefahren, um es zu besuchen. Sie zeigten wenig Verständnis. Constable Rogers tat sein Bestes, sie zu beruhigen und auf den nächsten Tag zu vertrösten. Und es gelang ihm sogar, ihnen gegenüber niemals von Mord zu sprechen. Seine Antwort auf die bohrenden Fragen der Wanderer, was um Himmels willen denn dort geschehen sei, war stets dieselbe: Es habe einen Unfall gegeben. Aber es bestünde kein Grund zur Beunruhigung. Morgen sei das Denkmal wieder freigegeben.

Auf der gegenüberliegenden Seite waren mehrere Beamte damit beschäftigt, den Toten zu bergen. Die Bahre, auf den sie ihn zu legen gedachten, stand mitten auf dem graslosen kleinen Platz aus festgetretenem Sand und grauem Erdreich, auf dem auch der Gedenkstein stand. Überquerte man ihn vom weißsandigen Wanderweg aus und trat durch den schmalen Durchgang auf der anderen Seite, so lag die Leiche in einer mit dichtem Strauchwerk überwachsenen Erdmulde gleich rechter Hand. So dicht am Weg, den täglich Dutzende von Spaziergängern passierten, und doch fast unsichtbar.

Dorothy vermochte zwar nicht zu sehen, was sie da trieben, aber sie hörte die entsetzlichen, schmatzenden Geräusche, die die Bergung begleiteten. Es klang, als würde man sehr große, mit Flüssigkeit und Luft gefüllte Plastiksäcke abtransportieren.

Sergeant Cloud hatte unterdessen alles über Harry Lancaster zu Protokoll genommen, was Constable Rogers ihm über ihn zu berichten gewusst hatte. Zu Clouds unsäglichem Verdruss schien Mr. Lancaster über jeden Zweifel erhaben.

»Wir werden uns trotzdem mit ihm unterhalten müssen«, sagte Cloud. »Nur weil dieser Provinzpolizist meint, der Mann habe eine reine Weste, muss das noch lange nicht stimmen.«

»Nein, Cloud. Da haben Sie recht, das muss es nicht«, sagte Dorothy. »Ich werde ihn mir mal ansehen.«

»Sie?«

»Aber ja. Warum nicht?«

»Sie waren schon allein in East Grinstead.« Sergeant Cloud kam sich allmählich überflüssig vor.

»Und *ich* habe gesehen, wie Sie allein aufs Klo gegangen sind«, meinte Dorothy und verdrehte genervt die Augen. »Was denken Sie, was das hier ist, Cloud, ein Wettbewerb? Aber ich habe eine Überraschung für Sie: Diesmal dürfen nämlich Sie hinfahren.«

»Und wohin fahre ich, wenn ich fragen darf?«

»Nach East Grinstead natürlich. Und das ganz allein, während ich mich mit dem alten Herrn unterhalte. Ist das nicht was, Schatz?«

»Ha. Ha. Sehr komisch.« Ungehalten schnaufend steckte der Sergeant die Hände in die Hosentaschen. »Und was – bitteschön – tue ich da?«

Dorothy wurde wieder ernst. »Ich möchte, dass Sie die dort lagernden Coroner-Akten einsehen und uns so viele Informationen wie möglich über den Tod von Brian Jones beschaffen.«

»Brian Jones?« Cloud war bass erstaunt. »Ich nahm an, die Sache sei abgehakt, Chief. Sagten Sie nicht, Sie würden eine Verbindung mit dem, was damals auf der Farm passiert ist, definitiv ausschließen?«

»Im Grunde tue ich das ja auch nach wie vor«, hob Dorothy an. »Aber was haben wir denn jetzt schon noch für Anhaltspunkte? Nicht die geringsten. Unser Hauptverdächtiger liegt da hinten mit eingeschlagenem Schädel unter einem Busch; und wenn eines sicher ist, dann, dass er ihn sich unter Garantie nicht selbst eingeschlagen hat.« Sie blies die Wangen auf und massierte mit den Fingerspitzen ihre Schläfen. »Reverend Chubb hat ja nicht ganz Unrecht, so verschroben er einem auch manchmal vorkommt – Jones und der Cobblerjunge sind beide ertrunken. Und in beiden Fällen stimmte die in der Lunge gefundene Flüssigkeit nicht mit dem Fundort überein.«

»Allerdings kam die Polizei damals zu dem Schluss, es sei ein Unfall gewesen. Jones soll völlig zugedröhnt gewesen sein. Wenn es stimmt, wurde er bewusstlos und ist einfach abgesoffen, ohne es selbst zu merken.«

»Ist das derselbe Ralph Cloud, der noch vor kurzem ganz begeistert von Chubbs Theorie gewesen ist?«

»Ja, schon.« Er fuchtelte etwas hilflos mit den Armen herum. »Aber was, wenn nichts an der Sache dran ist? Wir werden uns bis auf die Knochen blamieren.«

»Das Risiko nehme ich in Kauf«, sagte Dorothy. »Auch wenn wir uns unter Umständen lächerlich machen – wir werden uns zumindest nicht nachsagen lassen müssen, wir hätten die Möglichkeit nicht in Erwägung gezogen. Wer weiß, vielleicht ist da wirklich eine Verbindung – und sei sie noch so klein. Sie werden das auf alle Fälle überprüfen.«

Dorothy und Cloud wurden unterbrochen. Sie mussten Platz machen, als der Leichnam jetzt weggetragen wurde.

Ein gemurmelter Dank der beiden Männer vom Bestattungsunternehmen. Auch ihr Fahrzeug – ein schlichter Lieferwagen ohne Aufschrift – parkte auf dem Weg.

Dorothy schaute ihnen nach. Es sah aus, als würden sie auf der Bahre einen kleinen Wal abtransportieren, so aufgetrieben war die Leiche unter dem schwarzen Gummituch, das sie Gott sei Dank gänzlich bedeckte. Als sie um die Ecke bogen, sagte Dorothy: »Ach, und geben Sie Dr. Millner unbedingt Kopien der damaligen Autopsieberichte, falls Sie die noch finden können. Ich möchte seine Meinung zu den Befunden hören.«

Cloud nickte und sah auf die Uhr. »Schon beinahe zwei. Ich habe einen Mordshunger. Sie nicht?«

»Ja, kommen Sie, lassen Sie uns was essen, ehe wir weitermachen«, sagte sie. »Ich könnte auch was vertragen.« Doch das war gelogen. Obgleich sie seit dem Frühstück nichts mehr gegessen hatte, verspürte sie nicht den geringsten Appetit.

Die Nachricht bei den Blumen und der kleinen Kindermütze auf dem Steinsims kam ihr wieder in den Sinn. *Die Jugend lebt fort an diesem wunderschönen Platz.*

Doch wo nur waren jetzt Christopher Robin und Pooh der Bär?, dachte Dorothy bei sich, während sie ihren Blick über das grüne, unter ihr liegende Tal schweifen ließ.

Wo immer sie jetzt spielten, hier war es jedenfalls nicht. Sie waren fort. Statt ihrer war etwas Schlimmes, etwas ungemein Böses nach Hartfield gekommen.

31

Die Nachricht von Kenneth Greggs' Tod schlug im Dorf wie eine Bombe ein, jedoch wie eine, die sich wie eine Art paralysierendes Giftgas verbreitete und so ihre tödliche Kraft erst allmählich entfaltete.

»Damit stehen wir also wieder ganz am Anfang, Chief«, stellte Cloud resigniert fest, als sie später unter einem der von riesigen blauen Fosters-Sonnenschirmen beschatteten Tische saßen, die im Garten des *Anchor Inn* standen. Der Sergeant hatte eine Portion Fish'n' Chips mit gebackenen Bohnen und Würstchen vor sich stehen, aus der sich auch Dorothy bediente. »Wenn Greggs es nicht aus Rache getan hat, wie wir bislang angenommen haben, wer hat es dann getan?« Er steckte sich ein paar fettige Chips in den Mund; die Finger wischte er sich an seinen Hosenbeinen ab. »Und wenn es doch ein Perverser war?«

»Kommen Sie, Cloud. Sie wissen genauso gut wie ich, dass das höchst unwahrscheinlich ist«, sagte Dorothy. Sie angelte sich eines der Würstchen und tauchte es in die Bohnen. »Doktor Millner zufolge wurde der Junge nicht missbraucht.«

»Also doch ein Irrer.«

Damit kam er jedes Mal. »Ja, Cloud, ich weiß. Sie lieben die Wahnsinnigen und Irren.« Manchmal fragte Dorothy sich, ob sie den Kadetten auf der Polizeischule nur noch beibrachten, wie man sich die Schnürsenkel band, ohne dabei auf die Schnauze zu fallen, und dass man die Türen öffnete, ehe man hindurchging. »Fällt Ihnen nichts Besseres ein?«

Cloud schmollte. »Fällt *Ihnen* vielleicht was Besseres ein? Es gibt kein Motiv.«

»Es gibt immer ein Motiv«, widersprach ihm Dorothy. »Wir sehen es nur nicht. Außerdem können wir wohl mit an Sicherheit grenzender Wahrscheinlichkeit davon ausgehen, dass dieselbe Person, die Greggs umgebracht hat, auch den Jungen auf dem Gewissen hat, stimmt's?«

»Wär schon ein ziemlicher Zufall, wenn es nicht so wäre«, stimmte Cloud ihr zu. »Nur, ganz sicher kann man sich natürlich nie sein.« Er schnappte sich eines der zwei verbliebenen Würstchen und biss die Hälfte davon ab. Als er es verdrückt hatte, meinte er: »Der Junge ist ertränkt worden. Dem alten Greggs dagegen hat er – soweit wir bislang wissen – den Schädel eingeschlagen.«

»Noch so ein Punkt, der gegen Ihre Serientäter-Theorie spricht, Cloud.«

»Weil es nicht derselbe *modus operandi* ist, meinen Sie?« Er wackelte mit dem Kopf. »Serienmörder bedienen sich nicht zwangsläufig immer und immer wieder der gleichen Tatwerkzeuge. Im Gegenteil – diejenigen, die sich auf eine Tötungsart festlegen, sind sogar relativ selten. Peter Sutcliffe beispielsweise tötete mal mit einem Hammer, mal mit dem Messer, mal mit einem angespitzten Schraubenzieher …« Cloud benutzte einen der frittierten Kartoffelstreifen als Löffel und lud sich eine Anzahl Bohnen darauf. »Verdammt!« Sie fielen ihm auf den Schoß, noch ehe er sie zum Mund geführt hatte.

Dorothy schnappte sich das letzte Würstchen, fuchtelte damit vor seiner Nase herum und sagte: »Sie brauchen mir keinen Vortrag über die Lieblingsmordwaffen Ihrer Serienkiller zu halten, Cloud. Dieser hier war keiner von ihnen. Der Kerl hatte einen Grund für diese beiden Morde.«

»Ganz wie Sie wollen.« Er sah ihr zu, wie sie genüsslich das Würstchen in den Mund steckte, daran knabberte und sich die Tomatensoße von den Lippen leckte. Im selben Moment noch wünschte er, er könne unter irgendeinem Vorwand verschwinden, oder – noch besser – sich einfach in Luft auflösen, damit sie seine langsam errötenden Ohren nicht bemerkte.

Sie sah ihn fragend an. »Stimmt was nicht, Cloud?«

»Nein, Chief. Alles klar.« Er räusperte sich und gab sich die größte Mühe, ungerührt zu erscheinen. Dummerweise betrachtete er noch immer das Würstchen in ihrer rechten Hand, als er sie fragte: »Was macht Sie so sicher, dass der Mörder ein Mann ist?«

»Verdammt noch mal, Cloud, konzentrieren Sie sich gefälligst auf Ihre Arbeit. Und sicher bin ich mir bei überhaupt nichts mehr. Natürlich könnte es auch eine Frau gewesen sein.«

»Also gut, lassen Sie uns sehen, was wir haben.« Cloud zückte sein Notizbuch und klappte es auf, obwohl er es eigentlich gar nicht benötigte. So ungeschickt er sich auch manchmal anstellen mochte, die Fakten hatte er stets im Kopf. »Wenn Dr. Millner sich nicht irrt, dann wurden Greggs und der Junge ungefähr zur gleichen Zeit getötet, oder doch wenigstens im Abstand von höchstens fünf bis sechs Stunden voneinander.«

»Gut. Weiter.«

»Greggs wurde das letzte Mal gegen zwanzig Uhr dreißig von seiner Frau gesehen, wie er auf dem Apfelhain mit der Motorsäge hantierte. Den Jungen will sie zu dem Zeitpunkt nicht gesehen haben. Kettridge begegnete Ronnie etwa eine Stunde später in der Cotchford Lane und begleitete ihn bis zum Waldrand. Von dort hatte der Junge noch etwa dreihundert, dreihundertfünfzig Meter Fußweg bis nach Hause zu gehen. Mrs. Morris hat ausgesagt, sie habe ihn von ihrem Gartentor aus an der Weggabelung zur Horseshoe Lane gesehen, und er habe sie gegrüßt, ehe er in die Einfahrt zum *Endwell House* einbog. Mrs. Morris ist die letzte Person, die ihn noch lebend gesehen hat. Das war ziemlich genau um zehn.«

»Und das in unmittelbarer Nähe seines Zuhauses.«

»So sieht's aus.« Cloud klappte den Notizblock sehr langsam zu und steckte ihn wieder ein. »Der Täter muss sich

Ronnie also geschnappt haben, kurz bevor er die Haustür erreichte.«

»Oder kurz danach.«

»Wie – kurz danach?«

»Können Sie ausschließen, dass er dort angekommen ist?«, fragte Dorothy, die Augenbrauen hochgezogen. »Ich kann das jedenfalls nicht.«

»Natürlich nicht«, gab Cloud zu. »Aber das ist doch absurd. Es würde bedeuten –«

»Jemand aus dem Haus hätte es getan«, beendete sie für ihn den Satz. »Wundern würde es mich nicht.«

»Den Vater können Sie definitiv ausschließen«, meinte Cloud.

»Finden Sie? Wieso? Weil er sich die Hand gebrochen hat, um uns zu zeigen, wie groß sein Schmerz ist?«

»Ja.« Cloud blinzelte. »Möglicherweise.«

In diesem Moment erinnerte Cloud sie an ein entsetztes, verschrecktes Kind. Sie sagte: »Vergessen Sie Jeremy Bamber nicht. Der hat, ohne mit der Wimper zu zucken, seine ganze Familie ausgelöscht – seine Eltern, seine Schwester – und so bitterlich geweint, als sie begraben wurden. Wissen Sie noch? Seine Freundin hat es schließlich rausgekriegt und war schlau genug, sich an die Polizei zu wenden.«

Der Sergeant schob den Teller mit den restlichen Chips und den Bohnen beiseite. Die Vorstellung, der Vater könne seine Trauer nur vorgetäuscht und den Jungen tatsächlich selbst ermordet haben – aus welchem perfiden Grund auch immer –, hatte ihm allen Appetit verdorben.

Nach einer ganzen Zeit erst sah er sie wieder an und fragte: »Was für einen Grund sollte Gordon Cobbler denn gehabt haben, den eigenen Sohn umzubringen?«

»Es muss nicht unbedingt der Vater gewesen sein«, gab Dorothy zu bedenken. »Kann sein, dass Ronnie der *Mutter* im

Weg war; oder jemand anderem aus der Familie. Selbst der Bruder kommt in Frage – sogar das Mädchen, das ihnen im Haushalt hilft, könnte mit der Sache zu tun haben. Ist Ihnen aufgefallen, wie sie Gordon Cobbler anhimmelt?«

»Ehrlich, Chief – Sie sind unglaublich. Was haben Sie nur für ein fürchterliches Menschenbild?«

»Ich behaupte ja nicht, dass es sich so abgespielt haben muss. Ich zeige nur Möglichkeiten auf«, sagte sie. »Sehen Sie's mal so: Ganz gleich, wer Ronnie Cobbler und Kenneth Greggs auf dem Gewissen hat, er könnte gezwungen gewesen sein, den Jungen zu beseitigen, weil der etwas gesehen hatte, was nicht für seine Augen bestimmt war.«

»Den Mord an Greggs, meinen Sie?«

»Ist das eine Frage oder eine Feststellung, Cloud?«

Er zuckte mit den Schultern. »Klingt doch einleuchtend. Wenn der Junge den Mord an Greggs beobachtet hat, wäre dem Mörder gar keine Wahl geblieben.«

»Allerdings wäre auch der umgekehrte Fall denkbar«, meinte daraufhin Dorothy. »Ebenso gut könnte Greggs der unliebsame Zeuge gewesen sein.«

»Oder beide«, sagte Cloud resigniert.

»Wenn Mrs. Morris sich nicht geirrt hat, war Ronnie beinahe zuhause, als sie ihm begegnete«, sagte Dorothy. »Und wenn er tatsächlich Zeuge eines Verbrechens geworden ist, das außerhalb von *Endwell House* verübt wurde, weshalb hätte ihn der Mörder erst so weit kommen lassen sollen? Und bedenken Sie: Ronnie hatte es nicht eilig. Er soll zügig gegangen, aber nicht gelaufen sein. Das deutet nicht gerade darauf hin, dass er sich verfolgt gefühlt hat.« Sie zog die Schultern hoch und breitete die Arme aus. »Ich finde, es spricht einiges dafür, dass sich das, was zu Ronnies Tod führte, erst bei den Cobblers selbst ereignete.«

»So fürchterlich die Vorstellung auch ist«, meinte Cloud,

der nervös an der trockenen Haut seines rechten Daumens herumzupfte, »da ist was Wahres dran, Chief. Wäre der Junge vor jemandem davongelaufen, der ihm Angst einjagte, dann hätte er sich doch wohl Mrs. Morris anvertraut und bei ihr Schutz gesucht, anstatt sie nur im Vorbeigehen zu grüßen.«

»Bei einem Siebenjährigen darf man wohl davon ausgehen.« Dorothy verschränkte die Arme auf dem Tisch und beugte sich vor. »Also gut. Wir wissen, dass Ronnie beinahe zuhause war, als er verschwand.« Sie hob abwehrend die Hand. »Und ich möchte jetzt keine Einwände hören, die Eltern könnten es nicht gewesen sein, klar?«

»Ich hatte nicht mal vor, etwas zu sagen.« Cloud schüttelte den Kopf.

»Er hätte höchstens noch ein paar Meter weit gehen müssen, als diese Mrs. Morris ihn sah, dann wäre er im Haus gewesen. Entweder hat der Mörder ihn sich geschnappt, ehe er diese wenigen Meter zurückgelegt hatte – dann hätte er den Jungen aber auf Schritt und Tritt verfolgen müssen –, oder Ronnie starb zuhause.«

»Womit wir wieder bei den Eltern sind«, meinte Cloud. »Also, auch wenn's Ihnen nicht passt, ich kann mir beim besten Willen nicht denken, weshalb die den Jungen umgebracht haben sollten.«

»Wie ich vorhin schon sagte«, erinnerte sie ihn. »Da ist noch Reggie, der ältere Bruder. Und dann das rothaarige Mädchen, das für die Cobblers arbeitet.«

»Mollie Phillips«, half Cloud ihr auf die Sprünge. »Die arbeitet für fast jeden hier im Ort. Und im *Pooh Corner Shop* ist sie auch noch beschäftigt. Mrs. Thompson hat mir erzählt, Mollies Mutter sei ziemlich krank, und das Mädchen würde sie pflegen. Die hat genug mit dem Geldverdienen zu tun. Weshalb sollte sie den Kleinen töten wollen? Desgleichen der Bruder«, setzte er hinzu. »Er ist ein Ziegenbock, sicher – aber

Mord? Nein. Ich denke, das ist eine totale Sackgasse, Chief. Eher würde ich Mrs. Greggs noch mal etwas genauer unter die Lupe nehmen. Da war doch diese Erbsache, die sie erwähnt hat.«

»Okay. Gut.« Dorothy schnippte mit den Fingern. »Das lasse ich überprüfen.«

»Sehen Sie es mal so: Sie ist eine verbitterte Frau, die ihrem Mann ständig alles hinterherträgt, ihn bekocht, und so weiter – obwohl der doch nur macht, was er will, und es ihr in keiner Weise dankt. Nicht mal zum Essen kommt er rein, wenn sie ihn darum bittet. Das hat sie uns selbst gesagt. Vielleicht hat sie sich einmal zu viel darüber geärgert.«

»Sie meinen, sie hat ihn totgeschlagen, weil sie die Nase voll hatte, und Ronnie hat das beobachtet?«

»Möglich wär's jedenfalls.«

»Aber auch sie hätte den Jungen nicht erst bis nach Hause laufen lassen, Cloud. Und vor ihr weggelaufen ist er nicht – das hätte Mrs. Morris bemerken müssen.«

»Stimmt.« Das ergab auch keinen Sinn.

»Sieh an, sieh an – die Polizei.« Es war Reverend Chubb. »Ich bin fast erleichtert zu sehen, dass Sie sich auch mal eine Pause gönnen. Ich nahm bereits an, Sie beide würden rund um die Uhr arbeiten.« Er war offenbar aus dem Pub gekommen. »Grauenvoll, was da mit dem armen Greggs passiert ist. Einfach grauenvoll.« In der Hand hielt er statt des üblichen Ciders ein Glas tiefschwarzes *Guinness*. Es war fast, als würde Kenneth Greggs' Tod selbst die Wahl des Alkohols beeinflussen.

»Wie haben es die Leute hier in Hartfield aufgenommen?«, fragte Dorothy.

»Deswegen wollte ich Sie sprechen«, sagte Chubb. Seine Lippen waren dünne Striche. »Alle sind natürlich schockiert. Aber ... Nun, es geht das Gerücht, Kenneth Greggs sei *ermordet* worden.«

»Gerücht?« Sie sah ihn stirnrunzelnd und ein wenig verständnislos an. »Ich bitte Sie, Reverend Chubb. Kenneth Greggs *ist* ermordet worden.«

»Ah. So. Hmm. Es war also kein Selbstmord?«

»Nein. Wie kommen Sie bloß darauf?«

»Es ist nur – es sah doch alles so aus, als ob er Ronnie …« Er brach ab, drehte das Glas in seinen Händen unschlüssig nach rechts und links. Wahrscheinlich ging ihm nun all das durch den Kopf, was er selbst zu diesem Thema bereits gesagt hatte.

»Wollen Sie sich nicht setzen und mir einen Moment Gesellschaft leisten, Reverend?«, fragte Dorothy, die Cloud ihre Wagenschlüssel hinschob. »Sergeant Cloud muss leider weg. Er ist sozusagen schon auf dem Sprung, nicht wahr, Schatz?«

Cloud schnappte sich die Schlüssel und stand grummelnd auf. »Also schön, Chief. Ich werd' dann mal fahren«, sagte er. Und im Weggehen fiel er beinahe kopfüber die Treppe zum Parkplatz hinunter, als er eine Stufe verfehlte oder über seine eigenen Füße stolperte.

Verhalten fluchend humpelte er über den Parkplatz davon.

32

»Harry ist *hinten*«, sagte Mrs. Lancaster in einem Ton, der keinerlei Zweifel daran ließ, dass ihr das – aus welchem Grund auch immer – ganz und gar nicht in den Kram passte. Sie hatte graues, fast weißes Haar. Ihre Nase war ein wenig zu klein, ihr Mund besonders verkniffen und noch faltiger als das übrige Gesicht. Nur Lachfältchen waren keine zu entdecken. Sie wies irgendwo in die Dunkelheit des Flures hinter sich. »Aber versprechen Sie sich mal nicht zu viel davon, mit ihm zu reden. Ich glaube, er wird jetzt langsam senil.« Bei jeder Silbe verzog sie das Gesicht, als würde sie Zitronenstückchen kauen. »Wenn er nicht gerade mit diesem abscheulichen kleinen Hund durch den Wald spaziert, sitzt er den ganzen Tag nur noch da, mit seinem Radio auf dem Schoß. Dabei ist er erst 89. Nur noch der Hund und sein Radio. Mit mir redet er gar nicht mehr. Nicht mal ein kleines Dankeschön. Obwohl ich ihm noch immer das Essen mache. Sie wissen ja gar nicht, wie schlimm das für mich ist. Dieses Jahr sind wir 61 Jahre verheiratet. Und er reagiert einfach überhaupt nicht mehr, wenn ich ihn rufe – überhaupt nicht mehr. Dabei sind Gespräche doch so wichtig, um nicht zu verkalken. Gerade für mich. Ich stamme nämlich aus einer, na ja, etwas gebildeteren Familie, obwohl ich Harry das nie vorgehalten habe. Mit ihm konnte man sich natürlich nicht so unterhalten – eben nicht auf dem gleichen Niveau, wie das mit jemandem von meinem Stand möglich gewesen wäre, wissen Sie. Ich denke, das ist auch der Grund dafür, dass ich geistig noch so auf der Höhe bin.«

Dorothy schenkte ihr ein Lächeln, durchquerte rasch den dunklen Flur und fand den kleinen hellen Raum am Ende des Ganges. Im Vorübergehen bemerkte sie auf einem Schränkchen zufällig einen roten, mit einem großen Stein beschwerten Papierstapel. Wegen des Steins, der darauf lag, konnte sie nicht den ganzen Text sehen, doch das wenige, das sie sah, reichte aus. PRIVATWEG!!! PARKEN und VÖGELN. Und das in fetten schwarzen Buchstaben.

Harry Lancaster saß in einem großen abgewetzten Ohrensessel, die Augen geschlossen. Leise Swing-Musik ertönte aus dem Radio auf seinem Schoß. Für einen Mann seines Alters hatte er noch erstaunlich volles, wenn auch fast weißes Haar, trug eine Strickjacke und viel zu weite braune Hosen, die ihm um die dünnen Beine schlackerten, während seine Fußspitze kaum merklich im Takt der Musik wippte.

Zu seinen Füßen ruhte Sir Toby und schnarchte. Vielleicht

bildete sie es sich ja ein, aber Dorothy kam es so vor, als hinge noch immer eine Spur von Rot an seinen Lefzen.

Draußen herrschten hochsommerliche Temperaturen, aber hier im Zimmer war es ungewöhnlich kalt.

Noch ehe Dorothy ihn ansprechen konnte, klappte Mr. Lancaster die Augen auf und sagte im Flüsterton: »Machen Sie mal die Tür zu, bitte. Rasch, ehe sie merkt, dass ich wach bin.« Er unterstrich seine Worte mit einer gebieterischen Geste seiner rechten Hand. Als Dorothy gehorchte und die Tür geschlossen war, drehte er das Radio noch etwas leiser, ließ es jedoch an. Dann meinte er: »Wenn Sie der Engel wären, der mich jetzt in die Ewigkeit abberufen wollte, würde ich garantiert nicht dagegen ankämpfen. Ihr Gesichtsausdruck lässt mich allerdings vermuten, dass es noch nicht ganz so weit ist«, fügte er mit einem bedauernden Kopfschütteln hinzu.

»Hallo, Mr. Lancaster.« Sie schmunzelte. »Ich bin Chief Inspector Dorothy Marley von der Sussex Police. Ich bin hier, um wegen des Leichenfunds Ihre Aussage aufzunehmen.«

»Ich wusste, es ist was Unschönes.« Er schnalzte mit der Zunge und richtete sich in seinem Sessel auf. »Ich fürchte, Sir Toby hat ein bisschen was von ihm gegessen. Vom alten Greggs, meine ich. Denken Sie, man kann mich deswegen belangen?«

»Nein, das glaube ich nicht.« Sie musste wieder schmunzeln. »Wie man sieht, haben Sie sich Ihren Humor bewahrt.«

»Ohne Humor geht es nicht, oder? Nur Hetty kommt merkwürdigerweise ganz und gar ohne aus. Das Einzige, was sie braucht, ist Geschrei und Geschnatter.« Er wies auf einen runden Schemel. »Bitte nehmen Sie Platz. Schließlich habe ich nicht jeden Tag so reizenden Damenbesuch. Möchten Sie was trinken?«

»Nein, vielen Dank.« Der Mann gefiel ihr. Von Senilität bislang keine Spur. Harry Lancaster erinnerte Dorothy an den gealterten Cary Grant; vor gut zwanzig Jahren wäre er vielleicht selbst Frauen ihres Alters noch gefährlich geworden. Sie setzte sich und sagte: »Sie würden uns sehr helfen, wenn Sie mir noch einmal schildern könnten, wie Sie die Leiche fanden. Fühlen Sie sich dazu in der Lage?«

»Ich denke schon.« Er sah sie von oben bis unten an. Dann meinte er: »Ihnen ist kalt, nicht wahr?«

»Ein wenig«, gab Dorothy zu.

»Hier ist es immer kalt. Sommer wie Winter.«

»Und weshalb gehen Sie dann nicht rüber ins Wohnzimmer?«

»Gott behüte«, sagte Mr. Lancaster mit hochgezogenen Augenbrauen. »Kalt mag es ja sein, aber Gott sei Dank ist Hetty eine schreckliche Frostbeule. Und daher herrscht hier den ganzen Tag über absolute Ruhe.« Er richtete sich in seinem Sessel auf, stieß einen leisen Seufzer aus und stellte das Radio neben den Stuhl auf den Boden, was Sir Toby, der dort zusammengerollt in tiefem Schlummer lag, zu einem kurzen, schläfrigen Knurren veranlasste. Dann wies er auf ein kleines Schränkchen in der Zimmerecke, gleich bei der Tür, auf dem diverse alte Bücher, eine Lesebrille – wie Dorothy vermutete – und ein paar Zeitschriften lagen. »Seien Sie so gut, und reichen Sie mir mal den Band über Numismatik herüber. Aber seien Sie vorsichtig, das Ding ist verdammt schwer.«

Dorothy gehorchte. Das Buch war kunstvoll in Leder gebunden und wog mindestens zwei Kilo. Vermutlich war es ein Vermögen wert.

Wenn Sie ältere Leute befragte, kam es häufig vor, dass diese plötzlich anfingen, in Schränken zu kramen, wo sie Fotoalben hervorholten und dann in alten Erinnerungen schwelgten, anstatt die ihnen gestellten Fragen zu beantworten. Dorothy ließ sie jedes Mal gewähren, da sie die Erfahrung gemacht hatte, dass sie wesentlich mehr erfuhr, wenn sie ihnen Gelegenheit gab, zunächst von sich selbst zu erzählen, sie ein wenig abschweifen zu lassen.

Und Mr. Lancaster war da offensichtlich keine Ausnahme.

»Hetty macht sich nichts aus dem Sammeln von Münzen. Ich allerdings auch nicht«, fügte er hinzu, während er das Buch auf seinem Schoß aufklappte, wobei eine glänzende Taschenflasche aus kunstvoll graviertem Silber und zwei winzige Becher zum Vorschein kamen, die in einer Höhlung des Buches versteckt gewesen waren. Nachdem er alles herausgenommen und beide Becher gefüllt hatte, stellte er die Flasche behutsam auf den jetzt wieder geschlossenen Buchdeckel und schob Dorothy einen der Becher hin. *»Laphroaig«*, sagte Mr. Lancaster. »Feinster Malt Whisky. Fast zwanzig Jahre alt. Und kommen Sie mir ja nicht damit, Sie seien im Dienst. Wenn Sie den ablehnen, ist das, als würden Sie mir den Fehdehandschuh ins Gesicht schleudern. Außerdem wird er Sie etwas aufwärmen.«

Das Zeug sah aus wie Jodtinktur und roch auch so. »Dann habe ich ja wohl keine Wahl, was?«

»Und?«, fragte er, als sie einen kleinen Schluck davon gekostet hatte. »Wie schmeckt er Ihnen?«

»Hm. Nicht übel.«

»Nicht übel?« Harry Lancaster rümpfte missbilligend die Nase. »Also, ich bitte Sie. Ich hätte nichts dagegen, mich in einem Fass davon *beerdigen* zu lassen. Los, los – nehmen Sie noch einen Schluck.«

Dorothy tat, wie ihr geheißen, und er wartete gespannt auf ihre Reaktion.

Es mochte ja Menschen geben, die den Torf aus einem Whisky herausschmeckten, das Heidekraut und den bitteren Geschmack von Disteln, an denen der Herbstwind zerrt, das heisere Blöken der Schafe … Dorothy hingegen war alles andere als eine Whiskykennerin. Sie schmeckte nichts von alledem. Doch immerhin hatte er Recht behalten, was die Wirkung anging; allmählich wurde ihr wärmer. Nach einem weiteren Schluck meinte sie schließlich: »Ein bisschen rauchig und ein bisschen nussig, würde ich sagen. Und irgendwie salzig.«

»Großartig!« Mr. Lancaster sprang fast von seinem Sessel auf, so begeistert war er. Neben ihm knurrte der kleine Hund im Schlaf. »Nicht schlecht für den Anfang.«

Für den Anfang? Dorothy hatte nicht vor, sich hier abfüllen zu lassen. »Ich fürchte, wenn ich noch mehr davon trinke, kann ich für nichts garantieren.«

»Lassen wir es doch darauf ankommen«, entgegnete Mr. Lancaster, der seinen Becher unterdessen nachgefüllt und auch ausgetrunken hatte. Er lächelte verschmitzt.

»Lassen Sie uns lieber noch mal darauf zurückkommen, wie sie den Toten entdeckten«, sagte Dorothy freundlich.

»Eigentlich entdeckte ihn Sir Toby. Wir gingen unsere Strecke wie immer.« Er hielt inne und legte die Stirn in Falten, als sei ihm urplötzlich etwas eingefallen. »Nein, diesmal war es ja gar nicht so. Obwohl wir das normalerweise immer tun: Wir gehen die Cotchford Lane hinauf, über die Posingford Bridge und dann quer durch den Wald. Aber da ich es vermeiden wollte, durch das Waldstück zu gehen, wo sie den kleinen Cobbler gefunden haben, spazierten wir stattdessen ein Stück weit an der Hauptstraße entlang, was wegen des Verkehrs sehr viel gefährlicher ist, und durchwanderten das Tal östlich von Gill's Lap. Und von dort dann querfeldein bis rauf zum Milne-Gedenkstein. Das ist die Stelle oben auf dem Hügel, die man *Den verzauberten Ort* nennt. Wegen der Pooh-Geschichten. Der Ort, an dem sie enden, und wo Pooh und Christopher Robin Abschied voneinander nehmen und doch für immer und ewig zusammen spielen.« Ein Strahlen erhellte sein Gesicht, als sei kurz die Sonne herausgekommen. »Aber das wissen Sie ja bestimmt.«

Dorothy nickte.

Und tatsächlich konnte sie sich trotz all der Jahre, die seitdem verstrichen waren, noch sehr genau daran erinnern, wie ihr Vater ihr und Robert die Geschichten vor dem Zubettgehen vorgelesen hatte; allein durch den Klang seiner tiefen, melodischen Stimme war er imstande gewesen, jedem Tier eine ganz eigene, unverwechselbare Persönlichkeit einzuhauchen. Allein dadurch, dass er seine Stimmlage um eine winzige Nuance veränderte, war es ihm möglich gewesen, sie am Ende seiner Geschichten vor lauter Entsetzen auflachen oder vor Glück weinen zu lassen. Und sie hatte immer viel lieber geweint als gelacht. Vielleicht war das der Grund dafür, dass sie es seit seinem Tod nicht mehr vermochte.

Dad war ein fantastischer Geschichtenerzähler gewesen. Was gäbe sie dafür, ihn noch einmal erzählen zu hören.

Nur Robert war auf seine Art vielleicht noch besser; ihm gelang es sogar, die Melodie all dieser Stimmen auch auf dem Papier festzuhalten.

»Bitte fahren Sie fort«, sagte sie, als sie feststellte, dass Mr. Lancaster sie mit einem milden Lächeln betrachtete, den Kopf leicht zur Seite geneigt.

Er räusperte sich und sagte: »Sir Toby und ich, wir blieben eine Weile dort sitzen und genossen die Aussicht – und die herrliche Stille«, setzte er mit einem Blick auf die geschlossene Tür hinzu. »Normalerweise wären wir dann umgekehrt und durch den Wald von Posingford zurückgegangen. Zu gefährlich, die Straße zu nehmen – zu viel Verkehr. Vor zehn Jahren war das noch möglich, aber heutzutage … Wie auch immer, ich saß da und dachte an nichts Böses, als Sir Toby plötzlich losrannte. Ich konnte ja gar nicht viel machen. Ich weiß, ich sollte daran denken, ihn an der Leine zu halten, wie es Vorschrift ist. Aber alte Männer sind vergesslich …« Er blies die Wangen auf und wackelte mit dem Kopf. »Und eh ich mich's versah, hatte Sir Toby auch schon ein Stück von ihm im Maul.«

Harry Lancasters Humor in Ehren, aber wenn man ihn so reden hörte, konnte man fast den Eindruck gewinnen, es sei ihm allmählich zur lästigen Gewohnheit geworden, dort oben auf Leichen zu stoßen. »Es scheint Ihnen gar nichts ausgemacht zu haben, ihn in dem Gestrüpp zu finden. Hat Sie der Anblick von Greggs Leichnam denn nicht erschreckt?«

Er sah sie mit ernster Miene an. »Das war ein Anblick, der jeden erschreckt hätte, das können Sie mir glauben – so, wie er zugerichtet war.«

Dorothy nickte. »Und trotzdem haben Sie ihn gleich erkannt?«

»Er trug dieselben Sachen, die er immer trug, wenn man ihn im Dorf sah: grüne Latzhosen, ein Hemd und seine zerschlissene Lederweste. Ich nahm einfach an, es müsse Greggs sein. Nur, dass der Tote irgendwie fülliger wirkte.«

»Ja, ich weiß.« Das war Teil des Verwesungsprozesses, der natürlich gerade jetzt im Sommer äußerst schnell voranschritt. Die hohen Temperaturen und der Tierfraß machten ihnen gleichermaßen zu schaffen.

»Zuerst dachten wir, jemand habe wie ein Wahnsinniger mit einem scharfen Skalpell auf ihn eingestochen, nachdem er ihm zunächst den Schädel gespalten hat«, hatte Breckinridge zu ihr gesagt. *»Sie kommen nicht drauf, was es in Wirklichkeit war: Vögel. Sie haben ihn aufgepickt wie einen Sack Getreide.«*

Bei längerer Liegezeit von Leichen kam es sogar recht häufig vor, dass Füchse ganze Gliedmaßen verschleppten. Diesmal war es nicht ganz so schlimm gewesen. Doch dadurch, dass die Fliegenmaden bereits eine Weile Gelegenheit gehabt hatten, das tote Gewebe aufzulösen und zu verflüssigen, hatten die dabei entstehenden Gase zu einem Auftreiben des Körpers geführt. Aufgrund dessen hatte die Leiche beim Anheben ganz abscheuliche Geräusche von sich gegeben; Geräusche, die wie feuchte Fürze und Rülpser klangen.

Farmer Greggs war schon zu Lebzeiten ein stämmiger Kerl gewesen, aber es hätte ihn sicherlich schockiert zu sehen, wie die Maden einen regelrechten *Fettsack* aus ihm gemacht hatten, der auch im Tod noch Rülpser und Fürze ausstieß, oder wie einer der uniformierten Constables sich mehrfach auf seine Stiefel übergab.

Dorothy machte sich von den Erinnerungen los und fragte: »Kannten Sie ihn eigentlich persönlich?«

»Jeder hier kannte ihn«, sagte Mr. Lancaster. »Denn jeder kennt einfach jeden hier. Nicht verwunderlich in einer so kleinen Stadt. Aber eigentlich wollen Sie wissen, ob ich ihn mochte, nicht wahr? Oder ob ich ihm nicht doch vielleicht die Pest an den Hals gewünscht habe. Sie müssen das sicher fragen, damit Sie ausschließen können, dass ich ihn umgebracht habe, denke ich mir.« Jetzt war es wieder an ihm, zu schmunzeln. »Ehrlich gesagt, hatte ich nicht sonderlich viel mit Greggs zu schaffen. Er ging oft ins Pub runter – für mich ist das nichts. Wenn ich was trinken will, kann ich das hier. Ich brauche nicht zwanzig andere Männer dazu, die das gleiche tun, um es genießen zu können. Ich kann ganz gut allein sein, wissen Sie?« Er hielt inne. »Wie auch immer – Greggs und ich, wir grüßten uns, wenn wir uns auf der Straße über den Weg liefen, und das war's auch schon.«

»Und was ist mit den Streitigkeiten zwischen ihm und Gordon Cobbler?«, fragte Dorothy. »Können Sie mir irgendetwas dazu sagen?«

»Sicher.« Er räusperte sich leise und deutete ein Kopfschütteln an. »Es waren Hirngespinste. Greggs war davon überzeugt, Gordon hätte seine Schwester getötet. Vergiftet, verhext, was weiß ich. Es war einfach lächerlich.«

»Was macht Sie da so sicher?«

»Ach, kommen Sie.« Er winkte ab. »Das hat man im Gefühl.«

»Auch wenn Sie's nicht glauben«, versicherte Dorothy, »die meisten Tötungsdelikte sind Beziehungstaten.«

»Nicht in dem Fall. Gordon kenne ich schon, seit er ein Junge war. Vierzig Jahre lang habe ich den Laden mit der kleinen Poststelle im Salisbury House geführt – das ist das Gebäude neben dem *Pooh Corner Shop*. Genau genommen befand sich meine Postfiliale in einem Anbau, der früher als Kutschen-Remise gedient hatte. Wie auch immer, ich machte das, bis ich siebzig war und keine Lust mehr hatte. In vierzig Jahren lernt man eine Menge über die Menschen um einen herum, glauben Sie mir. Und Gordon kam oft in mein Geschäft, um Postkarten oder ein paar Briefmarken zu kaufen. Er war immer ein guter Junge – auch später, nachdem er Annie geheiratet hatte und sein erster Sohn Reginald auf die Welt kam – er ist es heute noch. Es gibt einfach keinen Grund, weshalb er seiner ersten Frau etwas angetan haben sollte. Er hatte einfach *kein Motiv*, wie Sie wahrscheinlich sagen würden.«

»Allerdings hat er sehr schnell wieder geheiratet, nachdem sie gestorben war«, sagte Dorothy. »Das müssen Sie doch zugeben; soviel ich weiß, nur ein paar Monate nach der Beisetzung.«

»Susan war Annies Pflegerin«, sagte Mr. Lancaster. »Er hat sie erst kennengelernt, als keine Hoffnung auf Besserung mehr bestand und der Pflegedienst sie ihm vorbeischickte. Davor waren sie sich nie begegnet.«

Obgleich Dorothy noch weitere Einwände auf der Zunge lagen, ließ sie es dabei bewenden. Stattdessen sagte sie: »Ihnen und mir mögen Greggs' Anschuldigungen ja wie Hirngespinste vorkommen. Ihm könnten sie dagegen vollkommen real und glaubhaft erschienen sein.«

Harry Lancaster stimmte ihr zu. »Wie ich schon sagte, ich bin nicht oft unten im Pub; trotzdem bekomme ich so einiges mit. Und ich kann Ihnen sagen, wenn Kenneth Greggs den

Cobbler-Jungen tatsächlich umgebracht hat – was ich unter normalen Umständen nicht glauben kann –, dann muss er es getan haben, als er nicht mehr Herr seiner Sinne war.«

»Unter Alkoholeinfluss, meinen Sie.«

»Wer weiß? Möglicherweise. Und das Thema kam sowieso nur aufs Tapet, wenn er genug intus hatte«, sagte er. »Er war ein Bollerkopp, wenn er nüchtern war. Aber umgänglich dabei. Die Cobbler-Jungs spielten auf seinem Hof und auf seinen Feldern, und ich hatte immer den Eindruck, er hatte sie gern um sich. Dummerweise sah die Sache nach ein oder zwei Bieren schlagartig anders aus. Da wurde er ausfällig und kam mit seinen Anschuldigungen …« Er zuckte mit den Schultern.

So kamen sie nicht weiter. Wen sie auch befragten – was Greggs und Cobbler anging, erhielten sie stets dieselben Auskünfte. Doch das war jetzt alles hinfällig. Nun war Kenneth Greggs selber tot.

Sie stand auf, um sich zu verabschieden.

»Warten Sie.« Er beugte sich vor und legte ihr die Hand auf den Arm. »Wie ich hörte, hat sich Ihr Kollege neulich bei einigen Leuten im Dorf nach den Umständen erkundigt, unter denen Brian Jones damals ums Leben kam«, sagte er dann scheinbar zusammenhanglos.

»Das stimmt«, gab Dorothy zu und setzte sich wieder, auch wenn sie den Grund für den plötzlichen Themenwechsel zu kennen glaubte: Mr. Lancaster wollte sie offensichtlich noch nicht fortgehen lassen. »Es gibt durchaus gewisse Ähnlichkeiten. Reverend Chubb und Jonathan Kettridge haben da sogar ihre ganz eigene Theorie entwickelt. Ihrer Meinung nach sind Jones und Ronnie demselben Mörder zum Opfer gefallen. Nehmen Sie es mir nicht übel, aber ich tue mich noch etwas schwer damit, das zu schlucken.«

»Das ist verständlich. Trotzdem – tun Sie es nicht einfach ab.« Und für einen kurzen Augenblick sah er sie mit einer Eindringlichkeit an, die sie schaudern ließ. »Reden Sie mit Mary Hallett. Wenn Sie wirklich etwas über Brian Jones' Zeit auf Cotchford Farm erfahren wollen – und über die Umstände seines Todes –, dann müssen Sie zu Mary gehen. Sie weiß einfach alles darüber. Die jungen Leute, die heute dort wohnen, kennen das, was damals geschah, ja nur noch aus Büchern. Aber sie wurde auf der Farm geboren, wissen Sie? Sie hat praktisch ihr ganzes Leben dort verbracht. Und diesen Musiker hat sie quasi als ihren Ziehsohn betrachtet.«

Auch wenn sie dieser Spur augenblicklich wenig bis gar keine Bedeutung beimaß, notierte Dorothy pflichtschuldig Namen und Adresse. Immerhin konnte Cloud in East Grinstead fündig geworden sein. Dann stand sie auf. »Das war sehr aufschlussreich. Ich danke Ihnen, Mr. Lancaster.«

»Ach, kommen Sie«, sagte er. »Nennen Sie mich Harry. So groß ist der Altersunterschied nun auch wieder nicht.«

Sie lächelte. »Ich danke Ihnen – *Harry*.«

»Besuchen Sie mich bald mal wieder. Und lassen Sie mich unbedingt wissen, wie Sie vorankommen.« Er reichte ihr die Hand und meinte: »Wenn ich Sie wäre, würde ich sowieso meine Hetty mal etwas genauer unter die Lupe nehmen. Bis vor ein paar Tagen ging sie nämlich noch am Stock. Und nun hat sie diesen nagelneuen Rollator. Ich frage mich, warum? Wer weiß, womöglich hat sie den Stock verschwinden lassen, weil sie Greggs damit den Schädel gespalten hat. Zuzutrauen wäre es ihr jedenfalls«, fügte er augenzwinkernd hinzu.

Dann ging mit einem Mal die Tür auf, und Mrs. Lancaster stand im Zimmer.

»Ich denke, Sie sind jetzt lange genug bei ihm gewesen«, sagte sie. »Sie dürfen meinen Mann nicht so sehr anstrengen. Und ich sehe ja, *wie* anstrengend es für ihn ist.« Ihre Augen flackerten, als stünden sie kurz davor, Funken zu sprühen; ihr faltiger, verkniffener Mund wirkte noch faltiger und noch verkniffener. »Außerdem weiß ich gar nicht, was Harry Ihnen noch alles erzählen soll. Sie werden ja wohl nicht glauben, dass er etwas mit dieser schrecklichen Sache zu tun hat, nicht wahr?«

»Ich wollte mich ohnehin gerade verabschieden, Mrs. Lancaster.«

Ihr Blick fiel auf Dorothys Hand, die noch immer auf Harry Lancasters lag. »Und nehmen Sie Ihre Finger von ihm weg«, zischte sie. Ihre Pupillen waren winzige schwarze Eiskristalle. »Sie sehen doch, dass er seine Ruhe braucht.«

Als Dorothy wieder zu ihm hinsah, hatte Harry die Augen geschlossen. Er atmete tief und gleichmäßig und schien zu schlafen.

Doch als sie wenig später neben Mrs. Lancaster in der Düsternis des Flurs stand und ihr zur Haustür folgte, da glaubte sie hinter sich ein leises Kichern zu vernehmen; Sir Toby knurrte einmal, und dann konnte sie das Radio durch die geschlossene Tür wieder Swing-Musik spielen hören.

Sie standen bereits draußen am Gartenzaun, als Mrs. Lancaster zu Dorothy sagte: »Jeder hier redet immer nur davon, wie nett der alte Greggs gewesen ist, wenn er nüchtern war. Er war ein Säufer, sage ich Ihnen. Und wenn er soff, war er bösartig. Ob er den armen Jungen wirklich ertränkt hat, ist doch völlig egal. Die Frage ist, ob Gordon Cobbler es glaubte. *Ihn* würde ich mal fragen, wann er Greggs das letzte Mal gesehen hat, junge Frau.«

Das war endlich mal ein ganz neuer Gedanke.

33

Und Dorothy wurde ihn nicht wieder los.

Warum war von ihnen eigentlich noch keiner darauf gekommen? Jetzt, wo Mrs. Lancaster es in Worte gefasst hatte, schien es ganz offensichtlich zu sein.

Kaum war sie außer Sichtweite des Hauses, rief sie mit dem Handy Rowan Bellowes auf dem Revier in Brighton an und erteilte ihm den Auftrag, Näheres über eine Patientin namens Annie Cobbler, geborene Greggs herauszufinden, die vor ungefähr sieben Jahren im Brighton General Hospital gestorben war.

Da sie keine Ahnung hatte, wie lange Krankenakten aufbewahrt wurden, konnte sie nur hoffen, dass der behandelnde Arzt nach wie vor praktizierte. Und wenn nicht, dass er wenigstens noch unter den Lebenden weilte.

Anschließend erkundigte sie sich danach, ob es in der Zwischenzeit schon irgendwelche Neuigkeiten im Fall der seit einigen Tagen vermissten Schwesternschülerin Fran Lovey gab. Zufall oder nicht – sie hatte im selben Krankenhaus gearbeitet, in dem auch Annie Cobbler gearbeitet hatte und schließlich gestorben war. Doch Bellowes besaß keine neuen Informationen. Die meisten von Dorothys Kollegen waren der festen Überzeugung, die junge Frau sei aus freien Stücken untergetaucht, da sie sich bislang drei, vier Mal telefonisch bei ihrem Mitbewohner gemeldet und jedes Mal versprochen hatte, sie würde bald wieder heimkommen. Fragen, ob sie festgehalten würde, hatte sie verneint. Ein neuer Freund mochte der Grund für ihr Verschwinden sein. Oder der Wunsch, die eigenen Eltern leiden zu sehen; sie für irgendetwas zu bestrafen … Dorothy glaubte nichts davon. Sie hatte kein gutes Gefühl dabei. Ihre Intuition sagte ihr, dass da etwas ganz und gar nicht stimmte. Und ein Teil von ihr war beinahe sicher, dass das Mädchen in allergrößter Gefahr schwebte. Man konnte nur hoffen, dass es überhaupt noch möglich war, es zu retten.

Sie legte auf und machte sich auf den Weg zurück ins Dorf.

Cloud wartete bestimmt schon im *Anchor* auf sie. Sie war gespannt, was er während ihrer Abwesenheit über den vermeintlichen Mord an Brian Jones herausbekommen hatte.

Bellowes hatte ihr versprochen, sein Möglichstes zu tun. Und so gab er umgehend Inspector Lawrence Bescheid. Der wiederum setzte sich mit einem alten Freund von der Ärztekammer in Verbindung, der ihm noch einen Gefallen schuldig war, da Lawrence ihn vor einiger Zeit aus Ermittlungen herausgehalten hatte, die schließlich in einem der spektakulärsten Prozesse gegipfelt hatten, die in Großbritannien je gegen einen praktischen Arzt geführt worden waren.

Seit dem legendären Verfahren gegen den in Eastbourne praktizierenden Allgemeinmediziner Dr. John Bodkin Adams von 1957 hatte kein Arzt mehr für so viel Aufsehen gesorgt. Doch im Gegensatz zu Adams, dem man vorwarf, eine reiche Patientin aus Habgier getötet zu haben, und dessen Prozess mit einem Freispruch endete, legte man Dr. Harold Shipman 1999 ganze fünfzehn Morde zur Last und sprach ihn in allen Punkten schuldig. Weitere Ermittlungen ergaben später, dass Shipman in den 30 Jahren seiner Tätigkeit als Arzt höchstwahrscheinlich mehr als 260 Patienten ermordet hatte.

Dieser Arzt, der ein langjähriger Bekannter von Shipman gewesen war und dem durch Lawrences Einflussnahme einige Unannehmlichkeiten erspart geblieben waren, versprach, sich noch vor Ablauf des Tages zu melden.

34

Er saß auf der Bettkante und zitterte.

Was hast du getan? Du bist ein Mörder, dachte er, während sein Oberkörper vor- und zurückwippte.

Er griff nach dem Buch auf seinem Nachttisch und schlug es sich zweimal in rascher Folge auf seinen Schädel – *Bumm! Bumm!* Weg mit den Gedanken an das, was er getan hatte. Weg mit den schlimmen Geräuschen.

Vor und zurück.

Bumm! Bumm! Weg mit dem Anblick des Auges. Weg damit. Haut und Knochen und Stein.

Vor und zurück.

Er hatte sich selten so schlecht gefühlt, hatte etwas Ähnliches nie zuvor gespürt. War es das, was alle Mörder fühlten?, fragte er sich, während er das Buch in der flüsternden Stille des Zimmers immer wieder gegen seinen Schädel schmetterte. War es das, was man die *Stimme des Gewissens* nannte? Tief innen war er sich bewusst, einen fürchterlichen Fehler begangen zu haben.

Hätte er den Jungen doch niemals angerührt.

Aber er hatte nicht anders gekonnt. Alles hatte sich in Sekundenbruchteilen entschieden, war fast so gewesen, als habe eine fremde Macht Besitz von ihm ergriffen und sich seiner Hände, seiner Arme und Beine bedient; als habe sich *ETWAS* seines ganzen Körpers bemächtigt und ihn dabei entweiht.

Nachdem es geschehen war, und nachdem er sich über die Tragweite seines Tuns klar geworden war, hatte er fast eine Stunde lang unter der Dusche gestanden und versucht, all den Schmutz von sich abzuspülen.

Es war vergebens gewesen.

Er konnte Wasser über seinen Körper laufen lassen, soviel er wollte, versuchen, den schmutzigen Makel abzuwaschen, der sich augenblicklich in seine Seele gebrannt hatte. Was er auch tat, es war zwecklos. Die Schuld blieb. Sie haftete ihm an wie ein Kainszeichen – als habe man ihm das Wort *SCHULD* in riesigen, blutroten Buchstaben auf die Stirn tätowiert.

Was einmal schön gewesen war und freundlich, hatte sich auf perverse Weise verändert. Alles, was diese Hände je an guten Taten vollbracht hatten, war verloren. Jetzt waren sie mit Blut besudelt.

Er nahm all seine Kraft zusammen und stand auf. Das Fenster klapperte, und er schloss es.

MORDmordMORDmordMORDmordMORD, hämmerte sein Herz in einem unbarmherzigen Rhythmus. *MORDmord-MORDmordMORD …* Du bist ein Mörder.

… nicht so schlimm!, flüsterte die dünne böse Schlange in seinem Gehirn.

Er würde weiter versuchen müssen, es zu vertuschen. Er ging zum Bett zurück und setzte sich wieder. Beruhigt war er noch nicht.

Du bist ein Mörder, dachte er.

… nicht so schlimm!, sagte die Schlange.

Alles wird gut. *Nur vor und zurück. Nur vor und zurück. Das schlimme Gefühl betäuben … Mit dem Kopf gegen die Wand. BUMM! BUMM! BUMM! Nur vor und zurück …*

… siehst du?, sagte die Schlange. *Geht doch.*

In den Nächten, die seinem Tun folgten, träumte er oft, er sei ein Stein unter Wasser, tausende von Jahren alt – kalt, konstant und ewig. Dazwischen suchte sich die dünne Schlange ihren Weg.

Er weinte jedes Mal, wenn er erwachte und sah, dass er war, was er war und fühlte.

… nicht so schlimm!

… siehst du?

… geht doch.

DRITTER TEIL

Cotchford

In welchem das Heffalump seine Spuren hinterlässt und eine höchst interessante Entdeckung gemacht wird

1

Dienstag, 26. Juni 2001.
In der letzten Viertelstunde, die sie noch zu arbeiten hatte, sah Mollie Phillips die Postkartenständer nach fehlenden Motiven durch. Mr. Riddle fuhr jedes Mal fast aus der Haut, wenn welche fehlten. Besonders die Drucke von Shepards Skizzen gingen gut und waren an manchen Tagen, an denen sie morgens eine Lieferung bekommen hatten, abends schon wieder ausverkauft.

Dienstags arbeitete sie im *Pooh Corner Shop* nur von neun bis zwölf, denn der Dienstag war ihr großer Reinemachetag. Zu Hause einen Happen essen, Mum den Tee hinstellen, und dann ab an die Arbeit: Ada Morris, Sir Arthur Hampton, Mr. Kettridge und Reverend Chubb – für jedes Haus nahm sie sich eine Stunde Zeit. Crossmans Wohnung erledigte sie meist zum Schluss, denn wenn er da war, plauderten sie manchmal eine Weile über dies und das.

Das Ganze war an einem Nachmittag gut zu schaffen, schließlich war es nicht ihre Aufgabe, jedes Zimmer in den Häusern zu putzen. Mrs. Morris wollte sie partout nicht in ihre Küche lassen, und bei ihr putzte sie nur Wohn- und Schlafzimmer und die beiden Bäder. Sir Arthur ließ sie nichts weiter tun, als die Bücherregale in der Bibliothek abzustauben, und er würde ihr sofort den Hals umdrehen, wenn er sie mit Putzlappen und Eimer in seinem Arbeitszimmer erwischte – seine Mumien waren die größten Heiligtümer für ihn. Reverend Paul Chubb und Jonathan Kettridge dagegen waren eher unkompliziert. Kettridge war froh, dass ihm überhaupt jemand einmal pro Woche seine ganzen Teddybären und Bücher abstaubte und hin und wieder den Kühlschrank ausmistete. Und der Reverend, dachte sie oft, brauchte sie eigentlich nur zum Reden; oftmals legte er eine Schallplatte auf und dozierte darüber, wo, wann und unter welchen Bedingungen diese (meist seltene) Aufnahme eingespielt worden war, während sie putzte. Er schien sonst niemanden zu haben, der seine ausufernde Leidenschaft für Rockmusik teilte.

Mollie warf einen Blick auf die kitschige Disney-Uhr in der Vitrine: nur noch fünf Minuten.

Dass die Leute die Karten aber auch nie dorthin zurücksteckten, von wo sie sie genommen hatten. Ärgerlich. Sie waren nach Motiven und nach aufsteigendem Preis sortiert.

Mollie nahm einen Stoß Postkarten heraus und fächerte sie auf wie Spielkarten. *Roo's Sandgrube* gehörte in das Fach mit den übrigen *Verzauberten Orten*, die grobe Bleistiftskizze von *Pooh, der einen Brief schreibt*, gehörte an dieselbe Stelle, wo sich auch die anderen Shepard-Skizzen befanden: *Pooh hängt an einem Ballon mit Bienen* und *Pooh poltert rückwärts hinter Christopher Robin die Treppe herunter*.

Das Schwarzweiß-Foto, auf dem A. A. Milne seinen Sohn und Pooh auf dem Arm trug, gefiel ihr persönlich am besten. Sie kannte natürlich die ganzen Geschichten über das schlechte Verhältnis zwischen Vater und Sohn, doch in diesem Bild steckte Liebe, das konnte man sehen. Was immer auch später zwischen ihnen gewesen sein mochte – als man dieses Foto geschossen hatte, war die Welt noch in Ordnung gewesen.

Sie sah sich das nächste Foto an und stutzte. Sie hatte es in den letzten zwei Jahren bestimmt schon an die tausend Mal gesehen, doch noch nie auf diese Weise. Die Augenbrauen so stark zusammengezogen, dass die Anstrengung sie fast schmerzte, blickte sie die darauf abgebildeten Tiere an. Sie sahen aus, wie sie waren, alt und abgenutzt.

Großer Gott, dachte sie. *Das kann doch nicht sein*. Aber … *Wenn das wahr ist, dann …*

»Na, Mollie, alles klar?« Mr. Riddle war unvermittelt aufgetaucht und schaute ihr über die Schulter. »Wenn was fehlt, schreiben Sie es auf, ich gebe dann gleich morgen die Bestellung raus.«

»Ja, Mr. Riddle, Sir.« Sie nickte und lächelte ergeben. »Mach ich. Verlassen Sie sich darauf.«

»Die Lateinausgabe von Winnie-the-Pooh ist schon seit zwei Tagen aus. Und auch das Pooh-Tao. Haben Sie deswegen noch mal mit dem Lieferanten gesprochen?«

»Ja, Mr. Riddle, Sir. Aber sie sagen, es gäbe einen Engpass.«

»Einen Engpass?« Riddles grauer Schnurrbart vibrierte, von Ärger elektrisiert. »Denen werde ich schön den Marsch blasen. Engpass, dass ich nicht lache.« Und er rauschte zum Telefon davon.

Mollie steckte die Postkarte zurück. Sie musste dringend mit jemandem darüber sprechen. Doch die beiden Polizisten kamen ebenso wenig in Frage wie Gordon oder ihre Mum. Mum würde ihr sowieso nur wieder raten, sich da lieber rauszuhalten. So, wie sie es immer und bei allem tat. Am besten, sie redete mit Mr. Marley darüber. Sie fand ihn nett und konnte sich nicht vorstellen, dass er sie auslachen würde, falls an der Sache gar nichts dran war. Und falls doch etwas dran war, könnte er es immer noch seiner Schwester erklären. Oder sie sprach mit Reverend Chubb, oder noch besser gleich mit Mr. Kettridge.

Andererseits …

Denk nach, Mollie, denk nach! Das ist vielleicht die Chance deines Lebens.

Ihr Entschluss stand innerhalb von Sekunden fest. Sie hatte Ronnie gemocht, sie mochte Gordon, liebte ihn vielleicht sogar – trotzdem. Einmal im Leben musste sie auch an sich selbst denken. Ja, so würde sie es machen.

2

Es war Sergeant Cloud nicht möglich gewesen, sämtliche Akten zu Brian Jones' Tod am 2. Juli 1969 in der Kürze der Zeit aufzutreiben und an Dr. Millner weiterzugeben. Lediglich der Bericht des damaligen Pathologen Dr. A. Sachs – der merkwürdigerweise keinerlei Angaben über die Zusammensetzung des Wassers in der Lunge des Opfers enthielt – war im Queen Victoria Hospital archiviert gewesen. Millner, der nach Einsicht des Berichts erste Zweifel an der ursprünglichen Unfall-Version anmeldete, versprach, sich selbst darum zu kümmern. Er würde ihnen Bescheid geben, sobald er Genaueres wüsste.

Wenigstens hatte er in der Zwischenzeit die Obduktion von Kenneth Greggs' Leichnam abgeschlossen und die Todesursache und den ungefähren Zeitpunkt seines Todes festgestellt: Millner vermutete, dass der Mörder ihm mit einer kleinen handlichen Axt den Schädel zertrümmert hatte; der Tod war nahezu sofort eingetreten. Es gab keinerlei Anzeichen einer Gegenwehr, nicht die geringsten Abwehrverletzungen, wie Schnitte oder Abschürfungen an Armen und Händen. Daher ging Millner davon aus, dass Greggs dem Mörder gegenüber sehr wahrscheinlich ganz und gar arglos gewesen war. Breckinridges Vermutung, Ronnie und sein Onkel seien im Abstand von nur wenigen Stunden getötet worden, schien er bestätigen zu können. Die zahlreichen weiteren Verletzungen waren eindeutig auf Tierfraß zurückzuführen.

Und vor einer Stunde hatte sich endlich auch Constable Rowan Bellowes wegen Annie Cobblers Krankenakte gemeldet. Der Arzt, der sie damals im Brighton Hospital behandelt hatte, praktizierte noch und gab auf ganzer Linie Entwarnung. Es war Leukämie gewesen – eindeutig, ohne Wenn und Aber – es gab nicht den geringsten Zweifel daran. *»Und Fran Lovey?« – »Tut mir leid, Chief, nichts Neues bis jetzt.«*

Jetzt saßen Dorothy und Cloud in Mary Halletts Wohnzimmer und hörten der alten Dame zu, wie sie in lebhaften Erinnerungen an Brian Jones schwelgte. Sie nannte ihn Brian, und Dorothy kam es so vor, als betrachtete sie den vor über dreißig Jahren verstorbenen Rolling Stone beinahe als eines ihrer eigenen Kinder.

»Brian wurde ermordet«, sagte Mary Hallett im Brustton der Überzeugung. Sie bewohnte ein kleines Cottage in unmittelbarer Nähe zur Cotchford Farm; tatsächlich war ihr Haus vor Jahrzehnten sogar einmal Teil des Besitzes gewesen, ein ehemaliges Wirtschaftsgebäude. Es war einfach, aber gemütlich eingerichtet, nach dem üblichen Geschmack älterer Leute, die Kinder und Enkel hatten: Bilder der Familie auf dem großen altmodischen Fernseher, Zierteller und Porzellankatzen auf dem Sims des Kamins (der in diesem Fall sogar echt und nicht elektrisch war), bestickte Kissen auf dem Sofa und die Lesebrille mit den leicht verschmierten Gläsern auf der Fernsehzeitung. In Mrs. Halletts Fall kamen jedoch noch jede Menge Erinnerungsstücke an Brian Jones hinzu: Zeitungsausschnitte, Fotografien und ein Aquarell-Portrait an der Wand. »Sicher, er nahm Drogen. Er kam deswegen häufig zu mir und sprach sich aus. Aber seit er seine neue Freundin hatte –« Sie schüttelte den Kopf. »Wegen Anna hatte er in den letzten Wochen vor seinem Tod die Finger von den Drogen gelassen. Nach all den Exzessen wollte er ein neues Leben anfangen.«

»Wie kommen Sie darauf, dass man ihn ermordet hat?«, fragte Dorothy. Dass sie überhaupt hergekommen war, war allein Harry Lancaster zu verdanken. »Ich meine: Was macht Sie so sicher?«

»Ich weiß es eben«, sagte sie. »Die Leute behaupten immer, er habe sich mit Drogen vollgepumpt oder sei dermaßen betrunken gewesen, dass er einfach umfiel und ertrank. Aber er war ein ausgezeichneter Schwimmer. Und er war von den Drogen weg. Die Schuld an seinem Tod trifft nur einen einzigen Menschen: Frank Thorogood, einen Bauunternehmer aus London. Er hat Brian umgebracht. Daran habe ich keinerlei Zweifel.«

»Wer ist der Mann?«, wollte Cloud wissen. »Haben Sie eine Ahnung, wo er sich heute aufhält?«

»Thorogood ist längst tot«, sagte Mrs. Hallett. Ein Lächeln huschte wie der Schatten einer vorüberlaufenden Katze über ihr Gesicht; es verschwand fast im selben Augenblick, in dem es auftauchte. »Er starb bereits Anfang der Neunzigerjahre an Krebs. Als Brian damals herkam und Cotchford kaufte, da war er noch ein Teil der Stones. Und Thorogood hatte für Keith Richards an dessen Haus *Redlands* gearbeitet, deswegen empfahl das Management ihn auch an Brian weiter. Aber Thorogood war ein Lebemann. Ich mochte ihn vom ersten Augenblick an nicht. Der Mann war ein Faulpelz und nicht hergekommen, um zu arbeiten. Er war nur auf schnelles Geld aus. Er war auf der Suche nach einem reichen Kerl, der dumm genug war, sich ausnehmen zu lassen. Und Brian war genau der Richtige, wenn es ans Ausnehmen ging. Frank Thorogood hatte wohl ein Gespür dafür. Ich sah es ihm gleich an. Es stand ihm ins Gesicht geschrieben, was er im Schilde führte.«

»Was war Brian Jones für ein Mensch, Mrs. Hallett?«, fragte Dorothy.

»Brian war einer der sensibelsten Menschen, die ich je getroffen habe«, sagte Mrs. Hallett. »Ich habe schon für die Milnes gearbeitet, wissen Sie? Und als seine Witwe Daphne Cotchford nach Alexander Milnes Tod an ein wohlhabendes Ehepaar namens Taylor verkaufte – sie war Spanierin und er Amerikaner, soweit ich mich erinnere –, da bangten wir zum ersten Mal um unsere Arbeit. Aber die neuen Besitzer beschäftigten uns weiter. Ich kümmerte mich um das Haus, Les, mein Mann, übernahm wie immer die anfallenden Reparaturen, und Michael Martin kümmerte sich auch weiterhin um den Garten. Das blieb dreizehn Jahre lang so. Bis sich die Taylors ganz unverhofft trennten und Cotchford verkauften. Als wir damals von dem Verkauf hörten, fragten wir uns natürlich, wer es wohl gekauft haben mochte. Les und Michael machten sich Gedanken darüber, ob sie auch weiterhin eine Beschäftigung haben würden, und ich ...« Sie faltete die Hände und stützte ihr Kinn darauf. »Ich betete zu Gott, er möge machen, dass ich nicht von hier fort müsste. Ich hatte entsetzliche Angst, der neue Eigentümer würde das Ende meiner Zeit in Cotchford Lane bedeuten. Aber ich hätte es mir nicht besser erträumen können, denn es kam ganz anders. Brian kam her.« Sie kicherte leise. »Das erste, was wir von ihm sahen, war sein blauer Rolls Royce, der die Auffahrt hinunterrollte. Eine Frau stieg aus und erklärte Michael und Les, dass sie nun für die Rolling Stones arbeiten würden. Keiner von uns hatte auch nur den leisesten Schimmer, wer das war. Und dann stieg Brian aus. Ohne einen Gruß marschierte er in Begleitung eines dünnen jungen Mädchens und seines Chauffeurs vom Wagen zum Haus. Martin meinte, der Kerl sähe aus wie ein riesiger plüschiger Teddybär. Ich sah nur einen riesigen Hut und einen bunten Schal und dachte, das ist eine Frau. Als ich mit meiner Tochter, die damals vielleicht zwölf war, zum Haus hinunterging und fragte, wer bloß diese Frau mit dem Hut in der Einfahrt gewesen sei, da brach sie in schallendes Gelächter aus und sagte: ›Das ist Brian Jones von den Rolling Stones.‹ Und als ich ihn dann kennenlernte, stellte ich fest, dass dieser Paradiesvogel der höflichste und freundlichste Junge war, den ich jemals getroffen hatte. Man hätte sich keinen netteren Jungen wünschen können – er war die Freundlichkeit in Person.« Sie blickte zu seinem Portrait an der Wand und meinte: »Brian war immer um Harmonie bemüht. Und ich bin fest davon überzeugt, dass ihn das am Ende das Leben gekostet hat.«

»Wie meinen Sie das?«, fragte Cloud.

»Er wusste, dass Thorogood ihn nur ausnutzte«, sagte sie, »aber er tat nichts dagegen. Statt ihn weiter zu beschäftigen, hätte er ihn gleich fortjagen sollen, als die Betrügereien anfingen.« Mrs. Hallett hielt inne, und Dorothy ermunterte sie, weiterzuerzählen. »Es fing damit an, dass Thorogood Brian überredete, ihn während der Woche auf Cotchford wohnen zu lassen. Er begründete das damit, so die Arbeit seiner drei Mitarbeiter besser im Auge zu haben. Aber alles, was der Kerl im Auge hatte, waren die Annehmlichkeiten und seine Geliebte, die er aus London mitbrachte. Und wissen Sie was?« Sie beugte sich vor und legte Dorothy die rechte Hand auf den Unterarm. »Brian hatte diesem *Mister Tunichtgut* auf dessen Drängen hin auch die wöchentlichen Lebensmitteleinkäufe überlassen. Sie kennen vielleicht *Woods* unten in der High Street; das Geschäft hieß damals noch anders, glaube ich, aber dort kauften sie ein. Ganze Wagenladungen voll wurden dort weggekarrt: Lebensmittel und Bier und Wein und, und, und. Nur ein Bruchteil davon kam je auf Cotchford an; das meiste steckten sich der saubere Frank Thorogood und seine Mitarbeiter ein.«

»Und Mr. Jones hat nichts davon bemerkt?«, fragte Cloud.

»Anna Wohlin, das Mädchen, mit dem er damals zusammenlebte, hat es bemerkt«, sagte Mrs. Hallett. »Nachdem sie ihm davon erzählt hatte, kam er zu mir. Hier hat er gesessen, mich angesehen wie ein kleiner Junge und gefragt, was er tun soll.« Bei dem Gedanken daran musste sie auch nach all den Jahren immer noch den Kopf schütteln. »Ich sagte ihm, er solle endlich mal auf den Tisch hauen, Thorogood sei schließlich *sein* Angestellter, nicht umgekehrt. Brian hörte sich das auch alles an, aber am Ende tat er doch nichts dagegen. Tja, wie gesagt: Er war sehr harmoniebedürftig. Und wenn er seinem Ärger mal Luft machte, hörte er hinterher gar nicht mehr auf, sich dafür zu entschuldigen.«

»Aber Sie sagten, sein Bedürfnis nach Harmonie habe ihn am Ende das Leben gekostet«, hakte Dorothy nach.

»Bitte entschuldigen Sie, wenn ich dauernd abschweife«, sagte Mrs. Hallett mit einem kleinen Lächeln. »Ich könnte so vieles erzählen. Man weiß manchmal gar nicht, wo man anfangen soll.«

»Schon gut«, sagte Dorothy, »bitte erzählen Sie weiter.«

»Es gab noch jede Menge anderer Dinge, die nicht so liefen, wie sie hätten laufen sollen«, fuhr sie fort. »Eines Tages stellte ich plötzlich fest, dass meinem Mann und mir die Gehälter um die Hälfte gekürzt worden waren. Ich marschierte natürlich sofort zu Brian hinunter und stellte ihn zur Rede. Er fiel aus allen Wolken. Wie sich herausstellte, hatte Thorogood das veranlasst. Aus irgendwelchen Gründen – wahrscheinlich unter dem Vorwand, ständig Baumaterialien kaufen zu müssen – hatte er sich von Brian eine Bankvollmacht erschlichen. Die Hälfte dessen, was uns zustand, hatte er sich eingesteckt. Keine Ahnung, ob er wirklich glaubte, es würde nicht auffallen.« Wieder schüttelte sie den Kopf. »Der große Bruch kam kurz darauf. Es muss ein paar Tage nach Brians Rauswurf aus der Band gewesen sein –«

»Er wurde tatsächlich rausgeworfen?«, wollte Cloud wissen. »Wenn ich mich recht erinnere, habe ich im *Anchor* jemanden sagen hören, Brian Jones sei freiwillig ausgestiegen.«

Mrs. Hallett lachte. »Reverend Paul Chubb, nicht wahr?« Und als Cloud nickte: »Hat er Ihnen gegenüber auch behauptet, er sei in der Nacht von Brians Tod dort gewesen – am Pool?«

»Nein, das nicht.«

»Nun, ich hab's schon gehört – ich sage meist nichts dazu«, sagte sie. »Chubb verehrt Brian, müssen Sie wissen. Wie einen Heiligen geradezu. Und manchmal übertreibt er seine Rolle ein bisschen. Aber in gewisser Weise ist es nicht verkehrt, wenn er sagt, Brian sei freiwillig gegangen.«

»Ich fürchte, ich kann Ihnen nicht ganz folgen«, gab Dorothy zu.

»Brian war ein Sammler«, sagte Mrs. Hallett. »Und wie alle Sammler war er ein bisschen verrückt. Das ist eben ein ganz eigener Schlag Leute; nehmen Sie nur Jonathan mit seinem Milne-Tick oder den Reverend mit seinen Schallplatten. Genau wie Sir Arthur, der sich Vögel lieber ausgestopft in seine Vitrinen stellt, statt sie draußen in der Natur zu beobachten, gab Brian das, was er einmal besaß, um keinen Preis wieder her. Nur waren es bei ihm keine signierten Erstausgaben oder so etwas. Er sammelte Klänge.«

»Klänge?« Cloud klang wie ein schwaches Echo.

Sie nickte. »Deswegen hatte er sich innerlich auch schon längst von der Band getrennt, bevor man ihn hinauswarf. Er suchte einen *neuen Sound*, wie er es nannte. Und dazu reiste er ständig um die Welt – immer mit seinem Tonbandgerät im Gepäck. Das hütete er wie seinen Augapfel. Die Aufnahmen, die er machte, waren nur für seine Ohren bestimmt. Er teilte sie nicht – mit niemandem; nicht mal mit seiner Freundin. Und mit den Jungs aus der Band schon gar nicht. Der ›Rauswurf‹

war wie ein Befreiungsschlag für ihn. Sie vereinbarten eine Abfindung und jährliche Zahlungen, solange die Band bestehen würde. Er war fein raus, hatte seine Freiheit und keine Geldprobleme. Und dann kam Thorogood und machte all das zunichte.«

»Es wäre schön, wenn Sie uns kurz erklären könnten, was Sie damit meinen«, sagte Dorothy vorsichtig. Um keinen Preis wollte sie Mrs. Hallett verärgern. Ihr Andenken an Brian Jones war ehrenwert und gut, aber sie bekam mehr und mehr das Gefühl, hier in eine Sackgasse zu laufen. »Wir haben Ihre Zeit schon mehr als genug beansprucht.«

»Nun, kurz nachdem Jagger und Richards und Watts und wie sie nicht alle heißen, in einer Nacht-und-Nebel-Aktion aufgetaucht waren und Brian von seinen Pflichten entbunden worden war, geschah das Unglück, das zu seinem Tod führte. Anna und Brian hielten sich in der Küche auf, als plötzlich einer der gerade erst eingesetzten Deckenbalken herunterstürzte und dorthin krachte, wo Anna eben noch gestanden hatte. Nur Brians schneller Reaktion war es zu verdanken, dass ihr nichts passierte. Er hatte *gehört*, wie der Balken sich löste, und sie instinktiv zu Boden gerissen. In seiner Wut stellte er Thorogood vor seiner Geliebten zur Rede, drohte ihm damit, er würde dafür sorgen, dass er nirgendwo mehr Arbeit bekäme, und kündigte ihm. Und dass er von Brian vor dem Mädchen gedemütigt worden war, vertrug der Mann nicht.«

Cloud runzelte die Stirn. »Sie meinen, er fasste den Entschluss, Brian Jones zu ermorden, nur weil der es einmal gewagt hat, ihn vor seiner Geliebten 'runterzuputzen?«

»Und weil er Angst hatte, Brians Einfluss könne tatsächlich dafür sorgen, dass er nie wieder einen Auftrag bekäme«, meinte sie. »Ich denke, Frank Thorogood wusste die Gelegenheit zu nutzen, als er sie bekam. Und das war später am folgenden Tag. Anna erzählte mir Jahre darauf, als sie mich einmal besuchte, was sich in den nächsten Stunden abgespielt hat.« Sie holte tief Luft und stieß sie geräuschvoll wieder aus. »Nachdem er eine Nacht darüber geschlafen hatte, tat Brian der Wutausbruch sehr schnell wieder leid, und so klopfte er gegen halb elf abends an Thorogoods Tür und lud ihn und seine Freundin – ich glaube sie hieß Janet – zu einem Schlummertrunk am Pool ein. Er hatte nicht vor, seine Kündigung wieder rückgängig zu machen, aber er wollte den Abend nutzen und Thorogood etwas aufmuntern; er konnte es eben einfach nicht ertragen, wenn jemand böse auf ihn war. Ziemlich genau eine Stunde später schlug Brian dann vor, sie sollten ein paar Bahnen schwimmen. Das Mädchen Janet war wohl Nichtschwimmerin, daher stieg sie als Einzige nicht ins Wasser. Irgendwann ging sie ins Haus. Aber auch Anna blieb nicht lange drin. Als sie zurück zum Haus ging, um sich umzuziehen, waren Brian und Thorogood noch im Pool. An der Hintertür traf sie Janet, die ihr sagte, sie würde am Telefon verlangt. Doch als sie den Hörer aufnahm, war niemand dran. Sie zog sich gerade um, als das Telefon erneut klingelte. Es war eine von Annas schwedischen Freundinnen. Sie sprachen höchstens fünf Minuten, als sie Janet plötzlich rufen hörte, sie solle schnell kommen, es sei etwas mit Brian.«

»War er da bereits ertrunken?«, fragte Dorothy, mittlerweile ganz und gar gefangen von Mrs. Halletts Geschichte.

Die alte Dame nickte traurig und sagte: »Als Anna nach draußen rannte, bemerkte sie Frank Thorogood; mit einem Handtuch um die Schultern stand er klitschnass zwischen Esszimmer und Küche und versuchte vergeblich, sich eine Zigarette anzuzünden. Er zitterte so stark, dass ihm fast die Streichhölzer aus den Händen fielen. Auch er hatte Janet schreien hören. Warum war er nicht rausgelaufen, um Brian zu helfen? Er wäre dem Pool viel näher gewesen. Brian lag reglos ausgestreckt am Grund des Pools. Anna sprang ins Wasser und versuchte ihn rauszuziehen, aber er war einfach zu schwer für sie. Und Janet war ja Nichtschwimmerin. Anna schrie verzweifelt nach Thorogood. Der tauchte schließlich auch auf – allerdings, so erzählte sie es mir, sei er nicht gerade in Eile gewesen. Er schlenderte mehr oder weniger zum Pool. Gemeinsam zogen sie Brian dann an Land. Janet versuchte Herzmassage, und Anna machte Mund-zu-Mund-Beatmung, während Thorogood dabeistand und rauchte. Doch es half alles nichts. Brian war tot.«

»Und Sie denken, dieser Thorogood hat es getan«, sagte Cloud.

Und Dorothy meinte: »Dass er nicht reagierte, ist schon verdächtig. Und dann das Zittern. Leider werden wir es wohl nie genau wissen.«

»Nein«, stimmte ihr Mrs. Hallett zu, »da haben Sie wohl recht, das werden wir nicht. Es hat ja niemand *gesehen*. Aber ich für meinen Teil weiß, wer es getan hat.«

Sergeant Cloud blätterte eine Seite seines Notizbuchs um. »Es geht das Gerücht, Brian Jones sei gar nicht im Pool ertrunken, sondern drüben im Fluss. Was halten Sie davon, Mrs. Hallett?«

»Das ist wieder so eine von Reverend Chubbs Geschichten«, sagte sie und schnalzte tadelnd mit der Zunge. »Glauben Sie mir, da ist nichts, aber auch wirklich gar nichts dran. Ich kann mir überhaupt nicht erklären, weshalb Paul immer wieder solche Märchen in die Welt setzt.«

Blieb noch abzuwarten, was Millner herausfand, doch sollte es stimmen, wäre damit die ohnehin nur hauchdünne Verbindung zwischen Ronnie Cobbler und Brian Jones ein für alle Mal gekappt.

Als niemand etwas sagte, fuhr Mrs. Hallett fort: »Nach Brians Tod wurden dann von heute auf morgen all seine persönlichen Gegenstände aus Cotchford entfernt. Ein Lieferwagen fuhr vor, und zwei von Thorogoods Mitarbeitern luden alles ein – angeblich im Auftrag von Brians Vater. Der stritt jedoch alles ab und beschuldigte das Management der Stones, die Sachen beiseite geschafft zu haben. Jeder gab jedem die Schuld. Tatsache ist: Ein Großteil seiner Sachen verschwand einfach. Selbst das schmiedeeiserne Eingangstor, das noch aus Zeiten der Milne-Familie stammte, war abgebaut worden. Und es wurde ein großes Feuer im Garten gemacht und vieles verbrannt – Brians umfangreiche Sammlung exotischer Musikinstrumente zum Beispiel. Auch seine große Familienbibel, die ihm immer so viel bedeutet hat, lag im Feuer. Es war fürchterlich. Wir retteten sie eigenhändig aus den Flammen.« Sie schaute wieder zur Wand mit Brian Jones' Portrait hinüber. »Die Bibel ist außer unseren Erinnerungen das einzig Wertvolle, was wir noch von ihm besitzen.«

3

»Brian Jones war ganz verrückt nach Pooh dem Bären«, sagte Reverend Paul Chubb. Er saß wie immer in der Fensternische in unmittelbarer Nähe des Kamins, ein Glas Cider vor sich auf dem Tisch, und blickte mit unbewegtem Gesicht und ohne aufzusehen in die perlenden Schaumbläschen, während er sprach. »Nehmen Sie nur die Sonnenuhr im Garten. In jenem Sommer, als er starb, war er ein paar Mal drauf und dran, eine Axt oder einen Vorschlaghammer aus dem Schuppen oberhalb des Swimmingpools zu holen und das Ding kurz und klein zu schlagen.«

»Sie meinen, er hat Pooh gehasst«, sagte Cloud, der Chubb gegenüber saß und unlustig an einem Glas Cola nippte. Dorothy saß neben ihm. Der vierte Platz am Tisch war augenblicklich frei, da Kettridge zur Theke gegangen war, um sich ein Bier zu holen. Robert Marley saß ganz allein am Tisch gegenüber.

»Nein, nein, Sergeant. Es war genau, wie ich gesagt habe: Er war ganz verrückt danach. Die Tatsache, dass William der Eroberer einst eine Zeit auf Cotchford verbracht hat, ließ ihn ganz und gar kalt. Aber Milne und seinen Bären hat er geradezu vergöttert.«

»Das verstehe ich nicht. Warum hat er die Sonnenuhr dann zerstören wollen?«

»Es gibt da dieses Gerücht«, schaltete Kettridge sich ein, als er mit seinem überschwappenden Pintglas zurück an den Tisch kam und sich neben Chubb auf die Bank sinken ließ, »im Innern der Sonnenuhr seien die Originalmanuskripte von *Winnie-the-Pooh* und *Das Haus bei Pooh Corner* verborgen. Man sagt, Milne habe sie dort einmauern lassen, in einer luftdichten Schatulle.«

»Ist das wahr?« Cloud war ganz begeistert. So, wie er aussah, wäre er wohl liebend gern losgerannt, um gleich nachzuschauen.

Chubb grinste nur, und Kettridge zog mit ausgebreiteten Armen die Schultern hoch. »Vielleicht. Vielleicht auch nicht. Wie gesagt, es ist ein Gerücht.«

»Aber *Sie* müssten doch wissen, ob es stimmt«, sagte Dorothy, an Kettridge gewandt.

Der stieß einen traurigen kleinen Lacher aus. »Gott sei Dank hat diese Theorie bislang noch niemand überprüft. Stellen Sie sich nur vor, Mr. Kitley – das ist der gegenwärtige Besitzer der Farm – ginge hin und würde es tun; nur um seine Neugier zu befriedigen. Stellen Sie sich vor, er ginge hin und zerschlüge die Sonnenuhr. Einerlei, ob er nun die Schatulle mit den handgeschriebenen Manuskripten tatsächlich fände, er würde ein einzigartiges, nicht zu ersetzendes Kunstwerk zerstört haben. Alex Milne selbst hat sie immerhin anfertigen lassen – oder vielmehr seine Frau Daphne. Sie hat sie ihm zum Geschenk gemacht, genau wie viele andere Skulpturen, die man noch heute im Garten von Cotchford Farm findet. Ich nehme an, Brian Jones hat es aus demselben Grund nicht getan, obwohl er die Handschriften bestimmt unglaublich gern besessen hätte.«

»Falls sie da drin sind«, sagte Cloud, »hat er sie ja auch besessen – in gewisser Weise jedenfalls. Immerhin gehörte ihm die Sonnenuhr ja.«

»Nur konnte er sie natürlich nie in Händen halten«, meinte Kettridge.

»Denken Sie, Claire und ich, wir dürften uns das alles auch einmal ansehen?«, fragte Marley. »Ich meine, wenn man schon mal hier ist. Wer weiß, wann man wieder so eine Gelegenheit bekommt.«

»Aber ja! Ich bin sicher, das geht«, sagte Kettridge begeistert. »Ian hat bestimmt nichts dagegen. Wenn Sie wollen, rufe ich ihn gleich mal an.«

»Wenn es Ihnen keine Umstände macht.«

»Überhaupt nicht.«

»Großartig. Danke.«

Kettridge klappte sein Mobiltelefon auf und verzog sich zum Telefonieren in eine ruhigere Ecke.

Eine Weile herrschte Schweigen.

Dann sah Reverend Chubb Dorothy an und sagte in die entstandene Stille hinein: »Ein Mitarbeiter der Rechtsmedizin hat sich übrigens gestern bei Kenneth Greggs' Witwe und den Eltern von Ronnie gemeldet. Die sterblichen Überreste der beiden sind nun offiziell zur Bestattung freigegeben.«

»Ich weiß«, sagte Dorothy. »Der verantwortliche Kollege, der die Obduktionen in East Grinstead vorgenommen hat, hat mich bereits darüber informiert.«

»Die Trauerfeier soll schon übermorgen stattfinden«, sagte Chubb. »Werden Sie teilnehmen?«

Den Begräbnissen von Mordopfern beizuwohnen, in deren Fällen sie selbst ermittelte, hatte sie stets vermieden. Einige Kollegen schworen darauf. Sie sahen es als Teil ihrer Ermittlungsarbeit an, sich unter die Trauergäste zu mischen, sie unter die Lupe zu nehmen, Präsenz zu zeigen. Sie selbst war dazu nicht in der Lage. Vielleicht, dachte sie manchmal, war das nur ein verzweifelter Versuch, den Fall – und damit den Tod eines Menschen – nicht zu nahe an sich herankommen zu lassen.

Ein ihr verhasster Beamter – Gott hab' ihn selig – hatte einmal etwas sehr Treffendes gesagt: *Es werden jeden Tag unzählige Menschen getötet. Ich kann nicht jedes Mal mittrauern, wenn jemand stirbt.* Und so sehr sie den Mann auch verabscheut hatte – was das anging, hatte er vollkommen recht gehabt.

»So leid es mir tut«, sagte sie. »Ich fürchte, ich werde keine Zeit haben.«

»Denken Sie nicht, dass es besser wäre, Sie würden kommen?«, fragte Chubb. »Möglicherweise ist der Mörder ebenfalls dort und verrät sich durch irgendetwas.«

Der Gedanke entsprang sicherlich größter Verzweiflung, doch Dorothy konnte nicht umhin, ihn naiv und beinahe lächerlich zu finden.

»Es werden Beamte dafür abgestellt, Reverend Chubb. Seien Sie unbesorgt.« Sie warf Ralphie einen Seitenblick zu und sagte: »Sergeant Cloud wird da sein und die Trauergäste im Auge behalten. Er wird sich um alles kümmern.«

Chubb nickte, offensichtlich zufrieden.

Kettridge kam zurück und verkündete, die Besichtigung könne gleich heute nachmittag stattfinden. »Ist Ihnen fünf Uhr recht? Dann können Sie sich vorher sogar noch ein Stündchen aufs Ohr legen. Also, ich mache das jedenfalls.«

»Das passt mir ganz wunderbar«, sagte Marley. Bis dahin war sicherlich auch Claire wieder zurück. Die würde Augen machen, wenn sie erfuhr, dass sie die Gelegenheit bekam, Cotchford Farm zu besichtigen. »Wo soll ich hinkommen?«

»Am besten treffen wir uns gleich bei Kitley auf der Farm«, schlug Kettridge vor. »Wo das ist, wissen Sie ja jetzt.«

In der allgemeinen Aufbruchstimmung bedeutete Dorothy Ralph Cloud (der – wie ihm unschwer anzusehen war – liebend gern selbst mit auf Besichtigungstour gegangen wäre), dass es nun an der Zeit sei, den Cobblers einen weiteren Besuch abzustatten.

Gemeinsam mit Kettridge gingen sie hinaus.

4

Kurz nach fünf klingelte im *Anchor* das Telefon, und Nora ging dran. Es war Mollie.

»Ist Mr. Marley zu sprechen oder seine Schwester, die Polizistin?«

»Nein«, sagte Nora. »Die beiden Polizisten sind zu Gordon unterwegs, und Mr. Marley ist, glaube ich, mit Jonathan zu Ian Kitley gegangen.«

Stille.

»Bist du noch da, Moll?«

»Ja. Bin ich.«

»Worum geht's denn, Schätzchen?«, hakte Nora nach. »Soll ich ihnen was von dir ausrichten?«

»Nein.« Und dann: »Doch, doch. Sag Mr. Marley, dass mir was aufgefallen ist – sag ihm, dass es zu viele sind.«

»Zu viele?« Nora starrte den Hörer an und blickte dann mit einem Achselzucken zu Sir Arthur Hampton und Reverend Chubb hinüber. »Was soll das heißen, es sind zu viele? Zu viele wovon?«

»Sag es ihm einfach, okay? Machst du das?«

»Klar sag ich es.« Nora hatte sich den Hörer zwischen Ohr und Schulter eingeklemmt, während sie ein Glas Cola und ein weiteres mit Mineralwasser füllte und sie einer jungen Japanerin hinstellte. Die legte den bereits abgezählten Betrag auf die Theke, knickste mit einem schüchternen Mädchenlächeln und schwebte mit ihrem Kauf davon. »Willst du mir nicht wenigstens sagen, worum es geht?«

»Ich melde mich wieder.«

Klick machte das Telefon.

5

Als Robert Marley das Gartentor aufhakte und hinter Claire den abschüssigen Weg zu Jonathan Kettridges Haus hinunterging, war schon anhand des Gartens zu erkennen, wie der Bewohner dieses Hauses tickte.

Christopher Robin und seine Freunde waren allgegenwärtig. Überall in den Büschen versteckten sich bronzene oder steinerne Abgüsse der Shepard-Figuren. Ein etwa fünfzig Zentimeter großer Pooh, den Bauch vorgestreckt und die Nase in der Luft, bewachte die Rosen, Tigger und Ferkel schauten staunend einen kleinen Teich mit Wasserspeier an, während Känga und Roo vorsichtig unter einem tief herabhängenden Strauch hervorlugten. Ganz in der Nähe der Haustür versuchte I-Ah sein Gesicht vor den Besuchern zu verbergen. Und Christopher Robin stand, in Stiefel, Regenmütze und Macintosh gekleidet und die Hände tief in den Taschen vergraben, inmitten des sorgfältig angelegten Kräutergärtchens.

Sie waren etwas zu früh dran gewesen und hatten daher beschlossen, dass es nicht schaden könne, Kettridge entgegenzugehen. Claire läutete, und wenige Augenblicke später erschien Jonathan Kettridge an der Tür.

»Oh, Sie sind schon da«, sagte er. »Wie schön, dann kann es ja losgehen.«

»Wir waren ein bisschen früher dran und dachten –«

»Eine Sekunde«, unterbrach er Claire. »Ich bin gleich bei Ihnen.« Und damit verschwand er wieder, kam jedoch nach ein, zwei Minuten mit einem Fotoapparat zurück. Er zog die Haustür hinter sich zu und sagte: »Man muss die Gelegenheit nutzen und ein paar Aufnahmen machen.«

Aha, dachte Marley, *daher weht also der Wind*. Er musste an die Bücher denken, die Kettridge ihm neulich vor der Nase weggeschnappt hatte – wahrscheinlich war es jetzt mit den Fotos ganz genau dasselbe: Der Fremdenführer würde sie beide überall fotografieren und ihnen die Bilder nachher für fünf Pfund das Stück zum Kauf anbieten. Wenn Kettridge wirklich glaubte, er könne ihn auf diese Art ausnehmen, dann hatte er sich gewaltig geschnitten. Marley dachte nicht im Traum daran, ihm auch nur ein einziges Buch oder ein Foto abzukaufen. Nicht mal erwähnen würde er es. Er hatte sich Christopher Milnes Autobiografie in der Taschenbuchausgabe auf Mollies Rat hin längst gebraucht bei *Amazon* bestellt und erwartete die Lieferung jeden Tag.

»Wenn der alte Kitley nur nicht so verdammt verstockt wäre«, sagte Kettridge. Er wartete, bis Marley und Claire auf die Cotchford Lane hinausgetreten waren, und zog dann das Gartentor hinter sich zu. »Er weiß, glaube ich, gar nicht, welche Vorteile es für ihn mit sich brächte, Cotchford wenigstens teilweise der Öffentlichkeit zugänglich zu machen.«

»Überzeugen Sie ihn«, sagte Claire.

»Sie haben gut reden, Miss Holloway.« Kettridge stieß einen Seufzer aus und strich sich mit der Hand über die grauen Locken. »Ian kann man nicht überzeugen. Ich habe schon alles versucht.« Er grinste. »Was aber nicht heißt, dass ich es nicht trotzdem weiter versuchen werde. Eines Tages wird er ganz einfach nachgeben *müssen* – schon weil er mein ständiges Quengeln nicht mehr hören kann.«

Sie lachten.

Wie Kettridge ihnen auf dem Weg zur Farm erklärte, gehörte ursprünglich jedes einzelne Haus und jede Scheune hier auf dieser Seite des Flusses zur eigentlichen Cotchford Farm. Doch schon ehe Alan Alexander Milne – von Kettridge stets kumpelhaft Alex genannt – den Besitz erworben hatte, waren große Teile davon verkauft worden. Auch Kettridges eigenes kleines Haus war einmal Teil von Cotchford gewesen; eine Tatsache, die ihn sichtlich mit Stolz erfüllte.

»Ein unglaublicher Glücksfall, dass es damals, als ich herkam, zum Verkauf stand. Und wenn man sich die Wertsteigerung vor Augen führt –« Er schüttelte leicht den Kopf. »Kaum zu glauben, dass ich vor gut sechs Jahren bloß 85.000 Pfund dafür bezahlt habe. Heute ist es sicherlich das Fünf- oder Sechsfache wert.«

»Du lieber Himmel, das ist ja …« Claire fehlten die Worte.

»Unglaublich, nicht wahr?«, meinte Kettridge und blinzelte verschmitzt. »Und dann überlegen Sie mal, was ein Besitz wie Cotchford bei einem Verkauf einbrächte. Ian könnte locker drei bis fünf Millionen verlangen – und er würde sie sofort bekommen. Mit jedem Monat erfahren die Häuser an der Cotchford Lane eine Wertsteigerung. Keine Bank der Welt zahlt Ihnen so gute Zinsen, wie es diese kleine, zerfurchte Straße tut.«

Dann bogen sie nach rechts in die steile, geteerte Auffahrt ein, die hinunter zur Farm führte.

Ian Kitley erwartete sie bereits. Eine brennende Zigarette in der Hand, stand er auf dem von üppigem Rhododendron gesäumten Weg, der zum Haus führte, und winkte ihnen schon von weitem zu.

»Wenn es nach Jonathan ginge«, sagte Kitley zu Robert Marley, nachdem Kettridge sie alle miteinander bekannt gemacht hatte und sie nun gemächlich durch den riesigen Garten schlenderten, »dann würde Cotchford sofort in ein Milne-Museum umgewandelt. Seit Jahren liegt er mir damit in den Ohren, das Haus und den Garten wenigstens ab und an für seine Führungen zu öffnen. Er ist besessen von der Vorstellung.«

»Also, ich kann das gut verstehen«, meinte Claire. »Ich finde es einfach zauberhaft hier. Es wirkt alles so unberührt; so, als stünde die Zeit seit achtzig Jahren still. Man erwartet fast, den kleinen Christopher Robin jeden Moment aus einem Gebüsch hervorspringen zu sehen.«

Das erste, was Kitley ihnen gezeigt hatte, war die Christopher-Robin-Statue gewesen; sie stellte den Jungen im Alter von ungefähr vier Jahren dar und stand gleich am Eingang des Gartens hinter den Rhododendronbüschen. Laut Kettridge waren sie schon zu Milnes Zeiten an derselben Stelle gewachsen.

»Ian hockt auf seinem Besitz wie eine Spinne«, sagte Kettridge. »Ich weiß nicht, was so schlimm daran wäre, das Haus an ein oder zwei Tagen in der Woche zu öffnen.«

»Wahrscheinlich könnten Sie doch sogar eine ganze Stange Geld damit verdienen, denken Sie nicht?«, wandte Marley ein. »Auf die Art, wie man es mit *Monk's House*, tut – Virginia Woolfs Besitz in Rodmell; und das, obwohl das Haus auch bewohnt ist. Es ist eben nur an ganz bestimmten Tagen für ein paar Stunden geöffnet. Die nehmen fünf Pfund Eintritt für den Garten und drei, vier Räume im Erdgeschoss; die übrigen Zimmer sind tabu. Die obere Etage sowieso, weil da das Verwalterehepaar wohnt. Wenn ich mir nur vorstelle, Sie würden von jedem Besucher nur fünf Pfund verlangen –«

»Wenn Sie bei uns oben in Yorkshire das Pfarrhaus in Haworth besuchen wollen, wo die Brontë-Schwestern gewirkt haben, müssen Sie sogar sechs Pfund berappen«, sagte Claire.

»Ums Geld geht es mir gar nicht. Haben Sie die Leute gesehen, die an seinen Führungen teilnehmen?«, fragte Kitley. »Nur mit Mühe und Not kann er sie davon abhalten, ihren ganzen Müll überall im Wald zu verstreuen. Der ganze Unrat läge dann hier herum, und Hooker, mein Gärtner, könnte sich auch noch darum kümmern.«

»Er übertreibt«, verteidigte sich Kettridge. »Solange ich diese Führungen mache, hat noch keiner von meinen Leutchen auch nur einen Schnipsel Müll in den Wald getragen, den er nicht auch wieder mitgenommen hätte.« Er richtete seinen Zeigefinger wie eine Pistole auf Kitley. »Und Sie, Ian, wissen das ganz genau.«

»Wie wäre es mit dem Verkauf von Ansichtskarten?« Marley erwärmte sich allmählich für die Sache. »Fotografieren ist natürlich verboten. Dafür kann man dann die Ansichtskarten erwerben – sagen wir für neunzig Pence das Stück. Was meinen Sie?«

»Ich weiß nicht.« Kitley war nach wie vor skeptisch.

Aber Marley hatte das Stichwort geliefert, und Kettridge packte seinen Fotoapparat aus. Nachdem er ein paar Fotos geschossen hatte, meinte er: »Wollen Sie sich nicht mal dort auf die Mauer setzen, Miss Holloway? Das ist doch ein schönes Motiv, nicht wahr? Vielleicht setzen Sie sich auch dazu, Mr. Marley. Na, kommen Sie schon. Zieren Sie sich nicht so.«

Marley dachte gar nicht daran. »Ich bin nicht sonderlich fotogen«, sagte er.

»Komm schon«, sagte Claire, die ihn mit schiefgelegtem Kopf und Hundeblick anblinzelte und mit der flachen Hand auf die Mauersteine neben sich klopfte. »Sei nicht so ein Spielverderber, Robert. Ist doch eine schöne Erinnerung.«

Nur sehr unwillig kam er Claires Bitte nach und nahm

neben ihr auf der Bruchsteinmauer Platz. Sie kuschelte sich an ihn und legte ihren Kopf auf seine Schulter.

Kettridge schoss seine Fotos und sagte: »Ich mache Ihnen dann später so viele Abzüge davon, wie Sie wollen.«

Der Garten lag am Hang und war daher in mehreren Terrassen angelegt. Sie waren bislang unterhalb des Swimmingpools, in dem Brian Jones an einem schönen Tag im Juli 1969 gestorben war, quer durch den Garten geschlendert und hatten unterdessen eine von hohen Sträuchern umstandene Rasenfläche im hintersten Winkel des Gartens erreicht.

Inmitten dieser zauberhaften Umgebung stand auf einem runden, gepflasterten Platz eine steinerne, von alten Moosflechten befallene Skulptur, die sich bei näherer Betrachtung als Sonnenuhr entpuppte.

Aus dem hüfthohen Sockel, der einen dicken Baumstamm darstellte, waren die Shepard-Figuren aus den Pooh-Geschichten herausgearbeitet: I-Ah, Tigger, Känga und Roo, Kaninchen, Eule und Ferkel und nicht zuletzt Pooh der Bär; sie alle tanzten einen stummen, steinernen Reigen. I-Ah sah wieder mal am allertraurigsten aus – so, als wäre es das selbstverständlichste von der Welt, hatten sich auf ihm natürlich die meisten Moosflechten niedergelassen und hüllten ihn fast vollständig ein. Man musste schon sehr genau hinsehen, um ihn noch zu erkennen.

Kettridge bekam bei dem Anblick ganz glänzende Augen: »Schauen Sie sich das an, Robert«, sagte er. Er trat ganz nahe an die Sonnenuhr heran. »Ist sie nicht wundervoll?«

Der Zeiger, der den Schatten warf, bestand aus einem bronzenen Federkiel und den Initialen des Autors: *AAM*. Beides war auf ein aufgeschlagenes Buch montiert, das das Zifferblatt bildete und folgende Inschrift trug: *This warm and sunny spot belongs to Pooh, And here he wonders what it's time to do.*

Auf Kettridges und Claires Drängen hin wurden auch hier

wieder Fotos geschossen. Marley hätte sich schwarz ärgern können, dass er nicht daran gedacht hatte, einen eigenen Fotoapparat mitzunehmen; zumal er selbst unbedingt ein Bild von sich und der Sonnenuhr haben wollte. Ihm würde wohl oder übel doch nichts anderes übrig bleiben, als Kettridges Wucherpreise (denn er ging fest davon aus, dass es Wucherpreise wären) zähneknirschend zu akzeptieren.

Jetzt stiegen sie hinter Ian Kitley eine ausgetretene breite Treppe hinauf, die zum Swimmingpool führte. Auf halber Strecke kamen sie an einer von Kletterrosen umrankten Mauernische vorüber, in der eine halb verfallene Bank und ein uralter Zierbrunnen standen. Alles war mit einem Hauch von Grün überzogen, was dem ganzen einen märchenhaften, fast verwunschenen Zauber verlieh.

»Brian Jones hat nicht viel von dem Besitz gehabt«, sagte Kitley, als sie den Pool erreichten. Das Wasser war glatt wie ein Spiegel. Am jenseitigen Ende befand sich ein Sprungbrett. »Ich glaube, er kaufte Cotchford sieben oder acht Monate vor seinem Tod. Er hat also nicht sehr lange hier gelebt – trotzdem war er drauf und dran, das Haus in der kurzen Zeit zu ruinieren. Er hat Handwerker beschäftigt, die rein gar nichts von ihrer Arbeit verstanden haben. So einen windigen Kerl namens –« Er fuchtelte mit der Hand, kam nicht darauf und winkte verdrossen ab. »Das einzig Vernünftige, was er hier hat machen lassen, war, die Kanalisation und den Pool auf Vordermann zu bringen.«

Wie passend, dachte Marley. Und dann ist er darin ertrunken, ehe er noch mehr und Schlimmeres anrichten konnte.

»Der Pool sieht sehr modern aus«, bemerkte Claire. Sie war einmal darum herumgegangen und kam nun wieder zu ihnen zurück. »Mit all dem Chrom und den Strahlern, die in den Beckenrand eingelassen sind.«

»Die verchromte Treppe und auch das Sprungbrett sind

noch die Originale, Miss Holloway«, sagte Kitley. »Allerdings haben wir die Kacheln rund um den Pool erneuern müssen. Und wissen Sie was? Wir haben die alten an den Brian-Jones-Fanclub verkauft. Die Dinger wurden nummeriert und für hundert Pfund pro Stück an Sammler verkauft. Es gibt anscheinend für alles einen Sammler. So haben wir die Renovierung finanziert.«

»Und Sie bekämen noch weit mehr Geld in Ihre Kassen, wenn Sie auf Mr. Kettridges Vorschlag eingingen«, ließ Marley sich vernehmen. »Denken Sie noch mal drüber nach.«

»Vielleicht lasse ich mich eines Tages tatsächlich breitschlagen. Und zwar dann, wenn er die Pooh-Führungen sein lässt und sich stattdessen auf Brian Jones und die Stones verlegt. Die Stones-Fans sind nämlich ganz in Ordnung.«

»Als ob es da einen Unterschied gäbe«, murrte Kettridge.

»Aber natürlich gibt es den«, sagte Kitley, und diesmal richtete er den Zeigefinger auf Kettridge. »Und das, mein lieber Jonathan, wissen *Sie* ganz genau. Mit den Brian-Jones-Fans habe ich noch nie Schwierigkeiten gehabt. Die sind freundlich, fragen höflich nach, ob sie Fotos machen dürfen oder sich einmal den Garten ansehen könnten, bevor sie das Grundstück betreten. Die Pooh-Pilger sind da ganz anders. Die sind ganz offensichtlich der Ansicht, sie hätten ein Anrecht darauf, hier herumzulaufen. Sie fragen nicht mal. Es ist schlimm.« Er stemmte die Hände in die Hüften. »Erst letzte Woche erwischte ich eine Horde Amis im Garten, die bei der Sonnenuhr ein fröhliches Picknick veranstalten. Sie hatten eine Decke ausgebreitet und machten grade Teewasser auf einem Gaskocher heiß, als ich sie ansprach.«

Marley musste lachen, er konnte gar nicht anders.

»Ja, lachen Sie nur«, sagte Kitley. »Ich würde wahrscheinlich auch darüber lachen, wenn es nicht mein Grund und Boden wäre. Wissen Sie, was sie taten, als ich fragte, wer ihnen gestattet hätte, sich hier niederzulassen? Sie meinten, sie hätten niemanden gesehen und angenommen, das sei ein öffentlicher Park. Dann schlugen sie vor, ich solle mich dazusetzen, und boten mir Sandwiches an.« Kitley musste sich nun selbst ein Grinsen verkneifen. »Ein andermal traf ich eine koreanische Familie an, die auf der Mauer dort drüben saß und bestimmt ein Dutzend ihrer koreanischen Poohs in einer Reihe aufgestellt hatte, um sich abwechselnd damit zu fotografieren. Haben Sie die koreanische Ausgabe von Winnie-the-Pooh mal gesehen? Sehen aus wie Strahlenopfer. Fürchterlich. Die haben riesige Köpfe und fast gar keinen Körper. Auch die hatten sich natürlich nicht erst die Mühe gemacht, um Erlaubnis zu bitten.«

Marley, der sich am Pool umgeschaut hatte und wie in einem Tagtraum mühelos in der Lage war, Brian Jones am Grund des Pools liegen zu sehen – Augen und Mund weit offen und die Arme ausgebreitet –, fragte: »Wie hat es sich eigentlich abgespielt? Weiß man, was in der Nacht geschehen ist, als Jones starb?«

»Nicht sicher«, sagte Kitley. »Die offizielle und auch wohl allgemein akzeptierte Variante ist der Badeunfall durch ein Gemisch aus Drogen und Alkohol.«

»Und die inoffizielle?«, fragte Claire.

»Nun ja.« Kitley breitete die Arme aus. »Es gibt verständlicherweise unzählige Theorien.«

Marley sah ihn an. »Ist denn niemand dabei gewesen?«

»Nicht direkt. Es gibt zahlreiche Geschichten und Anekdoten, wie es sich abgespielt haben könnte, aber keine Quelle ist wirklich sicher. Mal ist von einer riesigen Party die Rede, die hier gestiegen sein soll – mit Drogen und allem drum und dran – und in deren Verlauf Brian Jones dann ertrank. Sir Arthur Hampton ist steif und fest davon überzeugt, die Drogenmafia habe ihn auf dem Gewissen.« Er kicherte. »Und andere wiederum behaupten, Jones und eine Handvoll Freunde hätten sich einen netten Abend gemacht, und ein von den Rolling Stones gedungener Killer habe ihn dann ermordet, als er im Pool und alle anderen im Haus waren.«

»Ein von den Stones angeheuerter Killer? Ist ja lächerlich«, sagte Claire. »Aus welchem Grund sollten die so was getan haben?«

»Was weiß denn ich?« Kitley zuckte mit den Achseln. »Um ihn aus der Band zu haben, vielleicht. Um ihn los zu sein und nicht auszahlen zu müssen. Er war es schließlich, der den Verein gegründet hat. Es gibt tausend Möglichkeiten. Und es gibt tausend Gerüchte. Wer weiß schon, was davon stimmt? Wenn überhaupt irgendetwas.«

»Besonders merkwürdig ist, dass Brian Jones zwar in dem Pool gefunden wurde«, sagte Kettridge, »das Wasser in seiner Lunge aber aus dem Fluss stammte.«

»Was? Wie kann das sein?« Claire hatte ganz große Augen bekommen. »Das ist doch unmöglich.«

»Soll angeblich stimmen«, sagte Kitley. »Reverend Paul Chubb erzählt immer mal wieder davon. Anscheinend war er dabei, als man Brian Jones damals aus dem Pool zog. Und er hat wohl auch die Obduktionsberichte gelesen.«

»Ehrlich?«

»Das können Sie ruhig glauben, Miss Holloway«, sagte Kitley. »Er weiß eine Menge über Brian Jones und dessen Zeit auf Cotchford.«

»So alt kommt er mir noch gar nicht vor«, sagte Marley. »Er kann Ende der Sechzigerjahre doch höchstens zwanzig oder so gewesen sein.«

»Jedenfalls hat er es uns so erzählt«, meinte Kettridge. »Außerdem ist er ein Mann der Kirche. Sie wollen doch nicht etwa an den Worten eines Geistlichen zweifeln?«

»Gott behüte«, sagte Marley. »Ich hatte ganz vergessen, dass die immer und ausnahmslos die Wahrheit sagen.«

6

Der Schankraum des *Anchor Inn* war an diesem Abend zum Bersten gefüllt. Sämtliche Tische und Stühle waren belegt, denn vor gut einer Stunde hatte ein kühler Wind eingesetzt, der alle Gäste aus dem Garten vertrieben und sie in die Schankstube hatte flüchten lassen.

Nora hatte alle Hände voll zu tun, den Ansturm überhaupt zu bewältigen.

»Würde mich nicht im Geringsten wundern, wenn sich eines Tages herausstellte, dass wir nur ein riesiges, großes Experiment sind«, sagte Sir Arthur, die rechte Hand um sein Glas geschlossen und den erhobenen Zeigefinger ausgestreckt. »Wir alle, meine ich. Die ganze Menschheit.«

»Wie in dem Buch von Douglas Adams?« Nora spülte ein Glas durch und stellte es kopfüber zum Trocknen hin. »Von Mäusen, oder wie?«

»Genau. Von Mäusen, von Ameisen, von was auch immer. Vielleicht von Marsmenschen oder von dem Wesen, das manche hier *Gott* nennen.«

Reverend Paul Chubb hob zwar seufzend die Augenbrauen, schwieg jedoch dazu.

Sir Arthur nahm einen tiefen Schluck von seinem Bier und sagte: »Was, wenn jeder von uns in diesem Experiment für etwas Bestimmtes zuständig ist? Mr. Marley da vorne hat die Aufgabe bekommen, Bücher zu schreiben. Sie, Nora, müssen uns ständig quälen ...«

»Quälen?« Sie pfefferte das feuchte Geschirrtuch, das sie über dem Arm getragen hatte, in das leere der beiden Spülbecken. »Ich glaub', ich hör' nicht richtig.«

»Ja. Was, wenn wir nur glauben, über einen freien Willen zu verfügen, in Wahrheit aber gelenkt und gesteuert werden?

Der Mörder muss morden, weil es eben seine Aufgabe ist, die Opfer müssen ihre Opferrolle erfüllen, weil sie nur aus diesem einen Grund überhaupt existieren, und unser stummer Freund hier, der wie ein Regenfass alles, was er hört, auffängt«, fuhr Sir Arthur unbeirrt fort und versetzte Crossman unvermittelt einen leichten Hieb zwischen die Schulterblätter, »hat nichts weiter zu tun, als besoffen auf der Theke zu liegen und uns tagaus, tagein zu belauschen.«

Ohne einen Laut von sich zu geben, rutschte Crossman von seinem Hocker an der Theke, sah kurz zu ihnen hinüber und trottete durch die Public Bar in den Garten davon.

Dr. Waterman kam ihm auf der Treppe entgegen und stieß fast mit ihm zusammen. Waterman murmelte eine Entschuldigung und ging mit gezückter Brieftasche ins Billardzimmer hinüber, wo zwei seiner Patienten eine Partie Snooker spielten.

Nora stieß einen wütenden, knurrenden Laut aus und verschwand nach hinten. Im Schankraum konnten sie alle hören, wie sie in der Tür der Public Bar stand und »William, so bleiben Sie doch! Er hat es nicht so gemeint! Wirklich!« hinter ihm herrief.

Marley stellte sein Glas hin und schüttelte den Kopf. »Das war nicht besonders nett, Sir Arthur.«

»Ach was.« Er winkte mit beiden Händen gleichzeitig ab. »Sie soll ihn laufen lassen. Der kriegt sich schon wieder ein.«

»Großartig haben Sie das hingekriegt«, schnarrte Nora, als sie zurückkam. »Ich sollte Sie genauso rausjagen.«

»Nun mal langsam, Schätzchen. Rausgejagt hab' ich ihn nicht.«

»Abgesehen davon, dass er ein netter, ruhiger Kerl ist, der niemandem etwas zuleide tut«, meinte Nora, die Sir Arthur immer noch mit Blicken bedachte, die einen sensibleren Mann auf der Stelle niedergestreckt hätten, »entgehen mir jetzt auch noch gut zwanzig Pfund an Einnahmen.«

Sir Arthur brach in schallendes Gelächter aus. »Sie Ärmste. Ich sollte wirklich hinterhergehen und zusehen, dass ich ihn wieder einfange, was? Am Ende machen Sie noch Pleite.« Und damit trank er sein Pintglas leer und marschierte hinter Crossman her in den Garten.

»Man muss die Umsätze schon im Auge behalten«, sagte Martin Riddle, der seinen Wodka-Martini dermaßen inbrünstig schwenkte, als wolle er die darin schwimmende Olive zu einem Tänzchen auf dem Glasrand bewegen. »Wenn man das nicht tut, ist man schneller aus dem Geschäft, als …« Er verstummte, als er merkte, dass ihm niemand zuhörte.

Claire hatte die Gelegenheit beim Schopf ergriffen und war zur Toilette gegangen. Ian Kitley huschte an Kettridge vorbei zur vorderen Tür der Schankstube hinaus auf die Veranda, um, wie er sich paradoxerweise ausdrückte, »an der frischen Luft eine zu rauchen«. Und Reverend Chubb verließ das Pub, um nachzusehen, ob sein betagter Videorekorder die Wiederholung des Rolling-Stones-Films *Gimme Shelter* tatsächlich aufgezeichnet hatte.

Außer Marley war niemand an seinem Platz geblieben.

7

Als sie die Straße überquerte, glaubte sie zunächst, eine geduckte dunkle Gestalt hinter sich bemerkt zu haben, die, als sie sich umgewandt hatte, in die Schatten eines Hauseinganges gehuscht oder in einem der Vorgärten verschwunden war.

Das bildest du dir doch bloß ein, Moll.

Und wirklich – nur ein Geisteskranker würde es wagen, sie hier auf offener Straße zu überfallen. Selbst wenn sich ihr Verdacht bestätigte – es war ja noch nicht einmal ganz dunkel.

Der Weg von Castlefields, jener Reihe alter Cottages, zu

dem auch das Haus ihrer Mutter gehörte, bis zum Pub war nicht sehr weit – fünf-, sechshundert Meter vielleicht. Der kühle Wind ließ sie frösteln. Sie hatte sich nur eine dünne Strickjacke übergeworfen, ehe sie ihrer Mum Bescheid gegeben hatte, dass sie noch einmal fortgehen müsse. Mrs. Phillips war nicht sehr begeistert davon gewesen, aber Mollie hatte sie damit beruhigt, dass sie ja nicht lange bleiben würde. Bevor sie gegangen war, hatte sie ihrer Mutter noch eine Vitamintablette in einem Glas Wasser aufgelöst und es ihr ans Sofa gebracht. Dann war sie hinausgegangen.

Jetzt fragte sie sich, weshalb sie Mister Marley nicht gebeten hatte, zu ihr nach Hause zu kommen. Heute Nachmittag hatte sie schon einmal versucht, ihn zu erreichen, aber von Nora die Auskunft bekommen, er sei nicht da.

Ich muss mit Ihnen reden, Mr. Marley, Sir, hätte sie zu ihm sagen können, als sie vor einer halben Stunde zum zweiten Mal angerufen hatte. *Es ist sehr wichtig, aber ich kann nicht weg von hier – meine Mum, wissen Sie? Ich dachte mir, ob Sie vielleicht herkommen könnten. Würde das gehen?*

Doch das hatte sie nicht getan. Stattdessen hatte sie lediglich Nora gefragt, ob er jetzt dort sei, sie bräuchte ihn aber nicht extra zu stören, sie würde gleich hinkommen.

»Moll, Schätzchen, weshalb so schüchtern?«, hatte Nora gefragt, und dann hatte Mollie hören können, wie die Gäste im Schankraum lachten, als Nora sich an Marley wandte und lautstark verkündete: »Sie scheinen noch eine Verehrerin zu haben, Robert. Da wird sich Claire aber in Acht nehmen müssen. Also, er ist hier, Moll. Hast du ja gehört, nicht?«

Sie ging rasch, lief aber nicht, obwohl sich ihre Nackenhaare spürbar sträubten, je näher sie dem *Anchor* kam.

Sie passierte die Wesleyan Chapel, die auf gleicher Höhe mit dem Spielplatz an der High Street lag. Es war Wind aufgekommen, und sie konnte hören, wie sich die leeren Schaukeln auf der gegenüberliegenden Straßenseite bewegten und mit einem metallischen Knarren der Scharniere hin- und herschwangen.

Dahinter lagen die Tennisplätze, die zu Mr. Kitleys *Oast House* gehörten. Auch dort trieb sich um diese Zeit niemand mehr herum.

Die Nacht würde wunderschön und sternenklar werden. Nur ein paar dünne schwarze Wolken zogen wie Rauchfahnen über die Mondsichel.

Die Straße vor und hinter ihr war menschenleer. Nur an der Einmündung zum Fußweg, der zur Rückseite der *St. Mary the Virgin School* führte und trotz des Zwielichts bereits in völlige Dunkelheit getaucht war, hatte sie eine Frau gesehen. Sie hatte Jogginghose und einen Pullover mit Kapuze getragen; dazu ein dunkles Kopftuch, sodass ihre Haare nicht zu sehen gewesen waren. Aber Mollie hatte all das ohnehin nur ganz nebenher zur Kenntnis genommen.

Sie war viel zu sehr damit beschäftigt, sich zu überlegen, wie sie es am besten anstellte, von ihrem Verdacht zu erzählen, ohne dass es lächerlich klang. Es war eine Sensation, wenn es stimmte. Ein richtig großes Ding! Allerdings wusste sie kaum noch zu sagen, ob sie sich das Ganze am Ende womöglich doch nur einbildete, wo er ihr gegenüber doch alles abgestritten hatte. Ausgelacht hatte er sie und von ausufernder Fantasie gesprochen. Dabei hatte sie es doch mit eigenen Augen gesehen. Hätte sie sich an die rothaarige Polizistin oder ihren Assistenten gewandt, die beiden hätten sie vermutlich auch nur ausgelacht.

Vermutlich, Moll? Du bist lustig. Ein richtiger Scherzkeks bist du! Vermutlich? Ha, ha, ha. Aber ganz bestimmt hätten sie das!

Hätte sie sich doch bloß ein Handy leisten können. Dann hätte sie von unterwegs noch einmal im Pub anrufen können. Aber Mum hielt Mobiltelefone für nichts als pure Verschwendung.

Mit schnellen Schritten überquerte Mollie den Parkplatz des *Anchor Inn*. Zehn oder elf Autos parkten dort. Ein Landrover mit schmutzigen Kotflügeln und fleckigen Scheiben war gleich an der Treppe zum Garten abgestellt, so dicht, dass sie gezwungen war, sich an der Fahrerseite an ihm vorbeizudrücken, um zur Treppe zu gelangen. Hätte sich jemand dort drin versteckt, um unvermittelt die Fahrertür aufzureißen und sie ins Wageninnere zu zerren, sie hätte ihn nicht im Voraus sehen können. Sie hätte nicht die geringste Chance gehabt.

Sie dachte gerade, wie finster es in den wenigen Minuten geworden war, die sie vom Cottage ihrer Mutter bis hierher gebraucht hatte, als ihre Strickjacke am rechten Außenspiegel des Rover hängenblieb und sich verfing. Während Mollie sich bemühte, sie zu befreien, begannen die Kirchenglocken zu schlagen.

Sie glaubte, Schritte zu hören, und dann war sie plötzlich frei und hastete die Stufen hinauf zum hinteren Garten. In der Dunkelheit konnte sie sehen, dass die Sonnenschirme zusammengeklappt waren. Geradeaus sah sie das von einem dunklen Efeuteppich umrankte helle Viereck des Sprossenfensters der Schankstube.

Vielleicht weiß Mr. Marley etwas damit anzufangen, dachte sie, als sie den schmalen Gang in Richtung Public Bar entlanglief.

Sie hatte sich alles genau aufgeschrieben. Klar konnte es immer noch sein, dass sie sich irrte, allerdings glaubte sie das nicht. Dazu war die Sache einfach zu seltsam.

Und dazu hast du auch einfach viel zu viel Ahnung von der Materie, Mollie, dachte sie.

Und dann: *GROSSER GOTT!*, als zwei starke Arme sie am

Hals und um die Brust packten und ins Pissoir beim Seiteneingang zogen.

Jetzt ist es vorbei, dachte sie, als ihr Zweige und Blätter ins Gesicht schlugen. Es war ein ganz sachlicher Gedanke, als wäre sie nichts weiter als eine unbeteiligte Zuschauerin, die lediglich beobachtete, was ihr passierte. *Es ist vorbei, und du hast Mum versprochen, gleich wieder zurück zu sein. Wer soll sich jetzt nur um sie kümmern?*

Das Letzte, was sie in ihrem Leben dachte, waren dagegen keine Worte im herkömmlichen Sinn mehr. Es waren eher Gefühle als Gedanken. Die übermächtige, in schützendes Adrenalin getauchte Hoffnung nämlich, es möge wenigstens nicht wehtun.

Mach, dass es schnell vorbei ist …

Es war beinahe wie ihr erster Sex.

(Ich sag meinem Dad, was du gemacht hast …)

Das Letzte, was Mollie sah, ehe die Knorpel ihres Kehlkopfes brachen, war eine angeknackste Kachel in der Pinkelrinne.

Bitte … bitte …

Als sie starb, schlug ihr linkes Bein haltlos einige Male gegen die schmutzige, weißgelbe Kachelwand.

Danach lag sie still – lediglich ihr Fuß zuckte noch eine Weile.

8

»Was haben Sie denn gemacht?« Nora sah Reverend Paul Chubb mit besorgter Miene an. Ein großes Pflaster klebte auf seiner rechten Augenbraue. Es sah fast so aus, als wolle er Sergeant Cloud Konkurrenz machen. Das Auge selbst war blutunterlaufen. Die Lider rot und geschwollen, zum Rand hin nahm die Haut schon einen bläulichen Ton an.

»Ich … Ich wollte nach dem verdammten Videorekorder sehen.« Chubb quälte sich ein albernes Grinsen ab. »Dummerweise habe ich kein Licht gemacht, und da bin ich im Dunkeln gegen das offene Türblatt gelaufen.«

Nora hob mahnend den Zeigefinger. »Sie müssen wirklich weniger Cider trinken, Reverend. Eines Tages bringen Sie sich noch um.«

Er kicherte unglücklich.

Im selben Augenblick kam Sir Arthur sichtlich außer Atem ins Pub zurück. Sein Hemd hing ihm seitlich aus der Hose, und er starrte sie alle an – totenblass, als habe er einen Geist gesehen.

»Großer Gott«, sagte er. Er rieb die Handflächen gegeneinander und blies hinein, als sei ganz plötzlich eine Eiszeit ausgebrochen. »Da draußen … Da draußen liegt eine Tote.«

9

Mollie Phillips war tot. Und was für einen grausigen Tod sie gestorben war; mit dem Gesicht im Pissoir.

Die Leute von der Spurensicherung hatten vor einer halben Stunde die Koffer gepackt. Die Ambulanz war gekommen, um den Leichnam des Mädchens abzutransportieren. Dorothy und Cloud waren nach Marleys Anruf binnen Minuten vor Ort gewesen, hatten den Tatort gesichert und sämtliche Gäste befragt.

Jonathan Kettridge hatte es auf den Punkt gebracht, als er sagte: »Jeder von uns kann es gewesen sein. Wir alle haben das Pub zu dem einen oder anderen Zeitpunkt verlassen. Ich selbst war zweimal draußen und bestimmt noch öfter auf der Toilette. Aber genauso kann es auch jemand von außen gewesen sein, der überhaupt nicht im Pub war.«

Lediglich die Cobblers schieden aus. Cloud und Dorothy waren bei ihnen gewesen, als Marleys Anruf sie erreicht hatte.

Jetzt war keiner der Gäste mehr da.

»Warum wollte sie ausgerechnet mit dir reden?«, fragte Dorothy.

»Keine Ahnung, Dotty.« Ihr Bruder zuckte mit den Achseln und schüttelte den Kopf. »Ich hab' mich ein paar Mal mit ihr unterhalten. Vielleicht mochte sie mich?«

Marley fühlte sich schrecklich machtlos. Wie lange war es her, dass sie hier im Pub angerufen hatte? Zwei Stunden? Zweieinhalb? Hätte Nora ihn doch nur ans Telefon geholt, dann hätte er jetzt wenigstens gewusst, weshalb sie ihn unbedingt hatte treffen wollen.

Es sind zu viele ..., hatte Mollie gesagt. *Sag ihm, dass es zu viele sind.* Das waren ihre Worte gewesen, darauf hätte Nora jeden Eid geschworen.

Marley fühlte sich nicht zum ersten Mal in seinem Leben vollkommen machtlos. In seinen Büchern war das anders. Dort war es einfach nicht vorgesehen, dass ihm das Ruder aus den Händen glitt. Er behielt stets die Fäden in der Hand und entschied, wohin die Handlung führte. Nun fühlte er abermals, dass jemand anderer die Fäden in Händen hielt; das jemand anderer die Rollen verteilte, die Charaktere hin und her schob, wie es ihm gefiel; jemand anderer hatte die Regie übernommen.

Es sind zu viele, hatte sie gesagt. *Sag ihm, dass es zu viele sind ...* Was hatte sie bloß damit gemeint?

Es war kurz nach halb zwölf. Das Bier schmeckte wie geräucherter Aal.

Claire war bereits vor einer guten Viertelstunde auf ihr Zimmer gegangen, und jetzt waren im Pub, von Nora abgesehen, nur noch Cloud und Dorothy zugegen, die mit Marley am

Tisch in der Fensternische beim Kamin saßen. Allen anderen schien der Tod des Mädchens die Lust am Trinken – zumindest die Lust daran, es in aller Öffentlichkeit zu tun – für heute vergällt zu haben.

»Wir haben diesen Ventilator bei der Toten gefunden«, sagte Cloud. »Und sehen Sie mal, was das Ding kann.«

»Ein billiges Spielzeug, das sie drüben im *Pooh Corner Shop* für höchstens ein paar Pennies verkaufen, nichts weiter«, sagte Nora. »Sie hat wohl ständig eins bei sich gehabt.«

»Das stimmt«, sagte Marley. »Mollie hat mir gezeigt, wie es funktioniert. Ich war sogar drauf und dran, selbst so ein Ding zu kaufen. Die gehen wahrscheinlich täglich zu Dutzenden über die Ladentheke.«

»Interessant ist es trotzdem.« Cloud ließ sich nicht beirren. Er schaltete den kleinen roten Ventilator an, und mit einem Mal begannen Zahlen und Wörter über den Rotor zu laufen.

ENLIM .R. C.

Die Buchstaben waren der Reihe nach erschienen, liefen eine Weile blinkend im Kreis herum und verschwanden dann wieder.

PB S92 Z26

Auch dies tanzte und pulsierte einige Sekunden lang im Kreis und wurde durch folgenden Code abgelöst:

HC S78 Z29

Der Letzte schließlich lautete:

BEYOND S63 Z22

Danach begann alles wieder von vorn.

»Was halten Sie davon?«, fragte Cloud.

»Postleitzahlen werden es ja wohl kaum sein.« Marley trank einen Schluck Bier. Es war verdammt spät. Ihm war nicht nach Rätselraten zumute, obgleich er zugeben musste, dass es der ganzen Sache einen neuen Impuls gab. »Wissen Sie es denn schon?«

Cloud schüttelte den Kopf. »Dummerweise nein. Das einzige, was natürlich sofort ins Auge springt, ist der spiegelverkehrt geschriebene Name C. R. Milne. *C. R.* soll wahrscheinlich *Christopher Robin* heißen. Aber dass es sich bei dem Rest um Postleitzahlen handelt, können wir wohl getrost ausschließen. Jedenfalls sind es keine britischen.«

»Und was ist mit Spionage?« Nora strich sich mit beiden Händen die Haare hinter die Ohren und beugte sich, auf die Ellenbogen gestützt, über die Theke. »Könnten das nicht irgendwelche Koordinaten sein? Für mich sieht das fast danach aus.«

Spionage? Das war das lächerlichste, das Marley je gehört hatte. »›*Es sind zu viele*‹, hat sie gesagt«, sagte er. »Was zum Teufel kann sie nur damit gemeint haben?«

Nora warf sich das Geschirrhandtuch über die Schulter und sagte: »Also, ich glaube ja, sie wollte bloß ein handsigniertes Buch.«

10

Er konnte vorsichtig sein, wenn es darauf ankam – o ja, das konnte er.

Die meisten mochten ihn für einen Schwachkopf halten, aber das war er nicht. Er war ein Luchs, ein Beobachter, einer, der aufpasste. Er gab Obacht. Seine Sinne waren geschärft.

Wenn er dort bei Nora im *Anchor* auf seinem Barhocker saß, mit halb geschlossenen Augen, und ein schönes Bier vor sich hatte, bekam er weit mehr mit, als die meisten sich vorstellen konnten.

Ist ja nur der alte Crossman, dachten die meisten vielleicht. *Da musst du Obacht geben, dass er nicht vergisst, auf'n Lokus zu gehen – sonst kann es sein, du stehst an der Theke, und er pisst dir am Bein runter …*

Er kannte all diese Sprüche.

Er war meistens besoffen, aber er war ja nicht blöde. Und was das Zuhören anging, da hatte er Übung. Manchmal, wenn er so darüber nachdachte, wie die Leute sich unterhielten, wie sie *Nein* und *Ach* sagten, noch ehe der andere fertig gesprochen hatte, und mit Äußerungen wie *Ja – Ja, ja* und *Hm* und *Ah, hmm*, versuchten, den Redner anzuspornen, doch mal langsam zum Ende zu kommen, da kam es ihm fast vor, als sei er der Einzige im Raum, der wirklich zuhörte.

Früher hatte er sich darüber geärgert. Aber da hatte er den Leuten auch noch zu*gesehen*. Hatte *gesehen*, wie sie die Flaschen in den Regalen hinter der Theke zählten, ungeduldig mit den Fingern trommelten oder zwischendurch im Flüsterton mit ihrem Tischnachbarn sprachen, während ihnen jemand gegenübersaß und erzählte. Und die, die selbst am lautesten und am längsten redeten, waren die Ungeduldigsten.

Heute interessierte ihn all das nicht mehr. Er hatte gelernt, dass es nichts nützte, sich zu sehr mit anderen Menschen zu beschäftigen. Es brachte nichts weiter als Schmerzen und Traurigkeit.

Doch war er auch weiterhin aufmerksam geblieben – ganz Ohr, wie man so schön sagt – und Anfangs war er wegen alldem, was er in den letzten Tagen im Pub gehört hatte, auch ganz schön aus dem Häuschen gewesen – nach der Unterhaltung mit Mollie am Nachmittag sogar fast ein bisschen euphorisch. Doch je mehr die Wirkung des Alkohols nachgelassen hatte, umso mehr war ihm klar geworden, in welcher Gefahr Moll und er in Wirklichkeit schwebten.

»Geh zur Polizei oder halt' dich da raus«, hatte er zu ihr gesagt. »Geld ist nicht alles, Moll.«

Und als Sir Arthur am Ende auch noch diese Bemerkung gemacht hatte, da hatte die Angst vollends gesiegt. Er hätte nicht eine Sekunde länger dort im Pub bleiben wollen.

Zuhause war er zu seinem Werkzeugkasten gegangen und hatte das Vorhängeschloss an der Hintertür angebracht. Die Sparlampe brannte ohnehin jede Nacht, um Einbrecher abzuschrecken. Nicht, dass es bei ihm irgendetwas zu holen gab.

Sir Arthurs Bemerkung hatte ihm wirklich Angst gemacht.

Und später in dieser Nacht ging der alte Crossman die wackelige Holztreppe in den Keller hinunter und schaltete zum ersten Mal seinen selbst installierten Alarm an der Tür zum Garten ein. Er tat das sehr gewissenhaft und überprüfte die Schaltung mehrfach. Nachdem er sich vergewissert hatte, dass niemand dort würde eindringen können, ohne den Alarm auszulösen, ging er wieder nach oben. Sicherheitshalber stellte er aber auch noch ein leeres Marmeladenglas auf den Türknauf der Vordertür.

Das war ebenso einfach wie effektiv, beinahe so sicher wie der elektrische Alarm – nur wesentlich billiger.

Er würde *hören*, wenn jemand in sein Haus eindrang. Würde *hören*, wenn sich jemand an seiner Tür zu schaffen machte, würde *hören*, wenn das Glas zu Boden fiel und zerschellte.

Er schloss sich in seinem Schlafzimmer ein und kroch ins Bett. Das Laken war kühl und glatt. Bettdecke und Kissen dufteten frisch gewaschen. Mollie hatte das Bett erst heute für ihn neu bezogen. Als er sich die Decke bis zum Kinn hochzog, musste er unwillkürlich an das kurze Gespräch denken, das er mit ihr geführt hatte.

Geld ist nicht alles, Moll …

Daran, und an das Geräusch von Schritten, die in der Nacht über Glasscherben gehen.

Von Mollies Tod erfuhr er erst am folgenden Morgen.

VIERTER TEIL

Gill's Lap

In welchem das Heffalump sein wahres Gesicht zeigt und eine Taufe stattfindet, ohne dass jemand geboren ist

1

Nie zuvor waren in Hartfield drei Menschen am selben Tag zu Grabe getragen worden. Nicht nur die Kirche war bis auf den letzten Platz gefüllt, selbst draußen im Garten standen die Menschen. Der ganze Ort hatte sich versammelt, um ihnen die letzte Ehre zu erweisen. Sämtliche Geschäfte waren geschlossen – sogar Martin Riddle hatte sich (wenn auch nur zähneknirschend) nach einigem Zureden letztlich doch noch dazu entschlossen, seinen *Pooh Corner Shop* an diesem Tag nicht zu öffnen.

Vor dem Lych Gate parkte ein Wagen vom Bezahlfernsehen. Aber selbst die Reporter dieses Senders waren taktvoll genug, den eigentlichen Friedhof nicht zu betreten.

Sergeant Ralph Cloud stand ganz hinten an einen der Pfeiler gelehnt und ließ seinen Blick aufmerksam über die Sitzreihen schweifen. Dorothy Marley hatte ihn zur allgemeinen Beruhigung abgestellt. »Zeigen Sie Präsenz«, hatte sie gesagt. Und genau das tat er auch. Während er mit erhobenem Kinn und hinter dem Rücken zusammengelegten Händen dastand und in die gesenkten, traurigen Gesichter der Menschen blickte, die nach wie vor in die Kirche strömten, musste er daran denken, was Doktor Millner ihnen gestern Abend mitgeteilt hatte: Nach genauem Studium der Akten war er zu dem eindeutigen Schluss gelangt, dass Brian Jones gewaltsam zu Tode gekommen war. Der Blutalkoholspiegel entsprach vier bis fünf Pints Bier, was einen regelmäßigen Trinker und an starken Alkohol gewöhnten Mann wie Brian Jones kaum beeinträchtigt haben dürfte. Eine Besinnungslosigkeit aufgrund der Alkoholmenge schied daher völlig aus. Auch waren in seinem Blut keine Drogen nachweisbar gewesen. Und er war eindeutig in Frischwasser ertrunken – von eisenhaltigem Flusswasser keine Spur. Wie der verantwortliche Arzt Fremdverschulden damals so leichtfertig hatte ausschließen können, war Millner ein Rätsel.

Robert Marley saß in der hintersten Reihe und sah zu den drei Särgen hinüber, die, von Kränzen und Nelkengestecken umgeben, links der Kanzel aufgebahrt standen.

Leise Orgelmusik erfüllte den Raum.

Von den schwarz gekleideten Angehörigen in der ersten Reihe kannte er niemanden vom Sehen. Wahrscheinlich handelte es sich um die Eltern und den Bruder des Jungen, um Kenneth Greggs' Frau und Mollies Mutter. Jonathan Kettridge saß neben Sir Arthur und Ian Kitley in der zweiten Reihe, ganz in der Nähe hatten Claire Holloway und Nora Thompson Platz genommen. Nora hatte sie ausdrücklich darum gebeten, sie zur Trauerfeier zu begleiten.

Reverend Paul Chubb stand am Altar, die Hände über den Notizen vor seinem Bauch gefaltet. Er schaute kurz auf die Uhr. Nur Sekunden darauf begannen die Glocken zu läuten. Es würde jeden Moment losgehen.

Marley nahm das Gesangbuch von seinem Schoß und sah zu den großen Ziffern der Liedtafeln an den Wänden hinüber, wo die Nummern der Lieder und die Anzahl der Strophen vermerkt waren, die die Gemeinde während der Trauerfeier gemeinsam singen würde. Er schlug das erste der angezeigten Lieder auf, als ihm schlagartig klar wurde, was die vermeintlich rätselhaften Codes auf Mollies Ventilator in Wahrheit zu bedeuten hatten.

Du meine Güte! Sein Herz schlug ihm vor Aufregung bis zum Hals. Er wollte eben aufstehen, um es zu überprüfen, als ihm unvermittelt jemand von hinten eine schwere Hand auf die Schulter legte.

Es war William Crossman. Er sah ihn aus rotgeränderten, verheulten Augen an. »Hören Sie, ich muss dringend mit Ihnen reden«, sagte er. Und dann, so leise, dass es kaum zu hören war: »Ich weiß, wer Mollie und die anderen umgebracht hat.«

2

Das Timing hätte nicht besser sein können. Der Trauergottesdienst war noch nicht ganz zu Ende, als Robert Marley das Haus auch schon wieder verließ und eilig den steilen Weg durch den Garten zur Straße zurücklief. Nach einer guten halben Stunde hatte er schließlich gefunden, wonach er gesucht hatte.

William Crossman hatten sie erstmal aus der Schusslinie gebracht. Der Mann hatte immerhin ganze drei Tage gebraucht, um genügend Mut zusammenzunehmen und sich überhaupt an sie zu wenden; wahrscheinlich hätte er gar nichts getan, wäre nicht auch Mollie unter den Opfern gewesen. Letztlich hatte er es wohl allein für sie getan.

Er hatte vor lauter Angst geschlottert und war kaum in der Lage gewesen, die kurze Notiz zu schreiben, die sie anschließend durch den Briefschlitz der Haustür geschoben hatten. Darauf stand:

Sie halten mich für einen Idioten. Aber ich weiß, was Sie Mollie und den anderen angetan haben. 5.000 Pfund in bar, oder ich geh zur Polizei. Gill's Lap, Punkt dreiundzwanzig Uhr. Setzen Sie sich auf die Bank. Dann folgen Sie dem Licht. W. Crossman

Sie konnten nur hoffen, dass der Trick auch funktionierte und der Kerl darauf ansprang, denn echte Beweise hatten sie nicht – nur die Aussage des alten Mannes und eine recht ansehnliche Indizienkette. Was Crossman anging, der bleich und schweigend auf der Rückbank lag, damit niemand ihn sah, so würde Dorothy ihn unverzüglich ins Polizeihauptquartier nach Lewes bringen, wo er sicher war. Einer der Constables konnte sich dort um ihn kümmern und derweil darauf acht geben, dass ihm das Bier nicht ausging.

Als er in Dorothys Corsa einstieg, sagte Marley: »Es war genau da, wo Cloud es vermutet hat, Dotty; einfach mitten zwischen den anderen Sachen.« Er reichte ihr den durchsichtigen Plastikbeutel, in den er es ihrer Anweisung gemäß getan hatte. »Sieht aus, als wär es echt.«

Sie schaute es an und schüttelte den Kopf. Sie war überrascht, wie klein es war – geradezu winzig. Kaum zu glauben, dass drei Menschen dafür ihr Leben gelassen hatten. Dann startete sie den Motor und fuhr los.

Wenn sie sich jetzt alle ganz natürlich verhielten, brauchten sie nur noch abzuwarten, was um dreiundzwanzig Uhr geschehen würde.

3

Gill's Lap. Eine Gruppe uralter Fichten, die am höchsten Punkt des Waldes standen und als Galleons Lap in die Pooh-Bücher Einzug gehalten hatten. Glaubte man den alten Geschichten, die sich darum rankten, so war niemand in der Lage, sie zu zählen – selbst wenn man sie alle markierte, kam stets ein anderes Ergebnis heraus.

Es war zwanzig vor elf. Und es war stockfinster. Sogar der Mond schien sich vorübergehend hinter den Wolken verkrochen zu haben. Nur manchmal tauchten in der Ferne hinter ihnen die blinkenden Lichter der in Gatwick startenden und landenden Flugzeuge am Nachthimmel auf.

»Woher wollen Sie wissen, dass er nicht bewaffnet ist?«, fragte Inspector Lawrence, der vor einer guten Stunde aus Brighton gekommen war und jetzt neben Sergeant Ralph Cloud, Chief Inspector Marley und deren Bruder etwa 200 Meter von Gill's Lap entfernt in einer großen Erdmulde kniete. Über ihnen rauschten die Äste einer einzelnen, knorrigen alten Fichte.

»Er *wird* bewaffnet sein«, sagte Cloud, »davon gehen wir sogar aus.«

»Aber was, wenn er eine Pistole hat und auf das Licht schießt, sobald er es sieht?«

»Das, Inspector, glaube ich kaum«, meinte Cloud, die Taschenlampe fest in Händen. »Bei keinem der drei Morde hat er eine Schusswaffe benutzt. Ich nehme an, er besitzt gar keine. Außerdem wäre es viel zu laut.« Er warf einen raschen Blick auf die Uhr. Es blieben nur noch wenige Minuten.

Irgendwo über ihnen schrie ein Käuzchen.

»Darf ich es mal sehen?«, fragte Lawrence. Dorothy zog den Plastikbeutel aus der Tasche ihres offenen Mantels und reichte es ihm. »Kaum zu glauben, dass jemand dafür einen Mord begehen würde«, sagte er.

»Greggs hat das kleine Ding irgendwo auf dieser alten Apfelplantage gefunden, davon kann man ausgehen«, sagte Cloud. »Es muss all die Jahre über dort gewesen sein. Wahrscheinlich hatte er keinen blassen Schimmer davon, was er da entdeckt hatte. Und weil er nichts damit anfangen konnte, hat er es Ronnie gegeben. Und der lief dann damit in sein Verderben.«

Um Punkt dreiundzwanzig Uhr trat Sergeant Ralph Cloud an den Rand der Erdmulde heran und schaltete die Taschenlampe ein.

Es dauerte nicht lange, da konnten sie eine schlanke Gestalt langsam den Pfad herunter auf sich zu kommen sehen. Der Mann trug ein Tweed-Jackett und hielt sich geblendet die rechte Hand vors Gesicht.

»Hier bin ich, Crossman«, sagte er. »Nehmen Sie die Lampe runter, verdammt noch mal, und kommen Sie da raus.«

4

Es war Jonathan Kettridge.

»Mr. Crossman ist leider kurzfristig abberufen worden, Mr. Kettridge«, sagte Sergeant Cloud und nahm die Taschenlampe herunter.

Völlig verdutzt sah er die kleine Gruppe an und fragte: »Was zum Geier ist denn hier los? Weshalb treiben Sie sich denn alle hier herum?«

»Aus demselben Grund, aus dem auch Sie hier sind, nehme ich an«, bemerkte Dorothy.

»Der alte Crossman ist komplett übergeschnappt«, sagte Kettridge und kletterte zu ihnen in die Mulde hinunter. Er griff in die Tasche, zog einen Zettel hervor und fuchtelte mit ausgestrecktem Arm damit herum. »Er will Geld von mir. Er behauptet, ich hätte diese Leute umgebracht.«

»Stimmt das etwa nicht?« Dorothy sah ihn mit ausdrucksloser Miene an.

»Das ist ein Scherz, oder?« Er griff abermals in die Hosentasche und kramte einen Apfel und sein Taschenmesser hervor.

»Lassen Sie bitte die Waffe fallen, Mr. Kettridge«, sagte Cloud.

»Waffe? Du lieber Himmel, das ist ein *Taschenmesser*.«

»Sie haben gehört, was der Sergeant gesagt hat«, meinte Dorothy. »Lassen Sie es bitte fallen.«

»Ich weiß wirklich nicht, was das soll«, sagte Kettridge. Und ungläubig schüttelte er den Kopf. Trotzdem tat er, wie ihm geheißen. Das Messer fiel zu Boden und blieb dicht neben seinem rechten Fuß im sandigen Boden stecken.

»Und jetzt treten Sie bitte etwas zurück.«

Dorothy hob das Messer auf und behielt es in der Hand.

»Sie waren es, der den Jungen umgebracht hat, nicht wahr, Kettridge?«, sagte Marley. »Nur, dass der Mord nicht geplant war. Deshalb mussten sie auch zu ihm ins Wasser runter, nachdem Sie ihn dort hingelegt hatten. Ihnen war klar geworden, dass Sie höchstwahrscheinlich Spuren hinterlassen hatten. Winzige Partikel von Ihrer Kleidung möglicherweise. Zumindest konnten Sie nicht sicher sein, dass dem nicht so war. Und daher trugen Sie an jenem eisigen Morgen auch nur eine leichte Windjacke, die sie zudem noch offen ließen. Ich wunderte mich bereits darüber, als ich Sie an Ihrem Gartentor stehen sah. Aber ich dachte mir nichts weiter dabei.« Marley wartete, ob Kettridge etwas darauf erwidern würde. Als er es nicht tat, sagte er: »Es waren dieselben Kleider, die Sie trugen, als Sie ihn umbrachten, habe ich recht?«

»Du meine Güte«, sagte Kettridge, »Sie sind ja genauso verrückt wie Crossman. Warum, um Himmels Willen, sollte ich ein Interesse daran gehabt haben, den Jungen umzubringen?«

»Weil er etwas besaß, das Sie unbedingt haben wollten.«

»Und was soll das gewesen sein, bitte schön?«

»Christopher Robins verlorenes Stofftier Roo.«

Er lachte. Aber es klang nicht echt. »Sie sind wirklich verrückt.«

»Das glaube ich nicht«, sagte Marley. »Erinnern Sie sich an den Tag im Pub, als Sie versuchten, mir die Autobiographie Christopher Milnes auszureden? Kurz zuvor hatte ich erwähnt, ein Exemplar kaufen zu wollen. Sie wollten nicht, dass ich herausfand, dass Roo damals verlorengegangen war. Aus demselben Grund war nicht ein Exemplar mehr im *Pooh Corner Shop* zu kriegen. Anfangs dachte ich, Sie wollten die Bücher mit Gewinn weiterverkaufen. Das war ein Irrtum. In Wahrheit haben Sie alle gekauft, damit niemand dahinterkam. Ein wenig kurzsichtig, finden Sie nicht? Hätten Sie gar nichts gemacht und sich still verhalten, wäre man Ihnen wahrscheinlich nicht mal auf die Schliche gekommen. Erst Ihre Lügen wurden Ihnen zum Verhängnis, weil sie Mollie auffielen.«

»Ich weiß überhaupt nichts von einem verlorenen Spielzeug.«

»Machen Sie sich doch nicht lächerlich, Mann«, sagte Marley. »Dass Sie nichts davon wissen, ist vollkommen unmöglich. Während der Führung zitierten Sie aus dem Stegreif eine ganze Passage aus Christopher Milnes Autobiographie. Vermutlich kennen Sie das Buch beinahe auswendig.«

»Känga und Roo gehörten Anne Darlington«, sagte Kettridge. »Und sie hat sie einem Museum verkauft.«

»Das wollten Sie mir schon weismachen, als wir uns das erste Mal trafen«, sagte Marley. »Und im Grunde stimmte das auch. Schließlich hat sie ihre Stofftiere ja versteigern lassen. Allerdings gab es Känga und Roo zweimal. Auch Christopher Robin besaß sie. Sein Roo ging beim Spielen auf Bradshaws Apfelplantage verloren, wogegen sein Exemplar von Känga nach Amerika ins Museum wanderte. Und dort ist es noch heute; zusammen mit den übrigen Tieren. Mollie fiel das auf. Und ich nehme an, das war auch der Grund, weshalb sie mich sprechen wollte. Deshalb sagte sie, es seien *zu viele*. Wenn man Känga in den USA in einem Museum aufbewahrte, wie konnte es da gleichzeitig in England versteigert werden? Sehen Sie mal her.« Er hielt ihm den Beutel mit dem kleinen Stofftier hin, sodass er sehen konnte, was auf dessen Rücken eingestickt war: *Für Billy Moon. 1924*

Kettridge riss die Augen auf und begann plötzlich am ganzen Leib zu zittern. »Woher, zum Teufel, haben Sie das?«

»Sagen wir mal, ich beherzigte einen von Reverend Chubbs Ratschlägen. Ich fand es in Ihrer Sammlung.«

Kettridge schien immer kleiner zu werden; er sah aus, als würde ihn nach und nach jeglicher Lebenswille verlassen, wie bei einem Ballon, aus dem allmählich die Luft entweicht. Nicht, weil er ganz genau wusste, welche Zukunft ihm nun bevorstand – eine ganze Ewigkeit im Gefängnis, und bei seinem Alter vermutlich auch der Tod hinter Gittern –, sondern weil ihm bewusst geworden war, dass er Roo nicht länger würde berühren, nicht länger würde besitzen können.

»Ich wollte das alles nicht«, sagte er mit leiser, brüchiger Stimme. »Es ist einfach passiert. Ronnie warf es mir ja quasi vor die Füße. Ich erkannte sofort, dass es sich dabei um Christopher Robin Milnes verloren geglaubtes Spielzeug handelte.«

»An der Stickerei auf der Rückseite, nicht wahr?«, meinte Marley. Und als Kettridge nickte: »Es steht alles in dem Buch. Billy Moon war Christopher Robins erster Versuch, seinen Namen auszusprechen – und seither wurde er in der Familie häufig so genannt.«

»Und als sie es dann vor sich sahen, da mussten Sie es unbedingt haben«, sagte Dorothy.

»Ich wollte es nicht tun«, sagte er. »Bitte glauben Sie mir das. Ich blieb sogar an der Brücke stehen und schickte Ronnie allein weiter, obwohl mir klar war, dass ich Roo niemals besitzen würde, wenn ich ihn gehen ließ. Und nach einer Weile erst rannte ich ihm dann hinterher. Er war schon an der Hintertür und hatte seinen Schlüssel in der Hand, als ich ihn packte. Da war eine Plastikwanne oder so was, gleich bei der Tür. Ich dachte gar nicht darüber nach, was ich tat. Ich packte ihn einfach und tauchte ihn so lange unter, bis er sich nicht mehr rührte. Erst als er tot war, wurde mir bewusst, was ich da gemacht hatte. Nicht auszudenken, wenn jemand rausgekommen wäre –« Er rieb sich mit beiden Händen die Schläfen. »Ich trug Ronnie runter zum Fluss. Und als ich einmal damit angefangen hatte, ging es immer weiter. Ich musste auch Kenneth Greggs aus dem Weg haben. Es war wie eine Kettenreaktion.« Er runzelte die Stirn und sah in die Dunkelheit hinaus. »Nachdem ich den Jungen im Fluss bis zu meinem Grundstück geschleppt und ihn dort im Wasser mit einem Strick festgezurrt hatte, ging ich zu Greggs. Es war ganz einfach: Ich wusste, dass er für Nora schwärmte. Unter dem Vorwand, sie wolle ihn dort treffen, lockte ich ihn zum Denkmal rauf. Ich hatte eine Schreckschusspistole mitgenommen, die er natürlich für echt hielt, und als wir oben waren, zwang ich ihn, die Nachricht an Cobbler zu schreiben. Mit dem Pistolengriff schlug ich ihm dann den Schädel ein.«

»Und warum Mollie?«, fragte Dorothy.

»Weil sie Geld wollte, das können Sie sich ja denken«, sagte Kettridge. »Sie war in dem Glauben, ich würde Roo verkaufen. Und von dem Erlös wollte sie etwas abhaben. Wie konnte sie nur auf den absurden Gedanken kommen, ich würde es je verkaufen. Ich hätte es niemals verkauft. Ich sagte ihr, sie solle sich diesen Quatsch aus dem Kopf schlagen – ich hätte Roo nicht.« Er schüttelte traurig den Kopf. »Ich dachte, ich hätte sie überzeugt.«

Dorothy sah ihn an und war sich sicher, er wäre lieber auf der Stelle gestorben und hätte das winzige Stofftier mit ins Grab genommen, als es jemals wieder hergeben zu müssen. »Trotzdem haben Sie sie umgebracht«, sagte sie.

»Sie wollte einfach keine Ruhe geben. Ich bekam mit, wie sie im Pub anrief und mit Nora sprach. Da konnte ich kein Risiko eingehen.« Kettridge räusperte sich, schluckte und straffte die Schultern. Dann fragte er: »Was machen Sie jetzt mit ihm?«

Dieser Mann hatte drei Menschen getötet und machte sich

Gedanken darüber, was mit einem ramponierten, alten Spielzeug geschehen würde. Was für schreckliche Egoisten Sammler doch waren.

Dorothy sah ihn an und sagte: »Es ist einmal verschwunden, Mr. Kettridge. Und es wird wieder verschwinden. Nach der Verhandlung wird es in die Asservatenkammer der Polizei gebracht werden. Und seien Sie sicher: Nichts, was dort hineinkommt, wird je wieder an die Öffentlichkeit gelangen. Man könnte es genauso gut vergraben. Und Sie, Mr. Kettridge, werden es mit Sicherheit nicht wieder sehen.«

»Ich hätte wissen müssen, dass das eine Falle ist«, sagte er und lachte freudlos. »Wissen Sie, dass man diese Kuhle hier auch die Heffalump-Falle nennt?«

Dorothy ertrug seine Anwesenheit nicht länger. Sie sah zu ihrem Sergeant hinüber, der die Handschellen bereits im Anschlag hatte, und sagte: »Machen Sie schon, Cloud, bringen Sie ihn endlich weg.«

Sie hatte es kaum ausgesprochen, als Kettridge Inspector Lawrence unvermittelt den Apfel ins Gesicht schleuderte. Diese Schrecksekunde nutzte er aus. Er machte einen Satz nach vorn, packte Dorothys Handgelenk und riss ihr das Taschenmesser aus der Hand. All das schien beinahe gleichzeitig zu geschehen. Niemand von ihnen hatte damit gerechnet.

»Verdammt! Verdammt! Verdammt!«, schrie Cloud, als er sah, wie Kettridge sie mit einem Arm umklammert hielt und ihr mit der anderen Hand die Klinge an die Kehle drückte. Nachdem Cloud zunächst wie ein kleiner enttäuschter Junge mit dem Fuß aufgestampft und sich halb umgewandt hatte, machte er nun einen Schritt auf die beiden zu, die Hände erhoben. »Seien Sie doch vernünftig, Kettridge. Lassen Sie sie los – bitte.«

»Kommen Sie nicht näher! Bleiben Sie, wo Sie sind!« Der Fremdenführer sah völlig panisch aus.

»Machen Sie es doch nicht noch schlimmer, als es ohnehin schon ist«, sagte Marley. Er warf Lawrence, der ebenfalls einen Schritt auf Kettridge zu machte, einen warnenden Seitenblick zu und deutete ein Kopfschütteln an. Viel zu gefährlich, ihn anzugreifen. Fieberhaft überlegte er, was er noch tun konnte.

Kettridge war mit Dorothy unterdessen bis zum Rand der Erdmulde zurückgewichen. Sein Kopf zitterte – vor Aufregung, Angst, Wut? Wer hätte das schon zu sagen vermocht?

Und dann, einen Sekundenbruchteil, bevor Kettridge Dorothy von sich stieß und sie anderthalb Meter von ihm entfernt stolpernd auf die Knie fiel, sah Marley die Tränen in seinen Augen. Er sah unendlich traurig aus.

Das Zittern hörte ganz abrupt auf, und dann schnitt sich der Fremdenführer mit einer einzigen kräftigen Handbewegung selbst die Kehle durch. Wie vom Schlag getroffen, sackte er zu Boden.

Marley, der sah, dass Kettridge noch röchelte, wollte zu ihm gehen, aber Inspector Lawrence hielt ihn zurück und schüttelte den Kopf. »Es ist zu spät, Mr. Marley«, sagte er. »Wir können nichts mehr für ihn tun.«

Nach ein, zwei Minuten war es vorbei.

»Großer Gott.« Clouds Stimme war nicht mehr als ein heiseres Flüstern. Er war leichenblass geworden. »Ist er tot?«

»Sieht ganz danach aus«, sagte Marley.

Dorothy, die sich, ebenfalls ein bisschen blass um die Nase, aufgerappelt hatte und Sand und Erdreich von ihren Hosenbeinen klopfte, beugte sich über ihn und fühlte seinen Puls. Als sie sich vergewissert hatte, dass Kettridge nicht mehr lebte, trat sie zurück, betrachtete ihn eine ganze Weile nachdenklich und sagte schließlich: »Irgendwie tut er mir leid. Ich glaube, letzten Endes hat er die Wahrheit gesagt: Im Grunde hatte er nie vor, jemanden zu verletzen.«

»Er hatte mehr als einmal die Wahl«, meinte Cloud. »Und er hat sich jedes Mal für Mord entschieden. Er hätte es nicht tun müssen.«

»Sie irren sich, Ralph.« Dorothy schüttelte nachdenklich den Kopf. »Ich bin sicher, er hatte nie wirklich eine Wahl.«

»Also war er verrückt«, stellte Cloud fest.

»So verrückt, wie es Sir Arthur ist; oder Reverend Chubb oder Brian Jones«, sagte sie. »So verrückt, wie nur jemand sein kann, der von einer Sache ganz und gar besessen ist. Fragen Sie mal meinen Bruder, ob er eine Wahl hat, wenn es darum geht, eine der Geschichten aufzuschreiben, die ihm ständig im Kopf herumgehen.«

Sie nahm das ramponierte kleine Stofftier aus dem Plastikbeutel und betrachtete es. Dann ging sie neben Kettridges Leiche in die Hocke, wo die Blutlache, die sich um seinen Hals ausgebreitet hatte, langsam im sandigen Grund der Heffalump-Falle versickerte.

Im hellen Schein des Vollmonds tauchte sie Roos Kopf in das Blut.

»Eines verstehe ich noch immer nicht«, sagte Cloud, als sie wieder beim Parkplatz am Gill's Lap anlangten. Die Kollegen aus Lewes waren mittlerweile eingetroffen, und überall standen Polizeifahrzeuge. »Weshalb hat Greggs in der Nachricht an Ronnies Eltern geschrieben, er würde den Jungen nach Uckfield mitnehmen?«

»Weil er nicht auf den Kopf gefallen war, vermutlich«, sagte Marley. »Ich könnte mir vorstellen, er hoffte, jemandem würde auffallen, dass mit der Nachricht etwas nicht stimmte, und ihm und Ronnie zu Hilfe kommen.«

Der Sergeant sah Robert Marley an und meinte: »Vielleicht erzählen Sie auch Inspector Lawrence noch einmal, was es mit diesen Codes auf Mollie Phillips' Ventilator auf sich hat.«

»Da gibt es nicht viel zu erzählen. Es sind die verschiedenen Ausgaben von Christopher Milnes Memoiren«, erklärte Marley. »Mollie hat den Ventilator wie ein Notizbuch benutzt. Die Buchstaben zeigen an, ob es sich um die Hardcoverausgabe, das Taschenbuch oder eine dritte, teilweise gekürzte Ausgabe mit dem Titel *Beyond the World of Pooh* handelt. Die übrigen Angaben beziehen sich auf die Seitenzahlen und die entsprechenden Zeilen. Wie Sie sich denken können, ist der Text jedes Mal derselbe.« Er schlug die Taschenbuchausgabe, die er sich ins Pub hatte schicken lassen, an der besagten Stelle auf und las vor: »›*Roo fehlte. Er war Jahre zuvor verlorengegangen – im Apfelhain oben am Weg.*‹ Eigentlich ist es ganz einfach, wenn man erst einmal dahintergekommen ist.« Er steckte das Buch wieder ein und sagte: »Das Offensichtlichste haben wir natürlich übersehen.«

»Und, Bruderherz, was wäre das?«

»Claire ist es aufgefallen«, sagte Marley. »Am Tag ihrer Ankunft im *Anchor* hatte Kettridge einen Flyer im Pub abgegeben: ›*Eine Expotition von Pooh's verzaubertem Platz zur Stöckchenbrücke*‹. Einen Tag später lautete der Titel plötzlich ›*... von der Stöckchenbrücke zu Pooh's verzaubertem Platz*‹. Komisch, was? Er brauchte wohl einen Grund, um die Leiche möglichst früh am Morgen zu entdecken; eine Stunde später hätte es dort von Touristen gewimmelt. Wie wir jetzt wissen, hat er die Leiche nach dem Mord im Flussabschnitt bei seinem Grundstück versteckt und sie erst in der Nacht zuvor dorthin gebracht.«

Cloud sah Dorothy an und fragte: »Und was ist mit Fran Lovey? Hat Kettridge mit ihrem Verschwinden auch etwas zu tun gehabt?«

»Nein, wohl kaum.« Dorothy mochte gar nicht daran denken, was der jungen Frau vielleicht zugestoßen war. Früher oder später würden sie ohnehin mit dem Fall zu tun bekommen – ob sie es nun wollte oder nicht. Jetzt wollte sie erst mal nichts weiter, als nach Hause fahren, eine große Flasche Milch trinken und ein mehrstündiges Schaumbad nehmen.

Dorothy schaute in die weite Talsenke hinab, die mondbeschienen jenseits der Straße nach Hartfield lag.

Auch wenn man die Sonne manchmal nicht sah, tief drinnen wusste man doch, dass sie wieder und wieder aufgehen würde.

EPILOG

Aus welchem hervorgeht, dass nicht immer alles ist, wie es scheint und eine neue Geschichte beginnt

1

Nachdem Marley und Claire sich am folgenden Tag schulterklopfend von Sir Arthur, Nora und den anderen verabschiedet hatten – und man ihnen das Versprechen abgenötigt hatte, gelegentlich einmal wieder bei ihnen vorbeizuschauen –, standen sie noch eine ganze Weile an der kleineren der beiden Bars zusammen.

»Du hast Angst vor mir gehabt«, sagte sie. Sie trug dieselben Sachen, die sie auch bei ihrer ersten Begegnung im *Pooh Corner Shop* getragen hatte: dunkle Jeans und dazu eine karierte Bluse. »Das hab ich gleich gespürt.« Er nickte. »Weil du nicht sicher warst, ob ich nicht doch was mit dem Tod des Jungen zu tun hatte, nicht wahr?«

»Ich habe ein paar ziemlich schlechte Erfahrungen gemacht.«

»Ich weiß. Deine Schwester hat es mir erzählt.« Claire stand zwischen ihren beiden Koffern in der kühlen Düsternis der Public Bar des *Anchor Inn*, hielt seine Hände und schaute zu ihm hoch. Falls Dorothy ihr gesteckt haben mochte, dass er sich auch ständig mit der Frage herumgeschlagen hatte, was sie jeden Nachmittag in East Grinstead tat, so sprach sie es nicht an. »Werde ich in einem deiner Bücher vorkommen?«

»Wer weiß?«, sagte er. »Schon möglich.«

Sie schmunzelte. »Wir sehen uns doch, oder?«

»Klar sehen wir uns.« Er streckte seine Hand aus, strich ihr eine Haarlocke aus der Stirn und berührte ihre kalte Wange.

»Dann besuchst du mich also in Yorkshire?«

Er versprach es.

Sie reckte sich zu ihm hoch, umschlang seinen Nacken mit den Händen und küsste ihn noch einmal sanft auf die Unterlippe.

Er erwiderte den Kuss nicht. Es wäre einfach zu schwer zu ertragen gewesen; denn noch während er den warmen, hoffnungsvollen Druck ihrer Lippen auf seinem Mund spürte, vermisste er sie schon.

Sie hob ihre Koffer auf, wandte sich um und trat durch das helle Rechteck des Türrahmens nach draußen – eine von Licht umstrahlte Gestalt, die nicht zurückblickte.

2

Zwei Tage darauf saß Robert Marley im *Jury's Out* auf seinem Stammplatz – der mit grünem Kunstleder bezogenen Bank am hintersten Tisch –, die übereinandergeschlagenen Beine auf einen Schemel gelegt und ein Pint *Badger Bitter* neben sich. Obgleich das *Jury's* heute geschlossen hatte, herrschte reger Betrieb. Marley selbst war schon seit Stunden hier. Zufrieden blies er Rauchkringel zur Decke, während er nebenher dem bunten Treiben im Pub zusah.

Albert Hall war damit beschäftigt, Luftschlangen über die Theke, die Deckenlampen und Schaukästen zu drapieren, während Constable Rowan Bellowes das kalte Buffet bewachte, hier und da eine eingelegte Zwiebel oder Gewürzgurke umdekorierte (oder heimlich verdrückte) und die Temperatur der Warmhalteplatten überwachte, in denen die Würstchen im Bierteig auf die feinen Gaumen britischer Gourmets warteten.

Marleys Mutter war gegen halb sechs aufgetaucht, die Fertigtorte für Dotty im Gepäck und – wie er annahm – ein paar Stangen Zigaretten für den Abend. Manchmal fuhr sie mit der Fähre nach Calais, nur um sich auf dem Schiff mit genügend Nachschub einzudecken; denn dort waren sie wesentlich billiger. Mehr als zwei Stangen waren gar nicht erlaubt, und Marley fragte sich jedes Mal, wie sie es bloß schaffte, stets mit Unmengen davon durch den Zoll zu kommen. Höchstwahrscheinlich mit Charme. Er zweifelte nicht eine Sekunde daran, dass seine Mutter auf diesen Überfahrten ganze Heerscharen männlicher Nichtraucher mit einem einzigen Augenaufschlag dazu brachte, die Dinger für sie über die Grenze zu bringen.

Ehe sie in Alberts Küche verschwand, um sich dort nützlich zu machen, hatte sie kurz bei Marley vorbeigeschaut – die Augenbrauen missbilligend gekräuselt. »Du könntest wirklich auch ein bisschen mithelfen, statt wieder einfach nur dazusitzen und die Zeit mit Biertrinken totzuschlagen, Bobby.«

Er hatte ihr ein Lächeln geschenkt und erwidert, er denke gar nicht daran. Er fand, er hatte schon genug getan. Nicht mal die verdammte Torte hatte sie selber besorgt. Er dagegen hatte Dotty zur Feier des Tages immerhin einen dreifachen Mörder quasi auf dem Silbertablett geliefert, ganz zu schweigen davon, dass er es trotz seines Urlaubs geschafft hatte, zu ihrer Feier zu kommen. Und pünktlich war er auch noch. Sogar noch früher da als die Gastgeberin.

Marley orderte ein weiteres *Badger* und zwei Päckchen gesalzene Erdnüsse.

Es war noch nicht ganz acht, da strömten mit einem Schlag die Gäste herbei. Kaum zu glauben, wie viele Menschen in einen Schankraum passten. Und sie alle hatten in irgendeiner Weise mit der Polizei zu tun. Man konnte es fast mit der Angst bekommen. Inspector Lawrence und Gattin waren die ersten.

Ralph Cloud und Dottys sämtliche Kollegen aus dem zweiten Stock kamen gemeinsam an; Dr. Millner wie immer allein. Stockley Breckinridge brachte einen neuen Assistenten mit – einen jungen Kerl namens Simpson. Und als schlussendlich auch Chief Superintendent Arnold Bless eintraf, war das *Jury's* bereits zum Bersten gefüllt.

3

Der Angriff kam ohne jede Vorwarnung.

Dorothy hatte gerade ihren Wagen abgestellt und war damit beschäftigt, die Einkaufstüten von *Sainsbury's* mit den letzten Besorgungen für ihre Party am Abend auszuladen, als unvermittelt zwei maskierte Männer aus den Büschen rechts und links von ihr traten und sie gleichzeitig bei beiden Armen packten.

Aus dem Augenwinkel bemerkte sie noch, wie sich zwei Passanten auf der gegenüberliegenden Straßenseite vom Geschehen abwandten und wegliefen. Dann stülpte ihr eine dritte Person von hinten eine schwarze Kapuze über den Kopf, und sie wurde in den Fond eines wartenden Autos gezerrt.

Jeder Handgriff war einstudiert. Alles ging unglaublich schnell.

Dorothy hatte nicht die geringste Chance.

Mr. Elder, ein 85 Jahre alter Lehrer im Ruhestand, beobachtete die Entführung von einem der Nachbarhäuser aus. Er sah, wie die maskierten Personen ihr Opfer in einen augenscheinlich gestohlenen Polizeiwagen bugsierten und mit quietschenden Reifen davonfuhren.

Später würde er den herbeigerufenen Beamten gegenüber die Bemerkung machen, er habe es seltsam gefunden, dass die

Entführer sich die Mühe gemacht hätten, auch Miss Marleys Einkaufstüten mitzunehmen.

4

Die Stimmung im *Jury's Out* war schon ziemlich gut, und das Bier floss in Strömen, als sich um halb neun plötzlich die Tür öffnete und Police Sergeant Lisa Cole den Schankraum betrat. Sie war gänzlich in Schwarz gekleidet. Ihr kurzes blondes Haar schaute unter einer ebenfalls schwarzen Skimütze hervor, die ihr bis über die Ohren ging. Sie war nicht sehr groß, allerhöchstens einen Meter sechzig, aber sie war Jiu-Jitsu-Meisterin und in Anspielung auf die Axtmörderin Lizzie Borden in Polizeikreisen als *Miss Lizzie* bekannt. In jeder Hand trug sie eine Einkaufstüte von *Sainsbury's*. Sie stellte die Tüten hin, hob den rechten Zeigefinger an ihre Lippen und sagte: »Jetzt still! Sie kommt.«

Alles verstummte im selben Moment: Die Musik ebenso wie das Gläserklirren und das Gebrabbel der Anwesenden.

Erst Grabesstille.

Dann Musik.

Dann Applaus und lautes Gejohle.

Und während Alanis Morissette begann, von all ihren verflossenen Liebhabern zu singen, zog jemand Dorothy die Kapuze vom Kopf.

Das *Jury's Out*!

Dorothy sah sich völlig entgeistert um.

So ziemlich jeder Beamte, der drüben (keine zweihundert Meter von hier) im Polizei-Hauptquartier in der John Street arbeitete, glänzte mit Anwesenheit. Selbst der so viel beschäftigte Chief Superintendent Bless hatte sich nicht lumpen lassen, wie sie trotz ihrer Überraschung mit einiger Genugtuung bemerkte. Und allem Anschein nach hatte im Pub schon vor ihrem Eintreffen ausgelassene Partystimmung geherrscht, denn ausnahmslos jeder hatte ein Glas in der Hand, und nicht wenige trugen bereits alkoholrote Wangen und diese lächerlichen Party-Hütchen aus bunter Pappe zur Schau.

Arnold Bless trat vor und hielt eine kurze förmliche Rede, in der es hauptsächlich um das große und uneingeschränkte Vertrauen ging, das er in Chief Inspector Marley setzte und in der er ausdrücklich ihre unerschütterliche Integrität hervorhob. Dorothy wäre am liebsten im Erdboden versunken. Als er geendet hatte, breitete er die Arme aus. »Herzlichen Glückwunsch, Chief Inspector.« Er zwinkerte freundlich. »Na, kommen Sie schon her, Dorothy, lassen Sie sich umarmen.«

Sie schien wohl noch immer etwas mitgenommen auszusehen, denn Inspector Lawrence legte ihr unvermittelt die Hand auf die Schulter und meinte: »Hey, Dotty. Es ist Ihre Feier – ich will wenigstens ein Lächeln sehen.«

»Stellen Sie sich vor, einer Ihrer Nachbarn hat sogar die Polente gerufen.« Bellowes gluckste vor Vergnügen. »Da soll mal einer sagen, die Leute kümmerten sich nur noch um sich selbst.«

»Ihr hättet vorhin mal ihr Gesicht sehen müssen«, meinte *Miss Lizzie* und boxte Dorothy spielerisch mit der schwarz behandschuhten Hand gegen die rechte Schulter. »Nur ihre Augen bewegten sich noch. Sie sah aus, als würde sie auf der Stelle sterben, ehrlich.«

Irgendwer drückte Dorothy ein Glas *Boddingtons* in die Hand.

Sie hatte also genauso ausgesehen, wie sie sich gefühlt hatte: Zu Stein erstarrt – unfähig, auch nur einen Finger zu rühren, wie ein scheintoter Körper, in dem nur noch das Gehirn auf vollen Touren lief. Anfangs hatte sie tatsächlich geglaubt, ihr letztes Stündlein habe geschlagen. Aber wenn sie ehrlich war, fand sie großartig, was die Kollegen mit ihr angestellt hatten. Schließlich war das Ganze nichts anderes als eine Art unangekündigter Übung gewesen. Das Adrenalin rauschte noch immer durch ihren Körper. Sie fühlte sich richtig gut.

Wenn auch die Arbeit manchmal deprimierend war, der Zusammenhalt der Truppe entschädigte für alles. Sie wusste kaum, was sie sagen sollte.

»Danke, Leute«, brachte sie schließlich heraus. Sie hob ihr Glas und prostete ihnen zu. »Auf uns! Auf die Polizei von East Sussex!«

Bless schüttelte den Kopf. »Nein, nein, Dorothy. Heute wollen wir auf *Sie* trinken.« Er hob sein Glas und sagte: »Auf Dorothy Marley! Und auf 15 Jahre vorbildliche Polizeiarbeit!«

Die Gläser klirrten.

Dorothy kippte ihr Bier in einem Zug runter.

»Und einen auf den Tod!«, fügte ihr Bruder fröhlich hinzu und knallte lautstark sein Glas auf den Tisch.

5

Das Taxi hielt mit laufendem Motor am Rinnstein.

Sean Curtis stieg aus, klemmte sich das Geschenk für Dorothy Marley (ein Buch über die Geschichte des alten Strafgerichts von Lewes, für das er sich nach langem Hin und Her schließlich entschieden hatte) unter den linken Arm und reichte dem Fahrer großzügig eine Zwanzig-Pfund-Note durch das heruntergekurbelte Fenster der Fahrertür.

Bis auf ein schwaches Licht hinter den Gardinen im zweiten Stock waren die Fenster von Nr. 332c Vallance Gardens dunkel und verschlossen. Alles war totenstill.

Der Taxifahrer sah ihn skeptisch an. »Sind Sie sicher, dass Sie die richtige Adresse gekriegt haben, Kumpel?«

»Klar, wieso?«

»Man hört gar keine Musik.«

»Es sind eben nicht sehr viele Gäste.« Er stieß ein kleines, verunsichertes Lachen aus und zuckte mit den Schultern. »Ihre Wohnung ist nicht sehr groß, wissen Sie?«

»Na schön, Kumpel. Sie müssen's ja wissen. Gute Nacht.«

»Gute Nacht.«

Die Rücklichter des Taxis verglommen in der Dunkelheit.

Das alte Eisentörchen quietschte in den Angeln und fiel scheppernd hinter ihm wieder zu. Drei ausgetretene Stufen führten zur Haustür hinauf. Er fand das winzige Messingschild mit dem Namen *D. Marley* und betätigte die Klingel.

Er wartete eine ganze Weile, doch nichts geschah. Er klingelte abermals und wollte gerade ein drittes Mal läuten, als er hörte, wie über ihm ein Fenster geöffnet wurde. Eine weibliche Stimme fragte: »Hallo? Kann ich Ihnen helfen?«

Curtis trat ein Stück zurück. Die Frau am Fenster war kaum zu erkennen, aber offenbar war sie älter. Er fuhr sich mit der Hand über den Hinterkopf und sagte: »Ja, vielleicht können Sie das. Ich wollte zu Dorothy Marley.«

»Dann haben Sie heute aber Pech, junger Mann. Sie ist gar nicht da. Sie feiert nämlich ihr Dienstjubiläum. Ihre Mutter hat mir gesagt, wo, aber ich fürchte, ich hab es vergessen. Sind Sie denn ein Freund?«

Curtis war kein Mann, dem vieles im Leben peinlich war. Doch jetzt spürte er, wie ihm das Blut in die Wangen schoss und seine Ohren zu pulsieren anfingen.

Ein Freund? *Was für ein bescheuerter Idiot er doch war.*

Was bildete er sich denn ein? Warum, zum Geier, sollte sie auch nur das geringste Interesse daran haben, ausgerechnet ihn zu einer ihrer privaten Partys einzuladen? Weil sie ihm einmal in der Küche seiner schäbigen 45-Quadratmeter-Wohnung gegenübergesessen und ihm beim Heulen zugesehen hatte, vielleicht?

»Soll ich ihr was ausrichten, Mister …?«

»Nein, schon gut.« Er strengte sich an, seine Stimme normal und unbefangen klingen zu lassen. Rang sich sogar ein Lächeln ab, obgleich sie das von dort oben wahrscheinlich gar nicht sehen konnte. »Ich versuche es dann einfach ein andermal.«

Er zog eine Schachtel *John Players* aus der Innentasche seiner Windjacke, schüttelte eine verknitterte Zigarette heraus und steckte sie sich zwischen die Lippen.

In der Ferne konnte er das Meer rauschen hören.

Er ließ sein Feuerzeug aufflammen und inhalierte tief. Über ihm wölbte sich, wie mit weißem Eis gesprenkelt, das klare Schwarz des Nachthimmels.

6

0.15 Uhr

Der Mann hielt den Wagen an und stieg aus.

Die verlassene Landstraße erstreckte sich schier endlos nach rechts und links in die Finsternis des Waldes hinein. Um diese nachtschlafende Zeit kam dort kaum je ein Fahrzeug vorbei. Das wusste er, denn in der Vergangenheit war er schon oft hier gewesen, hatte den Motor ausgestellt, den Fahrersitz in Liegestellung gebracht und einfach stundenlang der Stille des Waldes gelauscht. Von dort, wo er parkte, konnte er sowohl die Straße als auch den Himmel sehen. Höchstens alle zwei Stunden ein Scheinwerferpaar.

Er atmete ein paar Mal tief durch, ehe er den Kofferraum aufschloss.

Bring es hinter dich, Junge, dachte er. *Verdammt, es war nicht allein deine Schuld. Sie hat es mit versaut. Und nun bring es schleunigst hinter dich.*

Im Schein des Mondes konnte er erkennen, dass sie fast genauso dalag, wie er sie hingelegt hatte; vielleicht ein bisschen anders. Doch nicht so anders, als habe sie die Veränderung noch aus eigener Kraft bewirkt. Ihre Augen waren geschlossen, ihr Mund leicht geöffnet, und die Zunge schaute zwischen den Lippen hervor. Die weißen Turnschuhe schienen im Dunkeln zu leuchten. Auch die Strassapplikationen ihrer Jeans glitzerten in der Dunkelheit wie tanzende Funken.

Rasch packte er sie unter den Achseln, hievte sie ins Freie und schleppte sie zu einer etwa zehn, zwölf Meter entfernten Erdmulde, die unter den tief herabhängenden Ästen einiger uralter Koniferen verborgen lag. Dort legte er sie nieder. Trotz der sommerlichen Temperaturen fröstelte ihn. Und er beeilte sich, schleunigst zurück ins Auto zu kommen.

Er benötigte zwei Versuche, ehe der Wagen ansprang. Das Herz schlug ihm bis zum Hals, und er zitterte.

Als er schließlich drei Meilen gefahren war, begann er allmählich aufzuatmen. Bestimmt würde es Wochen, wenn nicht gar Monate dauern, ehe hier jemand ihre Leiche fand. Und bis dahin würde er alle Spuren beseitigt haben.

Das Handy und ihre schwarze Handtasche konnte er auch später noch loswerden. Auf dem Nachhauseweg kam er schließlich an unzähligen öffentlichen Mülltonnen vorbei.

Als er sechs Meilen gefahren war, schaltete er den CD-Player ein. Er merkte kaum, wie er zu lächeln begann und seine Finger den Takt der Musik auf das Lenkrad trommelten.

I love somebody named Lovey –
Please don't tell anybody …